Linda Mignani

TOUCH OF PLEASURE

Erotischer Roman

Plaisir d'Amour Verlag

Linda Mignani

TOUCH OF PLEASURE

Erotischer Roman

Plaisir d'Amour Verlag
Postfach 11 68
D-64684 Lautertal
www.plaisirdamourbooks.com
info@plaisirdamourbooks.com
Umschlaggestaltung: © Andrea Gunschera (www.magi-digitalis.de)
Coverfoto: © Sabine Schönberger (www.sabine-schoenberger.de)
ISBN Taschenbuch: 978-3-86495-063-6
ISBN eBook: 978-3-86495-064-3

Kapitel 1

Sienna kniete neben ihrer Freundin Emily auf dem Boden, während sie die blonde Versuchung in die tiefste Hölle verwünschte. Selbst Satan würde den nervenden, ewig quatschenden, lebenslustigen, liebenswerten und zuckersüßen Quälgeist im hohen Bogen hinauswerfen, um endlich seine Ruhe zu haben, und auch um wieder eigene Entscheidungen treffen zu können. Gott, war das unbequem. Die Fugen des Mosaikbodens drückten sich in ihre Kniescheiben, obwohl sie versuchte, unauffällig eine bequemere Position zu finden. Emily dagegen kniete unbeweglich neben ihr, glich dabei einer anmutigen Statue, als hätte sie die Haltung unzählige Male geübt und ihre Gelenke gestählt. Zu allem Überfluss fühlte Sienna sich wie eine Schülerin, die im Zimmer des Rektors stand, da sie zu spät zum Unterricht erschienen war. Genau wie damals biss Sienna sich auf die Unterlippe, um das nervöse Kichern zu unterdrücken. Sie hatte den blödsinnigen Entschluss gefasst, ihren heiß ersehnten und bitter benötigten Urlaub in einem exklusiven BDSM-Resort, in dem strenge Regeln herrschten, zu verbringen. Und das war Emilys Schuld, weil sie so lange auf Sienna eingeredet hatte, bis sie zustimmte, mit ihr auf die *Insel* zu fahren, obendrein sich neu zu entdecken, wie das Zuckerteufelchen es nannte.

Die Kontrollen an dem Tor des Resorts hatten ihr das erste Herzklopfen entlockt, sodass ihr das Herz buchstäblich ins Höschen gerutscht war, sobald das Wachpersonal sie angestarrt hatte, als wüsste es, dass sie etwas verbarg. Aber wie aufregend sich dieses Abenteuer anfühlte! Summend und surrend jagte Vorfreude durch ihre Adern, nur um sich an unsittlichen Körperstellen zu sammeln.

Sienna gab zerknirscht zu, seitdem Brandon sich vor gut einem Jahr von ihr getrennt hatte, trocknete ihr Sexleben so beharrlich aus wie ein Wasserloch in der Sahara, und auch vorher hatte es mehr einer Pfütze entsprochen als einer sprudelnden Quelle der Lust. Und ja, sie besaß ein ganzes Bücherregal mit SM-Romanen, die sie unglaublich erregten. Doch sie hatte sich nicht getraut, ihre Sehnsüchte in die Tat umzusetzen. Es war ratsamer, eine Schokoladentorte anzustarren, anstatt sie bis auf den letzten Krümel zu vertilgen, und sich erst hinterher den Konsequenzen zu stellen. Mit Wehmut dachte sie an ihr Smartphone, an WhatsApp und Internet. Das schlanke Mobiltelefon mit der Prepaid-Karte, das sie aus der hintersten Schublade hervorgekramt hatte, drückte, verborgen durch ihren Stiefel, gegen ihr Schienbein, und mit ihm konnte sie lediglich telefonieren und SMS verschicken. Vielleicht war es keine gute Idee gewesen, es hineinzuschmuggeln? Elektronische Geräte wie Handys, Notebooks, Tablets waren den Gästen der *Insel* streng verboten. Nichts sollte sie ablenken auf ihrer sinnlichen

Reise zu Demut und Dominanz. Innerlich zuckte sie mit den Schultern. Die Inhaber würden sie kaum auspeitschen für dieses Vergehen und ihre Tat sowieso niemals bemerken.

Denn so einfach konnte sie sich gedanklich nicht von ihrem Lebensmittelpunkt lösen. Ihr Herz hing an ihrer Cateringfirma *Tasty*. Molly, ihre Assistentin, besaß ihr ganzes Vertrauen, doch die letzte Entscheidungsgewalt lag bei Sienna. Ausgerechnet ein Großauftrag war mitten in ihre Urlaubszeit geplatzt. Nur die hohen Kosten hatten sie abgehalten, die Reise kurzfristig zu stornieren, weil sie das Geld verloren hätte. Quietschende Sohlen katapultierten sie zurück ins Hier und Jetzt.

Dieser Furcht einflößende Kerl Alec umrundete die Gruppe, die aus sechs nervösen Frauen bestand, wie ein Tiger, der sich noch nicht entscheiden konnte, welche er als saftigsten Happen erachtete. Sie brauchte sich allerdings nicht zu sorgen, da sie auf den ersten Blick unscheinbar wirkte, immer in der Menge unterging. Jeder stürzte sich auf Emily, deren Verpackung auf den Inhalt hindeutete und deren leckeres Inneres hielt, was das Geschenkpapier von außen versprach.

Ob die bestellten Ananas und die Mangos rechtzeitig eintrafen? Und die Cupcakes, die sie neu ins Programm genommen hatte, ob Molly und Lilian, die kleine Aushilfe, sie meisterlich herrichteten?

Schwarze glänzende Schuhe verharrten in ihrem Sichtfeld. Starke Finger trommelten gegen einen schwarz bekleideten Oberschenkel. Wieso blieb der Master des Grauens ausgerechnet vor ihr stehen? Zwei weitere der Frauen waren von unglaublich perfekter Schönheit, mit umwerfenden Größe-XS-Figuren und XL-Busen. Die beneidenswerten blöden Kühe. Das Trommeln der Fingerspitzen wurde intensiver, und sie legte den Kopf weit in den Nacken, um zu ihm hochzusehen.

„Wiederhol meine beiden letzten Sätze, Sienna."

Oh, er kannte ihren Namen.

Ooops!

Sie schenkte ihm ihr charmantestes Lächeln. Wenigstens das verfehlte niemals seine Wirkung - bei keinem Mann. Er erwiderte ihres mit einem, das genauso viel Wärme wie die Füße eines Pinguins besaß, der auf einer Eisscholle verweilte.

„Langweile ich dich, Sub?"

„N-nein." Sie presste die Lippen zusammen, und ihr Nacken schmerzte vom Aufsehen. Verdammt, war der Typ groß und kräftig. Auf eine raue Weise gut aussehend, falls man auf Prince Charming stand, der mehrere Schleudergänge in der Waschmaschine durchlaufen hatte. Grünbraune Augen sondierten sie, sezierten sie, bis ein Beben ihre Glieder erfasste, das nicht unbemerkt von ihm blieb. Das zeigte ihr sein finsterer Blick deutlich.

Sein dunkles Haar trug er so kurz, dass sie die Farbe nicht genau einordnen konnte, aber der Schnitt unterstrich das harte Gesicht. Er hatte zwar Lachfältchen, allerdings wirkte die Belustigung in den Tiefen seiner Pupillen in diesem Moment eher gefährlich als freundlich. Sienna versuchte, den Kloß, der sich aus dem Nichts in ihrer Kehle gebildet hatte, hinunterzuschlucken, was sich als unmöglich erwies.

Seine Nasenflügel bebten, als wäre er ein Hirsch, der gerade Bambi witterte und ihr in den Nacken beißen wollte, nicht nur um ihr das Fell auszurupfen, sondern auch, um anschließend damit sein Kopfkissen zu stopfen. Ihr Herzschlag setzte aus, ebenso das Trommeln der Fingerspitzen, stattdessen beugte er sich zu ihr herab und umfasste ihr Kinn, nicht schmerzhaft, aber nachdrücklich. Zu ihrem Entsetzen stieß sie ein Geräusch aus, das sich wie ein gestresstes Meerschweinchen anhörte. Sein Blick rammte in sie, bohrend und verunsichernd. Wie ruhig und warm seine Hand war, im Gegensatz zu ihrem zitternden Leib und der Gänsehaut, die sie heimsuchte, bis ihre gesamte Haut prickelte! Was immer er bemerkte, schien ihn anzustacheln, denn seine Augen funkelten einschüchternd und sadistisch.

Oh Gott, sie hatte sein Interesse geweckt, das sah sie ihm deutlich an. Emily atmete so schnell neben ihr, dass sie einem altersschwachen Dampfkessel ähnelte, der gerade sein letztes Pfeifen von sich gab. Alecs Finger streichelten über Siennas rasenden Puls.

Alles um sie herum verlangsamte sich, bis sie nur noch ihn sah und überdeutlich fühlte. Seine Pupillen weiteten sich. Langsam löste er den Griff, und sie wäre nach vorn gekippt, hätten seine starken Hände sie nicht an den Schultern gestützt. Er trat einen Schritt zurück. Die rothaarige Elfe, die auf der anderen Seite neben ihr kniete, atmete inzwischen genauso wie Emily, rasselnd und viel zu schnell. Sie dagegen hatte den Atem angehalten.

„Die Master bringen euch zu euren Zimmern, und morgen beim Kennenlernbrunch finden wir heraus, welche Sub zu welchem Dom passt.“ Selbst seine Stimme war eindringlich – dunkel, samtig, verführerisch, aber auch feuergefährlich. Das war das passende Wort, um ihn zu beschreiben, weil sie eine ausgedörrte Steppe war, über die gerade ein Waldbrand hinwegfegte, der mit dem Namen Alec in die Geschichte eingehen würde.

Emily, die Angeberin, erhob sich anmutig. Sienna fühlte sich hingegen wie ein ungeschorenes Schaf, das gegen eine Antilope antrat, und versuchte, ihre steifen Muskeln in die Gehorsamkeit zu zwingen. Wenn sie noch länger knien müsste, wären die Fugen auf ewig in ihre Haut eingegraben. Außerdem sehnte sie sich danach, Alec, dem Überwältigenden, zu entkommen, und nahm sich vor, ihm für den restlichen Aufenthalt aus dem Weg zu gehen. Sein Effekt auf sie war besorgniserregend.

„Du nicht." Seine Stimme wirkte jetzt weitaus kälter als die Füße des Pinguins, und er legte seine Hand auf ihren Kopf, bis sie in der Bewegung erstarrte. Er streichelte über ihre Schläfe, ehe er sie fortnahm. Doch die kurze Berührung hatte ihre Nervosität weiter gesteigert, weil sie sich seltsamerweise am liebsten gegen ihn geschmiegt hätte, obwohl er sie bis ins Mark verunsicherte.

Ihr wurde in diesem Moment bewusst, wie sehr sie Umarmungen, körperliche Nähe und Zärtlichkeiten vermisste und dass sie nur noch an ihre Arbeit dachte, die keinen Raum für Intimität ließ.

Emily warf ihr einen mitleidigen Blick zu und hastete mit wackelnden Hüften einem der Master hinterher, als trachtete Spartakus persönlich ihr nach dem Leben. Dabei sollte sich lieber der Gladiator vor Emily in Acht nehmen, denn ehe er bis drei zählen könnte, hätte sie ihn um ihre süßen Finger gewickelt.

Verräterin!

Alec wandte sich der grün gekleideten Sklavin in Top und Shorts zu, die neben ihm stand und eifrig auf ein Blatt kritzelte.

„Wie viele, Rachel?"

„Fünf Kreuze, Master Alec", hauchte sie mit ehrfürchtiger Stimme.

Kreuze? Ihr Herzschlag beschleunigte sich, als wäre sie ein Aufziehspielzeug und ein hyperaktives Kind hätte die Schraube bis zum Anschlag aufgezogen.

„Was für eine Strafe zieht das Einschmuggeln eines Mobiltelefons nach sich?"

Woher wusste er es? Ihr brach der Schweiß in Strömen aus, und sie wäre am liebsten aufgesprungen und aus dem Raum gerannt, obwohl sie bezweifelte, dass ihre Geleebeine sie tragen würden. Außerdem hätte er sie zu Fall gebracht und würde ihr all die Dinge antun, von denen sie zwar heimlich träumte, doch in der Realität wirkten ihre ungebührlichen Sehnsüchte zu groß für sie. Hier herrschten andere Regeln, hatte ihr Emily enthusiastisch erzählt. Sienna hatte jedes Wort aufgesogen und sich fasziniert vorgestellt, wie es wäre, von einem richtigen Kerl dominiert zu werden. Anscheinend war der Zeitpunkt gekommen, und es jagte ihr eine Heidenangst ein.

„Zwanzig Schläge mit einem Instrument, das der Master frei auswählen darf, Master Alec", wisperte Rachel mit roten Wangen und weit aufgerissenen Augen.

Was?

Siennas Hintern landete auf ihren Fersen, während sie ein „Umpf" ausstieß.

„Du kannst gehen, Kleines." Er nahm Rachel das Klemmbrett aus den Händen, und die kurvige Versuchung hastete aus dem Raum, wobei sie noch einen entsetzten Blick über ihre Schulter warf. Sienna verblieb allein mit Alec!

Totenstille donnerte um sie herum. Alec starrte sie an, sie spürte es deutlich. Sie dagegen betrachtete ihren gemusterten Rock, der ihr mittlerweile an den verschwitzten Beinen klebte.

„Steh auf, Sienna."

Wollte er sie jetzt schlagen? Sie presste den Po fester auf die Fersen.

„Warte mal, Alec."

Er packte in ihr Haar, mit gespreizten Fingern, und zog ihren Kopf in den Nacken. „Wie heiße ich?"

Das war so albern. Er erhöhte den Zug, und es schmerzte dermaßen, dass Tränen in ihre Augen sprangen.

„Master Alec", würgte sie hervor und warf einen giftigen Blick hinterher. Er griff fester zu, während er ein unheilvolles Geräusch ausstieß.

„Master Alec", sagte sie, diesmal respektvoll und meinte es ernst. Damit hatte sie nicht gerechnet.

Sofort löste er den Halt, aber noch immer hielt er ihre Haare. „Anscheinend hast du doch ein wenig zugehört. Obwohl ich mich ungern wiederhole, tue ich es in deinem Fall. Aufstehen!"

Sie dachte an die Papiere, die sie unterschrieben hatte, dass sie tun würde, was die Master von ihr verlangten, es sei denn, sie rief das Safeword Rot. Sienna beschloss, ein Geständnis abzulegen, um ihn milde zu stimmen.

„Gut, ich gebe es zu, ich wollte ein Mobiltelefon einschmuggeln." Sie lächelte wie noch nie in ihrem Leben, das beste Cupcake-Lächeln, das sie beherrschte.

Master Alec schnaubte wie ein zorniger Stier und gewährte ihr auch ein Lächeln, das sie mit seiner Kälte an eine Tüte Tiefkühlrosenkohl erinnerte, der aus der aufgerissenen Verpackung auf sie prallte.

„Sub, du weckst meinen Zorn, und das ist nicht intelligent." Er ließ sie so hastig los, dass sie instinktiv nach ihm fasste, um nicht zur Seite zu fallen. Seine Beine waren hart und unnachgiebig. Auf einmal hatte sie das Bild vor Augen, wie sie über seinen Knien hing, damit er ihr mit einer eisenharten Hand die angedrohten unzähligen Schläge für ihre Vergehen verabreichen konnte. Fünf Kreuze! Wie vielen Feuerstreichen entsprachen sie? Ihre Nase war genau in Höhe seines Schritts, und zu allem Überfluss wurde ihr erneut siedend heiß.

Er hatte eine Erektion! Wieso? Was stellte er sich gerade vor? Dass sie nackt war? Er sie packte, sie bestrafte, sie unterwarf? Ihr den Arsch versohlte?

Dunkelrot! Rot zu rufen ist nicht ausreichend. Worauf hast du dich da bloß eingelassen?

Sie musste ihn von sich abbringen, er war viel zu gefährlich für sie. Vielleicht würde Master Alec das Interesse an ihr verlieren, sobald er sie nackt sah. Sie konnte nicht mit den XS-Schönheiten mithalten und hatte ihre Bemühungen vor Jahren aufgegeben. Größe M war ihr einziger treuer Begleiter, der egal, was sie tat, hartnäckig an ihr klebte, gleich einem Kaugummi.

Er legte das Klemmbrett zur Seite.

„Es tut mir leid, Master Alec." Wo zum Teufel war der Satz jetzt hergekommen? Er umfasste ihre Wangen. Warm sah er sie an, packte anschließend ihre Oberarme und stellte sie auf die Füße, hielt sie fest, da sie drohte, wie ein knochenloses Etwas auf den Boden zu sinken.

Alec trat von Sienna zurück, um ihr Platz zu lassen. Die kleine Mrs. Baltimore faszinierte ihn. Kurvig genug, wenn sie auch nicht mit Rachel mithalten konnte - dunkle kinnlange Haare, die sie in einem wilden Bob trug. Grünblaue Augen und ein Gesicht, das ihre Emotionen deutlich zeigte. Dass sie was zu verbergen hatte, hatte er ihr nach einer Sekunde angesehen. Das mit dem Mobiltelefon war ein Schuss ins Blaue gewesen. Sie war mit den Gedanken woanders gewesen, während die restliche Gruppe jedes seiner Worte verinnerlicht hatte, so wie er es gewohnt war. Ihr unwiderstehliches Lächeln erinnerte ihn an einen Sonnentag. Eine gänzlich unerfahrene Sub und eigentlich unpassend für ihn - den Sadisten.

Er nahm den Fragebogen, den sie ausgefüllt hatte, zur Hand. Das erste vorsichtige Herantasten an ihre devoten Neigungen.

Verflucht!

Wie sollte er einschüchternd und teuflisch dreinschauen, wenn sie kleine Muffinsmileys neben die Fragen gemalt hatte? Die wenigen Lächelnden waren wohl ein Ja. Leichte Schläge mit der Hand, Augen verbinden, Handgelenke fesseln. Alle anderen Punkte hatte sie mit traurig dreinblickenden Muffins versehen.

Konzentrier dich, Alec Marshal.

Sie nestelte an den Knöpfen ihrer engen grünen Bluse herum, die den Blick auf den Ansatz ihrer herrlichen Brüste freiließ. Sie fror und schwitzte gleichzeitig vor Aufregung, daher hatte er freie Sicht auf ihre verführerischen Nippel, die sich vorwitzig gegen den dünnen Stoff drängten und sich mit ihrer Größe hervorragend für Klemmen eigneten, zudem war ihr Arsch gemacht für die Hand eines Masters. Er liebte Polsterungen - auf Knochen schlug es sich schlecht.

Zuerst wagte sie es nicht, ihn anzusehen. Dann sah sie hoch und blickte ihn mit einem rebellischen Gesichtsausdruck direkt an.

Äußerst entzückend, wenn auch leichtsinnig.

Erfahrene Devote würden sich das niemals wagen, sie wussten nach der ersten Sekunde, mit wem sie es zu tun hatten. Wie sie wohl aussah, wenn sie unter seinen Schlägen erblühte, die zarte Haut sich rötete und er sie zu mehreren Orgasmen zwang, während sie weinte?

Würde sie ihn aufsässig anfunkeln, falls er ihr verbot, einen Höhepunkt zu bekommen, solange er sie leckte? Gleichzeitig ihr süßes Arschloch mit dem Daumen fickte?

„Möchtest du dich aus deiner Verantwortung winden und das Safeword sagen? Du kennst es doch?"

„Nein, Master Alec, und ja zu der zweiten Frage. Rot." Sie hörte sich an, als könnte sie den eigenen Worten nicht glauben. Alec sah ihr deutlich an, dass sie die Situation unglaublich erregte, aber auch erschreckte. Er gab der Versuchung nach und streichelte über ihre weiche Wange. Sie schmiegte sich instinktiv in die Berührung. Mit Mühe hielt er das Lächeln zurück.

„Zieh die Bluse aus!" Er legte die geballte Ladung eines sadistischen Masters in den Satz, um herauszufinden, wie weit ihre Aufsässigkeit reichte. Sienna - der Name passte perfekt zu ihr. Sie hatte eine Menge Feuer in sich eingeschlossen, das sich erst auf den zweiten Blick offenbarte. Die unschuldig Aussehenden waren immer die Interessantesten. Sienna starrte ihn an, schluckte, derweil die Rädchen in dem süßen Köpfchen auf Hochtouren liefen. Alec legte das Klemmbrett auf den Schreibtisch, kreuzte die Arme vor seinem Brustkorb und zog eine Augenbraue hoch. Er amüsierte sich so prächtig wie schon lange nicht mehr. Eigentlich, seitdem die niedliche Carolina ihn als Master erwählt hatte, um sie in die Geheimnisse von Schmerz und Demut einzuweihen. Aber leider war sie vergeben, und ihre Ehe mit Richard hatte auf der *Insel* die nötigen Vitaminspritzen erhalten. Die beiden waren unglaublich glücklich, und Alec war unglaublich neidisch. Doch es war kein böser Neid, vielmehr ein anspornender, dass für ihn vielleicht nicht alles verloren war. Er hatte sich über die Jahre ausgetobt und war dabei zur Ruhe gekommen, hatte sein emotionales Gleichgewicht gefunden. Das zumindest hatte er sich eingeredet, bis er auf Carolina getroffen war. Als Master konnte er seine mentalen und körperlichen Bedürfnisse in den Sessions befriedigen. Er vergnügte sich mit Frauen in Spielbeziehungen, ließ keine davon näher an sich heran. Liebe war gefährlich, er hatte sie gekostet, und der bittere Geschmack lag plötzlich unerwartet auf seiner Zunge. Er schluckte die unangenehmen Erinnerungen hinunter, weil er nicht in Gefahr war, sich jemals wieder zu verlieben. Daran hatte er Jahre gearbeitet. *Nicht wahr, Alec? Du wolltest es doch auf diese Weise!* Und wieso fühlte er sich so leer, unzufrieden, sogar rastlos?

Leider war in der heutigen Gruppe niemand, der zu seinen Vorlieben passte. Aber das bedeutete nicht, dass er sich nicht ein wenig vergnügen konnte. Sienna presste die hübschen Lippen aufeinander, die zu einem Mund gehörten, der prächtig aussehen würde, wenn er seinen Schwanz lutschte und ihre Wangen vor Tränen glänzten. Alec liebte das kostbare Nass, entstanden durch die submissive Neigung seiner Spielgefährtin, gepaart mit einer absoluten Hingabe.

Die nervöse Kleine fasste einen Entschluss und öffnete die Knöpfe ihrer Bluse. Es juckte Alec in den Fingern, sie aufzureißen, ihr in den Hals zu beißen, an dem Ansatz ihrer Brüste zu knabbern und die zarten Spitzen so hart zu saugen, dass sie vor Lustschmerz keuchte.

Sie faltete das Kleidungsstück ordentlich zusammen und legte es auf den Boden. Sienna trug einen grünblauen Spitzen-BH, der genau zu ihren Augen passte, dabei die sahnige Farbe ihrer Haut unterstrich. Mrs. Muffin sah ihm direkt in die Augen. Mutig war sie ja. Im Gegensatz zu manch anderem Master liebte er Blickkontakt, erwartete ihn sogar, außer er untersagte es der Devoten, was er nur im Ausnahmefall tat.

„Jetzt die Stiefel."

Sie öffnete die Reißverschlüsse der Stiefel. Ah, da hatte das kleine Biest das Telefon versteckt, er hätte auf ihr Höschen gewettet. Sienna hatte es mit Klebestreifen an ihrem Schienbein befestigt.

Sie griff nach dem Klebeband.

„Nein, Sub. Das entferne ich."

Hektische rote Flecken bildeten sich auf ihren Wangen, und sie starrte beschämt auf die Fliesen. Ob sie ein passendes Spitzenhöschen trug? Zu gern würde er den zarten Stoff bis zu ihren Knöcheln zerren, sie über seine Knie beugen und ihr den verführerischen Arsch versohlen, bis sie alles um sich herum vergaß. Eins nach dem anderen, jetzt war es Zeit herauszufinden, was sie unter dem Rock verbarg.

Wie ihre Hände zitterten! Und doch sah er Neugierde in ihrem Gesicht. Er wollte ihr noch ein wenig Angst einjagen, blickte ihr daher geradewegs in die Augen, legte die beiden Silberringe ab und löste die Schnalle der Armbanduhr, während er damit kämpfte, wegen ihrer unbeschreiblichen Mimik nicht zu lachen. Anschließend öffnete er die Knöpfe seiner Hemdärmel. Ihr Blick war wie festgesaugt an seinen Bewegungen. Betont langsam rollte Alec sich die Ärmel hoch, ballte seine Hände mehrere Male hintereinander zu Fäusten und lächelte sadistisch. Sie wurde abwechselnd rot und weiß, schwitzte und fror. Sienna versuchte ihn einzuschätzen, doch sie hatte keine Ahnung, worauf sie sich eingelassen hatte, als sie seine Aufmerksamkeit durch ihren unbedachten Ungehorsam auf sich gezogen hatte.

Er gab zu, hätte sie es nicht getan, würde sie jetzt kichernd in ihrem Bungalow stehen und hätte morgen einen von den Doms abbekommen, die es mochten, milden Schmerz zu verursachen. Nun musste sie mit ihm zurechtkommen, wenn auch nur für diesen Abend. Er deutete hinter sie.

„Dreh dich mit dem Gesicht zur Wand, Hände in Kopfhöhe flach dagegen drücken. Und egal, was ich tue, sie bleiben dort. Hast du mich verstanden, Sub Sienna?"

Erneut dieses erfrischende Funkeln, während sie versuchte zu reden. Sie benötigte drei Anläufe, ehe sie ein Ja hervorwürgte. Die Kleine testete seine Geduld, daher packte er ihren Nacken.

„Was war das?", knurrte er.

Ihre Pupillen weiteten sich, und er sah, dass sie devot war, durch und durch. Aber war sie auch masochistisch veranlagt?

Mhmm.

Sein Schwanz zuckte, und erneut stellte er sich vor, sie über seine Knie zu legen, um ihr ordentlich den Arsch zu versohlen, bis sie nicht mehr wusste, wie ihr geschah. Sollte sie nicht kooperieren …

„Ja, Master Alec", wisperte sie mit einem zuckersüßen Augenaufschlag, gepaart mit diesem Lächeln, das Steine verflüssigen konnte, so niedlich war es.

Er streichelte mit dem Handrücken an der Seite ihres Halses entlang, und sie lehnte sich förmlich in die Berührung. Interessant! Sie hatte zwar Angst vor ihm, doch es war keine Todesangst, sondern eine erregende Furcht. Ihm gefiel, wie sehr sie auf den leichtesten Reiz reagierte - mehr als gut für ihn sein konnte. Die kleine Mrs. Muffin war tabu für den wilden Teil seiner Dominanz. Sein Herz beschleunigte, und er wusste nicht wieso. Vielleicht war es auf die unglaubliche Anziehungskraft zurückzuführen, die sie auf ihn ausstrahlte.

Wie er verlangt hatte, nahm sie die befohlene Position ein, und ihre zarten Hände mit den zerbrechlichen Fingern zitterten deutlich. Der Anblick erregte ihn stärker, als er es sollte.

Er wollte mehr von ihrem Arsch sehen. „Drück dein Becken ein wenig nach hinten", sagte er sanft. Er setzte gerne diesen Tonfall ein, denn dieser wirkte bei süßen Devoten gleich eines Brandbeschleunigers.

Der grün-weiß gemusterte Rock klebte an ihren drallen Pobacken, und es juckte ihn, seinen Gürtel aus den Schlaufen zu ziehen.

Reiß dich zusammen. Sie ist nicht für dich!

Er stellte sich dicht hinter sie und holte tief Luft. Sie duftete so gut! Nach frisch gebackenen Keksen. Das musste er sich einbilden.

Oh mein Gott. Er hat sich die Ärmel hochgerollt, seine Ringe abgelegt, sogar die Armbanduhr. Und dieses sadistische Lächeln!

Obendrein hatte der fiese Master sich dabei Zeit gelassen, um sie zu quälen. Es war ihm hervorragend gelungen, denn niemals zuvor war sie so aufgewühlt gewesen und so … geil! Ein züchtigeres Wort war nicht ausreichend, um ihren Zustand zu beschreiben. Sie war bereit, ihn anzuspringen, ihn in sich zu fühlen, zu erfahren, ob es ihm gelingen würde …

Sienna unterbrach den Gedanken, konzentrierte sich lieber auf ihre unangemessenen Reaktionen, die ihren wollüstigen Leib heimsuchten. Sie spürte eine verräterische Nässe, die sich in ihrem Höschen sammelte. Wie konnte es sein, dass dieser Dominante sie dermaßen anmachte? Dabei hatte er noch gar nichts getan, außer ihr ein paar Befehle zu geben. Wahrscheinlich war es darauf zurückzuführen, dass sie seit Ewigkeiten die Berührungen eines Mannes vermisste, und er war mehr Mann, als sie es gewohnt war. Jedoch stellte sie eine Herausforderung für die Manneskraft dar, weil sie nur sehr schwer einen Orgasmus erreichte – wenn überhaupt. Mist! Jetzt hatte sie doch daran gedacht. Das war der Grund, warum Brandon sich von ihr getrennt hatte. Am Ende ihrer Beziehung hatte sie sich während des Sexes nur noch verkrampft und keine Erfüllung gefunden, egal, wie lange er sie gefickt hatte. Emily meinte, es wäre nicht ihre Schuld, sondern seine. Sienna seufzte innerlich, denn sie wusste, es war ganz allein ihr Versagen. Auch aus diesem Grund hatte sie diesem Urlaub zugestimmt. Sie brauchte einen Höhepunkt, Selbstvertrauen, die Erkenntnis, dass man Spaß mit ihr beim Sex haben konnte. Ihre Arbeit ließ ihr nicht die Zeit und sie hatte nicht die Geduld, um sich mit Dates zu befassen. Zudem erschien es ihr zu gefährlich, eventuelle Neigungen mit irgendeinem Kerl zu erforschen. Bei Master Alec verspürte sie keine Bedenken. Zwar drohte ihr das Herz aus der Brust zu springen, doch es war ein herrliches Gefühl – belebend und stimulierend. Was er wohl getan hätte, wenn sie sich widersetzt hätte? Die Vorstellung berauschte sie mehr, als gut für sie sein konnte.

Er stand dicht hinter ihr, so nah, dass sie seine Körperwärme spürte, sie sich danach sehnte, dass er sich gegen sie lehnte. Seine starken Finger streiften ihren Rücken, strichen über ihren Rippenbogen und umfassten den Gummibund ihres Rockes. Langsam, irgendwie sinnlich, zog er ihn hinunter. Sobald er ihre Hüften verließ, schwebte der Stoff zu Boden.

Wie heiß es sie machte, vor einem wildfremden Mann zu stehen, in dieser hilflosen aufreizenden Pose! Es war so unzivilisiert, passte nicht in die moderne Welt und war daher unglaublich erregend. Ein verbotenes Gefühl! Emily hatte ihr geschworen, dass sie auf der *Insel* immer in Sicherheit sein würde, selbst wenn sie sich nicht so fühlte. Die Master waren einem Kodex unterworfen, den sie niemals verletzten. Gerade das würde den Reiz des Spiels ausmachen, auch, dass sie sich durchsetzten.

Sienna kämpfte mit dem Instinkt, ihre Hände von der Wand zu lösen, sich umzudrehen und zu flüchten. Doch wo sollte sie hin? Das Resort lag mitten im Nirgendwo in den Bergen um Pasadena. Außerdem war es das erotischste Abenteuer, das sie jemals erlebt hatte - ein wahr gewordener Traum. Was würde Master Alec ihr antun?

Sie peitschen? Der Gedanke erschreckte sie nicht halb so sehr, wie er es sollte. Stattdessen sehnte sie herbei, dass er ihr Schmerzen zufügte, sie endlich erfahren würde, ob erlittener Lustschmerz sie ebenso erregte wie die Lektüre darüber, ob die Realität mit ihren Fantasien mithalten konnte.

Oder würde sie auch hierbei versagen? Keinen Höhepunkt erreichen? Wenn sie doch nur nicht so unglaublich aufgewühlt und durcheinander wäre.

Er schnupperte an ihrem Nacken, stand ansonsten still hinter ihr. Hatte sie schon immer so schnaufend geatmet? Master Alec streichelte mit seinen Lippen über ihre Schultern, und ihre Haut erwachte zum Leben, reagierte auf den leichten Reiz mit Sehnsucht. Wie konnte es sein, dass sie sich so ungezügelt zeigte? Sie, die frigide Sienna, die laut Brandon lieber Blanche heißen sollte – kühl, weiß, frostig.

Doch im Moment strömte ihr Schoß eine Hitze aus, die ihrem Namen gerecht wurde. Siennarot war eine wilde Farbe; leuchtend und strahlend.

Er umfasste ihre Schultern mit festem Griff, ohne ihr wehzutun.

„Fürchtest du dich vor mir, kleine Mrs. Muffin?“, fragte er mit einer Stimme, die liebkosend über ihre Sinne floss.

Sie wusste es nicht, weil zu viele Emotionen in ihr wüteten, eine Mixtur bildeten, die sie berauschte.

„Nicht so sehr, wie ich es vielleicht sollte, Master Alec“, wisperte sie mit einer Stimme, die zitternd und unterwürfig aus ihrem Mund kam.

„Ist das so?“ Irgendwie hörte er sich zufrieden an, als reagierte sie nicht so, wie er es erwartet hatte, und ihn die Antwort erfreute.

Er löste die Hände von ihren Oberarmen, fasste um sie herum und legte die herrlichen Handflächen um ihre Brüste. Die zarte Spitze stellte keine Barriere gegen den Reiz dar. Mit den Daumen streichelte er ihre Nippel, die geschwollen und pochend auf stärkere Stimulation warteten. Sie biss sich auf die Zunge, um sich davon abzuhalten, ihn anzuflehen sie zu zupfen, denn sie ahnte, es wäre nicht ratsam, ihn weiter herauszufordern. Master Alec nahm die Hände langsam fort, und sie spürte seine Finger auf ihrem Rücken, bevor er den BH öffnete. Noch niemals zuvor hatte ein Kerl sie so sexy ausgezogen, sie so sehr dabei erregt.

Ihre Hoffnung, dass er jetzt ihre Nippel stimulieren würde, erfüllte sich nicht. Stattdessen ging er hinter ihr in die Hocke, um das Telefon von ihrem Bein zu entfernen. Sie presste die Lippen aufeinander, drückte sich hart gegen die Wand, weil sie vermutete, dass er das Klebeband schmerzvoll abreißen würde, so wie sie es für den Frevel verdiente.

„Keine Angst. Du solltest dich lieber um deinen Arsch sorgen."

Ihr Magen zog sich flatternd zusammen, während die Aussicht auf Schmerz ihren Po unverständlicherweise mit Freude erfüllte. Vorsichtig löste er das Tape und steckte ihr Mobiltelefon ein. Das würde sie wohl nicht mehr wiedersehen.

Er streifte ihr das Höschen von den Hüften und befahl ihr, die Beine anzuheben, sodass er die Kleidungsstücke zur Seite werfen konnte. Und dann richtete er sich auf.

„Spreiz deine Schenkel, Sub!"

Aus ihrem staubtrockenen Mund entwich kein Protest, zu sehr heizte sie dieses Spiel an.

„Du bist unsagbar erregt, Sienna. Wie kann das sein?"

Die Worte formten sich in ihrem Gehirn, bereit, über ihre Lippen zu wandern, doch genau in diesem Moment legte er seine raue Hand mit gespreizten Fingern auf ihren Bauch. Die simple Berührung jagte durch ihren Leib, entlockte ihr einen zischenden Atemzug. Seine Hand auf dieser unschuldigen Körperstelle war unglaublich intim, persönlich und tief gehend. Sie war ihm ausgeliefert, schlimmer, als hätte er sie gefesselt, denn sie brauchte ihre gesamte Willensstärke, um ihre Handflächen auf der verfluchten Wand zu lassen. Sie zitterte am ganzen Körper, nicht vor Furcht, sondern weil dieser Mann ihr sprichwörtlich unter die Haut ging.

Die Hitze seiner Berührung sickerte unter die Oberfläche, brennend, verlangend, sinnlich. Sein kleiner Finger lag genau oberhalb ihrer Spalte, Millimeter von ihrer süßesten Stelle entfernt. Er wusste bereits, dass sie beschämend erregt war, das war ihm nicht entgangen, in dem Moment, als er ihr das furchtbar nasse Höschen ausgezogen hatte. Master Alec umfasste mit der anderen Hand ihre Kehle, und erneut entwich ihr dieser Laut, der ein Echo ihres Zustandes darstellte, als sei sie Catwoman, die schnurrend darum bettelte, gefickt zu werden, aber erst nachdem sie unterworfen worden war.

Er bog ihren Kopf leicht nach hinten und presste seinen harten Körper an ihre Rückseite. Ihre überempfindliche Haut kribbelte und prickelte, während ihr Herz so schnell schlug, dass er es spüren musste.

„Antworte mir endlich, kleine Sub, oder möchtest du, dass ich dich zwinge?" Sanft streichelte sein Finger über die Seite ihres Halses, und er lachte, da er die pochende Halsschlagader fand.

Sie hatte seine Frage vergessen, konnte sich kaum an den eigenen Namen erinnern und wusste nicht mehr, wo rechts und links war. Er steigerte den Druck auf ihren Hals, bis sie ihren Kopf so weit zurückbog, dass er in ihre

Augen sehen konnte. Wie ein Hammerschlag durchfuhr es sie, sobald sich diese grünbraune Intensität mit ihrer Seele vereinte.

Oh, du ehemals frigide Sienna! Was ist los mit dir? Niemals zuvor hatte sie auf diese Weise auf einen Kerl reagiert. Vielleicht war es seine Dominanz und jeder Master würde sie dermaßen beeindrucken. Sie betete, dass dem so war. Was musste er nur von ihr denken? Er fand sie bestimmt rückgratlos, weinerlich, leicht beeinflussbar und langweilig.

Doch sein Blick drückte etwas anderes aus, von seinem harten Schwanz ganz zu schweigen, der sich verführerisch an ihrem Po rieb. Er sah sie an wie ein Master - gierig, überlegen, kontrolliert. Sie war so was von aufgeschmissen!

„Hast du meine Frage vergessen?“ Ein Hauch von Belustigung zeigte sich in den goldgefleckten Augen.

„Ja, Master Alec“, wisperte sie.

„Hmmm.“

Hmmm?

Er führte mehr Druck mit seiner Handfläche aus und berührte mit seiner Fingerspitze endlich diese pochende Stelle. „Du bist unglaublich empfindlich, empfänglich und ungezogen.“ Es hörte sich wie ein Lob an, und seine autoritäre Stimme vibrierte über ihren Leib. Sie hielt seinem Blick nicht stand, und ihre Lider flatterten zu. Sie wusste nicht, ob es gestattet war, aber sie war zu schwach, um ihn weiterhin anzusehen. Er kommentierte ihr Verhalten nicht, stattdessen presste er die Fingerkuppe auf ihren Kitzler, der ebenso nass war wie der Rest ihres Geschlechts. Sie konnte nirgendwo hin, konnte dem drängenden Reiz, der ihren Körper entlangjagte, nicht entkommen. Die Spannung schwand aus ihren Armen, und sie wäre gefallen, hätte er sie nicht gehalten. Wie lange war es her, dass sie durch die Hände eines Mannes einen Orgasmus erreicht hatte? Er war ein Fremder, und diese Situation war eine sinnliche Eskapade, bei der sie die Hauptrolle spielte.

„Hast du die Papiere gelesen, die Regeln begriffen, Sienna?“ Er zupfte an ihrem kurzen Schamhaar.

Shit! Sie erinnerte sich deutlich an Punkt sieben, an die Order, dass sie frisch rasiert im Resort auftauchen sollte. Doch sie hatte bis zur letzten Sekunde an der Zusammenstellung der Speisen gearbeitet, und ihr hatte schlichtweg die Zeit gefehlt. Sienna hatte es morgen früh unter der Dusche erledigen wollen.

„Du, kleine Sub, weckst meine Kreativität, und ich bezweifle, dass sie dir gefallen wird.“ Er unterstrich seine Worte mit festem Fingerdruck, umschmeichelte ihre Lustperle erneut und rieb sie dann so hart, dass sie seiner Stimme nicht mehr folgen konnte. Sie presste die Lippen aufeinander, um das Stöhnen zurückzuhalten, das ihr so gern entschlüpft wäre. Er rutschte tiefer mit dieser herrlichen starken Hand, bis sein Daumen auf ihrer pochenden Stelle lag, und drang mit dem Mittelfinger vorsichtig in ihr Geschlecht ein. Er war so zärtlich und gleichzeitig unerbittlich.

Sie stöhnte laut und ungezügelt, unfähig, es eine Sekunde länger zu unterdrücken. Langsam bewegte er den Finger, während sein Daumen sie in den Wahnsinn trieb, weil er sie gleichmäßig stimulierte, sich der Höhepunkt unter seinen kundigen Berührungen in ihr aufbaute wie eine Welle, die auf einer Klippe aufschlug, sich zurückzog, nur um beim nächsten Mal noch höher zu donnern.

Das Pulsieren steigerte sich, bis sie wusste, sie würde einen Orgasmus bekommen, allein durch seine Hände. Endlich!

Erneut umfasste Master Alec mit der anderen Hand ihre Kehle. Es war unglaublich erregend, sich ihm so darzubieten, sich ihm auf diese Weise auszuliefern, zu wissen, dass obwohl er alles mit ihr tun könnte, sie bei ihm sicher war. Daran zweifelte sie nicht eine Sekunde.

„Wehe, wenn du kommst, Sienna“, wisperte er gegen ihren Nacken.

Zuerst glaubte sie, sie hätte ihn missverstanden. Doch er erhöhte den Druck auf ihre Kehle. Sienna presste die Lider zu, versuchte einen sinnlosen Moment, ihm zu gehorchen, und versagte fröhlich. Einen Teufel würde sie tun, sie wollte ihren Höhepunkt, den hatte sie sich verdient. Er würde ihr den Seelenfrieden zurückgeben, ihr beweisen, dass sie eine Frau war – eine leidenschaftliche Frau, die Spaß beim Sex hatte.

Master Alec wollte sie sowieso bestrafen, da kam es auf eine weitere Verfehlung nicht mehr an. Für diesen Orgasmus nahm sie gern Qual in Kauf.

Er löste die Handfläche von ihrem Hals, umfasste stattdessen ihre rechte Brust und zupfte fest an dem Nippel, so hart, wie es noch niemand getan hatte. Der köstlich brennende Schmerz strömte geradewegs in ihren Schoß, verband sich mit dem Pulsieren, und wie Lava erfasste der Reiz jede ihrer Nervenbahnen. Selbst wenn sie nicht so entschlossen wäre ungehorsam zu sein, konnte er nicht ernsthaft erwarten, dass irgendeine Frau sich beherrschen könnte. Das war schlichtweg unmöglich.

Getrieben von dieser Lust drückte sie ihr Becken nach hinten. Und dass er es ihr verboten hatte, steigerte die Begierde ins Unermessliche.

„Tu das nicht, Sugar“, knurrte er, als pure Ekstase, ausgehend von seinen Händen, durch ihre sensiblen Körperstellen raste, sie unumkehrbar packte, bis ihre Lustperle zuckte. Er ließ nicht etwa von ihr ab, sondern biss ihr stattdessen schmerzhaft in den Schultermuskel. Die Pein trug zu ihrer Erfüllung bei, denn auch sie vermischte sich mit den Wellen, die über sie spülten. Inzwischen zwirbelte er die linke Brustwarze noch fester, als er es bei der rechten getan hatte. Er hielt sie in einem unerbittlichen Griff, und ebenso unerbittlich war ihr Orgasmus. Sie schrie, obwohl sie es nicht wollte, zuckte, und er stimulierte sie erbarmungslos, bis der unglaublich köstliche Höhepunkt abebbte. Längst hatte sie ihre Hände von der Wand gelöst, umklammerte stattdessen seinen Unterarm und traute sich nicht mehr, sich zu rühren.

„Das hättest du nicht tun sollen, kleine Mrs. Muffin“, flüsterte er gegen ihren schweißnassen Nacken, mit einer Stimme, die an ihren Nerven zerrte, so streng hörte sich sein Wispern an. Master Alec packte sie an den Schultern, um sie umzudrehen. Sie wollte ihn nicht ansehen. Er sollte nicht erkennen, wie sehr er sie berührt hatte, wie viel er für sie getan hatte, wie großartig und gleichzeitig verstört sie sich fühlte, jetzt, wo der Nachklang verhallte.

Obwohl sie sich versteifte, drehte er sie um. Sobald sie ihn ansah, waren sie auf einmal da, die Tränen, die sie dermaßen lange in sich eingeschlossen hatte, weil sie ein Bekenntnis ihres Versagens darstellten. Brandon hatte es gehasst, wenn sie geweint hatte.

Kapitel 2

Alec fasste es nicht, dass sie so heftig und offensichtlich gekommen war, trotz seines Verbotes, ohne auch nur zu versuchen, den Orgasmus zurückzuhalten. Er hatte gewollt, dass sie einen Höhepunkt erlangte, und hätte sein Ziel in jedem Fall erreicht, doch er hatte gedacht, er müsste sich mehr Mühe geben.

Eine erfahrene Masochistin wäre jetzt zu seiner Belohnung an einem Andreaskreuz gelandet, und er hätte sie bestraft für dieses Vergehen, sodass die Striemen ein paar Tage sichtbar gewesen wären, sie bei jedem Schritt daran erinnern würden, was sie getan hatte.

Sienna war gänzlich unerfahren. Aber er fragte sich, wie masochistisch sie war. Er hatte sie hart gebissen und unter den Händen gespürt, wie sehr es ihre Gier gesteigert hatte.

Er wollte in ihren Augen sehen, was sie in diesem Moment fühlte. Fasst gewaltsam drehte er sie um, da sie sich widersetzte, jedoch sah er nicht das, womit er gerechnet hatte. Kein Trotz, kein Triumph, sondern sie wirkte verletzt, verstört, weil etwas, das sie lange belastet hatte, von ihr genommen worden war.

„Bitte, Master Alec“, stammelte sie. Sie schluckte hart, versuchte, den Tränenstrom zurückzudrängen, der sich dennoch seinen Weg suchte. „Bitte, sei nicht böse … du verstehst nicht … konnte nicht … kalt wie … Eiszapfen.“

Sie presste sich zitternd an die Wand, und er verstand kaum, was sie sagte, weder die Worte noch die Bedeutung. Alec hob sie auf die Arme, ignorierte ihren Protest und trug das bebende Bündel zu der Couch. Eigentlich sollte er sie über die Lehne beugen und ihr mindestens hundert Schläge verabreichen, die sie in nicht einmal einer Stunde angesammelt hatte für all ihre Vergehen.

Selbst er hatte bis jetzt niemals eine dermaßen hohe Anzahl von Schlägen in einem Rutsch bei einer Session verabreicht, und er gedachte nicht, ausgerechnet bei Sienna damit anzufangen, sogar da er den Schmerz so einteilen könnte, dass sie es aushalten würde.

Er setzte sich mit ihr auf das schwarze Ledersofa, zog mit einer Hand eine Decke von der Lehne und legte sie ihr um die Schultern. Die Kleine sackte nach kurzer Gegenwehr in sich zusammen und vergrub das hübsche Gesicht in seiner Halsbeuge. Sie weinte, als hätte er ihr tatsächlich den Arsch, die Oberschenkel und sämtliche anderen Körperteile versohlt, die Schläge aushielten, ohne die Sub zu verletzen.

Hier stimmte etwas nicht! Sie war vollkommen aufgelöst und das, nachdem sie einen wunderschönen Orgasmus genossen hatte, sie so viel Mut besessen hatte, sich seiner Order zu widersetzen. Und es war verdammt gut gewesen, sie in seinen Armen zu halten, als sie ihn dermaßen – trotz oder gerade wegen seines Verbotes – bekommen hatte.

Sie schien keine richtige Angst vor ihm zu haben. Alec liebte es, mit den Ängsten einer kleinen Sub zu spielen, aber diese Ängste waren von dem Lustspiel geprägt und von ihm gewollt, entstanden niemals aus Furcht vor ihm als Mann. Ihr Weinen war wirklich herzerweichend, obendrein ein Indiz, dass eine Menge dahintersteckte. Er seufzte innerlich. Da konnte nur ein Arschloch der Grund sein, und sie hatte es lange in sich vergraben.

Er gab zu, dass er sie mit Vergnügen in seinen Armen hielt, während sie ihm ihre Tränen anvertraute. Er würde den Dominanten, den sie morgen erwählte, über diesen Zusammenbruch informieren, sodass er es in ihren Aufenthalt mit einbeziehen konnte, und wenn sie die *Insel* verließ, würde sie diese Last nicht mehr spüren. Aber wie gern würde er sie für sich behalten …

Scheiße! Das ging nicht, er würde sie auf Dauer mit seinem Sadismus überfordern. Der eigene Schmerz packte ihn plötzlich, als er sich an Valerie erinnerte, was er ihr ungewollt angetan hatte und wie sehr sie ihn zum Schluss gehasst hatte für das, was er war. Das letzte Mal, dass er geliebt hatte.

Er hatte Valerie und sich selbst vor all den Jahren überfordert, und das bittere Gefühl verfolgte ihn noch heute. Was er getan hatte, war nicht mit seiner damaligen Unerfahrenheit zu entschuldigen. Eigentlich hatte er gedacht, er hätte sich mittlerweile mit der düsteren Seite in sich arrangiert, doch diese Wahrnehmung war nur eine Illusion gewesen. Als die kleine Carolina ihn als Master erwählt hatte, war seine Lüge über ihm zusammengebrochen, auch wenn er es erst jetzt zugab. Die süße Sub wusste bis heute nicht, was sie ihm angetan hatte. Als Bonus hatte er sich noch mit Rachel befassen können, die ihn fürchtete. Obendrein machte es ihm einen Heidenspaß mit ihrer Angst zu spielen, weil es die Angst der positiven Sorte war. Doch Rachel war nur bedingt masochistisch veranlagt, und sie liebte Liam, der zu blöd war, um es zu erkennen.

Nichts war so, wie es vor wenigen Wochen gewesen war. Es genügte ihm nicht mehr, sich auf reine Spielbeziehungen einzulassen. Er brauchte mehr, wie viel mehr, wurde ihm genau jetzt bewusst, als er eine unerfahrene Devote in den Armen hielt, die seine Haut mit ihren Tränen benetzte, ohne dass er ihren Arsch mit Hitze überzogen hatte.

Mist!

Er fühlte sich eigenartig Sienna gegenüber. Die Distanz, die er immer zu seiner jeweiligen Spielgefährtin aufrechterhielt, war bei ihr unmöglich einzuhalten, obwohl er versuchte, sein in Ketten gelegtes Herz dort zu lassen, wo es hingehörte.

Alec wohnte auf der *Insel* und arbeitete von hier aus. Ihm und David gehörte ein Architekturbüro, und sie hatten auch das BDSM-Resort gemeinsam gegründet. Es verlangte ihn, Sienna in sein privates Domizil zu verschleppen, um sie für ihren zweiwöchigen Aufenthalt bei sich zu behalten – nackt, bebend und gezeichnet von seiner wilden Seite. Etwas, das für ihn ein Tabu war. Subs bekamen niemals seinen Bungalow von innen zu sehen, weil es eine Intimität darstellte, die er nicht bereit war zu teilen. Ließe er sie in diesen Bereich seines Lebens, würden sie mehr von ihm wollen, als er geben wollte oder konnte.

Diese Hirngespinste waren unmöglich, also verstaute er diese Wünsche am besten sofort in den hintersten Winkel seines Gehirns, zusammen mit den anderen Sehnsüchten, bis er sich unter Kontrolle hatte, er wieder der Mann war, der er sein wollte.

Er lenkte seine Gedanken auf Sienna und ihren Zusammenbruch. Auf dem Fragebogen hatte sie keine Phobien angekreuzt, medizinisch war alles in Ordnung mit ihr, und doch hatte er in ein Wespennest gestochen, und das, ohne sie mit seiner Hand zu züchtigen. Alec wartete geduldig, bis sie aufhörte zu zittern, die Tränen allmählich versiegten und sie obendrein versuchte, von seinen Knien zu springen. Er umfasste sie an der Taille und hielt sie mühelos in Schach, indem er noch zusätzlich ihre schmalen Handgelenke mit einer Hand umklammerte.

„Du stehst erst auf, wenn ich es dir erlaube, kleine Sub."

Sie erstarrte einen Augenblick und hörte auf, gegen ihn anzukämpfen. Ihr Körper wurde weich, anschmiegsam, und Sienna kuschelte sich an ihn. Daran könnte er sich gewöhnen.

„Was bedrückt dich?"

Er konnte förmlich sehen, dass die Gedanken in ihrem Kopf herumwirbelten, ihr Verstand darum kämpfte, die Oberhand zu gewinnen, jetzt, wo der Rausch nachgelassen hatte und der Tränenstrom versiegt war. Er zog ein paar Papiertücher aus einer der Boxen, die überall herumstanden, und reichte sie ihr. Sie putzte sich die Nase, und beschämt sah sie zu ihm auf.

„Ich möchte nicht darüber reden", sagte sie mit einer Stimme, die deutlich demonstrierte, dass sie es doch wollte, sich aber nicht traute. „Ich möchte endlich in meinen Bungalow."

„Möchtest du das?", sagte er mit einer Stimme, die ihr aufzeigte, dass ihn das nicht im Geringsten interessierte, sie erst von ihm loskam, wenn er es für richtig erachtete. Es wäre verantwortungslos, sie in diesem Zustand allein zu lassen, das könnte er weder mit dem Master noch mit dem Mann in sich vereinbaren.

Mit großen Augen starrte sie ihn an, realisierte, dass er nicht wie die anderen Männer war, mit denen sie es sonst zu tun hatte. Er würde nicht zögern, die Wahrheit, notfalls mit Gewalt, aus ihr herauszukitzeln. Und dieses Herauskitzeln würde ihm höllisch viel Vergnügen bereiten. Ihr auch? Er wünschte, dem wäre so.

„Du hast mir deinen Körper anvertraut, Sienna. Doch ich verlange mehr. Auf der *Insel* herrscht zwischen dem dominanten und dem submissiven Part ein Vertrauensverhältnis. Wenn ich deiner Reaktion nicht auf den Grund gehe, verletze ich dein Vertrauen." Er lächelte sie an, beruhigend, aber dennoch streng. Würde er jetzt versagen, könnte er sie gleich nach Hause schicken, denn sie würde den Mastern auf der *Insel* nur mit Misstrauen begegnen, sich aus ihrer Verantwortung, die sie als Sub hatte, herauswinden.

„Und wenn ich nicht darüber reden will?"

„Dann kannst du sofort die Heimreise antreten, weil du mein Vertrauen missbrauchst. Du hast wichtige Sachen auf deinem Fragebogen ausgelassen, mich der Gefahr ausgesetzt, dass ich dir Leid zufügen könnte, von dem wir uns beide nicht erholen würden." Es schadete nicht, ein wenig in seinem Fall zu übertreiben, doch ein unerfahrener Dominanter wäre überfordert gewesen. Ein Zusammenbruch in einer Session, der aus Unwahrheiten entstanden war, zerstörte so manchen Kerl, der gerade dabei war, die eigene wilde Seite zu erforschen, richtete manchmal sogar mehr Schaden bei ihm an als bei der Sub.

Er nahm eine Flasche mit Wasser von dem Tisch, der neben der Couch stand, öffnete sie und füllte einen Plastikbecher, den er ihr an die Lippen hielt. Er gewährte ihr ein paar Sekunden, um über seine Worte nachzudenken.

Sie trank mit kleinen Schlucken, betrachtete anschließend ihre Hände. „Es tut mir leid, Master Alec. Ich habe es nicht mit Absicht getan, mir keine Gedanken darüber gemacht, dass mein Verhalten unangemessen ist … und auch gefährlich."

Alec verblieb stumm, doch streichelte beruhigend über ihren Rücken.

„Mein Ex, Brandon, hat gesagt, ich sei frigide und kalt wie ein Eisberg", sprudelte es aus ihrem Mund.

Kalt wie ein Eisberg? Frigide? Was war das denn für ein widerliches Arschloch?

„Ich habe keine Orgasmen beim Sex bekommen, egal, wie lange er mich … gefickt hat."

Sie sagte nicht *geliebt*, und Alec vermutete, das Schwein hatte sie wie eine Gummipuppe benutzt, nur die eigenen Gelüste befriedigt, ohne sich um die Bedürfnisse von Sienna zu kümmern. Es war traurig, wie viele Männer es gab, die immer noch nicht wussten, wo die weiblichen Lustzonen waren, und dass es nur sehr wenige Frauen gab, denen ein Schwanz in der Pussy reichte, um zum Höhepunkt zu kommen. Der größte Lustpunkt befand sich im Kopf. Sie dachten, ein langer Fick wäre ausreichend. Doch das Einzige, was sie damit erreichten, war Frust, nicht Lust. Investierte man ein wenig Mühe … dann war der Lohn berauschend. Den Verstand einer Sub auszuschalten, sodass sie ihrem Körper und somit dem Dom hilflos ausgeliefert war, war ein unglaubliches Erlebnis. So sollte es auch in Vanillabeziehungen sein.

Sie holte tief Luft und sah ihn scheu an, sammelte ihren Mut zusammen, er sah es ihr deutlich an. „Wenn du mich dafür bestrafen willst, dann tue es." Sie straffte ihre Schultern. „Doch es war der beste Orgasmus, den ich jemals hatte." Sie presste ihre Nase in seine Halsbeuge, vertrauensvoll und so unglaublich süß.

Alec gab zu, er wusste nicht, was er mit ihr tun sollte. Eigentlich müsste er ihr wenigstens für das Telefon gründlich den Arsch versohlen. Er seufzte innerlich, im Moment stand das außer Frage. Aber er konnte sie auch anders züchtigen und sie erst morgen früh von der Angel lassen. Die kleine Sub würde die Nacht bei ihm verbringen, nackt, und in seinem Bett. Er wusste nicht, wieso diese Idee erneut hochkochte, doch sie gefiel ihm besser, als sie es sollte. Sehr lange nicht hatte er eine ganze Nacht mit einer Frau verbracht. Nach dem Frühstück würde er sie an den Master ihrer Wahl abgeben und ihre Bestrafung, oder vielmehr Bestrafungen, mit ihm besprechen.

„Dass du frigide bist, haben wir gerade eindeutig widerlegt. Hat er dich gestreichelt, bevor und während er dich genommen hat?" Eine niedliche Röte befiel ihre Wangen, und Alec konnte sich nicht helfen, der Sadist in ihm regte sich, sodass er sich fragte, wie sie reagieren würde, wenn er mit ihrer Beschämung spielte und sie zur Schau stellte.

Sie schüttelte den Kopf.

„Nein, Sienna. Ich erwarte eine gesprochene ehrliche Antwort."

Er verlangte viel von ihr, aber mit Halbwahrheiten hatte er sich nach Valerie nicht mehr zufriedengegeben. Sie würden das jetzt klären, egal, wie lange es dauerte. Die Kleine sah zur Seite, und er ließ sie – diesmal –, da es ihr half, leichter zu sprechen. Sie hatte das Vergangene, das Belastende, niemals zuvor vollständig in Worte gefasst, es detailliert ausgesprochen, und wenn überhaupt, hatte sie nur an der Oberfläche gekratzt.

„Er hat mich nur sporadisch geküsst, mich kaum berührt, den Akt stattdessen lange hinausgezogen, bis es schmerzhaft für mich war und ich mich immer mehr verkrampft habe, weil ich seine Erwartungen nicht erfüllen konnte, kläglich versagt habe."

Alec biss die Zähne zusammen, um eine beleidigende Bemerkung zurückzuhalten. Aber er dachte sie: *dieser selbstsüchtige Bastard!*

„Du hast einen lächelnden Smiley neben Oralverkehr gemalt. Du hast Spaß daran, den Schwanz eines Mannes zu lutschen?“

„Ja, sehr sogar.“ Jetzt sah sie ihn an, mit feuerroten Wangen und auch … erleichtert.

„Und andersherum?“

Sie schluckte hart. „Nein, Brandon meinte, dass Männer eine Frau gern lecken würden, wäre ein Märchen aus albernen Weiberromanen.“

„Und du glaubst das gleichfalls?“

Sie seufzte, und die nächsten Worte sprudelten aus ihr. „Ich weiß nicht mehr, was ich glauben soll. Ich habe so lange an mir gezweifelt und habe Brandons Verhalten zwar infrage gestellt, doch er war … überzeugend. Schlussendlich habe ich aufgegeben, vor allem mich selbst.“

Er würde zu gern ihre Pussy lecken, ihr verbieten zu kommen, während er sie mit seinem Mund zwang, schreiend ihre Erfüllung zu erlangen, denn dann hätte er einen Grund, sie nachklingend zu bestrafen.

Hör auf, mit diesem Gedanken zu spielen!

„Wie sieht es mit Kink aus? Habt ihr zusammen etwas ausprobiert? Vielleicht Augen verbinden, Handgelenke fesseln?“

„Nein.“ Sie legte den Kopf in den Nacken, und ein leichtes Lächeln schlich sich auf ihr Gesicht. „Ich hätte ihm nicht vertraut. Aber dir würde ich vertrauen.“

Tatsächlich?

„Hast du keine Angst vor mir, Sub?“

Sie sah nicht weg. „Nein und ja. Ich habe Angst vor dir, doch es ist eine Angst, wie ich sie niemals zuvor gespürt habe. Sie ist berauschend, verführerisch, und ich weiß nicht, wie ich damit umgehen soll, Master Alec.“

Der Kleinen war eine Last von der Seele gefallen, und jetzt flirtete sie mit ihm, wobei sie ihn vor ein Rätsel stellte. Er sollte sie noch ein wenig aus dem Konzept bringen, und diese Frage erreichte immer das Ziel.

„Wie masturbierst du?“ Alec musste sich konzentrieren, um die Mastermimik aufrechtzuerhalten. Wenn Subbies wüssten, wie oft es einem Dominanten schwerfiel, sobald er in ein dermaßen süßes Gesicht sah, nicht loszuprusten, wären sie verdammt, weil die kleinen Monster es gnadenlos ausnutzen würden.

Er umfasste ihr Kinn und streichelte mit dem Zeigefinger über ihre verführerische Unterlippe, und er sah deutlich, dass sie mit dem Gedanken spielte hineinzubeißen, damit sie ihm die Antwort schuldig bliebe. Alec legte puren Stahl in seinen Blick.

„Meistens mit einem Vibrator“, hauchte sie.

„Erreichst du jedes Mal einen Orgasmus?“

„Ja. Aber es reicht mir nicht. Es ist, als ob ich großen Durst hätte und einen Schluck Wasser trinken würde, doch eigentlich die ganze Flasche bräuchte. Die Erfüllung verbleibt an der Oberfläche."

Sienna konnte nicht glauben, war ihr alles über die Lippen gesprudelt war, obendrein wie erleichtert und erschöpft sie sich fühlte. Mit Logik hatte er ihre Bedenken beseitigt und ihr aufgezeigt, dass Brandon ein mieser Liebhaber war. Sie hatte mit Emily über ihr Sexleben gesprochen, aber ihre Freundin war nicht annähernd so tief gedrungen wie Master Alec. Sie hätte ihr nicht geantwortet, wenn sie ihr diese intimen Fragen gestellt hätte. Allerdings ließ er ihr keine Wahl, und das war befreiend. Dieser Mann verwirrte sie. Sie spürte, dass er sadistisch war, auch dass er die Neigung kontrollierte und nicht die Neigung ihn. Die Vorstellung, was er ihr alles antun könnte, erregte sie, als würde ein schwarzer Panther vor ihr stehen und ihr erlauben, seinen Kopf zu streicheln, sie sich aber unsicher war, ob er ihr nicht doch die Hand abbiss.

Emily wartete bestimmt ungeduldig auf sie, würde sie mit Fragen löchern, die sie nicht beantworten konnte. Master Alec war ihr ein Rätsel. Sie passte gewiss nicht in sein Beuteschema, dennoch widmete er sich ihr mit seiner gesamten Aufmerksamkeit. Wahrscheinlich tat er es nur, weil es in seinen Verantwortungsbereich fiel, und nicht, da er sich wirklich um sie sorgte oder sich zu ihr hingezogen fühlte. Sie sollte sich am besten gedanklich sofort von ihm verabschieden, sich morgen mit einem anderen Dominanten anfreunden, der sie in die Anfänge von BDSM einweisen könnte, obwohl sie befürchtete, dass nur Master Alec sie auf diese Weise faszinierte.

Am besten nahm sie gleich eine Dusche, um den Schweiß, die Tränen und vor allem seinen Geruch abzuwaschen. Er roch nach einem frischen Wind, der Regen mit sich brachte, nach einem leichten Aftershave mit einer holzigen Note, und sie fragte sich plötzlich, wie sein Schwanz wohl schmeckte.

Gleichzeitig schämte sie sich. Er hatte ihr einen wirklich überwältigenden Orgasmus geschenkt, und sie hatte nichts für ihn getan, außer ihn mit ihren Sorgen, Fehlern und Unzulänglichkeiten zu belasten. Er hatte ihr nicht einmal den Arsch versohlt, etwas, das, da war sie sich sicher, ihm größtes Vergnügen schenken würde. Er wollte sie bestimmt schnellstens loswerden.

Sie hatte nicht die geringste Ahnung, was er über sie dachte, und das ängstigte sie dermaßen, dass die verhasste Unsicherheit sie ansprang und niederrang. Er festigte seinen Griff um ihre Taille, weil er sie bereits in ihre Bestandteile zerlegt hatte und nur zu gut wusste, was in ihr vorging.

„Du bleibst über Nacht bei mir", sagte er mit diesem Tonfall, der keinen Widerspruch zulassen würde.

Oh Gott, nein!

Sie brauchte Abstand zu ihm, musste grübeln, eine Taktik aushecken, wie sie ihn am besten vergaß - seine Hände, seine Stimme und diese Dominanz, die ihr wie prickelnde Perlen den gesamten Körper entlangliefen.

„Nein, Alec. Ich will das nicht." Kaum waren ihr die Worte über die Lippen geflossen, wusste sie, dass sie einen Fehler begangen hatte. Sein Ausdruck änderte sich innerhalb eines Sekundenbruchteils. Er sah sie mit purer Gier an, und er ließ sie seinen Sadismus sehen.

„Sienna!", flüsterte er dermaßen nachdrücklich, dass sie versuchte, von seinen Knien zu springen. Doch er hinderte sie daran, mit einer Leichtigkeit, die ihren Zorn schürte. Zu viel war in der letzten Stunde geschehen. Oder war mehr als eine Stunde vergangen? Sie vermochte es nicht zu sagen. „Deine Respektlosigkeit hat das Ende meiner Geduld erreicht. Du hast mich zum wiederholten Male nicht richtig angeredet und mir widersprochen, ungeachtet des Wissens, dass Ungehorsam Konsequenzen nach sich zieht. Anscheinend glaubst du mir nicht. Inzwischen hast du dir bereits mindestens einhundert Schläge eingebrockt, etwas, das ich bis jetzt nicht erlebt habe. Entweder bist du ignorant oder du legst es darauf an."

Deutlich realisierte sie in diesem Moment, dass sie es ungeplant, dennoch mit Absicht getan hatte. Sie hatte instinktiv gehandelt, weil sie das Gefühl hegte, dass sie diese Seite von ihm noch heute Abend kennenlernen musste, um ihren Seelenfrieden zu finden. Aber würde er sie wirklich so oft schlagen? Würde sie es ertragen? Sein inzwischen eisenharter Körper spannte sich weiter an, und ehe sie blinzeln konnte, stand er auf, nahm sie bei der Bewegung mit, und einen Sekundenbruchteil später hing sie über seinen Knien, sobald er sich wieder setzte. Er packte ihre Haare in einem beinahe schmerzhaften Griff.

„Du bekommst zehn Schläge von mir, kleine Sub."

Das würde sie aushalten, so schlimm konnte es nicht sein, und dann würde sie wissen, ob Schmerz sie wirklich erregte. Sienna schob ihr Verhalten auf den verrückten Abend und der außergewöhnlichen Situation zu, in der sie steckte, sie sich obendrein selbst hineinmanövriert hatte.

Sie hatte nicht im Geringsten gewusst, wie die Qual sein würde, die in dieser Sekunde mitten auf ihre rechte Pobacke knallte. Feuerzungen explodierten auf ihrer zarten Haut, breiteten sich über die gesamte Hälfte ihres Pos aus. Ehe sie die Pein in seiner Gänze erfasste, schlug er auf die andere Seite, mit genau der gleichen Stärke. Er griff fester in ihr Haar, und dass er sie auf diese Weise kontrollierte, weckte eine Begierde in ihr, die sich in ihrem Schoß ausbreitete.

Das Wissen, dass er nicht davor zurückschreckte, mit ihr zu machen, was er für richtig hielt, er ein erfahrener Master und sie bei ihm sicher war, raste gemeinsam mit dem Schmerz durch ihre Nervenbahnen – pulsierend und überwältigend.

Sie spürte seine Erektion, die ab dem ersten Schlag gegen sie presste. Und Gott helfe ihr, es machte sie stolz. Master Alec! Die Pein war noch besser als in den Büchern. Die Lektüre hatte sie erregt, sie in Stimmung versetzt, um zu masturbieren. Doch das Flammeninferno auf ihrem Arsch, sein Geruch, seine kräftigen Arme und sein Sadismus erschreckten sie nicht, sie weckten ein viel stärkeres Verlangen in ihr, das Bedürfnis nach Schmerz, wie sie ihn niemals zuvor gespürt hatte.

Systematisch steigerte er die Intensität, und sie presste die Augen zu, krallte sich mit den Händen an seiner Hose fest, während ihre Seele und ihr Leib die köstliche Agonie verarbeiteten. Er knurrte etwas, das sie nicht richtig verstand. Sie hörte auf zu denken, an sich zu zweifeln, nachzugrübeln, ob sie ausreichend für einen Mann war – nur Master Alec verblieb gemeinsam mit seinen eisenharten Händen, die ihr Dinge antaten, die eine moderne Geschäftsfrau schreiend in die nächste Feministinnenzentrale treiben sollten. Sienna dagegen schrie aus Lustqual, und das, was ihr Körper durchlitt, breitete sich bis in ihr Herz aus.

Mist!

Alec legte seine Handfläche auf den knallroten Arsch, der ebenso heiß brannte wie seine Hand. Ja, sie hatte ihn gereizt, aber dennoch rechtfertigte es sein Handeln nicht. Er hätte sie sanfter bestrafen sollen, doch er hatte sich bereits nach den ersten beiden Schlägen nicht zurückhalten können, weil sie nicht reagierte, wie er es erwartet hatte, sondern sie hatte den Schmerz mit Inbrunst angenommen, sich ihm sogar instinktiv entgegengestreckt.

Anstatt ihn zu verfluchen, ihm ins Bein zu beißen oder sich zu wehren, hatte sie seine harte Hand nicht nur mit Bravour aufgenommen, sie war unglaublich erregt. Die Sahne ihrer Pussy benetzte die Innenseiten ihrer Oberschenkel und selbst seine Hose. Er roch ihre Lust.

Die kleine Mrs. Muffin mochte Schmerz, brauchte ihn und war tougher, als er es geglaubt hatte. Er streichelte mit der Handfläche über die glühenden Rundungen, und sie presste sich in die Berührung. Er ließ ihr Haar los, und noch immer versuchte sie nicht, zu flüchten, stattdessen stöhnte sie, und der Laut, Satan helfe ihm, jagte geradewegs in seinen harten Schwanz. Dass das freche Biest sich auf ihm rekelte, machte seinen Zustand nicht besser.

Er sollte das hier sofort beenden, anstatt die nächsten zwei Wochen auf der *Insel* zu bleiben, sich eine erfahrene Masochistin schnappen und sie zwingen, einen Campingurlaub in den Bergen mit ihm zu ertragen, so lange

Sienna in dem Resort verblieb. Auch könnte er ihr das Geld zurückzahlen und sie nach Hause schicken. Doch er wusste, er würde beides nicht tun, denn es wäre feige. Er schob seine Handfläche zwischen ihre Schenkel, und sie spreizte sie.

„Ich rieche deine Geilheit, Sienna."

„Es tut mir leid, Master Alec", schluchzte sie, „ich kann nichts dagegen tun."

Er räusperte sich, um sein Lachen zu verbergen.

Alec musste ihr in die Augen blicken, daher packte er sie und warf sie auf die Couch. Sie quietschte, sobald ihr geschundener Arsch auf die Sitzfläche prallte, und seine Erektion zuckte verlangend. Flach lag sie auf dem Rücken, und er stützte beide Hände neben ihrem Kopf ab. Ihre grünblauen Augen verschlangen ihn, und er widersetzte sich nicht. Ihre Wangen glänzten feucht von ihren Tränen.

Seine eigenen Regeln durchtobten sein Bewusstsein. Eine davon war, eine Spielsub nicht zu küssen. Eine Regel, die er bereits bei Carolina verletzt hatte. Und doch näherte er sich diesen verführerischen Lippen, presste seinen Mund so fest auf ihren, dass sie aufkeuchte, sich ihm entgegendrängte, und er war sich sicher, sie würde zum Orgasmus kommen, sobald er seine pochende Erektion in ihrer gierigen Pussy versenkte.

Er drang mit der Zunge ein, und sie schmeckte genauso, wie eine Sub schmecken sollte, nach Tränen und Lust. Er küsste sie hart, verlangend, tat all das mit seiner Zunge, was er mit seinem Schwanz tun wollte.

Er biss in ihre Unterlippe, und ihre Augen flogen auf. Sie erstarrte unter ihm, spürte offensichtlich genau wie er, dass dies mehr war, als es sein sollte. Er umschmiegte mit der rechten Handfläche ihre Wange, während er viel zu schnell atmete, sein Herz in einem wilden Stakkato in seiner Brust trommelte. Er musste es beenden. Sofort! Noch war es nicht zu spät. Mit den Fingerspitzen folgte er der Kontur ihres Gesichtes, entschlossen, dass es die letzte Berührung von ihm war, die er ihr antat.

Alec richtete sich auf, und er sah den Schmerz in ihren Augen, den sie aber geschickt nach einem Atemzug verbarg. Sienna hatte Übung darin.

Er drückte auf die Taste der Gegensprechanlage, die auf dem Beistelltisch neben der Couch stand, und fluchte innerlich, als ausgerechnet David sich meldete. Aus den Augenwinkeln sah er, dass Sienna sich die Decke über den Körper zog, es vermied, ihn anzusehen.

„Jemand soll Sienna in ihren Bungalow bringen."

David fragte nicht nach, sondern unterbrach wortlos die Verbindung.

„Es tut mir leid, Sienna. Doch ich bin nicht der richtige Master für dich."

Sie verkrampfte die Hände in der Decke, sah ihn endlich an, und er wäre beinahe vor der Glut in ihrem Blick zurückgezuckt.

„Wie du willst, Master Feigling."
Es war nicht die Antwort, die er erwartet hatte oder die er von einer Sub gewohnt war. Eine Erwiderung würde er ihr schuldig bleiben, weil David genau in diesem Moment in den Raum schritt.

Kapitel 3

Sienna schluckte ihre Enttäuschung genauso leicht hinunter, als würde sie versuchen, eine Zitrone im Ganzen in ihren Magen zu befördern. Schlussendlich gelang es ihr, und das Gefühl breitete sich wie Säure in ihrem Herzen aus. Wie hatte sie - ausgerechnet sie - auch nur für den Bruchteil einer Sekunde glauben können, dass Alec ebenso wie sie etwas Besonderes spüren würde? Das war eine Illusion, der sie nur zu leichtfertig erlegen war.

Glaub daran, und es wird in deinen Vorstellungen wahr.

Sie hatte wohl zu fest geglaubt.

Wenn er Master Feigling war, dann war sie Sub Oberdumm. Sie widerstand der Versuchung, sich mit dem Kopf unter der Decke zu verstecken, als er sie ansah, nicht mit dem Blick, mit dem er sie die ganze Zeit angesehen hatte, sondern mit einem, dem jede Emotion fehlte. Schritte ließen sie aufschrecken, und sie zog die Decke dichter zu sich heran. Ihr Zustand war grauenvoll. Sie war so erregt gewesen, dass sie es noch immer spürte. Ihr Arsch brannte im Einklang mit ihren Wangen. Niemand sollte sie sehen, während sie in diesem Gefühlschaos steckte.

Ein Mittvierziger lief in den Raum - ein weiterer von diesen verfluchten Dominanten. Er hatte südländisches Blut und trug seine an den Schläfen ergrauten Haare etwas länger. Er starrte zuerst Alec an, und dann richtete sich seine Aufmerksamkeit auf sie.

Braune Augen, die den restlichen Zentimeter unter ihr wegrissen, der sie noch vor dem Abgrund bewahrte.

„Ich bin David Salazar, und du verbringst die Nacht bei mir."

Oh nein!

Alec runzelte die Stirn, drehte sich jedoch wortlos um und lief aus dem Raum. Davids Gesicht verblieb blank, und Sienna kämpfte mit dem Reiz, einfach fortzulaufen, dieses blödsinnige Resort hinter sich zu lassen und sich in ihre Küche zu flüchten, wo sie die Kontrolle hatte, alle ihr gehorchten, seien es die Muffins oder das Personal.

„Ich möchte nach Hause. Jetzt sofort."

„Es ist mitten in der Nacht, und du bist zu aufgewühlt, um allein zu sein."

Er trat langsam an sie heran, als wäre sie ein Pferd, bei dem jederzeit der Fluchtinstinkt einsetzen könnte. David war einer der Besitzer der *Insel*, so viel hatte Emily ihr verraten. Allerdings hatte sie eine Menge Dinge ausgelassen. So hatte sie sich ihren ersten Urlaubstag nicht vorgestellt. Innerhalb von wenigen Stunden hatte sich ihre Welt auf den Kopf gedreht und sie verwirrt, verletzt, befriedigt, erleichtert und nur Sekunden später am Boden zerstört und unglaublich nackt zurückgelassen.

David streckte die Hand aus und umfasste ihre Finger mit Wärme und Stärke, aber auch Dominanz. Sie wusste, wenn sie nicht tat, was er verlangte, würde er sie zwingen. Auf der *Insel* regierten andere Gesetze als im normalen Leben. Er zog sie mit einem Ruck auf die Füße, sodass sie gegen ihn fiel und die Decke ihren Körper nicht mehr verbarg. Dennoch umkrampfte sie den Stoff, nicht gewillt, ihren jämmerlichen Schutz loszulassen. Ihre Brüste pressten gegen ihn, und er legte seine linke Handfläche auf ihren Po. Auch er überragte sie deutlich. Ihr Zusammenzucken entlockte ihm ein weiches Lachen.

„Lass los, Sienna." Dieser Mann war es gewohnt, dass man ihm gehorchte, daher fiel es ihr leicht, ihm Folge zu leisten, sich in seine erfahrenen Hände zu begeben.

Die Decke schwebte zu Boden, und sie wünschte sich, sie könnte ihr folgen, doch sein harter Arm hielt sie fest. Ihr war, als würden sich ihre Knochen sowie ihr Widerstand verflüssigen. Erschöpfung holte auf und rang sie nieder.

„Aufwühlender Abend?"

Schnaubend traf Sienna seinen Blick. Wärme schlug ihr entgegen, und der verflucht attraktive Mann beruhigte durch seine souveräne Art ihre aufgebrachten Nerven. Er führte sie aus dem Raum, und sie folgte ihm gehorsam.

„Es kann schockierend sein, zu sich selbst zu finden, besonders wenn man Dinge von sich entdeckt, die man vorher nicht bemerkt hat."

Sie war nackt! Ihm hilflos ausgeliefert. Was hatte er vor mit ihr? Wollte er sie vögeln? Durfte sie sich ihm widersetzen? Er zog sie mit dem Arm, der um ihre Schultern lag, dichter zu sich heran. „Ich werde mich um dich kümmern, Sienna. Dir geben, was du brauchst, und dazu zählt kein Sex. Die *Insel* ist kein Bordell. Atme tief durch, hör auf zu grübeln, und morgen früh besprechen wir deinen weiteren Aufenthalt. Lass mich für dich sorgen, bis du dich gefangen hast."

Wenn es nach ihr ginge, wollte sie schnellstmöglich abreisen. Sie würde darauf bestehen, doch sie ahnte, so einfach würde David sie nicht ziehen lassen. Sie war dankbar, dass sie auf dem Weg in Davids Zimmer niemandem begegneten. Er führte sie in die oberste Etage, betätigte ein Nummernpad, und sie betraten einen hellen Gang. Er öffnete eine Tür zu ihrer Linken und schob sie in den großen Raum. David bediente den Lichtschalter, und gedämpftes Licht erhellte das in Brauntönen gehaltene Schlafzimmer, geschmückt mit cremefarbenen Accessoires. „Dies ist eines unserer

Gästezimmer." David brachte sie geradewegs ins Badezimmer und schaltete das Wasser ein.

„Dusche, aber lass die Tür offen, sodass ich ein Auge auf dich haben kann. Danach isst du eine Kleinigkeit, und wir gehen anschließend zu Bett."

Sienna stellte sich unter das warme Wasser und schrie fast auf, sobald die glühend heiß erscheinenden Tropfen auf ihren Po prallten. Doch der aufflackernde Schmerz war nicht das, was sie beinahe auf die Knie zwang, sondern die Erinnerung an Alec, was er mit ihr getan hatte, nur um sie von sich zu weisen.

Scheiße! Was hatte sie nur falsch gemacht?

Sie wollte nicht mehr weinen, wollte stark bleiben. Es konnte nicht angehen, dass ein Mann sie bereits nach wenigen Minuten dermaßen beeindruckte, als hätte sie sich auf den ersten Blick in ihn verliebt. Sie hatte sogar dem knallharten Sizilianer einen Mengenrabatt auf die nächste Obstlieferung abgeschwatzt. Und das war wirklich ein unheimlicher Kerl, dem man die schlimmsten Verbindungen nachsagte.

Sie griff beherzt nach der Seife, und jeder Zentimeter ihrer Haut reagierte überempfindlich auf den leichtesten Reiz. Zur Hölle mit Alec. Sie würde morgen abreisen und nicht nur ihn vergessen, sondern auch, was er für sie getan, ihr obendrein angetan hatte.

Du hast dich doch nicht verliebt wie ein dummer Teenager! Wage es ja nicht, Sienna.

Sie würde alle Erinnerungen abwaschen, so wie sie jetzt seinen Duft mit dem nach Zitronen duftenden Schaum beseitigte. Und warum heulte sie dann? Betrauerte einen Verlust von jemandem, der sie von Anfang an nicht hatte haben wollen und den sie niemals besessen hatte. Sienna war völlig durcheinander, denn zu gründlich waren der Master sowie der Mann vorgegangen. Die Tränen tropften ihre Wangen hinunter, und sie vermochte es nicht zu stoppen.

Eine halbe Stunde später lag sie nackt unter der Decke und warf düstere Blicke in den Raum. Master David hatte sie gefüttert, ihr danach den Po mit einer kühlenden Lotion eingerieben, und sie war sich sicher, ganz so gewissenhaft hätte er es nicht zu tun brauchen. Er hatte ihr angedroht, sie ans Bett zu fesseln, wenn sie nicht stillhielt. Und das Eincremen war fast schlimmer gewesen als die Schläge, doch schlussendlich hatte es geholfen. Er lag hinter ihr, nackt, und die Absurdität dieser Situation ließ sie beinahe in hysterisches Lachen ausbrechen. Indes fühlte sie sich selbst dazu zu erschöpft. Sie schlief in den Armen eines Masters ein, eines Mannes, den sie gerade erst kennengelernt hatte und der auch mehr von ihr zu sehen bekommen hatte, als sie in den letzten Jahren.

„Sienna, wach auf."

Eine Hand lag auf ihrer Schulter und schüttelte sie sanft. Schlaftrunken öffnete sie die Augen, blinzelte, bis die Umrisse an Schärfe zunahmen. Es war die kurvige Versuchung vom Vorabend, die das Klemmbrett gehalten hatte.

„Rachel?", murmelte sie, während die Ereignisse auf sie einkrachten, bis sie sich an alles erinnerte, sogar an Davids Hände, die sie versorgt hatten. Sie schielte nach rechts, aber von ihm war nichts zu sehen. Stöhnend zog sie sich die Decke über den Kopf, hätte sich am liebsten vom Grundstück geschlichen und wäre nach Hause gelaufen. Sienna wollte weder David noch Alec jemals wiedersehen.

„Ich soll dich zu deinem Bungalow bringen." Rachel zog an dem Laken, bis Sienna in ihre blauen Augen blickte, die sie verständnisvoll ansahen.

Sienna wollte auch Emily nicht sehen. Es würde sie seelisch umbringen, falls sie ihrer besten Freundin erklären musste, was gestern passiert war. Sie verstand die Hälfte davon selbst nicht und war nicht bereit, sich jetzt damit auseinanderzusetzen. Allein der bloße Gedanke an Alec trieb Gefühle durch ihren Körper, die sie im Moment ebenso begrüßte wie einen Wespenstich.

„Das ist nicht nötig. Ich reise gleich ab."

Rachel schüttelte den Kopf. „Ich soll dich in den Bungalow bringen. Das ist eine direkte Order von Master David."

Würde die Erde sich auftun und Rachel verschlingen, falls Sienna sich weigerte? Rachel plumpste auf das Bett neben ihr. „Wenn du nicht bis um zehn Uhr dort bist, holen dich zwei von den Aufsehern ab."

Was?

„Wie meinst du das?"

Rachel erbleichte. „Notfalls fesseln sie dich, tragen dich in den Bungalow. Später wirst du in der Rezeption von Master David bestraft, und alle dürfen zusehen."

„Du meinst jedes Wort ernst?"

„Todernst." Rachel legte ihr die Hand auf die Schulter. „Master David weiß immer, was gut für uns ist. Vertrau ihm."

Ihr erster Impuls war gewesen, David zu suchen, um ihm zu sagen, was sie von ihm und seiner verfluchten *Insel* hielt. Dass sie nicht seine Gefangene war, sondern den grauenvollsten Urlaub ihres Lebens gebucht hatte, sie diesen ganzen Mist nur vergessen wollte und niemals daran zurückdenken würde. Vielleicht wäre ein Survivaltraining in der Antarktis erholsamer im Vergleich zu diesem höllischen Resort. Als sie sich bewegte, rieb das Laken über ihren wunden Po, und die Erinnerung an Alec krachte auf sie ein. Wie herrlich jede Sekunde gewesen war, bis zu dem Moment, als seine Augen hart wurden und er sie wie einen ausrangierten Sessel abgeschoben hatte.

Verflucht!

Rachel deutete auf einen schwarzen Morgenmantel, der über dem Fußteil des Bettes lag. „Bitte, Sienna." Sie lächelte sie so zuckersüß an, dass Sienna nicht anders konnte, als sich in den kuscheligen Stoff zu hüllen.

Rachel trug wieder grüne Shorts und ein dazu passendes Top mit dünnen Trägern ohne BH. Ihre üppigen Brüste wippten bei jedem Schritt, und Sienna merkte, dass sie knallrot wurde, weil sie Rachel so unverblümt anstarrte.

„Du wirst dich daran gewöhnen. Es ist befreiend, ohne Unterwäsche herumzulaufen. Und du glaubst gar nicht, wie viel Zeit man spart, wenn man nicht darüber nachgrübelt, was man anziehen soll."

Sienna verbiss sich den Kommentar, dass sie diese Freiheit niemals kennenlernen würde, denn sie würde spätestens in einer Stunde von diesem Ort verschwunden sein. David konnte sie kaum gegen ihren Willen festhalten.

Rachel führte sie aus dem Raum. Die Tür, die David gestern mit der Zahlenkombination geöffnet hatte, stand offen.

„Wohnst du in dem Resort?"

„Zuerst habe ich hier nur meine Urlaube verbracht, um in sicherer Umgebung meine Neigungen zu erforschen. Doch inzwischen arbeite und lebe ich hier. Ich mache die Buchhaltung und den ganzen Papierkram für Master David und Master Alec. Und an den Wochenenden und Abenden habe ich frei. Wir haben viele Stammgäste, die es erholsam finden, ihre Bedürfnisse unter der Sicherheit der *Insel* auszuleben. Sie können Neues ausprobieren, sich anleiten lassen und all das tun, wozu der Alltag keinen Raum lässt."

Sienna konnte sich beim besten Willen nicht vorstellen, dauerhaft an einem Ort zu bleiben, an dem offensichtlich immer die Master das Sagen hatten. Jede Bewegung, jedes Wort, jeden Gesichtsausdruck abwägen zu müssen, erschien ihr wie ein Gefängnis der Emotionen. Rachel fasste nach ihrer Hand und drückte sie, während sie aus der Rezeption liefen.

„Ich bin auf der *Insel* so frei wie noch nie." Rachel lachte breit. „Auf deinem Gesicht steht klar geschrieben, dass du es nicht verstehst. Bei den Sessions unterwerfe ich mich, aber auch da trägt der Dominante die größere Verantwortung. Wenn mir etwas zu viel wird, kann ich mein Safeword rufen. Doch den Rettungsanker musste ich bis jetzt niemals benutzen. Die Master hier nehmen es sehr genau mit dem Inselkodex. Wir Subbies sind kein willenloses Freiwild, mit dem die Männer machen dürfen, was sie wollen."

„Aber ist es nicht anstrengend, sich immer zu verbergen?"

Rachel blieb auf dem geschlängelten Pfad stehen, der an den Bungalows vorbeiführte. „Verbergen?" Sie lachte süß. „An diesem Ort kannst du nichts verbergen. Die Master verlangen Ehrlichkeit, und es ist unheimlich erleichternd, wenn man jemandem vertrauen kann, so sehr, dass man sich einfach fallen lassen kann. Wo kann man das außer hier?"

Sienna hatte Alec gestern vertraut, und er hatte ihr Vertrauen in den Schmutz getreten. Rachel mochte von diesem Ort verzaubert sein, sie war es nicht mehr. Sie wollte zurück in ihren Bereich, an dem sie alles kontrollierte und es niemanden gab, der ihr Schmerz zufügen konnte, sei es emotionaler oder körperlicher Art. Wie hatte sie Alec nur so dicht an sich heranlassen können? Es war ihre Schuld, nicht seine. Er war ein Master, ein Dominanter, der sich jedes Wochenende, vielleicht auch jeden Tag, mit anderen Devoten vergnügte, und sie war ihm nach wenigen Sekunden verfallen wie ein Groupie, das einen Rockstar anhimmelte. Sie hatte bereits Frauen in dem Resort gesehen, die waren so schön, dass es einem den Atem raubte. Wieso sollte er sich ausgerechnet mit einer Mrs. Gewöhnlich abgeben? Sie war durchschnittlich, von den Zehen bis zu den Haarspitzen, spielte nicht in der Liga von Alec, dem Berauschenden. Er hatte sich mit ihr einen Spaß erlaubt, sich mit ihr vergnügt und sie dann von sich gestoßen. Doch da war etwas in seinen Augen gewesen, das all ihre Überlegungen in seine Bestandteile zerlegte. Wenn sie es nicht besser wüsste, könnte sie es für Angst halten. Sie dachte darüber nach, Rachel über Alec auszufragen. Aber wozu? Sie hoffte, ihn niemals wiederzusehen. Oder etwa nicht?

Sie betrachtete die Blumen, die überall blühten, wie schön dieser Ort wirkte, mit den weiß gestrichenen Luxushütten. Rachel blieb vor der Nummer zweiunddreißig stehen. „Hier wohnst du während deines Aufenthaltes. Emily wartet bestimmt auf dich." Rachel beugte sich vor und küsste sie unerwartet auf die Wange. „Alles wird sich finden. Und Sienna ..." Ihr Gesicht färbte sich tiefrot. „Master Alec lässt dir ausrichten, dass du dich nicht rasieren sollst." Sie holte tief Luft. „Und wenn du es doch tust, versohlt er mir höchstpersönlich den Po, und so wie ich ihn kenne, danach dir."

Was?

„Und er würde es tun." Dann wirbelte sie herum, sodass ihr blonder Zopf mit jedem Schritt wippte.

Was zur Hölle! Er glaubte doch nicht wirklich, dass er sie noch einmal berühren dürfte. Lieber rannte sie nackt durch eine Moskitowolke. Dieser arrogante Bastard! Ihre stumme Schimpftirade wurde von Emily unterbrochen, sobald sie in den großzügigen lichtdurchfluteten Bungalow trat.

„Sienna!", kreischte sie, sprang von der grauen Couch auf und warf das pastellgelbe Kissen achtlos auf den weißen Holzboden. Sie trug das gleiche

Outfit wie Rachel, und auch sie sah darin hinreißend aus. Das Saphirgrün brachte ihr blondes Haar zum Leuchten und unterstrich das Funkeln in den braunen Augen.

Ehe Sienna Luft holen konnte, legte Emily ihr die Arme um die Schultern und presste sie so fest an sich, dass sie kaum atmen konnte. „Du musst mir alles erzählen. Alles!“

Sie packte Siennas Hand und zerrte sie zu der Couch. Sienna biss sich hart auf die Lippe, um das Winseln zu unterdrücken, sobald ihr armer Po die Sitzfläche berührte. Emily sollte es nicht wissen. Nebeneinander saßen sie auf dem Velours. Emily musterte sie unerwartet ernst. „Du hast geweint.“

Sienna schluckte diesen blöden Kloß in ihrer Kehle hinunter, der in ihrem Magen landete, wo er Übelkeit verursachte. „Sei mir bitte nicht böse, aber ich will erst unter die Dusche, bevor ich packe.“

„Ich verstehe nicht …“

„Ich fahre gleich nach Hause.“

Emily presste den Kiefer zusammen, als verhinderte sie, dass Worte über ihre Lippen sprudelten, die sich nicht sagen wollte oder durfte. Sienna schüttelte sie an den Schultern. „Weißt du mehr als ich?“

Emily sah zu der Uhr, die auf dem Tisch neben der Couch stand. „Wir werden in fünfzehn Minuten abgeholt. Dein Outfit liegt in deinem Bad. Du hast das rechte Schlafzimmer, aber wenn du tauschen möchtest …“

Was redete Emily da für einen Unsinn? Sie brauchte kein Schlafzimmer, kein Outfit, keinen Master – sie brauchte nur sich selbst in ihrer gewohnten Umgebung.

„Diesmal kannst du nicht den Schwanz einziehen und dich davonschleichen. Und du solltest dich lieber beeilen“, flötete ihre Freundin mit einem Gesichtsausdruck, den man nur als triumphierend bezeichnen konnte.

Mit einem Schnauben stand Sienna auf und marschierte ins Badezimmer, verschwendete keinen Blick an die Whirlpoolwanne oder die großzügige Dusche, alles in den gleichen Farben wie das Wohnzimmer. Schauder liefen ihr über den Rücken, denn eine Vorahnung beschlich sie, dass der Tag nicht so verlaufen würde, wie sie ihn geplant hatte.

David bedachte Alec mit einem Blick, der eine Sub in einen bebenden Haufen verwandelt hätte. Ihm entlockte es jedoch ein Lächeln, das nicht einer fröhlichen Stimmung entsprach, sondern ebenso düster war, wie er sich fühlte.

„Du legst dein Veto ein. Im Ernst?“

David stand dicht vor ihm, sodass sich ihre Nasenspitzen beinahe berührten. „Das ist mein gutes Recht, und ich erlaube mir keine Späße, wenn ich es benutze."

Alec ballte die Hände zu Fäusten, zwang sie, an den Seiten seiner Oberschenkel zu bleiben, weil er den unglaublichen Drang verspürte, David die Nase zu brechen. Sein Freund, Geschäftspartner und Vertrauter wich nicht etwa zurück, er umfasste Alecs Nacken. Als sie das Resort vor gut fünf Jahren gegründet hatten, hatten sie sich gegenseitig ein Einspruchsrecht eingeräumt, sollten sie der Meinung sein, dass der jeweils andere eine Dummheit beging. David benutzte sein Vetorecht das erste Mal.

„David, das kann ich der Kleinen nicht antun."

„Du hast Sienna genug angetan. Du wirst dein Verhalten korrigieren." David löste seine Hand langsam von ihm und trat einen Schritt zurück. „Sei wenigstens so ehrlich zuzugeben, dass du dich um den eigenen Seelenfrieden sorgst, das Desaster mit Valerie dazu benutzt, um Sienna auszuweichen, weil du bereits nach wenigen Sekunden gespürt hast, dass sie dich mehr berührt als alle Subs zusammen, mit denen du in den letzten Jahren gespielt hast, mit der Ausnahme von Carolina."

Wie gern würde er David eine zornige Erwiderung entgegenschleudern, doch sein Freund hatte recht, so sehr, dass es schmerzte. Er hätte sich sofort von der Kleinen zurückziehen müssen, denn schließlich hatte er ihre Schwingungen bemerkt, sobald sie ihn angelächelt hatte. Er war zu erfahren, als dass er sein Verhalten entschuldigen könnte. Sienna hatte ihm vertraut, ihm ihre Seele in die Hände gegeben, und er hatte sie zerquetscht, weil er in Panik geraten war, ein Gefühl, das ihn nach der vermeintlichen Überwindung von Valerie niemals wieder angesprungen hatte. Und dann hatte er ihr noch den Arsch versohlt, mit einer Härte, die er selten beim ersten Mal anwandte, hatte sie geküsst und geplant, sie in seinen privaten Bungalow zu bringen.

Scheiße!

David lächelte nur über den tiefdunklen Blick, den er in seine Richtung schoss. „Ich mache von meinem Recht Gebrauch, und du wirst Sienna während ihres Aufenthaltes als Master begleiten, es sein denn, sie sieht gleich beim Kennenlernbrunch einen anderen Dominanten genauso an, wie sie es bei dir getan hat."

„Du bist ein Arschloch, David."

„In diesem Fall mit Freuden." Er warf den Kopf zurück und lachte wie ein irrer Amor. „Übrigens will sie das Resort verlassen, aber ich werde sie nicht lassen, wenigstens nicht für die nächsten zwei Tage. Danach wird sie freiwillig hierbleiben, mein Freund. Du wirst dafür sorgen." David klopfte ihm hart auf die Schulter, und Alec nahm sich vor, es ihm beim Boxtraining heimzuzahlen. „Valerie ist vergangen, wenn auch nicht vergessen, und sie hat lange genug als unheilvoller Schatten über deinem Haupt gelauert. Sieh zu, dass du sie endlich loswirst.“

David schritt wie ein König aus dem Raum, und Alec rammte ihm virtuell ein paar Dolche in den Arsch, ehe er sich in Bewegung setzte. Jetzt, da er wusste, wie Sienna auf ihn wirkte, würde er seine Empfindungen kontrollieren und sie wie jede andere Sub behandeln, die er unter seine Fittiche nahm.

Dieser Entschluss hielt, bis er sie erspähte, sie zu ihm hochsah und ihre Blicke sich aneinander fesselten, sein Herz anfing zu rasen und er das Gefühl hatte, dass der Parkettboden unter seinen Füßen Wellen schlug. Er brauchte David nicht anzusehen, um zu wissen, dass er breit grinste.

Sienna kniete - schon wieder, obwohl sie es nicht gewollt hatte. Doch der glatzköpfige Dominante mit dem passenden Namen Alexander hatte sie dermaßen eindringlich angesehen, dass sie auf den Boden gesunken war, ehe sie realisierte, was sie da eigentlich tat.

Wütend über sich selbst, betrachtete sie ihre zitternden Hände, und sie spürte Master Alec, noch bevor sie ihn anschaute. Sobald er ihr von der Tür aus in die Augen sah, sich ihre Blicke miteinander verschmolzen, war sie dankbar, dass sie nicht stand, denn sie befürchtete, ihre Beine hätten sie ebenso im Stich gelassen wie ihr Verstand. Alles, was sie sich vorgenommen hatte, löste sich auf wie ein Eiswürfel auf heißer Haut.

Verdammter Mist!

Groupie!

Die feinen Härchen in ihrem Nacken und auf ihren Unterarmen stellten sich auf. Ihre Brustwarzen schwollen an und drängten gegen den grünen Jersey, und sie verspürte eine unglaubliche Freude, ihn wiederzusehen. Sie hatte ihn nie wieder Master Alec nennen wollen, und doch konnte sie nicht anders, als von ihm als Master zu denken. Master Alec lief auf sie zu, geschmeidig, gefährlich, und ihr Mund wurde staubtrocken, als würde die Feuchtigkeit in ihren Schoß fließen. Sein Anblick weckte die Erinnerungen an all das, was er ihr gestern angetan hatte, zu neuem Leben. Wie sehr seine harte Hand sie erregt hatte, sodass sie sich nach weiterem Lustschmerz verzehrte. Sie hatte den anderen Mastern und Dominanten flüchtige Blicke gegönnt, doch keiner von ihnen war Master Alec.

Er blieb vor ihr stehen. Seine warmen, starken Hände umfassten ihre Oberarme, und er hob sie auf die Füße. Sie wusste nicht, wo sie hinsehen sollte, starrte gebannt auf seinen Brustkorb, der in einem schwarzen Longsleeve steckte, an dem die drei oberen Knöpfe nicht geschlossen waren. Er legte zwei Finger unter ihr Kinn, zwang sie mit sanftem Druck erneut, in den goldgefleckten Augen zu ertrinken.

Sie war verloren! Restlos!

„Möchtest du dich mir für die Dauer deines Aufenthaltes anvertrauen, Sienna?"

Wie gern hätte sie ein *Nein* in den Raum gebrüllt, ihm gesagt, dass er ein mieses, muffelndes, gemeines Schwein sei. Stattdessen wisperte sie ein *Ja*, und zu allem Überfluss schob sie noch ein *Master Alec* hinterher. Er lächelte so unverschämt sexy und dominant, dass sie ihm am liebsten vor das Schienbein getreten hätte. Doch in den blöden Flip-Flops hätte sie sich wahrscheinlich nur die Zehen gebrochen.

Die Geräusche des Raumes drangen schlagartig an ihre Ohren, als hätte jemand urplötzlich den Ton eingeschaltet. Das Klirren von Geschirr, das Stimmengemurmel und das nervöse Lachen der Frauen. Master Alec legte den Arm um ihre Schultern und schob sie auf einen Tisch an einem der großen Fenster zu, der im hinteren Bereich des lichtdurchfluteten Speisezimmers im griechischen Stil lag. Er zog ihr den Stuhl zurecht, und sie plumpste unelegant auf die Sitzfläche, hätte dabei beinahe das Glas mit dem Orangensaft umgestoßen. Master Alec fing es auf und reichte es ihr. „Trink, Sienna, in kleinen Schlucken. Ich hole dir in der Zwischenzeit etwas zu essen."

Sie war ihm dankbar, dass er ihr ein paar Minuten gönnte, sodass sie ihre Gedanken sammeln konnte, die in ihrem Kopf wie Champagnerbläschen herumsurrten. Sie trank den Saft so hastig, dass sie sich verschluckte. Eine starke Hand legte sich auf ihren Rücken, und ein blonder Mann rieb darüber.

„Alles in Ordnung, Sienna?"

Wusste hier jeder, wer sie war?

„Ich bin Liam." Warm lächelte er sie an. Er war attraktiv, doch sie reagierte auf ihn wie auf jeden Kerl. Gott sei Dank. Sie hatte schon befürchtet, sie würde auf alle Dominanten wie auf Master Alec reagieren, mit ungezügelter Begierde und dem Wunsch, ihn zu ärgern, sodass er einen Grund hatte, sie zu bestrafen.

„Wir sehen uns später", sagte er irgendwie unheilvoll und ging zu Rachel hinüber, die ihn anhimmelte. Der Kurventraum war bis über beide Ohren in den Master verliebt, man sah es ihr deutlich an. Sienna hoffte, es beruhte auf Gegenseitigkeit.

Master Alec kam mit einem beladenen Tablett zurück und stellte es auf dem Tisch ab. Er hatte ihr eine Schale mit Ananas, Erdbeeren und Weintrauben und einen Apfelpfannkuchen mitgebracht. Der Master wusste, was sie gerne aß, ein eindeutiger Hinweis, dass er mit Emily gesprochen hatte.

Was hatte ihre Freundin ihm wohl verraten? Welche Geheimnisse hatte sie preisgegeben?

Er setzte sich, und eine Bedienung brachte ihnen zwei große Tassen mit Milchkaffee. Master Alec schnappte sich ein Brötchen und belegte es großzügig mit Schinken und Salatblättern. Sie hatte sich noch nicht gerührt und griff nach der Tasse, um das Zittern ihrer Finger zu unterdrücken.

„Iss, Sienna. Du brauchst deine Kraft für deine Bestrafung", sagte er mit einer Stimme, die jede einzelne ihrer Nervenzellen aktivierte, bis sie glaubte, das Summen zu hören.

Er fasste nach ihrer Hand und drückte sie. „Wir bereden alles später. Jetzt genieße das Frühstück. Ich bin erst dein Master, wenn du dich gestärkt hast. Alec reicht im Moment. Es tut mir leid, dass ich dich gestern so kalt behandelt habe. Ich wollte dich nicht überfordern und schon gar nicht verletzen, dachte, es wäre besser, wenn du dich einem anderen Master anvertrauen würdest. Eine dumme Idee. Kannst du mir verzeihen?"

Wie sollte sie unter diesem Blick auch nur einen Bissen hinunterbekommen? Alec drehte ihre Hand, sodass ihre Handfläche nach oben zeigte, und streichelte sie beruhigend.

„Du hast doch nicht plötzlich Angst vor mir, kleine Mrs. Muffin? Das wäre außerordentlich schade."

Sag was!

„Angst wäre das falsche Wort, Alec." Es fühlte sich unpassend an, seinen Titel wegzulassen. „Master Alec", flüsterte sie. „Und es gibt nichts zu verzeihen. Auch ich fühle mich überrumpelt und verstehe, dass du deine Gedanken sortieren wolltest."

Da war etwas in seinen Augen, das sie schlichtweg verbrannte, nicht nur oberflächlich, sondern viel tiefer reichte. Er hob ihre Hand an und küsste sie auf die Fingerspitzen. Die simple Berührung jagte durch sie wie ein Stromstoß. „Ich weiß nicht, was das hier zwischen uns ist, Sienna. Doch du darfst nicht dein Herz an mich verlieren. Ich kann dir nur die zwei Wochen geben, nicht mehr."

Seine Worte kamen zu spät, weil es längst geschehen war. Sie verstand nicht wieso, allerdings war sie nicht bereit, ihren Entschluss zu revidieren. Wenn sie ihn nur auf diese Weise haben konnte, würde sie sich mit ihrem Herzen auseinandersetzen, sobald sie in ihre gewohnte Umgebung zurückkehrte. Sienna wollte einen Urlaub genießen, an den sie sich ihr restliches Leben erinnern würde. Sie würde einen Mann wie Master Alec nicht noch einmal kennenlernen.

„Ich akzeptiere, Master Alec."

Lächelnd schnitt er ein Stück des Pfannkuchens ab und steckte es ihr in den Mund.

„Was machst du so, Sienna?"
Sie wollte ihn nicht mit Geschichten über ihr Arbeitsleben langweilen, denn sie hasste Selbstdarsteller, die stundenlang über die eigene Person redeten. „Ich habe ein kleines Café und eine Cateringfirma - *Tasty.*"
„Daher das Telefon."
Sie nickte und aß ein weiteres Stück. Der Ausdruck in seinen Augen hatte sich geändert, und ihre Hoffnung, dass er ihre Vergehen vergessen hätte, löste sich ebenso schnell auf wie der Zucker auf ihrer Zunge. Sie griff nach der Tasse.
„Ich werde dich für deine Missachtung unserer Regeln bestrafen, Sienna." Er nahm ihr die Tasse aus der Hand, da sie deutlich zitterte. „Ich gebe dir eine letzte Chance. Noch kannst du dich für einen anderen Dominanten entscheiden. Ich stelle dich den Mastern gerne vor."
So leicht würde sie es ihm nicht machen. „Hast du Angst vor mir, Master Alec?"
Er schenkte ihr ein Lächeln, diesmal ein richtiges, und seine Augen leuchteten wie mit Goldstaub benetzte Saphire. Dieser Mann könnte Satan persönlich seine Seele rauben. Wie sollte sie in der Lage sein, ihre vor ihm zu schützen?
„Du darfst mir diese Frage erneut stellen, wenn ich mit dir fertig bin, kleine Mrs. Muffin."
„Du meinst, nachdem du mich zerkrümelt, verspeist und dir die Lippen abgeleckt hast, Master Alec?"
Sie griff nach dem Orangensaft und nahm einen Schluck, um ihre vor Nervosität ausgedörrte Kehle zu benetzen. Er sah sie mit einem dermaßen verblüfften Ausdruck an, dass sie losprustete und der Saft auf seinem Longsleeve landete. Es war, als hätte jemand den Raum eingefroren. Jeder starrte sie an, hielt mit dem inne, was er gerade tat, selbst David. Sie wollte jetzt sofort von einem Wikinger entführt und in ein fernes Land verschleppt werden, das könnte kaum so schlimm sein wie das, was sie in Master Alecs Augen erblickte. Dann zuckten seine Mundwinkel, während er den Kopf zurückwarf und lachte, bis ihm Tränen aus den Augenwinkeln liefen. Sienna wusste nicht ob es ein gutes oder schlechtes Zeichen darstellte. Doch seine Heiterkeit war ansteckend, bis sein Blick sich in sie bohrte.
Sie war aufgeschmissen!
Sienna griff nach einer Serviette, stammelte nach Worten und überlegte, ob sie neben ihm auf die Knie fallen oder sich lieber flach auf den Boden pressen sollte. „Darf ich dich trocken tupfen, Master Alec?", wisperte sie mit einer Stimme, die so dünn war, dass sie sich selbst kaum verstand. Er grunzte etwas, stand so hastig auf, dass sie beinahe von ihrem Stuhl gesprungen wäre, doch zwei stahlharte Hände legten sich auf ihre Schultern.

„Alec, mir scheint, die kleine Sienna stellt deine Geduld auf eine harte Probe." Sie hörte, dass David grinste. „Bleibt es bei der Strafe, die du für sie vorgesehen hast? Oder hat ihr Verhalten deinen Entschluss geändert?" Er beugte sich herab, bis sein Mund neben ihrem rechten Ohr war. „Was ich durchaus verstehen könnte." Seine Hand rutschte nach vorn, unter das Top, und er hielt inne, ehe er ihren Nippel berührte. Zu ihrem Entsetzen spürte sie, dass er geschwollen war, und bestimmt nicht, weil sie fror. Es war erregend zu wissen, dass sie den Mastern zwar ausgeliefert war, sie dennoch die Sicherheit hatte, dass sie niemals zu weit gehen würden, sie es mit dem Safeword jederzeit stoppen könnte.

„Nein, David, die Reihenfolge der Strafen bleibt, so wie ich es dir mitgeteilt habe. Wir sehen uns gleich im Arztzimmer."

Strafen! Arztzimmer! Nadeln? Spritzen? Ihr Herz stotterte in einem Takt, der einer defekten Schallplatte ähnelte.

„Sehr schön, Alec. Ihr Anblick wird mir gefallen." Federleicht strich er mit einer Fingerkuppe über die Brustwarze, richtete sich auf und lief zurück zu der Sub, die auf einem Kissen neben seinem Tisch kniete, ihn anlächelte, als ginge gerade die Sonne auf.

Alec deutete auf den Boden. „Knie dich hin, und warte dort auf mich."

Kein Kissen für sie. Sienna tat, wie er ihr befohlen hatte, fühlte sich einerseits albern, aber andererseits gefiel es ihr, ihm zu gehorchen. Sie schielte zu der dunkelhaarigen Sub, der David über die Wange streichelte, die so zufrieden und glücklich wirkte.

Sienna kniete kerzengerade und presste die Oberschenkel aneinander.

Alec packte in ihr Haar. „Spreiz deine Beine, verschränke deine Finger hinter deinem Nacken, Blick auf den Boden gerichtet, und du solltest besser in dieser Position sein, wenn ich zurückkomme."

Sienna starrte auf das polierte dunkle Holz, versuchte, all die Augen zu ignorieren, die sie streiften. Zum Teufel damit! Sie schaute hoch und traf geradewegs den Blick von Alexander. Ihn könnte sie sich mühelos in der russischen Mafia vorstellen. Kein Haar lenkte von seinem Gesicht ab, und er hatte auf beiden Unterarmen Tätowierungen, irgendwelche verschlungenen Schriftzeichen, die sie nicht kannte. Er schlenderte näher und blieb so dicht vor ihr stehen, dass seine gut sitzende Jeans ihr Sichtfeld füllte.

„Kleine Sub, ich habe noch niemals erlebt, dass sich jemand in so kurzer Zeit so tief in die Scheiße geritten hat wie du."

Es war unangenehm, ihm nicht ins Gesicht sehen zu können, zumal es seine überlegene Position unterstrich. Und er wusste es! Sie versuchte, Löcher in seine Hose zu starren. Unvermittelt umschloss seine Hand ihr Kinn, und seine grauen Augen laserten sich in ihre, sobald er ihren Kopf nach hinten neigte und er mit der anderen Hand ihre Schulter stützte, sodass sie das Gleichgewicht behielt.

„Ich wette, deine Pussy weist das gleiche hübsche Pink auf wie deine Wangen."

Was?!

Der Hitze nach leuchtete ihr Gesicht wie eine Erdbeere, die er nur zu gern verschlingen würde. Er wackelte mit den Augenbrauen und ließ sie atemlos zurück. Wieso war ihr Mund staubtrocken? Ihre Hände nass vor Schweiß? Ihre Muskeln waren dermaßen verkrampft, dass sie Mühe hatte, die Position zu halten, obendrein hatte sie jedes Zeitgefühl verloren.

Das Personal huschte an ihr vorbei. Sie waren leicht an den nackten Beinen zu erkennen. Schwarze Hosen näherten sich ihr wie ein Hai, der geradewegs auf seine Beute zusteuerte. Verdammt! Ihr fehlten die Nerven, um sich mit weiteren Bemerkungen auseinanderzusetzen, die ihren Zustand verschlimmerten. Ein Gefühl des Unheils nagte an ihr, und sie malte sich in den buntesten Farben aus, was Master Alec ihr gleich angedeihen würde.

Was, wenn er sie an einen Pfahl fesselte und sie vor den Augen aller auspeitschte, bis sie das Bewusstsein verlor? Das würde er nicht tun, oder doch? Falls er das plante, würde sie so laut *Rot* brüllen, dass man es bis Dallas hören könnte. Allerdings ahnte sie, so einfach würde er es ihr nicht machen. Er würde ihr nur Dinge antun, die sie aushalten konnte. Der Gedanke beruhigte und beunruhigte sie gleichermaßen. Zudem war sie noch nie jemand gewesen, der sich einer Herausforderung nicht stellte. Wäre dem so, hätte sie nicht zugestimmt, sich auf Master Alec einzulassen.

Oder wollte er ihr Nadeln in den Körper jagen? Ihr einen Einlauf verpassen? Was könnte man in einem Arztzimmer tun?

Ihre Glieder zitterten, und sie war kaum fähig, auf den Knien zu bleiben. Ihre übliche Selbstbeherrschung versagte, doch sie widerstand der Versuchung, ihre Arme hinunterzunehmen. Es widerstrebte ihr, Master Alec zu enttäuschen. Ein wenig hinter den bekleideten Beinen sah sie zwei nackte, und sie brauchte ihre ganze Willensanstrengung, um nicht hochzusehen. Nie hätte sie gedacht, dass sich dies als dermaßen schwierig erweisen könnte.

„Rachel, leg das Kissen neben Sienna ab." Es war Liam. Die dunkelrote Unterlage landete auf dem Boden, und Rachel traf kurz ihren Blick. „Sienna, nimm die Arme runter und knie dich auf die Unterlage", sagte er.

Sie blieb genau dort, wo sie war.

„Sienna! Das war keine Bitte. Sieh mich an."

Sanft lächelte Liam sie an. „Alec hat mich gebeten, auf dich zu achten. Er wird nicht enttäuscht sein."

Was war nur los mit ihr? Sie verstand es nicht. Liam umfasste ihre Oberarme und half ihr, sich umzusetzen. „Du brauchst noch Kraft für gleich, kleine Sub. Alec wäre nicht erfreut, wenn du zu erschöpft wärst, um seine Disziplinierung durchzustehen."

Oh Gott!

Liam drückte ihr beruhigend die Schulter und lief mit Rachel im Schlepptau aus ihrem Blickfeld.

Alec versuchte, nicht zu grinsen, nicht erneut laut zu lachen, als er Sienna beobachtete. Er sah, wie schwer es ihr fiel, die Position zu halten. Sie war völlig ungeübt, und es brauchte viel Disziplin, um auf einem harten Parkettboden auszuharren, doch sie wollte ihn nicht enttäuschen. Er war ehrlich genug zuzugeben, dass es ihn verflucht stolz machte. Um sie aus der unbequemen Haltung zu erlösen, hatte er Liam ein Zeichen gegeben, dass er einschreiten sollte. Anstatt sich auf das Kissen zu stürzen, hatte sie sich widersetzt. Alec zwang sich, wie ein Master dreinzuschauen, und setzte sein blankes Gesicht auf. Schon lange nicht mehr war es ihm dermaßen schwer gefallen. Er näherte sich Sienna von der Rückseite auf leisen Sohlen, blieb hinter ihr stehen, sodass sein Schatten über sie fiel. Sie holte tief Luft, kämpfte mit dem Reflex, sich umzudrehen. Er konnte ihre Frustration förmlich spüren.

„Auf die Füße mit dir."

Der Klang seiner Stimme ließ sie zusammenzucken. Ohne es zu wollen, streichelte er mit dem Handrücken die zarte Haut ihres Nackens. Wie zuvor lehnte sie sich in die Berührung. Er fragte sich, wie sie auf eine erotische Bestrafung reagieren würde, wenn er ihren gesamten Körper mit einem Flogger erhitzen würde, bis sie äußerlich und innerlich glühte. Wie weit würde er gehen können?

Sie rappelte sich ungelenk auf die Füße und drehte sich ihm zu. Er legte ihr einen Finger über die Lippen, sobald er in ihr zerknirschtes Gesicht sah. „Du bist jetzt still."

Sie erbleichte, als sie sah, was er in der Hand hielt, und trat instinktiv einen Schritt zurück, wäre beinahe über die Unterlage gestolpert, doch Alec bewahrte sie vor einem Sturz. Sienna atmete viel zu schnell, und er zog sie in seine Arme. In dem Moment, als er sie an sich drückte, wurde sie weich, ruhiger, versank in seiner Umarmung, und er darin, sie zu halten.

„Keine Angst, Sienna. Das Halsband ist nicht als Strafe gedacht. Ich lege es dir um, ziehe es nicht stramm, und wenn du es nicht tolerieren kannst, sagst du das Safeword. Kannst du das für mich tun?"

„Ja, Master Alec."

Er hatte eines aus weichem Leder ausgesucht, bestückt mit grünen Steinen, das mit Stoff unterfüttert war. Diese Farbe war für unerfahrene Subbies und für solche, die nur leichten Schmerz mochten. Alec wollte mit ihrer Beschämung spielen, mit ihrer Unsicherheit, und hatte gewusst, wie sie auf die Vorstellung reagieren würde, dass er sie an die Leine nahm. Wenn sie wüsste, was er sich für eine Strafe für sie ausgedacht hatte, würde sie von ihm fortlaufen, so schnell sie ihre hübschen Beine trugen. Nicht, dass es ihr etwas genutzt hätte! Schmerz hatte er erst für später vorgesehen. Und ihr Leid würde dann nur ihm allein gehören.

Wollte er ihr das Halsband umlegen, weil sie nicht auf dem Boden geblieben war, sie stattdessen das bequeme Kissen benutzt hatte? Doch Master Alec wirkte nicht zornig, eher das Gegenteil. Wie gut es sich anfühlte, in seinen starken Armen zu liegen. Sie erinnerte sich genau daran, wie herrlich es ihren Leib entflammt hatte, als er sie bestraft hatte. Dieser köstliche Schmerz, der ein Verlangen in ihr geweckt hatte, das nur er stillen konnte. Er schob sie einen Schritt zurück und hob langsam die Arme, als wollte er sie nicht verschrecken. Mit ruhigen Händen legte er ihr das Halsband aus dunkelbraunem weichen Leder um. Grüner Satin unterfütterte es, sodass es erst kühl um ihren Hals lag. Es war ein eigenartiges Gefühl, auf das sie nicht reagierte, wie sie es erwartet hatte. Irgendwie war es, als würde Master Alec mit ihr ein Bündnis besiegeln, das Halsband ihren Status als seine … ihr fehlte das richtige Wort - Sklavin? Devote? Spielpartnerin? – untermauern. Vielleicht all das zusammen. Er stellte sie unter seinen Schutz. Sienna hatte viel zu lange allein gekämpft, und sie legte ihr Wohlergehen gern in seine Hände. Falls es zu leichtfertig geschah, war es ihr in diesem Moment gleichgültig. Sie liebte es, wenn er sie anlächelte, ahnte, dass sie bereit war, eine Menge zu tun, nur um es zu sehen.

An der Vorderseite funkelte ein Ring, und er befestigte den Karabinerhaken der Leine an ihm.

„Du bleibst zwei Schritte hinter mir und sorgst dafür, dass sich die Leine nicht spannt."

Sienna fühlte sich lächerlich, als sie ihm folgte. Sie hatte befürchtet, er würde losstürmen, sodass sie kaum hinterherkam. Doch Master Alec tat das Gegenteil. Er schlich durch den Raum, in einer Geschwindigkeit, dass ein Papagei auf Stilettos ihn hätte überholen können. Er blieb an einigen Tischen stehen, um Belanglosigkeiten mit den Gästen und Mastern auszutauschen, während ihre Nervosität, die mit einer Schneeflocke begonnen hatte und mittlerweile einer Lawine entsprach, sie zu überrollen drohte.

„Joe, mein Freund." Alec schlug dem dunkelhäutigen Mann auf die Schulter. Der Kerl war unheimlich, und sie wäre beinahe zurückgewichen, als er aufstand. Er überragte sogar Alec.

„Was hast du dir denn da angelacht? Ihr Ruf eilt der Sub voraus." Er musterte sie. „Du kannst froh sein, dass ich nicht das Tor bewacht habe, als du auf die *Insel* gekommen bist. Ich bin nicht so nachsichtig wie Alec."

Joe sah Master Alec an, und nachdem dieser genickt hatte, hob er die Hand und streichelte über ihre Wange, während sie wie erstarrt vor ihm stand. Es war ungewohnt, dass fremde Männer sie einfach berührten, aber sie ahnte, wenn sie es wirklich nicht ertragen hätte, hätte Joe sie niemals angefasst. Unbewusst schmiegte sie sich gegen seine Handfläche, und er belohnte sie mit einem Lächeln.

„Äußerst sensibel, die kleine Mrs. Ungehorsam. Du wirst Freude an ihr haben, während du ihren Körper zeichnest."

„Ihr steht eine Bestrafung bevor, die ich im Arztzimmer vornehme. Möchtest du uns begleiten?"

Beide grinsten breit, weil sie wie ein gejagtes Häschen atmete.

„Zu gern, Alec. Ich trinke noch meinen Kaffee aus, es sei denn, du brauchst Hilfe mit der Sub." Fragend sah er auf sie herab.

Wie konnten die Master es wagen, über sie zu reden, als wäre sie nicht anwesend! Sienna biss sich auf die Zunge, um eine schnippische Bemerkung zurückzuhalten. Die Mundwinkel der Master verzogen sich zu einem beunruhigenden Lächeln. Unvermittelt zog Master Alec an der Leine, bis sie nur ein paar Zentimeter von ihm entfernt war. „Du wirst lernen, dass dein Verhalten ausnahmslos Konsequenzen hat. Und ich werde dich auf diesen Ausdruck in deinen Augen hinweisen, während dein Körper mir gehört und der Schmerz bis in den am meisten verborgenen Winkel deines Leibes vordringt, Sienna."

Erneut stieß sie ein Geräusch aus, das sie außer an diesem Ort noch niemals bei sich selbst wahrgenommen hatte. Ob es angebracht war, bewusstlos umzufallen? Allerdings tat Siennas Bewusstsein ihr diesen Gefallen nicht, lieber malte ihr Verstand sich in den leuchtendsten Farben aus, wie es sein würde, wenn Master Alec seine Drohungen in die Tat umsetzte. Ihre Shorts klebten ihr nass auf der Scham. Sie sollte eigentlich Angst vor ihm verspüren, panisch sein, stattdessen lehnte sie sich unbewusst nach vorn, von dem Wunsch erfüllt, dass er sie küsste, sie anschließend an Ort und Stelle bestrafte. Wenn sie nur wüsste, was er dachte. Doch seine Miene glich leerem Papier. Sie gierte danach, dieses Blatt in die Hand zu nehmen, es zu zerknüllen, um auf ihm ihre Spuren zu hinterlassen. Sie wollte, dass sie dem Master ebenso unter die Haut ging wie er ihr.

„Bis gleich, Joe.“ Master Alec setzte sich in Bewegung, und ihr blieb nichts anderes übrig, als ihm zu folgen. Sie heftete ihren Blick auf seinen Arsch, der sich bei jedem seiner Schritte anspannte. Master Alec war so groß, sein Rücken so breit. Doch was sie am meisten bei ihm anzog, war seine Persönlichkeit. Sie hatte das Gefühl, als würden sich sämtliche Augen aus dem Speisezimmer in ihre Haut bohren. Sie erhaschte noch einen Blick auf Emily, die Joe anschmachtete und in ihrer Bewegung erstarrte, sobald er sich zu ihr umdrehte.

Master Alec lief gleichmäßig, durchquerte die Rezeption, und Sienna stolperte bei dem Anblick der nackten Rothaarigen, die gefesselt zwischen zwei Pfeilern stand. Sie hatte nicht nur Klemmen an den Brustwarzen! Master Alec fing Sienna auf, bevor sie zu Boden ging. Der schwarz gekleidete Mann, der schräg vor der Frau lungerte, drehte sich ihnen zu. In der Hand hielt er eine Uhr. „Du hast es gleich geschafft, Sylvia. Noch drei Minuten, dann sind die zehn Minuten deiner Bestrafung um.“

Sie lächelte gequält, doch schmiegte ihre Wange gegen seine Handfläche, sobald er sie dort berührte.

„Daniel, darf ich dir Sienna vorstellen?“

Der grauhaarige Mann mit den kurz geschnittenen Haaren betrachtete sie, und sie unterdrückte den Reiz, sich hinter Master Alec zu verstecken.

„Das ist also Sienna.“

Sylvia starrte ihren Master unentwegt an, als wäre seine Anwesenheit alles, was sie brauchte, um diese Situation zu überstehen. Sienna vermochte sich nicht auszumalen, wie schmerzvoll eine Klemme war, die an ihrer Lustperle befestigt wäre. Obwohl sie nicht hinsehen wollte, musterte sie das Geschlecht der Rothaarigen. Der Anblick erregte sie ungewollt.

„Wir sehen uns später.“ Master Alec lief weiter. „Du wirst bald wissen, wie es sich anfühlt, Sienna.“

Diesmal gelang es ihr, nicht zu stolpern, doch sie schwor, dass ihr Herzschlag ein paar Takte aussetzte. Master Alec bog in einen Flur ab, von dem mehrere Gänge abzweigten. Er blieb vor einer Tür stehen, drückte die Türklinke hinunter und schritt hinein. Die Tür fiel hinter ihr ins Schloss, und alles, was ihr Blickfeld füllte, war der gynäkologische Stuhl, der mitten im Raum stand. Master Alec drehte sich ihr zu und zog sie grinsend zu sich heran. Er löste die Schnalle des Halsbandes und legte es auf die Anrichte. Sienna starrte auf die Edelstahlschüssel, den Nassrasierer und den Rasierschaum. Er wollte doch nicht …! Das konnte er ihr nicht antun! Seine sadistische Belustigung zeigte ihr sehr wohl, dass er es wollte und konnte.

„Zieh dich aus, Sienna. Und dann ab mit dir auf den Stuhl“, sagte er in einem weichen Tonfall.

Nein!

Das wollte sie nicht, oder? Zu viele widersprüchliche Gefühle fielen sie an, wie ein Schwarm Schmetterlinge, die um sie herumschwirrten, allerdings waren sie zu schnell und flüchtig, um sie zu fangen.

„Das war keine Bitte. Du wirst auf diesem Stuhl landen und deine Bestrafung für dein respektloses Benehmen dankbar annehmen. Dies ist keine Session, und daher nutzt dir auch dein Safeword nichts. Falls ich dich zwingen muss, versohle ich dir vorher den Arsch!"

Oh!

Sie wich vor ihm zurück, und er setzte ihr nach, bis sie die Wand erreichte. Er stützte beide Hände neben ihrem Kopf ab und beugte sich zu ihr herab. Sein Atem streichelte erst über ihre Lippen, und dann eroberte er ihren Mund. Er schmeckte genauso gut wie er roch, nach Mann sowie Dominanz. Sie musste sich an ihm festhalten, da ihre Beine versagten. Ihre Finger zitterten, als sie seine harten Unterarme umklammerte, während er sie mit seinem Kuss unterwarf, sie aufhörte zu denken, nur noch wollte, dass er sie nahm, sie liebte und gleichzeitig fickte. Er war ebenso atemlos wie sie, als er den Kuss beendete.

„Runter mit den Klamotten, Sienna." Master Alec trat drei Schritte zurück. „Tu nicht so, als würde die Vorstellung, gespreizt und hilflos auf dem Stuhl vor mir zu liegen, dich nicht erregen." Er leckte sich über die Lippen. „Oder soll ich mich jetzt schon von deiner Nässe überzeugen?"

Sienna nahm einen tiefen Atemzug. Sie konnte das. Doch es durchzuziehen, war unglaublich schwer. Er würde alles von ihr sehen können, nicht nur ihre Pussy in all ihren Facetten, sondern auch ihre Seele, das versteckte Innere bis in den letzten Winkel. Niemals zuvor hatte ein Mann von ihr verlangt, sich ihm auf diese Weise hinzugeben. Ihr vernebelter Verstand drängte sich weiter an die Oberfläche, und Eissplitter prasselten auf ihre Haut. Nicht nur Master Alec würde sie betrachten, ebenso Joe, David … Sie taumelte nach hinten, bis ihre Schultern gegen die Wand prallten. Es war eine Strafe! Weil sie die Regeln missachtet hatte.

Master Alec umfasste ihren Nacken und wartete, bis sie einen zitternden Atemzug nahm.

„Du hast doch den Brief mit den Ausführungen gelesen, den wir dir geschickt haben? Ich meine nicht den Vertrag, den du unterschrieben hast, sondern eine Übersicht unseres Verhaltenskodex, den sowohl der dominante Part als auch der devote Part einhalten muss. Im letzten Abschnitt wird eindeutig auf die Konsequenzen bei Nichtachtung der einfachen Regeln, und dazu zählt eine frisch rasierte Pussy, hingewiesen. Und niemand wird dir glauben, dass dir zwei Minuten Zeit fehlten, um dich zu rasieren."

Sie erinnerte sich an ein Schriftstück, doch sie war zu beschäftigt und zu müde gewesen, um es zu lesen. Master Alec sah sie mit unbeweglicher Miene an, während er überlegen und unnachgiebig auf ihre Antwort wartete.

„Ich habe den Brief vergessen. Ich hatte so viel zu tun. Es tut mir leid", stammelte sie, obwohl sie wusste, dass es unzureichend wirkte, obendrein ihre Respektlosigkeit untermauerte. Sie hatte Emilys Worte, die sie auf Bestrafungen hingewiesen hatten, nicht ernst genommen, es wie ein Spiel betrachtet, aus dem sie sich jederzeit winden konnte. Doch Master Alec ließ sie nicht, und diese Erkenntnis tobte wie ein Sandsturm durch ihr Inneres.

Sie griff nach dem Saum des Tops und zog es über ihren Kopf, gab dem albernen Impuls nach und warf es gegen seinen Brustkorb. Master Alecs Augen glitzerten keineswegs vergnügt, sondern bedrohlich. Vorsichtshalber wich sie einen Schritt nach hinten, allerdings packte er sie im selben Moment, hob sie an den Hüften hoch und setzte sie auf das Handtuch, das den Stuhl bedeckte. Er presste sie zurück, und das Ganze ging so schnell, dass sie bereits flach auf dem Rücken lag, ehe sie auch nur den Hauch eines Widerstandes leisten konnte. Er packte ihr rechtes Handgelenk und umwickelte es mit einem weichen Klettverschluss auf Höhe ihrer Hüfte. Ihre mickrige Gegenwehr bei ihrem linken Arm hatte er mühelos überwunden, und sie zerrte wütend an den Fesselungen. Mit einem Ruck zog er ihr die Shorts von den Beinen und starrte sie an, so hungrig, dass der Protest in ihrer Kehle stecken blieb.

Master Alec beugte sich herab, stützte seine Hände zu beiden Seiten neben ihrem Kopf ab und presste seine Lippen auf ihre. Er küsste sie nicht, er nahm ihren Mund, schmeckte sie und eroberte ihre Lippen so gründlich, dass sie noch immer butterweich war, als er sich von ihr löste und ihren rechten Fuß packte.

Dieses Monster! Er hatte sie überlistet, und sie war bereits gefesselt, ehe ihr umnebelter Verstand seine Handlungen begriff und sie den Zustand ihres Körpers erfasste. Ihr Schoß pochte, ihre Nippel waren geschwollen, und dass er es bemerkt hatte, las sie klar auf seinem Gesicht.

„Leg den linken Fuß in die Halterung, Sienna."

Sie gehorchte, zögerte nicht einmal und verstand nicht wieso. Er umwickelte ihren Knöchel mit dem weichen Schnellverschluss und zog sie nach vorn, sodass ihr Po genau auf der Kante auflag. Er drückte auf ein Pad und spreizte sie weit, bis er zufrieden nickte. Kühle Luft streichelte über ihr erhitztes Geschlecht, verdeutlichte ihr, wie lüstern sie wirklich war.

„Bitte, Master Alec. Ich möchte nicht …"

„… dass dich jemand außer mir in diesem Zustand sieht. Erregt, ängstlich und neugierig. Du lernst gerade eine versteckte Begierde von dir kennen. Der Gedanke, dass dir ein Fremder zwischen die Schenkel starrt, fasziniert und entsetzt dich zugleich." Er streichelte kaum spürbar über die Innenseiten ihrer Oberschenkel, und dennoch reagierte sie mit Sehnsucht auf die leichte Berührung. „Doch deine Erregung ist weitaus höher als deine Bedenken. Und außerdem ist noch niemand vor Beschämung gestorben, und du wirst bestimmt nicht die Erste sein. Selbst, da du es dir wünschst."

Master Alec küsste sie auf ihren Bauch, der ebenso zitterte wie ihre Schenkel. „Möchtest du dein Safeword sagen?"

„Aber du hast gesagt, es wäre eine Bestrafung, und ich könnte mich nicht hinauswinden."

Er lächelte sie an, und sie verstand, was er tat. Master Alec ließ ihr eine Wahl, die ihr von Anfang an zugestanden hatte. Und diese Option stürzte sie in ein Gefühlschaos, weil sie nicht wollte, dass er sie losband. Sienna sehnte es herbei, dass er über sie bestimmte, sie nicht mehr nachzudenken brauchte, während sie sich ihm unterwarf. Ihr Zwiespalt gefiel ihm, und er zeigte es ihr deutlich. Sie war so verwirrt, dass ihr eine Träne aus dem Augenwinkel rollte. Der Ausdruck in seinen Augen wurde wilder, und er wischte die Spur mit seinem Daumen fort.

„Dein Leid weckt meine Lust, Sugar. Tränen, die auf diese Art entstehen, sind unglaublich kostbar und werden nur von denen, die aus erduldetem Schmerz entstehen, übertroffen. Wirst du mir deinen Schmerz schenken, Sienna? Es zulassen, dass ich dich an deine Grenzen bringe?", flüsterte er gegen ihre Lippen.

Ein Kerl, der nicht vor einer weinenden Frau zurückschreckte, sondern danach lechzte. Empört wollte sie aufbegehren, allerdings schüttelte er den Kopf.

„Sag mir genau, was du in diesem Moment fühlst, Sienna. Wähl deine Worte mit Bedacht." Grinsend führte er einen Finger in ihr Geschlecht, und sie versuchte, diesmal mir ihrer ganzen Kraft zu widerstehen, wollte nicht noch weiter in diesen berauschenden Zustand sinken, doch ihr Körper ließ sich nicht bezwingen. Sie presste den Hinterkopf auf die Unterlage, und Master Alec fickte sie mit seiner Hand und rieb mit dem Daumen ihre Klitoris. Währenddessen sah er ihr unentwegt in die Augen.

„Ich will nicht, dass du aufhörst, Master Alec." Das musste als Antwort reichen, zu mehr war sie nicht in der Lage, unfähig, auch nur einen klaren Gedanken zu fassen.

Er kniff ihr fest in den Po, unzufrieden mit ihr.

„Bitte, ich kann nicht nachdenken, aber ich möchte diesen Moment nur mit dir teilen. Bitte, Master."

Langsam glitt er mit zwei Fingern immer wieder in ihre nasse Pussy und umkreiste mit dem Daumen ihre Lustperle.

„Ist das so, kleine Sub? Stell mich zufrieden.“ Sein Grinsen wurde breiter. „Wage es nicht, zu kommen.“

Wenn sie gekonnt hätte, dann hätte sie ihn getreten. Wie konnte er nur! Sie war viel zu aufgeputscht, um sich zu kontrollieren. Die widersprüchlichen Emotionen fochten einen wilden Kampf in ihr, während er mit gleichmäßiger Stimulation ihren Orgasmus einforderte. Die Angst, dass jeden Moment einer der anderen Master in das Zimmer stürzte, steigerte ihre Begierde zusätzlich.

Er biss in die Innenseite ihres Schenkels, saugte fest an dem empfindlichen Fleisch und erhöhte den Druck seines Daumens. Der köstliche Schmerz vermischte sich mit seiner geschickten Hand. Wellenartig breitete es sich in ihr aus. Sie bog den Rücken durch, verkrampfte ihre Hände, versuchte, den Orgasmus aufzuhalten, und er schob ihr ohne Vorwarnung den nassen Daumen seiner anderen Hand in den Anus.

Was für ein gemeiner Mistkerl!

Niemals zuvor hatte sie Ähnliches empfunden, denn die Reize des Schmerzes, der Lust und der Nervenenden in ihrer intimsten Stelle packten sie, und sosehr sie sich auch wehrte, sie wurde fortgerissen.

Alec stoppte die Stimulation genau in dem Moment, als Siennas Orgasmus einsetzte, er das erste Zucken unter der Hand und um seinen Daumen in ihrem ehemals jungfräulichen Anus spürte. Frustriert keuchte sie auf, drängte ihm das Becken entgegen, soweit es ihre Fesselung zuließ, und sein Schwanz drückte schmerzhaft gegen seinen Slip.

„Bitte“, wisperte sie.

„Nein!“

Sie funkelte ihn an, ehe er zu dem Waschbecken lief, um sich die Hände zu waschen. Die kleine Mrs. Muffin drehte den Kopf, und er hörte ihr schnelles Atmen. Er kehrte mit einem warmen und nassen Handtuch zurück und legte es über ihre Scham. Sie quietschte erschrocken. Alec schaltete das Licht ein und richtete die Lampe genau auf ihre Pussy aus. „Damit den anderen Mastern nichts verborgen bleibt. Deine Schamlippen sind geschwollen, und deine Klitoris zeigt sehr anschaulich den Grad deiner Erregung an.“ Er setzte sich auf den Rollhocker, betrachtete ihr tiefrotes Gesicht und zog das Handtuch fort. Es würde niemand kommen, doch mit ihrer Beschämung zu spielen, war höchst … unterhaltsam.

Sie biss sich auf die Unterlippe, und ihr war anzusehen, wie schwierig es für sie war, den Mund zu halten. Alec nahm den Rasierschaum zur Hand, schüttelte die Dose, betätigte den Mechanismus und verteilte den Schaum auf ihrer Pussy. Sie hielt den Atem an, sobald er das Rasiermesser in die Hand nahm und die Klinge in das warme Wasser tauchte.

„Keine Angst, Sienna, ich werde dich nicht schneiden.“ Er war zwar ein Sadist, aber Spiele, die Blut beinhalteten, waren nichts für ihn. Er bevorzugte einen heißen Arsch, keine zerstörte Haut. „Vertraust du mir?“ Er wusste, dass sie ihm vertraute, doch er wollte es aus ihrem Mund hören, in diesem Moment, wo sie dermaßen verletzlich war, aufgewühlt und unbefriedigt. Eine leichte Berührung von ihm an der richtigen Stelle würde sie über die Klippe stoßen, und sie würde ihren Orgasmus in den Raum brüllen. Noch würde er ihn ihr nicht gewähren.

„Ja, Master Alec.“ Immer wieder starrte sie an ihm vorbei auf die Tür.

„Augen auf mich! Und wenn ich du wäre, würde ich damit aufhören, mich wie ein zorniges Eichhörnchen anzusehen, das der dunklen Seite der Macht erlegen ist.“ Er biss sich auf die Zunge, um nicht in Lachen auszubrechen. Siennas Gesichtsausdruck war unbeschreiblich.

Vorsichtig setzte er den Nassrasierer auf ihrem Venushügel an und strich mit der Klinge langsam in Wuchsrichtung der Haare über ihre Haut. Sie atmete hörbar aus, und er konzentrierte sich auf die anregende Aufgabe. Sienna schämte sich in Grund und Boden, und es steigerte ihre Erregung … und seine. Er spreizte ihre Schamlippen und entfernte jedes Härchen. Sie zuckte zusammen, als er zum Schluss ihren Anus rasierte. Mit dem Handtuch beseitigte er die Reste des Schaums, schlug ihr anschließend mit der flachen Hand auf den Oberschenkel, weil sie protestierte. Alec holte eine Schüssel mit sauberem Wasser und reinigte sie gründlich.

Ohne Vorwarnung beugte er sich vor und leckte direkt über ihre geschwollene Klitoris.

„Alec … Master!“

„Du wirst jetzt für mich kommen, Sienna.“

Heute Abend würde er sie für all ihre Vergehen bestrafen, bis sie nicht mehr wusste, wie ihr Name war. Und er würde dafür sorgen, dass nicht nur er jede Sekunde genoss.

Sie versuchte ihm auszuweichen, und er packte ihre Hüften, saugte fest, ließ ihr keine andere Wahl, als sich ihm hinzugeben. Er fickte sie mit seiner Zunge, und er liebte es, wie ihre Beschämung in zügellose Begierde umschlug. Er spürte den Moment, als ihre Barriere fiel.

„Jetzt, Sienna!“, sagte er und fühlte, wie sie unter seiner Zunge zuckte, während sie seinen Namen lauthals in den Raum brüllte.

Sienna presste die Augenlider zu, versuchte zu Atem zu kommen, von Angst erfüllt, dass die anderen Master gesehen hatten, was Alec mit ihr angestellt hatte. Sie wusste nicht, ob noch jemand in den Raum gekommen war, zu sehr hatte ihr gefallen, was der Master mit ihrem Körper und ihrer Seele getan hatte. Die Sekunden dehnten sich aus, während sie den Nachklang spürte. Der Orgasmus war unglaublich intensiv gewesen, und erst langsam ebbte der Rausch ab. Warum sagte er nichts?

Er beugte sich über sie, und sein Atem fächerte ihre erhitzten Wangen entlang. Oh Gott, sie konnte sich selbst schmecken, als er seine Lippen auf ihre presste, sie sanft küsste.

Master Alec strich ihr die verschwitzten Haare aus der Stirn. „Sienna, sieh mich an." Es war unmöglich, ihm nicht zu gehorchen und wäre auch albern. Seit wann schreckte sie vor Konsequenzen zurück? Wie von allein öffnete sie die Augen, und die Wärme in seinem Blick streichelte über ihr Bewusstsein, steigerte obendrein ihren Herzschlag. Wie musste es sein, von diesem Mann geliebt zu werden? Jeden Tag mit ihm zu verbringen, beschützt und gefordert? Sie sah an ihm vorbei und konnte keinen der anderen Master entdecken. Der Sadist hatte mit ihrer Beschämung gespielt anstatt mit ihrem Schmerz.

„Ich dachte, du würdest mir den Po versohlen, bis ich nicht mehr sitzen kann."

„Wäre das dein Wunsch, kleine Sienna?"

„Ja, Master Alec. Ich möchte wissen, wie es ist, erfahren, ob es mich ebenso befriedigt wie dich."

Sie spürte seine Erektion durch seine Hose hindurch, weil er sich gegen ihre Pussy presste. Warum zog er sich nicht aus und nahm sie noch auf diesem Stuhl, während sie in dieser hilflosen Position war? Obwohl sie gerade erst unglaubliche Lust durchlebt hatte, zogen neue Wellen der Begierde durch ihren Unterleib.

„Darf ich eine Bitte äußern, Master Alec?"

„Ja."

Dieses Spiel gefiel ihr. Oder war es kein Spiel?

„Ich möchte, dass du mich fickst. Bitte, Master." Flammende Röte befiel ihre Wangen und Hitze ihr Geschlecht. Ihn darum zu bitten war … aufregend. Oder wollte er es nicht? Fand er seine Befriedigung ausschließlich durch das Austeilen von Leid? Vielleicht teilte er diese Intimität nicht mit seinen Spielsubs. Das Wort klang wie ein erdrückendes Echo in ihrem Kopf. Sie wollte mehr für ihn sein. Was war nur los mit ihr? Er hatte ihr gesagt, dass sie von ihm gefühlsmäßig nichts zu erwarten hatte, und sie vergaß ihre Vorsätze bereits bei der ersten Session. Mehr war es nicht, nur eine Session, kein Akt unter Liebenden.

Master Alec trat einen Schritt von ihr zurück und löste kommentarlos die Schnellverschlüsse an ihren Knöcheln, danach die an ihren Handgelenken. Ein Kloß steckte fest in ihrer Kehle, und sie wäre aufgesprungen, wenn er sie nicht an den Schultern festgehalten hätte. „Ein wenig Strafe für deine

Vergehen muss sein, Sienna. Und jetzt werden wir David deine hübsche, blanke Pussy präsentieren.“

„Aber …“

Er hob sie von dem Stuhl und sah sie prüfend an. „Hast du ein Problem mit der Rollenverteilung?“

„Nein, Master Alec.“ Impulsiv lehnte sie sich nach vorn, bis ihre Wange sich an seinen Brustkorb schmiegte, seufzte wohlig auf, als er sie in seine Arme schloss. Sie würde mitnehmen, was er ihr gab. Sollte ihr Herz dabei brechen, würde sie es nach dem Urlaub flicken. Zu Hause würde ihr Leben seinen gewohnten Lauf nehmen und das *Tasty* ihre gesamte Aufmerksamkeit beanspruchen. Sie würde darüber hinwegkommen. Wann hatte sie sich das letzte Mal Hals über Kopf verliebt? Es schien Jahrhunderte her. Master Alec küsste sie sanft auf den Scheitel.

„Komm, Sienna.“

„Meine Kleidung!“

„Du wirst mich nackt und zugänglich begleiten. Ich verwarne dich ein letztes Mal. Wenn du einen triftigen Grund hast, warum du mir den Anblick deines Körpers vorenthalten willst, darfst du ihn mir gerne darlegen. Ansonsten möchte ich kein Wort von dir hören.“

Sein Tonfall war schneidend, und sein Blick war flüssiges Gold, das über sie floss. Sienna versuchte, die Tränen wegzublinzeln, die auf einmal hinter ihren Lider brannten. Sie wollte ihm gehorchen, ihn zufriedenstellen, doch nackt durch das Resort zu laufen, erschien ihr wie ein unbezwingbares Gebirge.

Sie schaute verlangend zu ihrer Kleidung, und das gemeine Monster schnappte sich ihre Shorts und das Top zusammen mit dem Handtuch und warf alles in einen Wäschekorb, der in der Ecke stand.

„Das ist nur zu deinem Besten, Sugar. Du hast, wie so viele Frauen, Schwierigkeiten mit deiner Selbstwahrnehmung. Du sollst stolz auf deinen Körper sein. Ich möchte ihn präsentieren, da mich dein Anblick mit Lust erfüllt. Obendrein wird es dir dabei helfen, heute Abend besser mit dem zurechtzukommen, was ich für dich geplant habe. Ich möchte keine Sub, die nur, weil sie nackt ist, bereits in Tränen ausbricht.“

Der Mann machte sie wahnsinnig. In ein paar Sätzen hatte er ihr das schönste Kompliment gemacht, das sie in den letzten Jahren gehört hatte, und zur gleichen Zeit brach ihr aus Angst der Schweiß aus sämtlichen Poren. Sein satanisches Grinsen zeigte ihr deutlich, dass er seine Worte mit Bedacht wählte und sie in einen Zustand katapultierte, den er für sie gewählt hatte. Er hielt ihr seine Hand hin und umschloss ihre zitternden Finger mit Wärme und Sicherheit.

„Niemand wird dich ohne meine Erlaubnis intim berühren, kleine Mrs. Muffin. Im Moment bin ich der Einzige, der dich kosten und beißen darf. Ich gedenke, dich bis auf den letzten Krümel zu erforschen und zu verschlingen."

Nur mit Mühe gelang es ihr, nicht zu stolpern. Er führte sie aus dem Raum, und sie schluckte hart, da der Gang vor dem Zimmer nur so von Personen wimmelte. Joe hatte eine kichernde Emily im Schlepptau, und er sah ihre Freundin so verlangend an, dass Emily förmlich glühte. Ob der Master ihr gewachsen war?

„Master Alec!", quietschte eine hübsche Frau mit langen dunklen Haaren. Sie sah kurz zu ihrem Begleiter, dessen blaue Augen wie ein Gebirgssee funkelten. Er nickte, und sie rannte auf sie zu.

„Carolina", rief Master Alec erfreut und lächelte über das ganze Gesicht.

Sienna verspürte einen unerwarteten Stich Eifersucht. War das eine Ex von Master Alec? Eine Spielbeziehung? Liebevoll zog er Carolina in seine Arme, hob sie hoch und küsste sie mitten auf den Mund. Sienna rammte ihr mit Freuden virtuell ein Messer ins Kreuz.

Master Alec stellte sie auf die Füße. „Richard, mein Freund." Die beiden Männer klopften sich gegenseitig auf die Schultern.

„Darf ich euch Sienna vorstellen? Sienna, das sind Richard und Carolina."

Richard lächelte sie warm an, derweil er ihren Körper musterte. Oh Mann. Sie wäre am liebsten unter dem Parkettboden verschwunden. Carolina warf Master Alec einen empörten Blick zu.

„Master Alec, du weißt schon, dass es nicht angenehm ist, nackt durch die Gegend zu laufen?" Trotz ihrer mutigen Worte trat sie näher an Sienna heran, erstarrte, als beide Master sie fixierten.

„Richard, wenn du meine Hilfe bei der weiteren Zähmung deiner Frau brauchst, ich helfe dir gerne aus."

Sie waren verheiratet! Wieso ging Master Alec so vertraut mit ihr um? Bei Richard fehlte jegliche Eifersucht, das sah sie ihm deutlich an. Die kurvige Brünette stand inzwischen so dicht neben ihr, dass sich ihre Oberarme berührten. Sienna wusste nicht, wo sie hinsehen sollte, und betrachtete Richards T-Shirt. Schwarz schien die Lieblingsfarbe der Dominanten zu sein.

„Gern, Alec. Du wolltest mich in die Geheimnisse von Pussyklemmen einweihen." Er blickte direkt auf ihren frisch rasierten Venushügel, als stellte er sich gerade vor, welche bei ihr anzubringen. Carolina und sie machten ein identisches Geräusch, und sie wusste nicht wieso, doch ein Prusten entwich ihr, das die Dunkelhaarige aufgriff, und sie beide lachten drei Sekunden lang, beobachtet von den dunklen Blicken der Master. Ihre Eifersucht war verflogen, stattdessen erkannte sie in Carolina eine Verbündete.

Sie kannte Master Alec anscheinend näher, und vielleicht wusste sie etwas mehr über ihn. Richard bewegte sich dermaßen schnell, dass sie seiner Bewegung kaum folgen konnte. Er packte den Nacken seiner Frau, und Carolina stand pures Verlangen auf dem hübschen ovalen Gesicht, ein Indiz, dass sie es liebte, bestraft zu werden. Sienna verstand es nur zu gut.

„Wie wäre es mit morgen Abend?", wisperte er gegen die Stirn seiner Frau. „Und du kannst auch gerne die Kleine mitbringen, die vor Scham dem Rot einer Rose gleicht."

„Die Option halte ich mir offen." Master Alec schlug Richard zum Abschied auf den Rücken und zog Sienna mit sich. Sienna vernahm noch, wie Carolina empört schnaubte, und dann bogen sie um die Ecke. Sie stiegen in den zweiten Stock, und ihre Füße hörten sich überlaut auf dem Holz an. Sie wünschte sich, er würde etwas Beruhigendes zu ihr sagen, doch er tat ihr den Gefallen nicht. Er klopfte kurz an eine Tür und schob sie in ein Arbeitszimmer. Master David saß hinter einem dunklen Schreibtisch, und sie wäre am liebsten geflüchtet, weil ihr seine gesamte Aufmerksamkeit gehörte. Master Alec löste den Griff von ihren Schultern, und niemals hatte sie sich so sehr ein paar Taschen gewünscht, in die sie ihre Hände hätte hineinstecken können. Sie verschränkte die Finger vor ihrem Körper und bedeckte dabei ihre Scham.

„Sienna", begrüßte David sie. „Hast du ihr Positionen beigebracht?", fragte er, während er sich erhob.

„Noch nicht." Master Alec umrundete sie und stellte sich neben David. Sienna betrachtete das Gemälde einer auf dem Boden knienden Frau, die auf den ausgestreckten Händen eine gelbe Tulpe hielt. Außer der Blume hatte die Künstlerin nur Grautöne benutzt. Viola Sullivan.

„Augen auf mich, Sienna." Master Alecs Tonfall ließ keinen Widerspruch zu, und sie traf seinen amüsierten Blick. Sie wusste, dass sie zumindest mit kleinen Dolchen auf ihn zielte, doch sie war noch nie gut darin gewesen, eine neutrale Miene aufzulegen, wenn sie aufgewühlt war. Er schnaubte, und sie glaubte nicht, dass es ein positives Zeichen darstellte.

„Du nimmst jetzt Position eins ein, dazu verschränkst du die Hände hinter deinem Nacken, Füße schulterbreit auseinander, Kinn hoch. Wag es ja nicht, wegzusehen."

Aber dann würde David noch mehr von ihr erkennen können. Sie stand wie erstarrt, und plötzlich ragte Master Alec neben ihr auf und schlug ihr fest auf den Po, drei Mal in schneller Reihenfolge auf dieselbe Stelle. Hitze breitete sich wellengleich auf ihrer Haut aus. Sollte sie das Safeword sagen? Wollte sie, dass dieses Abenteuer weiterging?

Natürlich willst du, brüllte eine Stimme in ihrem Verstand. *Wie sonst willst du herausfinden, ob du dich für einen sadistischen und dominanten Partner eignest?*

Sie hob ihre Arme an, die plötzlich zentnerschwer waren, und verschränkte die Hände hinter ihrem Kopf. Mit einem tiefen Atemzug sammelte sie ihren nicht vorhandenen Mut zusammen und setzte die Füße auseinander.

Beide Master schenkten ihr ein warmes Lächeln, das sich beruhigend über ihre aufgebrachten Sinne und ihren Verstand legte.

„Äußerst hübsche Brüste. Und du hast sie gründlich rasiert. Ist sie immer so leicht erregbar?"

Was?

„Ja, das ist sie. Sienna ist sehr empfänglich für jeden Reiz, egal, ob Schmerz oder Stimulation."

„Ist sie gekommen?"

Das hatte David nicht wirklich gefragt!

„Laut und lange."

David trat näher, und sie wäre beinahe zurückgewichen. Doch sie hielt die Position. Master Alec hatte es ihr versprochen. Niemand würde sie intim berühren. Davids samtige braune Augen funkelten belustigt. Er beugte sich vor, und ganz zart küsste er sie auf den Mund. „Nächstes Mal kommst du nicht so leicht davon. Solltest du die Regeln der *Insel* erneut verletzen, wird deine Bestrafung öffentlich sein."

Die Master setzten sich auf zwei lederne Sessel der Sitzgruppe, die neben den bodentiefen Fenstern standen, sodass sie Sienna im Blickfeld hatten. Die Männer unterhielten sich über irgendein Bauprojekt, und um ihren aufgewühlten Zustand abzumildern, dachte sie an das neue Hähnchenrezept, das sie ausprobieren wollte. Himmel, sie konnte sich nicht konzentrieren und versagte kläglich bei der Zusammenstellung der Zutaten. Die Haltung wurde langsam unbequem, und es bereitete ihr immer mehr Mühe, still stehen zu bleiben.

Die Blicke der Master spürte sie, als würden sie ihre Haut berühren. Wenn sie doch nur diese entsetzliche Erregung in den Griff bekommen könnte. Ihre Lustperle pochte, und sie brauchte nicht an sich herunterzusehen, um zu wissen, dass ihre Brustwarzen geschwollen waren. Und dann diese köstliche Sehnsucht, die sie verspürte, dass Master Alec seinen Sadismus an ihr auslebte, ihr berauschende Schmerzen zufügte. Sie musste verrückt sein, sich danach zu verzehren. Sienna verlagerte das Gewicht von einem Bein auf das andere.

„Sienna!" Sie zuckte unter dem Klang von Master Alecs Stimme zusammen. „Möchtest du dich beschweren? Gefällt dir die Position nicht?"

Sie biss die Zähne aufeinander, weil sie wusste, egal, was sie antwortete, es würde falsch sein.

„Knie dich auf den Boden, mit dem Rücken zu uns. Das wäre Position zwei.“

Erleichtert drehte sie sich um. Wenn sie die Master nicht mehr ansehen brauchte, sie zudem den Po auf ihren Unterschenkeln deponierte, würde sie sich um einiges wohler fühlen. Der Wand würden ihre bösen Blicke nichts ausmachen. Nachdem sie sich ungelenk hingekniet hatte, nahm sie sich vor, das Knien zu üben. Sie presste die Schenkel zusammen, und mit einem Seufzen senkte sie den Po auf ihre Waden. Falls jemand zur Tür hereinkam, könnte sie ihre Brüste mit den Händen verdecken.

„Netter Versuch.“ Master Alec erschien zu belustigt, und es trieb ihr den Schweiß erneut auf den Leib. „Beug dich nach vorn, Hände schulterbreit auf dem Boden, und du solltest deine Knie genauso breit auseinandersetzen, sonst tue ich es für dich. Position drei ist eine meiner Lieblingspositionen, denn so kann die Sub nichts mehr verbergen. Und sie lässt sich noch steigern, indem ich dir befehlen könnte, deine Stirn auf dem Boden abzulegen.“

Ihre Contenance fiel zusammen wie ein Soufflé, und das Geräusch, das sie ausstieß, hörte sich ebenso an. Er stand auf und blieb hinter ihr stehen. Wie in Zeitlupe tat sie, was er verlangte, verwünschte ihn währenddessen in die tiefste Hölle. Wieso nur hatte sie sich ausgerechnet in ihn verliebt? Da waren so viele nette dominante Männer beim Frühstücksbrunch gewesen, mit denen sie die Light-Variante von Dominanz und Unterwerfung hätte ausprobieren können, doch sie hatte sich das Sahneschnittchen geangelt, garniert mit den köstlichsten Himbeeren, getränkt in Orangenlikör. Stocksteif verblieb sie in der Haltung und spürte förmlich, dass die Master ihre Pussy betrachteten.

Lachend gab er ihr einen Klaps auf den Po. „Solltest du nicht stillhalten, dich beschweren, weiterhin so tun, als würde es dich nicht aufheizen, uns deinen verführerischen Körper zu präsentieren, binde ich dich in der Rezeption auf die Theke.“

Sie hasste Master Alec in diesem Moment beinahe. Er ging vor ihr in die Hocke, packte ihre Haare und zog ihren Kopf in den Nacken, bis seine Augen mit ihren verschmolzen. „Wie soll es sein?“

„Ich werde brav sein, Master.“

Arschloch!

Alec hatte erneut Mühe, nicht in Lachen auszubrechen. Sienna war erfrischend wie eine gekühlte reife Honigmelone an einem heißen Sommertag. Und sie schmeckte ebenso süß. Vorhin hätte er sie zu gerne gefickt, doch er hatte sich nicht den Appetit verderben wollen.

Er hatte sich kontrolliert, dazu war er verpflichtet. Auch wollte er dieser seltsamen Bindung, die ab der ersten Sekunde zwischen ihnen entstanden war, etwas entgegensetzen, und wenn er sie auf dem Stuhl genommen hätte, hätte er es nicht mehr gekonnt. Seine Selbstbeherrschung hing an einem seidenen Faden, und es gefiel ihm nicht. David grinste süffisant, für ihn war anscheinend klar, dass es für Alec keine Schlacht mehr gab, da er sie bereits verloren hatte.

Er ließ die Haare der kleinen Sub los, und sie warf ihm noch einen Blick zu, der eine Weintraube in eine Rosine verwandeln könnte, ehe sie den Kopf hängen ließ. Ihr Nacken und ihr Rücken glänzten vor Schweiß, und sie war unglaublich erregt. Dazu brauchte er nicht ihre hübsche pinkfarbene Pussy zu berühren. Ihre Lust benetzte die Innenseiten ihrer Oberschenkel. Die ungewohnte Situation, sich zur Schau zu stellen, wirkte auf viele Devote erregend. Siennas Verstand versuchte, dagegen aufzubegehren, doch ihr Körper holte sich, was er begehrte.

Er konnte nicht widerstehen und rieb mit der Hand über ihren Arsch. Sie saugte die Berührung förmlich in sich auf. Ob sie auf jeden Dominanten auf diese Weise reagierte? Oder hatte David recht und sie war ausschließlich auf ihn fixiert?

„Fünf Minuten. Kannst du das für mich tun?“

Davids Augenbrauen kletterten bis zu seiner Haarlinie, und der Bastard hustete, um sein Lachen zu verbergen. Alec warf ihm einen dunklen Blick zu. Sein ursprünglicher Plan, gemein zu Sienna zu sein, sodass sie *Rot* in den Raum brüllte, noch ehe er sie richtigem Schmerz ausgesetzt hatte, rannte vor ihm davon wie ein Vegetarier vor einem Steak. Er genoss jede Reaktion von ihr, die sie ihm unvoreingenommen schenkte. Seine trübsinnigen Gedanken der letzten Wochen lösten sich in Luft auf. Er würde diese zwei Wochen mit ihr genießen, und sollte er dabei sein Herz verlieren, würde er es kitten, sobald die kleine Herausforderung das Resort verlassen hatte. Er streichelte über die feste Pobacke und streifte mit dem Mittelfinger ihre ungehörig nasse Spalte.

Ihre Arme zitterten, als sie darum kämpfte, Haltung zu bewahren. Amüsiert führte er vorsichtig einen Finger ein, und wenn es möglich gewesen wäre, hätte sie ihre Fingernägel in das Parkett gebohrt. Frustriert keuchte sie auf, weil ihre Lust endgültig die Oberhand gewann.

Alec wollte alles von ihr wissen, sie besser kennenlernen und ihr unzählige Orgasmen schenken. Sie sollte durch seine Hände lernen, wie wunderschön Lustschmerz sein konnte, sofern der dominante Part sein Handwerk verstand. Und seit dem Desaster mit Valerie verstand er sein Handwerk, erkannte jede Nuance, bevor seine Spielgefährtin ahnte, dass sie diese Sehnsucht verspürte.

Sienna war weitaus masochistischer veranlagt, als er gehofft hatte. Es würde ihm höchste Befriedigung schenken, sie im gut besuchten Dungeon zum Höhepunkt zu bringen. Und so, wie sie ihm den Arsch weiter entgegenreckte, ihr auch, trotz oder gerade wegen ihrer Schüchternheit.

Wenn sie die Insel verließ, würde sie nie wieder an ihrer Orgasmusfähigkeit zweifeln und bei ihrem nächsten Liebhaber einfordern, was ihr zustand. Doch der bloße Gedanke, dass jemand Sienna ohne seine Zustimmung anfasste, verursachte ein unangebrachtes Gefühl der Eifersucht, das einfach nicht weichen wollte.

David wusste, was in ihm vorging, er sah es seinem Freund deutlich an. Er war ihm nah wie ein Bruder und hatte ihn aus dem dunklen Loch gezogen, in das er nach Valerie gestürzt war. David kannte ihn besser als er sich selbst, und er war inzwischen seine einzige Familie, die er hatte.

Alec zog die Hand zurück und setzte sich auf den Sessel. Die Kleine verfluchte ihn gerade in die tiefste Hölle, und genau dorthin würde er sie heute Abend mit Geschick hineinführen. Sienna würde erkennen, dass seine Hölle es wert war, sich mit ihr einzulassen.

Er besprach mit David das aktuelle Projekt. Der Kunde hatte sich kurzfristig für einen anderen Swimmingpool entschieden, obwohl sie mit dem Bau bereits angefangen hatten und der Platz nicht ausreichte. Nachdem sie eine Lösung gefunden hatten, die hoffentlich auch den Kunden zufriedenstellte, nahm sich Alec einen Moment Zeit, seine hübsche Beute zu betrachten.

„Wir sehen uns später, David.“ Alec stand auf und stellte sich vor Sienna, umfasste ihre Schultern und half ihr auf die Füße. Für das, was er heute Abend mit ihr geplant hatte, war dies ein guter Einstieg gewesen. So würde der Schock nicht ganz so groß sein. Sie musste lernen und begreifen, dass sie einen wunderschönen Körper besaß, mit Polsterungen an den richtigen Stellen, cremiger Haut und Brüsten, die seine Hände ausfüllten. Jede Frau war ein Wunderwerk, doch die meisten vermiesten sich ihre verführerischen Hüllen, wurden zu Opfern der Photoshopindustrie. Wenn eine Frau einem Mann ihre Demut schenkte, schmeckten die Tränen süß, egal, ob sie dünn oder füllig war. Das einzig Wichtige für ihn war die Lebendigkeit und Ehrlichkeit der Subbie. Und Sienna erfüllte diesen Anspruch, den er hatte, bis zur Perfektion. Er versank in ihren blaugrünen Augen, die ihn verwirrt anstarrten.

Er legte den Arm um sie, und sie kuschelte sich eng an ihn auf dem Weg zu ihrem Bungalow, gefangen in ihren Gedanken. Emily war wohl noch bei Joe, stellte er fest, da die Zimmertüren offen standen. Die quirlige Blonde beanspruchte mit Sicherheit Joes gesamte Aufmerksamkeit.

„Zieh dir Wandersachen an, ich hole dich in vierzig Minuten ab. Und, Sienna, keine Solospiele. Solltest du mir in diesem Punkt nicht gehorchen, werde ich es wissen."

Dann zog er noch ein Regelwerk auf seiner Hosentasche. „Lies es diesmal gründlich."

Er küsste sie auf die Nasenspitze und vermisste ihre Wärme bereits bei dem ersten Schritt aus der Tür.

Kapitel 4

Zu behaupten, sie wäre vollkommen durcheinander, wäre die Untertreibung dieses Millenniums. Sie roch Master Alec überall auf ihrer Haut. Doch sie hatte das Gefühl, dass sein Duft sowie seine Essenz tiefer eindrangen und nicht auf der Oberfläche verblieben. Sie hatte sich schamlos an seiner Hand gerieben, vor Master David. Wie hatte sie das nur tun können? Sie spürte noch immer die verräterische Nässe auf ihren Schamlippen und den Innenseiten ihrer Oberschenkel. Anscheinend war sie nicht frigide, eher das Gegenteil.

Sie war froh, dass Emily durch Abwesenheit glänzte, weil sie nicht in der Lage war, auch nur einen klaren Gedanken zu fassen. Sienna lief ins Badezimmer und wusch sich die Hitze mit lauwarmem Wasser vom Körper. Gott, sie war unglaublich erregt, und als sie die Handbrause an ihr überhitztes Geschlecht hielt, war der Reiz zu intensiv. Ob Master Alec wirklich bemerken würde, wenn sie sich Erleichterung verschaffte?

Er würde es, da war sie sich sicher. Außerdem wollte sie ihn nicht enttäuschen und sich selbst des Vergnügens berauben, durch seine erfahrenen Hände Erfüllung zu finden.

Wenn sie nur an seine Andeutungen dachte, wurden ihr die Knie weich. Wollte er mit ihr wandern gehen oder hegte er ganz andere Absichten? Sie konnte den Kerl nicht einschätzen und auch nicht die Verletzlichkeit, die sie hin und wieder in seinen Augen zu entdecken glaubte. Wer hatte ihm so wehgetan, so sehr, dass er vor ihr zurückgeschreckt war? Er erinnerte sie an einen Vollbluthengst – vor Kraft strotzend, schnell und mit einem Kämpferherz, aber dennoch unglaublich sensibel. Alec war all das, die perfekte Mischung für einen Mann, der durch und durch dominant war. Würde sie sich bei ihm die ganze Zeit sicher fühlen, selbst wenn ihr Körper vor Schmerz schreien würde, falls er es könnte? Sie hatte ihm sofort verziehen, sobald sie ihn gespürt hatte, und in dem Moment, als er sie angesehen hatte, war es ganz um sie geschehen gewesen, so unverständlich es auch erschien. Am besten hörte sie auf der Stelle auf, das eigene Verhalten zu analysieren.

Sienna schnappte sich den Zettel mit den Konsequenzen und brach in lautes Lachen aus, weil Alec rote Popos an den Rand gemalt hatte, für jede Verfehlung, die sie bereits begangen hatte. Es waren verflucht viele. Charmeur! Jetzt war sie froh, dass sie die Lektüre im Vorfeld versäumt hatte, denn dann hätte sie niemals den Mut besessen, ein Mobiltelefon einzuschmuggeln, sich nicht zu rasieren, Master Alec anzufunkeln, ihm Widerworte zu geben oder ihn herauszufordern.

Mit einem Seufzen zog sie ihre Wandershorts an und schlüpfte in ein luftiges, langärmliges Hemd, weil sie keinen Sonnenbrand riskieren wollte. Das erste Mal in ihrem Leben verzichtete sie auf einen BH, und das ungewohnte Gefühl war befreiend. Sie schnürte gerade ihre Wanderschuhe, als Master Alec in den Bungalow trat.

Musste ihr Herz jedes Mal einen wilden Rocksong schmettern, sobald sie ihn sah? Er sah unverschämt gut aus in seinen beigefarbenen Shorts und dem engen weißen T-Shirt. In einer Hand trug er einen Rucksack, und sie fragte sich, ob sie ihn wohl tragen müsse, wie eine Sklavin. Sie hatte sich alles ganz anders auf der *Insel* vorgestellt. Einerseits hatte sie nicht wirklich geglaubt, dass die Männer so tief gehend ruchlos sein würden, und andererseits hatte sie niemanden entdeckt, der auf dem Boden herumkriechen musste, um schmutzige Schuhe abzulecken. Stattdessen behandelte Alec sie respektvoll, auch wenn er Dinge von ihr verlangte, die sich nicht gehörten. Doch er tat es mit Stil.

„Komm, kleine Mrs. Muffin." Er öffnete ihr die Tür und wartete, bis sie durchgegangen war. Dann schnallte er sich den Rucksack um, und seine starke Hand umschloss ihre. Zuerst war sie dermaßen nervös, dass das schön angelegte Resort an ihr vorbeirauschte. Nach unzähligen Schritten wurde sie ruhiger und bewunderte die Blumen und Pflanzen, die überall wucherten. Die gewundenen Kieswege führten an den weiß gestrichenen Luxushütten vorbei. Sie hatte noch niemals so viele Blüten in Blauschattierungen gesehen, und außer den Veilchen konnte sie nicht eine benennen.

Sie erreichten das Tor, und das Wachpersonal winkte sie durch. Die Sonne blitzte zwischen den Wattewolken hindurch, und das Vogelgezwitscher legte sich besänftigend auf ihre aufgebrachten Nerven. Diese ganze Situation war verrückt. Alec hatte innerhalb von ein paar Stunden mehr von ihr erspäht als irgendein Mann in den Jahren zuvor, nicht nur körperlich, sondern auch emotional. Eigentlich sollte sie ihn fürchten. Auf eine Art tat sie es, aber es war eine unbekannte Angst, und sie reizte sie mehr, als gut für sie sein konnte. Ob sie ihm Fragen stellen durfte? War das einer Sub erlaubt?

Alec blieb unvermittelt stehen, umfasste ihren Nacken und küsste sie zärtlich auf den Mund. „Du kannst mich fragen, was immer du möchtest, Sienna. Nur meine Vergangenheit ist tabu."

Zuerst verspürte sie einen Stich, doch sie war noch nie jemand gewesen, der einfach aufgab. Sie würde seine Geheimnisse aus ihm rauskitzeln, und er würde sie ihr schlussendlich freiwillig verraten.

„Was hat das mit dem Safeword auf sich? Darf ich es wirklich jederzeit benutzen?"

„Das Safeword besiegelt das Vertrauensverhältnis zwischen dem devoten und dem dominanten Part. Ich werde es immer respektieren, es nicht hinterfragen, dass du es benutzt. Doch die Gründe werden wir gemeinsam analysieren. Ausnahmslos."

Wie sollte sie ihre Grenzen austesten, wenn sie sofort *Rot* brüllte, bevor er richtig losgelegt hatte? Das passierte bestimmt ständig, dass eine Sub in Panik geriet. Er lächelte sie verständnisvoll an, als wüsste er genau, was sie dachte.

„Du misstraust deinem eigenen Urteilsvermögen und glaubst, du könntest dich aus einer Situation winden, nur weil sie dir vielleicht ein wenig unangenehm ist. Du wirst es nicht tun, Sienna. Das Safeword ist ein Ausdruck des Respekts, das du nicht leichtfertig benutzen wirst. Für die meisten Subs ist ihr Rettungsanker ein Heiliger Gral. Du wirst dein Wort nur nutzen, sollte es gerechtfertigt sein. Zögere niemals, es anzuwenden. Falls du etwas nicht einschätzen kannst, darfst du jederzeit *Gelb* rufen. Ich hoffe, wenigstens das hast du verinnerlicht."

„Ich verstehe, Master Alec. Ich versage nicht, sollte ich *Rot* rufen, und du wirst mich nicht dafür bestrafen, sondern vielmehr herausfinden, warum ich es getan habe."

Beschämt drückte sie seine Hand. „Es tut mir leid, dass ich eure Regeln nicht beachtet habe." Sie betrachtete den Waldpfad, auf dem Ameisen geschäftig umherhuschten. Auch sie war bis vorgestern so gewesen, ganz gefangen in ihren Aufgaben, und hatte sich selbst dabei ständig vergessen. „Aber ich bin trotzdem froh, dass ich es getan habe." Mutige Worte, weil sie sich vor dem sexy, verführerischen Wolf doch auf eine aufregende Weise fürchtete. „Wenn ich so brav wie die anderen Frauen in der Gruppe gewesen wäre, hättest du mich gar nicht bemerkt."

Alecs Lachen hallte durch den Wald, dermaßen ansteckend, dass auch sie losprustete. Und dann rammte sein Blick in sie, und sie war sich sicher, der böse große Wolf wäre augenblicklich vor ihm weggerannt. Er drängte sie langsam rückwärts, bis ihr Rücken an einen Baum stieß. „Mutig bist du ja, süße Sienna, und ich brenne darauf, deinen Mut, deinen Stolz und deinen Schmerz zu erforschen", wisperte er gegen ihre Lippen. Er schob seine Hände unter ihre Bluse, umschlang ihre Taille, und an den Stellen, an denen er ihre Haut berührte, erwachte ein Kribbeln, das tiefer drang, und sie spürte es in ihrem ganzen Körper. Das war verrückt. Niemals zuvor hatte sie auf einen Mann auf diese Weise reagiert. Sie verstand es nicht.

„Heb deine Arme an." Er packte mit der rechten Hand ihre Handgelenke und presste sie gegen die Rinde. Gott, sie liebte es, dass er die Kontrolle hatte. Master Alec brauchte sie nicht zu fesseln. Mit der anderen rutschte er höher und umfasste ihren Busen, strich mit dem Daumen über die pochende Spitze.

Jeden Moment könnten Wanderer den Weg entlangkommen, und es war ihr egal. Unvermittelt kniff er zu, und der berauschende Schmerz floss direkt in ihren Schoß. Der leichte Wind kühlte ihre erhitzten Wangen. Er betrachtete sie, nahm die kleinste Nuance von ihr auf, um ihre Reaktionen, und seien sie noch so schwach, in sein Spiel aufzunehmen. Master Alec prüfte sie, und er würde all sein Wissen in den heutigen Abend einfließen lassen.

„Lass deine Hände da, wo sie sind.“ Er knöpfte ihre Bluse auf, langsam und bedächtig. „Hast du auch kein Höschen angezogen?“ Er öffnete den letzten Knopf an ihrem Körper, der zu den Wandershorts gehörte, und zog den Schieber des Reißverschlusses hinunter. Ein Ruck und die Hose lag um ihre Fußknöchel. „Du bist ein verflucht leicht erregbares kleines Ding. Dein Ex ist ein Arschloch.“ Seine Lippen senkten sich auf ihre, und er streifte mit den Fingerkuppen ihre Klitoris. Sie wünschte sich so sehr, er würde zu Ende bringen, was er vorhin angefangen hatte. Er versetzte sie in einen Zustand von nicht enden wollender Begierde. Sie fühlte sich trunken vor Lust. Erneut strich er sanft wie eine Feder über ihre Lustperle, und dann biss er in ihren Hals, saugte hart an ihrer zarten Haut, und sie drängte sich ihm entgegen, wünschte sich, er würde sie jetzt endlich ficken.

„Du magst Schmerz mehr, als ich es mir erhofft hatte. Würdest du die Zeichnung meiner Gerte mit Stolz tragen? Oder entsetzt dich der Gedanke an Rötungen, die nicht sofort verblassen?“

Sie konnte kaum klar denken, und er erwartete Antworten auf Fragen, die so komplex und schwierig waren, dass sie frustriert keuchte. Und seine geschickten Finger schürten ihre Lust, ohne ihr die Erfüllung zu geben. Er beugte sich herab, und sein heißer Mund umschloss ihren rechten Nippel, nicht an der Grenze zum Schmerz, sondern gefühlvoll schmerzhaft. Oh Gott. Er folterte sie, befriedigte seinen Sadismus an ihr, und sie liebte und hasste ihn dafür. Er ließ von ihr ab, als sie ein wimmerndes, wollüstiges Bündel war, das kaum aus eigener Kraft stehen konnte.

„Master Alec“, flehte sie ihn an. „Bitte …“

„Nein!“, sagte er vergnügt. „Ich würde mich mit dem Anziehen beeilen. Dort hinten kommt eine Gruppe Wanderer den Weg hinunter. Nur Männer, die sich bestimmt an deinem Anblick erfreuen würden.“

Was? Sie hörte nur Vogelgezwitscher und das Blut, das in ihren Venen rauschte. Doch dann drangen Stimmen an ihre Ohren. Mistkerl! Wenn nur ihre Finger nicht so zittern würden. Und wieso waren die Knöpfe so klein, und auch die Knopflöcher schienen geschrumpft zu sein. Mit Mühe zwängte sie die störrischen Dinger hindurch und zog ihre Shorts hoch. Die ganze

Zeit beobachtete Alec sie amüsiert, sodass sie ihm am liebsten das Grinsen aus dem Gesicht gewischt hätte, indem sie seinen Schwanz in ihren Mund genommen hätte, und dann sollte er doch zusehen, wie er ihn zurück in seine enge Hose pferchte. Sie schaffte es gerade noch, den Reißverschluss hochzuziehen, als der erste Wanderer um die Kurve kam.

Alle fünf starrten sie belustigt an und warfen Alec Blicke zu, die sie nur als sexistisch bezeichnen konnte. Der Mistkerl dagegen wirkte wie die Ruhe selbst, wenn man von dem sexy Lächeln absah, das seine Züge aufhellte. Wie er wohl aussah, wenn er kam? Das würde sie heute herausfinden, und notfalls würde sie sich dazu in der Nacht in seinen blöden Privatbungalow schleichen, um ihn im Schlaf zu überraschen. Sie würde ihn mit dem Mund verwöhnen, sodass er nicht anders konnte, als sich ihr hinzugeben. Sie wusste nicht, wo sie hinschauen sollte, hob daher das Kinn an und nickte ihnen zu.

Das musste eine Familie sein, mit Vater und vier Söhnen im Alter zwischen zwanzig und dreißig. „Honey, deine Bluse ist falsch zugeknöpft." Der gut aussehende Dad zwinkerte ihr zu und drehte sich dann Alec zu. „Du hast schon immer einen guten Geschmack bewiesen, Marshal. Sie ist entzückend, und ihr Ruf eilt ihr voraus. Ich habe heute Morgen mit David telefoniert."

Scheiße! Sie fühlte sich, als spülte eine Welle aus roter und heißer Flüssigkeit über sie hinweg. Wo war ein Yeti, wann man ihn brauchte? „Bis heute Abend, Sienna", warf er ihr über seine Schulter zu, und sie atmete erleichtert auf, als sie allesamt hinter einer Kurve verschwanden.

Entrüstet schnaubte sie, und Master Alec schüttelte den Kopf. „Du wirst still sein für die nächste halbe Stunde. Es ist mehr zu deinem Schutz als zu meinem. Du hast bereits mehr Bestrafungen auf deinem Menü stehen, die andere Subs nicht in einem Monat zusammenbekommen." Er leckte sie über die Unterlippe. „Deine Nippel sind so geschwollen, dass sie auf fünf Meter zu erkennen sind. Und deine Wangen …" Leicht folgte er mit dem Daumen der Kontur ihres Wangenknochens. „… leuchten so hell, dass du im Dunklen flimmern würdest." Mit flinken Händen richtete er ihre Bluse, löste den Rucksack und reichte ihr eine Wasserflasche. Sie trank in großen Schlucken, weil ihre Kehle mittlerweile der Beschaffenheit eines Salzsees entsprach, und überlegte, ob sie sich den Inhalt nicht über den Kopf gießen sollte, um wieder zu Verstand zu kommen.

„Die ganzen Kerle der Familie sind dominant!"

„Nein, nur Nico, der Vater, und der älteste Sohn, Pierre. Sie haben ein Ferienhaus in der Nähe der *Insel*. Nico und Pierre sind Stammgäste und kommen, wenn der Dungeon auch für auswärtige Besucher geöffnet ist, die unseren strengen Regeln entsprechen. Seine Frau hat ihn und die Söhne vor fünf Jahren verlassen, um sich selbst zu verwirklichen.“ Er nahm ihr die Flasche ab, trank einen langen Schluck und verschloss sie. „Und mit deinem unerlaubten Sprechen hast du dir später zehn weitere Minuten eingehandelt. An deiner Stelle wäre ich jetzt still, bis ich dir erlaube, deinen hübschen Mund aufzumachen.“

Zu gern hätte sie ihm gesagt, was sie von ihm hielt, dass sie sich von niemandem Sprechverbot erteilen lassen würde, doch seine ominösen Worte sprangen wie ein Ping-Pong-Ball in ihrem Kopf hin und her. Schweigend stapfte sie vor ihm her, den Wunsch verspürend, dass sie die Ameisenkönigin wäre und er ein kleiner Arbeiter unter vielen.

„Dein Arsch wackelt höchst verführerisch bei jedem deiner zornigen Schritte und gibt mir eine Ahnung, wie er wohl aussieht, wenn erst meine Handfläche, mein Lieblingspaddel, meine bevorzugte Gerte oder vielleicht auch mein Rohrstock auf die üppigen Backen prallen.“

Sie bückte sich, hob einen Tannenzapfen auf und verfehlte ihn um zwei Zentimeter. Eine Sekunde später lag sie unter ihm auf dem Waldboden. Er stützte ihren Nacken, sodass ihr Kopf nicht auf dem Weg aufschlug. „Du, kleine Mrs. Muffin, steckst ohrentief in Schwierigkeiten.“ Und dann küsste er sie, drang mit der Zunge in ihren Mund ein, biss leicht in ihre Unterlippe, und seine Erektion presste gegen ihr Geschlecht. Zufrieden bemerkte sie, dass er genauso atemlos war wie sie, als er sich von ihr löste und elegant auf die Füße sprang. Er reichte ihr die Hand und zog sie mit einem Ruck hoch. „Du bist ein Biest, Sienna. Und ich werde dich zähmen.“

Oder ich dich!

Eine Stunde später erreichten sie eine kleine Lichtung, und diesmal schnappte sie wegen des steilen Aufstiegs nach Luft. Die Aussicht auf die Berge von Pasadena war atemberaubend, und sie stand vor Alec, der seine Arme um ihren Oberkörper legte, um sie dicht an sich zu ziehen. Zu lange hatte sie sich im *Tasty* vergraben. Siedend heiß fiel ihr ein, dass sie seit Stunden nicht mehr an ihre Firma gedacht hatte. Es war ein befreiendes Gefühl. Stattdessen dachte sie nur an ihn.

Alec breitete eine Decke an einer schattigen Stelle aus, und sie setzte sich im Schneidersitz auf den Boden, während er ihr Sandwiches und Äpfel reichte. Selten hatte ein Mann sie so umsorgt, und bei ihm verwirrte es sie besonders. Sollte ein Dominanter die Sklavin nicht den ganzen Tag herumscheuchen, sie beleidigen und gemein zu ihr sein? Er verwöhnte sie, und doch spürte sie seine Stärke in jeder Geste. Nur ein äußerst dummer Mensch würde ihn unterschätzen oder ihn herausfordern. Unterschätzen tat sie ihn nicht, aber sie würde ihn herausfordern, bis er nicht mehr wusste, wie ihm geschah, selbst da es leichtsinnig war.

Er glaubte, er könnte dieser einmaligen Anziehungskraft, die zwischen ihnen herrschte, widerstehen? Sie würde ihn vom Gegenteil überzeugen.

Zuerst fühlte sie sich gehemmt, wusste nicht, ob sie frei sprechen durfte. Doch wieder einmal spürte er ihre Unsicherheit und beseitigte sie mit wenigen Worten. „Mir wäre es zu anstrengend, vierundzwanzig Stunden am Tag ein Master zu sein, und für dich wäre es höchst frustrierend. Im Moment bin ich nur Alec." Er sah sie intensiv an, während sie über das Gesagte nachdachte. Seine Dominanz war zwar allgegenwertig, doch er wollte sie nicht unterdrücken, sie tyrannisieren, sondern vielmehr ihre Sehnsüchte zufriedenstellen. Lachend und scherzend verbrachten sie die Zeit, und Alec mochte sogar die gleichen Filme wie sie. Auch er war kein Selbstdarsteller, der sich über seine Arbeit identifizierte, und redete nur darüber, als sie nachfragte. Architektur hatte sie schon immer fasziniert. Sienna konnte sich nicht daran erinnern, wann sie das letzte Mal ein dermaßen entspannendes Date gehabt hatte. Denn so fühlte sie sich, als hätte sie ihn bei einer Party kennengelernt und sie würde einen herrlichen Tag mit ihm verbringen, bei dem sie feststellte, dass sie den Hauptgewinn gezogen hatte.

Kapitel 5

Sienna lehnte sich mit dem Rücken gegen die Tür, nachdem Alec sich mit einem Kuss von ihr verabschiedet hatte. Er würde sie in einer Stunde abholen und hatte ihr den Rat mitgegeben, etwas Leichtes zu essen, da sie sich sehr anstrengen würde. Er würde nach der Session dafür sorgen, dass sie alles bekam, was sie brauchte. Erneut lief ihre Fantasie auf Hochtouren.

Emily kam aus ihrem Zimmer gerannt und strahlte über das ganze hübsche Gesicht. Sie hatte sich noch nie wegen ihres Körpers geschämt, aber wenn man so aussah wie sie, war es kein Wunder. Sie hatte gerade genug Polsterungen, um nicht mager zu wirken, und ihre Brüste waren einfach perfekt. Selbst ihre Haare lagen immer, egal, in welche verrückte Frisur sie sie gezwungen hatte, und auch bei unerträglicher Hitze sah sie frisch und zum Anbeißen aus. Sie war ein Cupcake mit einem fluffigen Inneren, das von einem leicht rosafarbenen Frosting gekrönt wurde. Sienna liebte sie sehr.

Emily zog noch im Laufen ihre Shorts halb herunter, drehte sich ihr zu und präsentierte ihr den knackigen Po, auf dem drei blasse Striemen prangten. „Sienna, du kannst dir nicht vorstellen, was Master Joe mit mir gemacht hat.“ Sie wirbelte herum, fiel Sienna um den Hals und kreischte in ihr Ohr: „Glaub alles, was du über die Ausstattung bei dunkelhäutigen Männern gehört hast.“ Sie fächelte sich Luft zu und zog Sienna auf die Couch.

„Und du? Was hat Master Alec mit dir angestellt? Du hast dir den begehrtesten Kerl geangelt. Die anderen Subs würden sterben für eine Session mit ihm. Und du hast ihn für dich allein, für ganze zwei Wochen!“

Gab es keine Diskretion auf der *Insel*?

„Es wundert mich, dass du sitzen kannst“, sagte Emily.

Sienna schüttelte innerlich den Kopf, angesichts des Sturms, der über sie hinwegfegte. Doch Emily konnte auch zuhören, nur manchmal, so wie in diesem Moment, wenn sie vor Begeisterung sprühte, merkte sie nicht, dass Sienna bis jetzt keine einzige Frage beantworten konnte. Wäre sie eine Mistress, würde sie ihr den Mund verbieten oder den blonden Wirbelwind gleich knebeln. Vielleicht sollte sie auf die andere Seite der Macht wechseln?

Außerdem war ihr nicht zum Reden zumute, und sie wollte ein Bad nehmen, zur Ruhe kommen und wenigstens einen Hauch von Ordnung in das fürchterliche Durcheinander ihrer Gefühle zwingen.

Sie packte Emilys schmale Schultern, fest genug, um sie zum Schweigen zu bringen. „Ich hatte zwei Orgasmen, obwohl ich ahne, dass er mir bis jetzt kaum etwas angetan hat. Er hat sich zurückgehalten und noch nicht richtig losgelegt."

Und wie sehr sie sich danach sehnte, dass er ihr Dinge antat, die ihre Vorstellungskraft sprengten!

Emilys Augen glichen denen einer Kuh, hätte das Tier welche, die wie Bernsteine glitzern würden. „Das ist alles, was du mir mitteilst? Wie ist er denn so? Hat er einen dicken …"

Bevor sie zu Ende sprechen konnte, presste Sienna ihre Hand auf den Mund der Quasselstrippe. „Ich bin in Eile. Falls ich nicht fertig bin, wenn Master Alec mich gleich abholt und du daran schuld bist, habe ich keine Hemmungen, dich zu verpetzen, ihm obendrein mitzuteilen, was du gerade fragen wolltest."

Emily schob ihre Hand zur Seite. „Das würdest du nicht."

Sienna sprang von der Couch. „Ich würde, und mit Vergnügen."

Der Mund des Cupcakes klappte zu, und sie war zum ersten Mal in den fünf Jahren, seitdem Sienna sie kannte, sprachlos. Sienna ging breit grinsend in ihr Zimmer, kickte achtlos ihre Wanderboots in die Ecke und ließ sich ein Bad ein. Sie entschied sich gegen die Sprudelfunktion und wählte stattdessen einen nach Rosen duftenden Badeschaum aus. Nachdem sie die Badezimmertür verschlossen hatte, weil sie befürchtete, Emilys Schock war bereits abgeklungen, warf sie die verschwitzte Kleidung in einen Wäschekorb.

Seufzend glitt sie in das warme Wasser und schloss die Augen. Ihr Vorsatz, nicht an Alec zu denken, sondern ihre Emotionen zu regulieren, erwies sich als undurchführbar. Das herrliche Nass umhüllte seidig ihren Leib und erinnerte sie an Alecs Berührungen. Ihre Pussy hatte nicht aufgehört zu pulsieren, und sie war sich sicher, sollte er sie nur noch einmal dort anfassen, würde sie sofort kommen. Gekonnt hatte er ihre Erregung den ganzen Tag über immer wieder angefacht. Sie befürchtete, er hatte es nicht grundlos getan. Ein Mann wie er verfolgte ein Ziel.

Verdammt! Sie konnte an nichts anderes mehr denken. Wie gut er roch! Wie stark seine Hände waren! Dann seine ausdrucksstarken Augen, die sie körperlich gespürt hatte. Und wie sehr es ihr gefiel, ihn zu reizen, damit er sie überwältigte. Frustriert richtete sie sich auf die Knie und wusch ihre Brüste. Ihre Haut war überempfindlich, als wären die Nervenenden viel dichter an der Oberfläche.

Denk nur nicht daran, was er dir gleich antun könnte!

Wie schlimm würde der Schmerz sein? Sie gab ihre Bemühungen auf, sich in der Badewanne zu entspannen. Die Wärme des Wassers fühlte sich zu heiß an. Sienna wusch sich schnell zu Ende, rasierte sich überall gründlich und spülte den Schaum mit kühlem Wasser fort.

Sie wickelte sich in ein Handtuch, schlang sich eines um ihre Haare und erinnerte sich an seine Order, dass sie sich nicht zu schminken brauchte.

„Wenn dir Make-up oder Wimperntusche in die Augen laufen, ist es nicht angenehm. Schmerz sollst du nur durch meine Hände erfahren."

Oh Gott. Er plante, dass sie weinte, und sie würde es tun, denn ohne Tränen würde er nicht zufrieden sein – sie allerdings auch nicht. Er wollte, dass sie schwitzte, keuchte, schrie und sich ihm unterwarf mit allem, was in ihr steckte. War sie dazu wirklich bereit? Sienna schlich sich in das Wohnzimmer, froh, dass Emily sich in ihr Zimmer zurückgezogen hatte, schnappte sich eine kleine Flasche Bitter Lemon aus dem Kühlschrank und setzte sich anschließend auf ihr Bett. Gierig trank sie die Erfrischung, die herb und süß ihre Kehle hinunterlief. Selbst das Getränk erinnerte sie an Alec, denn auch er war voller Gegensätze. Er würde sie gleich abholen, und sie traf sich mit ihm mit dem einzigen Ziel, Sex und Schmerz zu durchleiden. Das hatte sie noch niemals getan, sich nur zum Sex zu verabreden. Plötzlich schämte sie sich, weil sie Emily so lieblos abgefertigt hatte. Das hatte ihre Freundin nicht verdient. Vielmehr verdiente sie es, alle Einzelheiten zu erfahren.

Barfuß lief sie hinüber in Emilys Zimmer und fand sie schlafend vor. Sie lag bäuchlings nackt auf dem Bett, und ein dünnes Laken bedeckte ihre Beine und die Hälfte von ihrem Po. Die blassrosa Striemen waren kaum auf der cremigen Haut zu sehen, und sie widerstand der Versuchung, sie zu berühren, um ihre Neugierde zu stillen, wie sie sich anfühlen würden. Morgen war auch noch ein Tag, und zweifellos würden sie bis dahin ihre eigenen Markierungen der Lust schmücken. Sie glaubte nicht, dass sie so blass sein würden.

Und wo kam dieser Schwarm Schmetterlinge her, der in ihrem Magen eine Polka veranstaltete? Nervös lief sie zurück in ihr Badezimmer, cremte sich mit einer leichten Lotion ein und föhnte ihre Haare. Jede Sekunde müsste Master Alec kommen. Sie fürchtete und sehnte den Moment herbei. Sie hatte noch immer das Handtuch um ihren Körper drapiert und würde die zivilisierte Hülle des Anstands erst im letzten Augenblick hergeben.

„Du brauchst keine Kleidung", hatte er ihr vergnügt mitgeteilt.

Sie umrundete die Couch, ließ sich entnervt darauf fallen und sprang wieder hoch, weil es an der Tür klopfte, die sich sogleich öffnete. Es war allerdings nicht Master Alec, der einen ominösen Schatten in den Raum warf, sondern Master Liam und Master Alexander. Sie fiel auf das Sofa zurück, als wäre sie geschubst worden, umklammerte dabei geistesgegenwärtig das gelbe Handtuch. Alexanders graue Augen glitzerten silbrig wie ein dunkler See unter einem Vollmond. Liam dagegen sah sie mit reiner

Belustigung an, die fast noch mehr an ihren hauchdünnen Nerven zerrte. Dieser dominante Humor war kein gutes Zeichen.

Alexander streckte seine Hand aus. „Alec erwartet dich. Wir bringen dich zu ihm."

Ihre Beine versagten den Dienst, und daher nahm sie seine Hilfe an, wobei sie mit der linken Hand das Handtuch in Position hielt. Master Alexander zog sie mit Schwung hoch, sodass sie gegen ihn fiel. Er umfasste sie und legte frech seine Hände auf ihren Po, zwar auf das Frottee, aber ihr war, als würden sie direkt auf ihrer Haut liegen.

„Das Handtuch, Honey." Er schob den Stoff nach oben und kniff ihr fest in den Po.

Es war schlimm genug gewesen, mit Alec an ihrer Seite nackt durch das Resort zu laufen, doch ohne ihn erschien es ihr weitaus schlimmer. Alexander umfasste ihre Oberarme und schob sie auf Armeslänge von sich. „Hast du ein Problem mit deinem Körper, Sienna?"

Liam stand inzwischen so dicht hinter ihr, dass sie seinen Atem auf ihrem Nacken spürte, bevor seine Lippen an der Seite ihres Halses entlangstreiften. „Es ist ein Jammer, so viel Schönheit zu verdecken", wisperte er in ihr Ohr. „Du weißt, dass ich Rachel mag, und sie ist viel kurviger als du, was ich sehr schätze."

Sie wollten sie mit Komplimenten überzeugen, allerdings ahnte Sienna, wenn das versagte, würden sie ihr den trügerischen Schutz entreißen und sie wie einen Sack Kartoffeln in die Höhle des Meisters verschleppen. Und dieser würde nicht eine Sekunde zögern, ihren erneuten unbegründeten Ungehorsam zu bestrafen, bis sie ihre Vergehen bereute. Mit einem inneren und äußerlichen Seufzen löste sie das Handtuch und stand nackt zwischen zwei Männern, die sie nicht einmal achtundvierzig Stunden kannte.

Liam umfasste ihre Schultern und schob sie aus der Tür, die Alexander ihnen aufhielt. Auf der Terrasse reichten sie ihr galant ihre Arme, und sie legte ihre zitternden Finger auf die starken Unterarme der Master, mit nichts mehr am Leib als ein paar Flip-Flops.

Alec betrachtete seine Utensilien, die er auf einem Handtuch auf dem Sideboard ausgebreitet hatte. Ein zynisches Lächeln schlich sich auf sein Gesicht. Er war nervös, nicht weil er fürchtete, dass die Session aus dem Ruder laufen könnte, sondern weil es ihm misslang zu begreifen, was zwischen ihm und Mrs. Muffin geschah. Wieso ging sie ihm dermaßen unter die Haut? Es hatte ihm den ganzen Tag Freude bereitet, jede Reaktion von ihr aufzusaugen wie ein Schwamm, der in der Wüste gelegen hatte. Seine Selbstbeherrschung war unzählige Male getestet worden, und dass ihre Hüften beim Laufen so wackelten, war bestimmt kein Zufall gewesen. Sie hatte ihm ihren köstlichen Arsch präsentiert. Diese Einladung nahm er nur zu gerne an. Und sie war eine sehr angenehme Gesellschaft, die er nicht nur bei einer Session genießen wollte. Das Picknick hatte einen Heidenspaß gemacht. Er streichelte mit den Fingerspitzen über den Griff der Schlangenpeitsche, die er niemals in den ersten Sessions einsetzte. Doch mit ihrer Angst zu spielen, war beinahe ebenso berauschend, als würde er ihren entzückenden Körper tatsächlich mit dem Leder zeichnen. Er testete den neuen Vibrator, der nur für sie bestimmt war. Aufgeladen summte er zwar leise, aber die Vibration war stark. Sextoys waren exzellente Mittel der Wahl, um die Empfindungen von unschuldigen Subbies in unbekannte Höhen zu führen.

War es wirklich nur eine Session, die er in dem Schlosszimmer abhalten wollte? Er drehte den Dimmer der elektrischen Kerzen, sodass die Helligkeit ausreichend war, um genügend zu erkennen und dennoch ein gedämpftes Licht herrschte. Oberhalb des Kamins waren Ringe angebracht, und das breite Pfostenbett in der Ecke hatte jede Menge Fesselvorrichtungen, um das Herz eines Dominanten höherschlagen zu lassen, aber auch das einer Sub.

Der dunkle Holzboden, der rote Bettbezug und die unzähligen Kissen verbreiteten eine gemütlich-geheimnisvolle Atmosphäre.

Alec lehnte sich an die Wand, sobald er die näher kommenden Schritte hörte, und verschränkte die Arme vor der Brust. Sienna sah so verloren zwischen Liam und Alexander aus. Der Eindruck hielt, bis sie ihn ansah und anfunkelte. Da hatte jemand seine Hausaufgaben immer noch nicht gemacht.

Die Master ließen sie los und gingen, ohne ein Wort zu sagen. Die schwere Holztür fiel mit einem dumpfen Laut ins Schloss, welcher sich mit dem Klang ihres schrecklich pochenden Herzens vermischte. Sienna fühlte sich in der Zeit zurückversetzt. Sie stand mitten in einem Zimmer, das aus einem französischen Château stammen könnte. Sie hatte sich geirrt, jetzt da Master Alec sie mit blanker Miene musterte, bekleidet mit einer schwarzen Hose und einem weißen losen Hemd, fühlte sie sich so nackt wie niemals zuvor.

„Streif die Flip-Flops ab, danach nimmst du Position eins ein."

Kein Begrüßungskuss? Enttäuscht schüttelte sie die Schuhe von den Füßen, die durch das Zimmer flogen, verschränkte die Hände hinter ihrem Kopf und setzte die Füße schulterbreit auseinander. Er schenkte ihr kein Lächeln, und unsicher starrte sie auf seine Nase. Hatte sie einen Fehler begangen? Vielleicht hatte sie sich nur eingebildet, dass er mehr für sie empfand, was über eine Spielbeziehung hinausging.

„Dreh dich um." Noch immer zeigte er keine Regung, und eingeschüchtert tat sie, was er verlangte. Wieso fühlte sie sich den Tränen nah, obwohl weder sie noch er etwas getan hatte? Er war so kalt, so unnahbar. Es tat ihr weh.

„Beug dich vor."

Sie schluckte hörbar, und ihr Herz konnte sich nicht entscheiden, in welchem Takt es schlagen sollte. Langsam nahm sie die gewünschte Haltung ein, und ihre Muskeln zitterten, sodass sie drohte, das Gleichgewicht zu verlieren.

„Jetzt umfass deine Fußknöchel, und du wirst die Position halten, Sugar." Diesmal klang Zuneigung in seiner Stimme mit, und sie lief wie eine Sommerbrise über ihren steifen Körper, beruhigte ihre aufgebrachten Sinne. Sie war ein wenig ungelenkig geworden in der letzten Zeit und musste ihre Füße weiter auseinandersetzen, um seinen Wunsch zu erfüllen. Erregung, die durch ihre Nervosität verdrängt worden war, sprang mit Vehemenz an die Oberfläche, bei der Vorstellung, was er sehen konnte.

„Ein sehr hübscher Anblick." Sie zuckte zusammen, weil er direkt hinter ihr stand. Sienna hatte nicht gehört, dass er näher gekommen war. Federleicht streichelte er über ihren Po und an den Rückseiten ihrer Oberschenkel entlang. Erneut verblieb die Berührung nicht auf der Haut, sondern drang tiefer, und es verlangte ihr eine Menge ab, sich nicht zu rühren, als ihre Muskeln vibrierten. Anders konnte sie dieses Gefühl nicht beschreiben. Mit den Fingern spreizte er ihre Pobacken, und obwohl sie beschämt sein sollte, überwog die Lust an diesem verführerischen Spiel der Dominanz und Unterwerfung. Wie würde es sich anfühlen, wenn er seinen Finger in diese verbotene Körperstelle einführte und ihn bewegte? Ängstlich hörte sie auf zu atmen, doch er zog seine Hand zurück. Master Alec umrundete sie und blieb vor ihr stehen, sagte nichts und tat auch nichts. Falls er ihre Nervosität auf das Höchstmaß anfachen wollte, so hatte er sein Ziel längst erreicht. Sie hielt das nicht mehr aus, weder die anstrengende Haltung noch diese Ungewissheit. Dennoch harrte sie aus, weil es ihr widerstrebte, ihn zu enttäuschen. Er war barfuß, wie sie gerade erst bemerkte, und er glitt lautlos aus ihrem Sichtfeld. Sie hörte, dass er sich hinsetzte.

„Komm zu mir, Sienna." Sie richtete sich auf und unterdrückte den Impuls, zu ihm zu rennen. Hüftwackelnd lief sie auf die rote Couch zu, auf der er saß, und blieb zwischen seinen gespreizten Schenkeln stehen. Dass er angezogen war, während sie nichts hatte, hinter dem sie sich verstecken konnte, weckte in ihr den Wunsch, ihm die Kleidung vom Leib zu reißen. Und es erhöhte seinen Reiz.

„Wir fangen mit einem ganz klassischen Spanking an. Leg dich über meinen Schoß", sagte er vergnügt.

Insgeheim hatte sie befürchtet, dass er sie auspeitschen würde. Eine Handfläche würde sie überleben. Sie legte sich über seine kräftigen Beine. Da er erheblich größer war als sie, hatte sie in dieser Stellung viel weniger Kontrolle, als sie es sich erhofft hatte. Er umfasste ihren Nacken.

„Wenn du aufstehst, wird dein Arsch rot leuchten, und deine Wangen werden ebenso nass sein wie deine Pussy." Er fasste von hinten zwischen ihre Schenkel und tauchte mit einem Finger vorsichtig einmal in ihr beschämend feuchtes Geschlecht.

„Mir scheint, hier bist du bereits in dem Zustand, in dem ich dich haben will. Doch dein restlicher Körper, süße Sub, ist weit davon entfernt." Noch als die letzte Silbe seine Lippen verließ, knallte Hitze auf ihren Po. Verstörend köstliche Pein explodierte auf ihrer Haut, so intensiv, dass der Schmerz nicht auf der Mitte ihrer rechten Pobacke verblieb, sondern sich flammend auf die ganze Seite ausbreitete. Sienna spannte ihre Muskeln in Erwartung des nächsten Treffers an. Aber er blieb aus. Stattdessen packte Master Alec in ihr Haar, und zugleich streichelte er die kochende Stelle. Der Kontrast war überwältigend. Es tat so gut, wie er die Glut forttrieb, bis sie einen tiefen Atemzug nahm und sich der samtigen Berührung entgegenreckte.

„Gefällt dir das?", fragte er amüsiert. Und schon prallte seine gespreizte Hand auf ihr Fleisch. Erneut rieb er das Flammenmeer fort.

Seine Körperhaltung änderte sich, was sich durch das leichte Anspannen seiner Muskulatur bemerkbar machte. Seine Hand in ihrem Haar griff fester zu, und der Sadist in ihm brach an die Oberfläche. Bei den ersten vier Flammenzungen verbiss sie sich stur ihre Schmerzensschreie, was ihm ein Schnauben entlockte. „Zu stolz und widerspenstig, um für mich zu schreien, Sklavin? Du forderst mich heraus!" Seine Handfläche prallte auf die Unterseite ihrer linken Pobacke, und die Welle aus Hitze und Lust war so überwältigend, dass sie diesmal keuchte und Tränen sich hinter ihren Augenlidern sammelten.

Verdammter Fiesling!

Er beschränkte sich nicht auf ihren Po, denn der nächste Schlag traf die Rückseite ihres Oberschenkels, der Schmerz noch eindringlicher als auf ihrem Hintern. Sie schrie, weil er den rechten Schenkel mit Lava überzog, und sein Schwanz wurde hart. Seine Erektion presste gegen ihr Becken, und es machte sie wütend, aber zudem stolz. Sie schenkte ihm Vergnügen, und das trug zu der eigenen Befriedigung bei, so verrückt das auch war.

„Schrei für mich, Sienna. Lass los und gib dich mir hin."

Federleicht folgten seine Fingerspitzen ihrer Wirbelsäule, und er gewährte ihr einen kostbaren Moment, um sich ein wenig zu beruhigen. „Wie nass du bist!" Er meinte nicht den Schweiß, der inzwischen ihren Körper bedeckte.

Seine Hand prallte in schneller Reihenfolge auf ihren gesamten Hintern, manchmal mehrere Male hintereinander auf dieselbe Stelle. Tränen tropften aus ihren Augen, und sie klammerte sich an seiner Hose fest, als der verstörende Schmerz über ihre Haut flackerte wie ein Steppenfeuer, das alles erfasste und die Erde selbst verbrannte.

Niemals hätte sie gedacht, dass Pein dermaßen erlösend und überwältigend sein könnte. Die tief gehende Erfahrung schenkte ihr einen inneren Frieden, den sie seit Jahren nicht erlebt hatte. Ihre Sorgen, die Selbstzweifel verschwanden, und zurück blieb nur Master Alec, auch wenn sie ihn in diesem Moment dafür hasste, dass er sie schonungslos dorthin trieb, wohin er sie haben wollte. Ihr Körper, der zuerst steif und verkrampft war, wurde weich, und bei den letzten Feuerperlen, die ihre Haut entlangrollten, ließ sie seine Hose los und er ihr Haar. Sie wollte nirgendwo anders sein und hing kraftlos über seinen schrecklich kräftigen Beinen. Obwohl er ihr Leid zufügte, fühlte sie sich sicher bei ihm, und das Gefühl erreichte ungewollt ihr Herz, erst tröpfchenweise, und dann überspülte es ihr Inneres. Sie wusste, sie war verloren, denn sie konnte der tiefen Emotion nicht das Geringste entgegensetzen.

Mist!

Alec ließ das Spanking mit einigen leichteren Schlägen ausklingen, die er auf die Rückseite ihrer Oberschenkel platzierte. Sienna hatte ihren inneren Tumult besänftigt, aufgegeben, sich gegen den Schmerz zu sperren, und hing wie Seide über seinem Schoß. Ihre Tränen und ihre Lustschreie waren mehr, als er erwartet hatte. Sienna liebte Pein, verzehrte sich danach, sich einem Master hinzugeben, und er sah seine Selbstdisziplin mit fröhlich wackelnden Arschbacken davonrennen. Früher hatte er sich geschämt, dass eine weinende Sub ihn dermaßen mit Lust erfüllte, doch diesen Zustand hatte er lange hinter sich gelassen.

Ihr Arsch leuchtete tiefrot, und Siennas Haut war mit Schweiß bedeckt. Sie zitterte, und er flüsterte ihr zu, ihre Schenkel ein wenig zu spreizen. Zu ergriffen, um sich zu sträuben, tat sie, was er verlangte, und er schob vorsichtig seine Hand unter ihr Geschlecht, konnte sich ein breites Grinsen nicht verkneifen, weil sie triefend nass war. „Erstaunlich, was ein wenig Schmerz bei dir verursacht." Es war mehr als nur ein wenig Pein gewesen und hatte seinen Sadismus weitaus mehr befriedigt, als er es sich vorgestellt hatte, denn bei ihr war es anders im Vergleich zu sonst. Sie wäre so perfekt für ihn, wenn er das Wagnis auf sich nehmen würde, sich auf eine Beziehung einzulassen. Doch er war es nicht und sollte mit diesem Gedanken nicht spielen.

Er rieb ihre geschwollene Klitoris mit sanfter Hand, und sie keuchte frustriert, weil sie endlich ihren verdienten Orgasmus bekommen wollte.

„Bitte, Master Alec. Bitte!“ Ihre Frustration klang in jeder Silbe mit, und es machte ihn noch härter. Mit dem Mittelfinger umkreiste er ihren Kitzler genau mit dem richtigen Druck, um sie an der Grenze zu ihrer Erfüllung zu halten. Sie spreizte die Beine so weit sie es schaffte und versuchte, den Reiz seiner Hand zu erhöhen. Kleines Biest!

Er kniff in ihren Po, führte gleichzeitig einen Finger in ihren Schoß ein, und sie schrie auf. „Du hast gar nichts zu möchten und schon gar nichts zu wollen. Deine Lust gehört mir, und ich gewähre sie dir, wenn ich es will.“

Sie war zu aufgelöst, schlichtweg zu geil, um ernsthaft aufzubegehren. Er fasste um sie herum und zwirbelte an ihrem linken Nippel, drückte hart zu, und sie machte ein Geräusch, das direkt in seinen Schwanz fuhr, so kläglich und wollüstig hörte es sich an.

„Bitte, Alec.“

Er entzog ihr die Stimulation und richtete sich auf, nahm sie bei der Bewegung mit, nur um sie anschließend auf die Couch zu werfen. „Was war das?“

Sie sah genauso aus, wie eine Sub aussehen sollte. Verschwitzt, verweint, aufgelöst und ungebrochen. Ein Blitzen erschien in ihren Augen, und er wartete gespannt auf ihre Reaktion, die er entsprechend zu beantworten wüsste.

„Fick mich, wenn du dich traust … Master Alec.“ Geradewegs sah sie ihn an und reckte trotzig die Unterlippe vor.

„So sehr möchtest du deinen Orgasmus, dass du dir erlaubst, mich zu reizen, mich herauszufordern und meine Autorität infrage zu stellen!“

Und wie froh er war, dass sie es getan hatte. Der Sadist in ihm frohlockte.

Seine Stimme war so dominant, dass Sienna die Worte auf der Stelle zurückwünschte. Ein Hauch von Belustigung spielte um seine Mundwinkel, und so viel hatte sie bereits gelernt, das war ein schlechtes Zeichen. Sie presste sich auf das große Handtuch, das die Couch bedeckte. Warum verschlang das darunterliegende Polster sie nicht einfach?

Oh Gott, jetzt beugte er sich herab, bis seine Nasenspitze fast ihre berührte, und stützte beide Hände auf dem Rand des Rückenpolsters ab. Sie konnte kaum klar denken. Ihr Po brannte wie verrückt, ihre Lustperle jagte bei der kleinsten Bewegung lustvolle Impulse durch ihren Schoß, und er ragte vollständig bekleidet vor ihr auf, wo sie sich doch nichts mehr wünschte, als dass er sich seine Hose über den knackigen Arsch zog, sie packte und sie fickte. Wieso nur hatte sie so unverblümt danach verlangt?

Er nahm ein Handtuch, das zusammengefaltet auf der Lehne lag, und richtete sich auf. Seine Augen leuchteten unheilvoll, und sie verspürte das Verlangen, sich auf den Boden zu werfen und um seine Gnade zu flehen. Aber den Teufel würde sie tun. Kampflustig reckte sie das Kinn vor.

Master Alec schnaubte und drückte ihr das Handtuch gegen die Brust. „Leg es da vorn auf den Boden, mit der schmalen Kante zu mir.“ Er zeigte auf eine Stelle vor der Couch. Sie saß wie erstarrt. „Sofort!“, wisperte er.

Sienna sprang auf und bereute die hastige Bewegung, weil sie die Feuersbrunst auf ihrem armen Körper zu neuem Leben erweckte. Sie legte das weiße Frottee auf das Parkett und wusste einfach nicht, wohin mit ihren Händen, als sie damit fertig war.

„Leg dich hin, Sienna.“

Ihr Atem stockte. Sie fühlte sich doch schon winzig genug neben ihm, verletzlich und unglaublich weiblich. Master Alec schaffte es, dass sie sich wie eine Frau fühlte, mit allem, was dazu gehörte, und dazu gehörte auch körperliche Schwäche.

„Denk nicht mal dran, Mrs. Muffin.“

Sie hatte sich mit dem Kopf der Couch zugerichtet hinlegen wollen. Sienna streckte sich gerade wie ein Brett aus, mit fest verschlossenen Schenkeln, die nass von ihrer Begierde waren. Master Alec setzte sich auf das Sofa und platzierte die Arme auf die Lehne.

„Winkel deine Beine an, spreiz deine Schenkel, und stelle die Füße flach auf das Handtuch.“ Das Saunatuch war groß genug.

Erneute Glut entfachte ihre Lust bei der Vorstellung, sich ihm auf diese Weise darzubieten. Ihre Augenlider flatterten zu, und ein scharfer Hieb auf ihren rechten Oberschenkel ließ sie es augenblicklich bereuen.

„Du machst deine Augen nur zu, wenn ich es dir erlaube.“

Sie starrte auf die weiße Decke, die unter dem Licht der gedämpften Beleuchtung teilweise im Schatten lag.

„Da du deinen Orgasmus so sehr wolltest, wirst du dir den ersten selbst verschaffen“, sagte er weich, doch mit einem stählernen Unterton.

Der Stoff unter ihr schien sich zu bewegen, nur so konnte sie das Gefühl erklären, das ihren Körper befiel, als würde ihr Blut zuerst in ihre Füße laufen, nur um danach in ihren Kopf zu schießen.

„Und wenn ich es nicht tue, Master Alec?“, würgte sie hervor.

„Dann werde ich dich weder ficken noch wirst du heute und auch nicht morgen einen Orgasmus bekommen. Und es wird mir eine sadistische Freude bereiten, dich immer und immer wieder an den Rand deiner Erfüllung zu bringen, bis du mich anbetteln wirst, es selbst auf der Theke in der Rezeption zu tun, vor allen, die gerade anwesend sind.“

Wie gern hätte sie ihm entgegengebrüllt, dass er sie mal kreuzweise könnte, wäre da nicht diese Begierde, die ihren Verstand immer mehr übernahm. Und diese Begierde lenkte ihre Hand zwischen ihre Schenkel. Sie zuckte zusammen, sobald sie diese pochende Stelle erreichte, die überempfindlich auf den leichtesten Reiz reagierte. Und der Gedanke, dass Master Alec sie dabei beobachtete, wie sie sich selbst Lust verschaffte, beschämte sie auf eine furchtbar erregende Weise.

„Sugar, du siehst fantastisch aus. Spreiz deine Schamlippen für mich. Ich möchte noch mehr von dir sehen."

Er beugte sich vor, betrachtete erst ihre Pussy und sah ihr dann in die Augen. „So wunderschön, wie du dich mir hingibst und währenddessen deine Wohlfühlzone verlässt."

Kalte Luft umschmeichelte ihr erhitztes Fleisch.

„Komm, Sienna. Nicht so schüchtern. Fick dich mit einem Finger, während du mit der anderen Hand deine Klitoris bespielst, die – nebenbei gesagt – deine Erregung klar anzeigt. Sie ist geschwollen, durchblutet, und ich werde sie demnächst mit einer Klemme schmücken."

Mit Leichtigkeit schlüpfte ihr Finger zwischen ihre Schamlippen und in ihren nassen Schoß. Ihr Po brannte noch immer lichterloh, und der exquisite Schmerz vermischte sich mit dem Verlangen in ihrem Geschlecht, bis es als Ganzes durch ihren Körper sowie ihr Bewusstsein donnerte. Sie konnte nichts dagegen tun, kniff die Augen zu, als das erste heftige Pulsieren einsetzte. Doch ehe es sie richtig erfassen konnte, packte Master Alec ihre Handgelenke und drückte sie neben ihren Hüften auf den Boden.

Empört versuchte sie sich loszureißen, aber er hielt sie mit Leichtigkeit in Schach.

„Wisch sofort diesen Ausdruck von deinem Gesicht", wisperte er gegen ihre Lippen.

Sie war so frustriert, sie hätte dem verfluchten Sadisten am liebsten in die Lippe gebissen. Er kniete zwischen ihren Beinen, und sie wollte sich an ihm reiben, jedoch richtete er sich auf, ließ sie aber nicht los.

„Ich kann nicht, du … du mieser Quälarsch!" Und sie wusste, ihre Augen würden Funken versprühen, wenn sie es gekonnt hätten.

„Sienna, Sienna", sagte er breit grinsend. „Du hast noch immer nicht gelernt, wann es besser ist, den Mund zu halten. Knie dich auf alle viere, mit gespreizten Schenkeln. Ich werde mir jetzt ein Werkzeug holen, um dich für deine Vergehen angemessen zu bestrafen."

Aber ihr Po brannte doch bereits, als hätte er ihn mit kochend heißem Sirup übergossen. Abwartend lungerte sein Blick auf ihr, begleitet von seinem Amüsement, das sich in seiner Haltung widerspiegelte. Wenn er seine Augenbrauen noch höher zog, würden sie abfallen. Und dann das beiläufige

Anspannen seines Wangenmuskels. „Jetzt, Sub, oder ich fessele dich auf eine Weise, die dir nicht gefallen wird, aber mir … sehr.“

Er beugte sich blitzschnell herab und biss sie in den rechten Nippel und leckte anschließend den Schmerz fort. Verflucht noch mal! Sie war sein Klavier, das er virtuos beherrschte. Er wusste genau, welche Tasten er bedienen musste, um ihr die nachklingendsten Töne zu entlocken.

„Wie du willst, Master Alec“, sagte sie, wie sie dachte, in einem gehorsamen Tonfall.

„Das hat sich mehr nach Master Arschloch angehört. Aber daran werden wir gemeinsam arbeiten, kleine Subbie.“

Er ließ ihre Handgelenke los und stand auf. „Diesmal mit dem Arsch zur Tür.“

Sie drehte das Handtuch um neunzig Grad und kniete sich hin. Er lief wie ein Tiger zu dem dunklen Sideboard, das an der Wand stand, und nahm etwas von der Oberfläche. Er wirbelte herum, um ihr zu zeigen, was er in der Hand hielt. Es war eine zusammengerollte Peitsche. Liebevoll streichelte er sie.

„Nun, Sienna, soll ich dich mit ihr bekannt machen?“

Ihr Mund trocknete aus.

Ihre Augen verließen ihn nicht für einen Sekundenbruchteil, genauso wie er es beabsichtigt hatte. Nervös huschte ihre Zunge über ihre Unterlippe. „Nicht?“ Er betrachtete die Utensilien, als würde er sie zum ersten Mal sehen, um ihren Zustand der ängstlichen Erregung weiter anzufachen. Wie heiß sie ausgesehen hatte, als sie es sich selbst besorgt hatte! Und wie gerne hätte er sie zu diesem Zeitpunkt gefickt, als der Orgasmus bei ihr anfing. Doch ein Master musste Prioritäten setzen! Sienna hatte ihm bereits viel geschenkt, aber noch setzte ihr Verstand zu oft ein.

Er steckte sich unbemerkt von ihr ein Sextoy in den Bund seiner Hose und nahm einen flexiblen Rohrstock auf. Der Anblick war für die meisten Devoten fast so schlimm wie der einer Peitsche. Mit großen Augen starrte sie ihn an, während er langsam auf sie zuschritt. „Wusstest du, dass man den Aufprall zweimal spürt? Das erste Mal, wenn der Stock den Arsch trifft, und gleich darauf brennt es dermaßen stark, als würde ein zweiter Hieb folgen.“ Sie spielte in diesem Moment mit dem Gedanken, ihr Safeword zu rufen, man sah es ihr deutlich an. Doch dann verdrängte ihr Vertrauen ihre Unsicherheit, all das las er klar auf ihrem hübschen Gesicht.

Er nahm eine kleine Wasserflasche und hielt ihr das Getränk an die Lippen. „Langsam“, ermahnte er sie, ehe er die Flasche kippte. Als sie die Hälfte ausgetrunken hatte, befahl er ihr, den Mund zu öffnen. Verständnislos schaute sie ihn an, tat aber, was er verlangte. Er schob ihr den Stock zwischen die geöffneten Lippen. „Wenn du es schaffst, ihn nicht fallen zu lassen, bleibt dir sein Kuss erspart. Doch sollte es dir nicht gelingen, bestrafe ich dich mit fünf Schlägen." Es war gemein, was er von ihr einforderte, denn er würde seine Belohnung bekommen. Er kniete sich hinter sie und streichelte mit der Handfläche über ihren roten Arsch, der heiß wie ein Stein in der Wüste war. Sie mochte es wirklich, wenn er sie berührte, und war sich gar nicht bewusst, dass sie sich jedes Mal gegen ihn presste. Auch das befriedigte einen Instinkt in ihm. Er umfasste ihre Taille und rieb seine Erektion an ihrem feurigen Po. Wie sehr verlangte es ihn, den pochenden Schwanz aus der unbequemen Enge zu befreien, doch damit wäre seine Selbstbeherrschung am Ende.

Er rutschte mit den Händen hoch, und sie zuckte zusammen, als er über ihre Rippen strich. Die Kleine war kitzlig! Diese Information verstaute er für einen anderen Tag. Alec umfasste ihre Brüste, und sie seufzte, als er mit den Daumen ihre Nippel rieb und dann die geschwollenen Knospen hart zupfte.

Sienna schloss ihre Lippen um den Respekt einflößenden Rohrstock, und es fiel ihr weitaus schwerer, als sie es für möglich gehalten hätte. Sobald er diese herrlich starken Hände um ihren Busen legte und an den überempfindlichen Brustwarzen zog, hätte sie beinahe aufgeschrien. Sie war aufgewühlt wie niemals zuvor, und ihre Erregung war berauschend.

„Bist du in Schwierigkeiten, Mrs. Muffin?"

Jetzt zog er nicht nur an ihren Nippeln, er kniff fest hinein, bis sie glaubte, es nicht mehr zu ertragen. Sie musste schreien, doch dann lockerte Master Alec den Halt.

Es war nicht zum Aushalten! Ihre Nippel brannten, pulsierten und schickten lustvolle Impulse geradewegs in ihre Pussy. Wenn er es nicht bald zu Ende brachte, würde sie zerbersten. Frustriert verkrampfte sie ihre Finger in das Handtuch.

„Ich bekomme meine fünf Schläge, Sienna. Und ich sorge dafür, dass sie dir gefallen werden und du sie zur gleichen Zeit hasst, weil sie dich durchdringen werden bis in dein Innerstes."

Er löste seine Hand von ihrer rechten Brust und fasste von hinten zwischen ihre gespreizten Schenkel. Seine Berührung fühlte sich beinahe kühl auf ihrem überhitzen Geschlecht an. Er streichelte kaum spürbar über ihre Labien. Wie gern hätte sie ihn angefleht, dass er sie endlich erlöste, doch sie war zum Stillschweigen verurteilt, musste erdulden, was er mit ihr machte. Es war eine schlimmere Folter, als würde er ihr erneut den Arsch versohlen. Master Alec schob zwei Finger in ihren Schoß und fickte sie mit seiner Hand.

Sienna bewegte ihr Becken, versuchte, sich die nötige Stimulation zu holen, die sie brauchte, um über die Klippe zu springen. Doch der gemeine Master ließ sich nicht darauf ein und biss ihr stattdessen in den schmerzenden Po. Unvermittelt entzog er ihr seine Berührungen und führte etwas Festes zwischen ihre Schenkel. Mit einer leichten Vibration erwachte das Sextoy zum Leben, und Master Alec stimulierte ihre Lustperle. Aber die Schwingungen reichten nicht aus.

Aus Siennas Augenwinkeln liefen Tränen, ihr Körper war angespannt, und dennoch drohte sie, kraftlos auf die Unterlage zu sinken. Doch sie beherrschte sich, reckte ihm den Po entgegen, und er tauchte erneut einen Finger in ihre nasse Spalte. Unvermittelt wurde das Pulsieren stärker, und wellenartig breitete sich das herrliche Gefühl in ihrem ganzen Schoß aus.

Endlich, und in dem Moment, als die Erlösung einsetzte, schob er ihr seinen Finger, der mit ihren Säften benetzt war, ohne Vorwarnung in den Po. Der Rohrstock fiel aus ihrem Mund, weil sie aufschrie, sich nicht mehr zügeln konnte und der Orgasmus wie ein Gewitter über und durch ihren Körper fegte, bis er auch die letzte Nervenzelle erreicht hatte.

Niemals zuvor war sie so heftig und lange gekommen. Es tat fast weh, und sie wäre auf den Boden gesackt, wenn Master Alec ihre Taille nicht mit einem Arm umschlungen hätte.

„Wunderschön. Das wiederholen wir gleich noch einmal. Doch zuerst bekommst du deine Bestrafung, kleine Sienna“, sagte er mit einer Stimme, die so sadistisch war, dass sie gleich einem Stromstoß durch ihren erschöpften Leib raste. „Komm auf die Füße, Sugar. Du sollst es ein wenig bequemer haben.“

Er umfasste ihre Schultern, um ihr hochzuhelfen, und drehte sie zu sich. Master Alec schenkte ihr ein herzerweichendes Lächeln, während er sie musterte, obwohl sie furchtbar aussehen musste - verweint, verschwitzt, verstört. Doch ihm schien ihr Anblick sehr zu gefallen, denn sein Blick war ebenso heiß, wie es ihr Po noch immer war.

Sie war unfähig, etwas zu sagen, und er zog sie in seine Arme, führte sie zum Bett. Er nahm eines von den Kissen, befahl ihr anschließend, sich daraufzuknien und den Oberkörper auf die Matratze abzulegen.

„Du wirst stillhalten, die Schläge mit Stolz empfangen und dich nicht wegdrehen. Solltest du versuchen auszuweichen, fange ich bei null an.“

Sie spürte den Bettbezug unter ihrem Körper, der sich kühl anfühlte. Er lief in den angrenzenden Raum, und sie hörte, dass er sich die Hände wusch. Dann holte Master Alec den Rohrstock und blieb hinter ihr stehen.

„Atme jetzt ganz ruhig. Ich werde dir nach jedem Hieb Gelegenheit geben, dich zu sammeln. Du wirst und kannst aushalten, was ich dir schenke.“

Wenn er doch bloß endlich anfangen würde! Dieses Warten war unerträglich. Völlig unvorbereitet traf der Schmerz sie quer auf beiden Pobacken. Und es war genauso, wie er es ihr gesagt hatte. Nicht nur der Rohrstock schmerzte, auch ein Echo explodierte auf ihrer Haut. So schlimm das Feuer war, es erschreckte sie nicht, sondern verzückte sie. Danach hatte sie sich anscheinend ihr ganzes Leben unbewusst gesehnt.

Alecs Sadismus frohlockte bei dem Anblick der Strieme, die sich auf ihrem Arsch gebildet hatte. Aber noch mehr, dass sie ihm die prallen Backen entgegenstreckte, sobald sie den ersten Schock überwunden hatte. Die kleine Sub war fantastisch. Er holte erneut aus und platzierte den nächsten Hieb oberhalb des ersten. Obwohl er sich zurückhielt, war der Schmerz für Sienna ausreichend, und auch für ihn. Er musste seine Partnerin nicht blutig schlagen, um sich zu vergnügen, selbst wenn dies oft von BDSM-Gegnern angenommen wurde. Leid und Lust erreichte man durchaus mit leiseren Tönen, die zusammen eine Sinfonie bildeten.

Sienna hielt sich nicht zurück und schrie auf, sobald er sie getroffen hatte. Ihr Vertrauen in ihn machte ihn stolz, und ihre durchlittene Qual seinen Schwanz noch härter.

„Master Alec, bitte nicht“, schluchzte sie herzerweichend und streckte ihm doch den Po entgegen.

„Nicht? Wo du dich offensichtlich nach einem in Flammen stehenden Arsch sehnst!“ Er packte in ihr Haar und zog langsam ihren Kopf in den Nacken, um ihren Blick zu treffen.

Sie funkelte ihn an! Er konnte sich ein breites Grinsen nicht verkneifen.

„Du bist ein Ekelpaket“, würgte sie hervor.

„Du ahnst ja gar nicht wie sehr, süße Sub.“

Siennas Augen weiteten sich, reagierten auf alles, was er sagte und tat. Die Kleine war auf ihn konzentriert.

Sie würde ihn später verfluchen, und er freute sich bereits jetzt darauf. Er wackelte mit den Augenbrauen und ließ ihre Haare los. Sie legte das Gesicht seitlich auf die Decke. Den nächsten Schlag platzierte er unterhalb des ersten, mit genau der gleichen Härte wie die letzten beiden. Er liebte das Gefühl, wenn der dünne, flexible Rohrstock auf einen knackigen Arsch aufprallte, sich die rote Strieme augenblicklich zeigte, und er wusste, dass das Flammenmeer der Subbie viel abverlangte.

„Bitte!“, schrie sie, während weitere Tränen aus ihren Augenwinkeln rannen, die er fühlte, als er ihr über das Gesicht streichelte. Manche Männer sammelten erlesene Whiskeyflaschen aus der ganzen Welt, und ihn verlangte es nach salzigen Spuren, die ihn an Edelsteine erinnerten. Für ihn waren sie ebenso kostbar.

Alec wartete, bis sie ausatmete, zielte diesmal auf die Rückseite ihrer Oberschenkel, allerdings etwas sanfter, da sie sich hier sehr viel schmerzempfindlicher zeigte. Dennoch ruckte sie mit dem Oberkörper nach oben. Er umfasste leicht ihre Kehle und streichelte mit den Fingerspitzen über ihren rasenden Puls. Ihr gesamter Leib war schweißbedeckt. Vertrauensvoll schmiegte sie sich in seine Handfläche, saugte den Trost auf, den er ihr schenkte.

„Ich fühle mich so seltsam“, murmelte sie.

Das glaubte er gern, hatte er sie doch den höchsten und unterschiedlichsten Reizen ausgesetzt, ihren Organismus und vor allem ihr Bewusstsein mit Empfindungen überschüttet, die sie mit Sicherheit niemals zuvor dermaßen intensiv empfunden hatte. Schmerz, Vertrauen, Lust, Demut und Stolz. All das rauschte durch ihre Adern und zeigte sich auf jedem Zentimeter ihres verführerischen Körpers. Er holte aus und entflammte ihren Arsch ein letztes Mal, diesmal härter als die vorherigen Schläge. Ihr Schrei gellte durch den Raum. Er warf den Rohrstock zur Seite.

„Komm, Sienna. Leg dich aufs Bett.“ Sie war kaum in der Lage, seinem Wunsch Folge zu leisten, daher umfasste er sie an den Schultern, um ihr zu helfen. Er drehte sie zu sich und hielt sie einen Augenblick, genoss das Gefühl, ihren weichen, nachgiebigen Körper in den Armen zu halten, schenkte ihr weiteren Trost, den sie ebenso nötig brauchte wie den Schmerz. Er wusste, beides tobte durch ihre Seele und vermischte sich zu einem lustvollen Cocktail.

Er legte die Handfläche um ihren Nacken, und sie senkte sich auf das Bett herab. Ein besonderer Moment, der ihn heftig berührte. Sienna lag auf dem Rücken, und ihr Atem ging schnell. Alec schob ein Kissen unter ihren Kopf und gab ihr einen Schluck zu trinken. Wie süß und dankbar sie ihn anlächelte, aber auch ängstlich, weil sie nicht wusste, was er jetzt tun würde.

Alec zog sich das Hemd aus, entledigte sich der verfluchten Hose und streifte sich den Slip von den Hüften. Wenn sein Schwanz befreit aufatmen könnte, hätte er es getan. Alec kniete sich auf das Bett, umfasste ihre Knie und spreizte ihre Beine. Langsam drang er in sie ein, stöhnte allein von dem Gefühl ihrer heißen, nassen Pussy. Falls er sich nicht beherrschte, würde er nach wenigen Stößen kommen, so aufgeputscht war er.

Oh mein Gott! Master Alec war wirklich Schokolade für die Augen - keine Standardware, sondern eine handgeschöpfte Kreation, die überraschend im Geschmack war. Sahnig, nachhaltig und bittersüß. Kein Wunder, dass er sie so einfach in Schach halten konnte, bei den Muskeln. Es waren nicht die übertriebenen aufgepumpten eines Bodybuilders, stattdessen die eines Sportlers. Eine leichte Brustbehaarung zierte seinen Brustkorb und verjüngte sich nach unten hin. Im Intimbereich war er rasiert, und sie wünschte sich, sie könnte seinen Schwanz in den Mund nehmen, sanft an den Hoden saugen und ihm Laute der Lust entlocken. Was sagte man? Die Größe spielte keine Rolle! Von wegen. Seine Erektion versprach Vergnügen. Wenn er sie weiterhin so gluterfüllt anstarrte, würde sie in Flammen aufgehen. Und zog sie das Flammenmeer auf ihrem Po in Betracht, müsste sie bereits flimmern. Wie köstlich es sich anfühlte! Und nicht eine Sekunde lang hatte sie Angst vor Master Alec gehabt, verrückt im Nachhinein. Doch das eigene Vertrauen hatte sie berauscht und zu der Erfüllung beigetragen, die sie in diesem Moment spürte. Kein Orgasmus, sondern eine andere Art von Hochstimmung - ein mentaler Höhepunkt.

Er kniete zwischen ihren gespreizten Schenkeln und drang so vorsichtig in sie ein. Sie hatte gedacht, er würde sie einfach nehmen, sie ficken, sich vielleicht auch an dem Unbehagen ergötzen, das sie bei einem schnellen Eindringen empfunden hätte, schließlich hatte sie schon lange keinen Schwanz mehr in ihrer Pussy gehabt. Doch er war zärtlich.

Mist! Ihr Herz öffnete sich noch mehr für ihn, und er musste es ihr ansehen, denn sie glaubte, einen Anflug von Unsicherheit in seinem Blick zu erkennen. Wegen ihr? Oder vertraute er sich selbst nicht? War er ebenso verloren wie sie?

Sie konnte sich ein Lächeln nicht verkneifen, sobald er ganz in ihr war. Master Alec lächelte auch, allerdings sexy und dominant. Er beugte sich herab und streichelte ihr die verschwitzten Haare aus der Stirn.

„Ist alles in Ordnung, süße Sienna?"

Ihr war plötzlich zum Weinen zumute. Warum konnte er nicht genauso unsensibel sein, wie sie sich einen Sadisten in ihrer Naivität vorgestellt hatte? Egoistisch, brutal, grausam. Aber nein! Obwohl oder gerade weil er ihr unglaubliche Schmerzen zugefügt hatte, die er dermaßen liebevoll und überlegt auf ihr platziert hatte, belehrte er sie eines Besseren. Er war der beste Liebhaber, den sie jemals in ihrem Leben gehabt hatte. Und sie wusste bereits jetzt, dass niemand seinen Platz einnehmen konnte.

„Ich … ich weiß es nicht, Master Alec."

Er küsste erst ihre Tränen fort, und dann presste er seinen Mund auf ihren. Sie schmeckte die salzigen Spuren auf seinen Lippen. Er bewegte sich langsam, im Gleichklang seiner Zunge, die verführerisch um ihre tanzte. Master Alec streichelte ihre Wangen, knetete sanft ihre Brüste und zupfte an ihren Nippeln, die noch immer herrlich schmerzten. Er gab ihr das Gefühl, dass nur sie für ihn wichtig war, sie die begehrenswerteste Sub war, die er jemals geliebt hatte. Nicht die seelische Liebe, sondern die körperliche. Doch wie sehr wünschte sie sich, dass er sie auch mit seinem Herzen lieben könnte.

Sie war so überempfindlich, und vielleicht waren die verrücken Gedanken darauf zurückzuführen und sie würde später all ihre Sinne einsammeln, um sie dort zu verstauen, wohin sie gehörten. Sienna ertrank in seinen Augen, in seiner Ausstrahlung und in seinem Duft. Er richtete sich mit dem Oberkörper auf und legte den Daumen auf ihre Lustperle.

„Immer noch so nass." Er lachte befriedigt, weil sie zusammenzuckte, als er sie leicht massierte. „Und so empfindlich. Du wirst für mich kommen."

Sie hatte niemals zwei Orgasmen hintereinander bekommen. Gott, es hatte ja meistens nicht mal für einen gereicht.

„Du kannst und du wirst."

Er rieb sie fester, und erneute Lust baute sich schnell in ihr auf. Es machte sie einerseits nervös, dass er sie betrachtete, anderseits war es unglaublich erregend.

Sie stemmte die Fußsohlen auf die Bettdecke und bog den Rücken durch. Dieser Orgasmus war leicht, nicht mit dem vorherigen zu vergleichen und doch wunderschön, weil er sie sanft durchlief, dabei ihren aufgewühlten Leib beruhigte.

„Gut gemacht, süße Sklavin. Zweifele niemals mehr an deiner Leidenschaft." Er beugte sich zu ihr herab und berührte federleicht ihre Lippen, und dann schob er seine Hände unter ihren brennenden Po, lachte sinnlich, da sie wieder dieses seltsame Geräusch machte.

„Dein Arsch ist wie Feuer."

Er bewegte sich schneller, presste sie dicht an sich, und das erste Mal in ihrem Leben schloss sie nicht die Lider, als ein Mann in ihrem Schoß kam. Master Alecs gesamter Körper spannte sich an, und er stöhnte ungezügelt, als der Orgasmus ihn packte, für eine unglaublich lange Zeit.

Ermattet hielt er inne, und sie spürte seinen Herzschlag, der ebenso raste wie ihrer. Master Alec drehte sich, sodass sie auf ihm lag.

„Ich hätte dich gern noch länger gefickt, doch ich habe es nicht geschafft. Das ging mir viel zu schnell."

„War ich zu aufregend für dich, Master Alec?" Sie merkte selbst, dass sie von einem Ohr zum anderen grinste. Sie war zwei Mal gekommen und er hatte es genossen, sie zu lieben, sie zu schlagen, sie zu unterwerfen.

„Wird es immer so sein?" Sie sehnte sich danach ihn zu fragen, ob es mit jeder Sub für ihn dermaßen tief gehend war, doch sie traute sich nicht.

„Baby, ich bin noch nicht fertig mit dir." Sein Geschlecht rutschte aus ihr. Sie legte sich neben ihn und bettete ihren Kopf auf seiner Schulter. „Ich bin meistens nicht auf einen flüchtigen Orgasmus aus", antwortete er sanft.

Er hielt sie in seinen Armen, bis ihr Herzschlag sich beruhigte. Sie war so müde, bis in die letzte Nervenzelle erschöpft und bemerkte, dass sie ausgehungert war.

„Ich habe Hunger, Master Alec." Er würde sie doch nicht jetzt in einen engen Käfig stopfen und ihr Nahrung verweigern! Er hatte schließlich angekündigt, er wäre noch nicht fertig mit ihr.

„Wir essen nachher gemeinsam zu Abend." Er löste sich sanft aus ihren Armen und holte aus dem kleinen Kühlschrank eine Flasche Bitter Lemon sowie einen Schokoladenriegel. Master Alec öffnete den Verschluss, steckte einen Strohhalm hinein und reichte sie ihr. Ihr war mehr nach einer Pizza zumute als nach einer Süßigkeit.

„Du brauchst den Zucker, und er wird dir über die nächste halbe Stunde hinweghelfen."

Was meinte er? Sollte sie sich erst frisch machen und er würde anschließend mit ihr im Restaurant zu Abend essen? Doch irgendwie ahnte sie, dass er etwas anderes geplant hatte.

„Iss und trink."

Es hörte sich wie ein Befehl an, und Unsicherheit breitete sich schleichend in ihr aus. Sie sollte ihre Kräfte erneuern, damit er ihr weitere Lustqualen zufügen konnte. Das Getränk blieb ihr beinahe im Hals stecken. Sie glaubte, keinen einzigen Schlag – und sei er noch so sanft – mehr ertragen zu können.

„Ich werde dich keinem Schmerz mehr aussetzen, Sienna." Lächelnd hielt er ihr den Schokoriegel an die Lippen, und sie biss hinein.

„Möchtest du dein Safeword sagen?"

Wollte sie es? Nein, das wäre feige. So wie Master Alec es prophezeit hatte, hatte sie, selbst bei allem Leid, nicht ein Mal den Wunsch verspürt, ihre Sicherungsleine zu ziehen. Das ließ ihr Respekt ihm gegenüber nicht zu. Doch irgendwie beschlich sie das Gefühl, dass es ihr besser ergangen wäre, hätte er ihr erneut ein Spanking verpasst. Obendrein hatte er diesen belustigten Ausdruck auf dem Gesicht.

„Nicht? Dann tu, was ich dir sage."

Kapitel 6

Sienna stemmte sich gegen den Halt von Master Alec, während ihr das Herz erst in die Füße plumpste und anschließend das Weite suchte.

„Was ist das für ein Raum?“ Sie hatte die Worte flüstern wollen, doch sie kamen hoch und viel zu laut aus ihrem Mund. Sie hatte ihm ihr Vertrauen geschenkt, und so belohnte er sie dafür? Ihr war, als hätte sie ihm eine Schokoladentorte mit komplizierten Verzierungen überreicht, an der sie stundenlang gearbeitet hatte, und anstatt sie genüsslich zu verzehren, setzte er sich darauf, rutschte hin und her, um auch den letzten Krümel mit seinem sexy Arsch zu zerquetschen. Empört krallte sie ihre Finger in seinen starken Unterarm.

„Das ist unser Showroom, Sugar. Und du wirst eine halbe Stunde lang allen, die es sehen möchten, deinen hübschen roten Popo präsentieren.“

Das würde sie nicht!

„Solltest du nicht aufhören, mir eine Szene zu machen, erhöhe ich deine Zeit auf eine Stunde und bringe dich mit einem Vibrator so oft zum Orgasmus, wie es mir gefällt. Und glaub mir, du wirst so laut schreien, dass man es im benachbarten Dungeon bis in den letzten Winkel hören wird.“

Verräter! Und er würde es tun, ohne mit der Wimper zu zucken. Es gab Sessel für die Zuschauer. Entsetzt starrte sie auf die Pfähle, an denen man hilflose Subbies fesseln konnte. Auf Schaukeln, die eine weit gespreizte Fixierung erlaubten. Wenn das sadistische Monster das mit ihr tun würde, würde sie es ihm niemals verzeihen. Ihre nackten Fußsohlen fanden keinen Halt auf dem Parkett.

„Sienna!“, knurrte er wie ein Drache, so bedrohlich, dass sie ihren Widerstand aufgab. Gehorsam wie ein Opferlämmchen, das das Herz eines wütenden Stiers hatte, folgte sie ihm zu einer hohen gepolsterten Truhe. Gott sei Dank, nicht eine der Schaukeln. Doch dann dämmerte es ihr, dass er sie ebenso auf der breiten Truhe auf eine Weise befestigen könnte, dass man alles von ihr sehen würde. Die Ringe, die überall angebracht waren, luden dazu ein. Ehe sie auch nur ein Wort sagen konnte, hatte er sie an der Taille gepackt und warf sie mit dem Bauch nach unten auf die weiche Lederunterlage, auf der ein Handtuch für sie bereitlag, das schwarz war wie Master Alecs Seele. Sie war froh, dass die Unterlage breit genug war, sodass sie ihr Gesicht darauflegen konnte. Sie wollte sich nicht ausmalen, wie es sich anfühlen würde, wenn ihr Kopf dreißig Minuten nach unten hing.

Master Alecs Hand landete mitten auf ihrem Po, und es tat höllisch weh. Sie hasste ihn, und sie musste wirklich komplett irre sein, um überhaupt jemals daran gedacht zu haben, dass sie ihn lieben könnte. Er fesselte ihre Handgelenke mit weichen Riemen an Ringe, die an den Querseiten der

Truhe angebracht waren. Sie ließen ihr Spielraum, sodass sie die Arme bewegen konnte.

„Hast du es bequem, Sienna?"

„Als ob dich das interessieren würde, du Mistkerl!"

Seine Hand klatschte mehrere Male laut auf ihren armen Po. „Sienna, ich hatte dich gewarnt. Du hast immer noch nicht gelernt, deinen Mund zu halten. Und ich befürchte, das wird noch ein hartes Stück Arbeit mit dir." Er rieb über ihren Hintern und lachte herzhaft, als sie versuchte, sich zur Seite zu drehen. „Soll ich deine Beine fesseln? Vielleicht weit gespreizt, sodass jeder deine entzückende Pussy sehen kann?"

Sie hörte sogar auf zu atmen.

„Dachte ich es mir doch." Er küsste sie auf ihren Nacken, und sie verachtete sich dafür, dass sie seine Berührungen herbeisehnte, als wäre sie davon abhängig. Und die Vorstellung, dass er sie allein lassen könnte, entsetzte sie. „Keine Angst, Sugar, ich habe ein Auge auf dich, auch wenn du mich nicht sehen kannst. Außerdem bekommst du Gesellschaft."

Sienna zuckte zusammen, als plötzlich ein Körper, der sich als der von Rachel entpuppte, neben ihr auf der Oberfläche landete. Master David höchstpersönlich fixierte die kleine Blonde ebenso wie sie. Dann schnaubte er vergnügt, und die beiden Master standen hinter ihnen.

Bitte lass ihn mich nicht noch einmal spanken. Er hat es versprochen.

„Ein hübscher Anblick, so zwei knallrote Ärsche, findest du nicht, Alec?"

„Ja, ein Fest für die Augen, das unseren Gästen gefallen wird." Beide lachten sadistisch, und sie hörte, dass sie sich entfernten. Für einen Augenblick drang nur das schnelle Atmen von Rachel an ihre Ohren.

„Was hast du getan?", flüsterte Sienna.

„Ich wollte Master Liam ein Glas Wasser in seine dämliche Visage schütten, weil er ein blöder Idiot ist. Doch leider hat er es geahnt und ist ausgewichen, daher habe ich Master David getroffen, mitten ins Gesicht", wisperte sie mit vor Entsetzen bebender Stimme. „Er hat mich noch im Restaurant über seine Knie gelegt und mir den Hintern versohlt." Die letzte Silbe kam mit einem Kichern, dann prustete die Blonde, und auch Sienna konnte nicht mehr an sich halten. Sie lachte so laut und hart, dass ihr die Rippen schmerzten, bis jemand in ihr Sichtfeld trat.

„Amüsiert ihr euch, Ladys?", fragte eine bekannte Stimme. Sie hob den Kopf in den Nacken und blickte direkt in die funkelnden Augen von Nico und Pierre.

Bitte nicht!

Alec hatte Anweisungen gegeben, dass jeder, der es wollte, Siennas köstlichen Arsch tätscheln durfte, aber ihre Pussy war tabu und auch Schmerz.

Eigentlich unnötig die Master und Dominanten der Insel darauf hinzuweisen, doch bei Sienna wollte er kein Risiko eingehen. Das sollte ein wenig Demut in ihren störrischen Verstand bringen. Allerdings merkte er selbst, dass er nicht einmal die Augen von ihr nahm, es nicht leid wurde, sie zu betrachten und jede ihrer Reaktionen in sich aufzusaugen, als wollte er sie für später sammeln, wenn sie das Resort verließ. Nico traf seinen Blick und lächelte wissend. Dann sagte er etwas, das die Unglücksraben erstarren ließ. Rachel hasste es, zur Schau gestellt zu werden, ebenso wie Sienna, und doch war es erregend für beide. David schüttelte amüsiert den Kopf und trank einen Schluck Bier. Alec gönnte sich eine Flasche und genoss das eiskalte Getränk. Eine Session war nicht nur für die Subbie anstrengend, und währenddessen und auch vorher war Alkohol verboten. Es war eine der ersten Regeln, die er und David damals aufgestellt hatten.

„Sie hat dir ein Glas Wasser ins Gesicht geschüttet? Die süße Rachel?“ Alec konnte es kaum glauben.

„Sie wollte Liam treffen und wirkte, als hätte sie ihm am liebsten ihre kleine Faust geradewegs in die Visage gerammt. Und als sie dann mich getroffen hat …“ Sein Freund warf den Kopf zurück und lachte. „Sie ist abwechselnd weiß und rot geworden. Sie ist so süß, und Liam ist ein Idiot.“ Dabei sah er Alec an, sodass ihn das Gefühl beschlich, dass er nicht nur Liam damit gemeint hatte. „Wie war deine Session mit Sienna? Du hast sie bereits beim ersten Mal mit einem Rohrstock in die Verzückung getrieben.“

Er unternahm erst gar nicht den Versuch, David die Wahrheit vorzuenthalten. „Es war überwältigend. Sie ist so … lebendig.“ Und doch würde er sein Herz verschließen. Eine Partnerschaft stand für ihn außer Frage, zu tief hatte Valerie ihn zerstört.

Alexander pirschte sich gerade von hinten an die beiden unglücklichen Subbies heran, und sie quietschten im Gleichklang, als er ihnen auf die prächtigen Hinterteile klapste, sich dann vorbeugte und sie abwechselnd auf ihre Pobacken küsste, anschließend um sie herumlief und vor ihnen stehen blieb.

„Meine Damen. Ich wünsche noch viel Vergnügen.“ Breit grinsend schlenderte er auf ihn und David zu. Alec rollte innerlich mit den Augen.

„Sienna ist entzückend, Alec.“ Alexander legte ihm die Hand auf die Schulter. „Es wird auch Zeit, dass du die Dämonin aus deiner Vergangenheit endgültig begräbst.“

„Wollt ihr zwei eine Dating-Agen…“

„Was war das, Rachel?“ Liam packte die kleine Blonde an den Haaren und zog ihren Kopf hoch.

„Sie hat gesagt, du sollst deine schmierigen Finger von ihr lassen“, brüllte Sienna in einer Lautstärke, dass ein Rocksänger vor Neid erblassen würde.

Alec stellte die Flasche auf einen Tisch, der zwischen zwei Sesseln stand, und eilte zusammen mit David auf Sienna zu. Verflucht, Rachel weinte, und es waren keine Tränen der guten Art. Er konnte Sienna sogar verstehen, dass sie Rachel zu Hilfe geeilt war, doch ihr Vorgehen war respektlos.

Er positionierte sich so dicht vor ihr, dass er ihr Sichtfeld füllte.

Sienna hatte Rachel verteidigt, ohne darüber nachzudenken. Rachel war in Tränen ausgebrochen, sobald der Master vor sie getreten war. Was für ein Dreckskerl, der ihr deutlich erkennbar das Herz brach! Sie zerrte erfolglos an den Fesseln. Eine Hand in ihrem Genick und der vertraute Geruch von Master Alec ließen sie für einen Augenblick erstarren.

„Sienna", fuhr er sie an, mit dieser Stimme, die ihre Wut schürte, da sie darauf mit Unterwürfigkeit reagierte.

„Sie weint!", stieß sie das Offensichtliche hervor.

„Ja, das tut sie. Hat sie ihr Safeword gesagt?"

Eiskalte Tropfen prallten auf ihren Körper, hüllten sie ein, und sie schluckte hart.

„Nein."

Aus den Augenwinkeln sah sie, dass David Rachels Schnellverschlüsse löste. Sie hatte nicht so viel Glück.

„Es tut mir leid, Kleines", hörte sie Liam sagen, und als sie den Kopf drehte, sah sie, dass er sie runterhob und sie nach kurzer Gegenwehr gegen ihn sackte.

„David, hilfst du mir?"

Ehe Sienna wusste, wie ihr geschah, hatte David ihre Handgelenke losgebunden, ihre Schultern umfasst, während Alec ihre Beine packte, und gemeinsam drehten sie Sienna erst auf den Rücken und positionierten sie anschließend so, dass sie ganz auf der Truhe lag.

„Es ist ja nicht so, dass ich dich nicht gewarnt hätte, Sugar. Und, im Gegensatz zu meiner üblichen Vorgehensweise, sogar mehr als einmal. Ich habe mich dir gegenüber zu nachsichtig gezeigt, ein Fehler, den ich jetzt korrigieren werde. Allerdings lasse ich dir die Wahl. David verbindet dir lediglich die Augen und du bleibst ansonsten ungefesselt, während ich nur einen Orgasmus von dir einfordere."

Ruf dein Wort, Sienna, verlangte ihr Verstand, doch ihr Körper bebte bei der Vorstellung, vor fremden Zuschauern Lust zu erfahren, von Master Alec auf diese Weise bestraft zu werden.

„Und falls ich nicht einverstanden bin?"

„Dann fessele ich dich und vergnüge mich mit deiner Pussy, bis du nicht mehr schreien kannst, stundenlang wenn nötig." Und sein Blick sagte ihr deutlich, er wusste, sie würde ihr Safeword nicht benutzen, auch da sie es selbst nicht begriff. Aber Master Alec verstand es, durchschaute sie und wusste, was er ihr antun durfte.

„Sehr schön." Er schenkte ihr ein warmes Lächeln, und es war das Letzte, was sie sah, ehe David ihr mit einer weichen Maske die Sicht raubte. „Leg deine Hände flach neben dir ab, und spreiz deine Schenkel für mich und die Gäste."

Ihre Beine zitterten, doch sie tat, was er wollte und hielt den Atem an. Stand David noch hinter ihr? Obwohl ihre Sinne aufs Äußerste angespannt waren, wusste sie es nicht. Die Sekunden zogen sich endlos in die Länge und nichts geschah. War Master Alec fortgegangen? Hatte er sie allein zurückgelassen? Obgleich alles in ihr danach verlangte, sich die Maske vom Gesicht zu reißen, tat sie es nicht. Niemals zuvor war ihr etwas dermaßen schwergefallen, und sie wünschte sich, er hätte sie gefesselt. Dann hätte sie keine Wahl gehabt, doch auf diese Weise kämpfte sie mit sich selbst, mit ihren Instinkten, bis sie tief ausatmete und eine eigenartige Stille sich über sie senkte, leicht wie ein Seidentuch und ebenso kühl.

Ihre Finger, die sie so hart auf das Handtuch gepresst hatte, entkrampften sich.

David gab ihm das Daumenhochzeichen und entfernte sich auf leisen Sohlen. Sienna schenkte Alec in diesem Moment ihr ganzes Vertrauen, ohne seine Motive zu hinterfragen. Mehr konnte ein Dominanter nicht verlangen. Sie tat es nicht blind, und er hatte ihren mentalen Kampf beobachtet, der sich in ihrer Körperhaltung widergespiegelt hatte. Sie wäre so perfekt für ihn, doch das Bild von Valerie schlich sich ungewollt vor sein inneres Auge. Auch er hatte ihr vertraut, und sie hatte sein Vertrauen missbraucht, indem sie ihm eine devote Ader vorgespielt hatte, die gar nicht existierte. Sie hatte ihm seine Familie genommen, seine Selbstachtung, und er hatte an sich gezweifelt, nicht nur als Dominanter, auch als Mann und Mensch. Er hatte sich wie ein Monster gefühlt, und nur David war es zu verdanken, dass er nicht als gebrochener Abfall geendet war.

„Sienna, meine Süße", flüsterte er und küsste sie auf die Innenseite ihres Oberschenkels.

„Master Alec. Du hast mich nicht allein gelassen." Die Erleichterung, dass ihr Gespür sie nicht im Stich gelassen hatte, war ihr deutlich anzuhören.

„Möchtest du einen Orgasmus, freche Mrs. Muffin?"

Als Antwort spreizte sie die Beine noch ein wenig weiter und schenkte ihm das süßeste Lächeln. Tessa kam leise näher und reichte ihm einen neuen Vibrator. David musste sie entsprechend instruiert haben. Die kleine Sub, die ein Auge auf David geworfen hatte, neigte respektvoll den Kopf und entfernte sich anmutig. David hatte ihr das Leben gerettet, denn sie hatte sich nach dem Tod ihres geliebten Mannes aufgegeben und den Tod gesucht. Doch David liebte sie nicht und war der Meinung, sie würde ihren Partner finden, aber er wäre es nicht.

Der Showroom war leer, was Sienna nicht wissen konnte, denn inzwischen flossen die beruhigenden Klänge von Enya durch den Raum. Er schaltete den Vibrator ein, hielt sich nicht mit Belanglosigkeiten auf und presste ihn auf ihre geschwollene Klitoris. Ein herrliches Geräusch kam aus ihrer Kehle, und sie ruckte mit dem Becken nach oben, und es dauerte keine Minute und sie kam – laut, heftig und vertrauensvoll, und Alec fühlte sich seinen Gefühlen ebenso ausgeliefert, wie Sienna sich ihm ausgeliefert hatte.

Ihr Herzschlag trommelte in einem wilden Hufschlag in ihrer Brust. Sienna hielt die Luft an, erwartete, dass man sie auslachte, anzügliche Bemerkungen über sie machte, doch alles, was sie hörte, waren die sanften Klänge von Enya, die ein Gemisch mit ihrem Blut bildeten, das überlaut in ihren Ohren rauschte. Der Gedanke, dass fremde Menschen dabei zusahen, wie Master Alec sie stimulierte, war wie ein Rausch gewesen. Doch selbst nach dem stärksten Rausch folgte die Ernüchterung. Aber ehe sie fallen konnte, fächerte Master Alecs Atem über ihre Lippen, gleich einem sinnlichen Versprechen, dass er sie auffangen würde, egal, wie steil die Klippe war, auf die sie geklettert war.

„Süße, Sienna. Bleib bei mir."

Sie wusste, er meinte nicht, dass sie für immer bei ihm bleiben sollte, sondern nur für diesen Moment. Doch sie wünschte sich nichts so sehr, als dass er ihr ein Zugeständnis machen würde, es zugeben würde, dass etwas Besonderes zwischen ihnen herrschte und dieses Gefühl weder ihrer Einsamkeit noch ihrer Einbildung entsprang.

Er küsste sie, und seine Leidenschaft verjagte ihre Bedenken. Sie wollte sich endlich die Maske von den Augen ziehen und sich den Zuschauern stellen, jedoch fand sich ihr Handgelenk in seinem stählernen Griff wieder.

„Das habe ich dir nicht erlaubt", sagte er sanft. „Verschränke deine Hände über deinem Kopf, solange ich dich ficke, mir aneigne, was so verführerisch und geil vor mir liegt." Mit einem Ruck zog er sie nach vorn und vergrub sich in ihr. Sein herrlicher Schwanz füllte sie, und ihr überempfindlicher Körper reagierte intensiv auf jeden Reiz. Die Vorstellung, dass David und vielleicht unzählige andere Zuschauer dabei zusahen, dass Master Alec sie nahm, gefiel ihr und erschreckte sie zur gleichen Zeit. Jedoch gab er ihr keine Zeit, ihr Verhalten zu analysieren, weil er seine Hände auf ihre Brüste legte und sie fest knetete, ihre schmerzenden Nippel abermals hart zupfte, an ihnen zog, und die Pein war pure Lust. Seine Stöße waren tief und langsam. Bei Brandon hätte sie Angst gehabt, dass er den Akt unnötig in die Länge zog, bis es schmerzte, bei Master Alec stand ihr Körper in Flammen, und sie wünschte sich, er würde das Liebesspiel hinausziehen, bis sie erneut fiel und in seinen kompetenten Armen landete. Jedes Mal, wenn er seinen Phallus in ihr vergrub, rieb er über einen besonderen Punkt, den sie niemals zuvor gespürt hatte.

„Stimuliert mein Schwanz dich, Sienna, ohne dass ich deine Klitoris berühre?“

Nur er konnte so eine tiefgründige Frage stellen und auf eine Antwort bestehen.

„Ja, Master Alec. Aber es reicht nicht, dass ich … aaahhhhhhhhh.“

„Aahhhhhhh?“

Er hatte den Vibrator eingeschaltet und führte ihn in kreisenden Bewegungen über ihre Lustperle.

„Das, was mein Schwanz in dir berührt, ist dein G-Punkt, der zum Leben erwacht, wenn die Frau so erregt ist, wie du es bist, und das gefällt den Zuschauern.“

Scham sollte sich einstellen angesichts ihres unkeuschen Verhaltens, sie sollte ihr Safeword rufen, sie sollte keine Lust empfinden und sich wie eine Sklavin fühlen, die von ihrem Master nur zu seinem Vergnügen benutzt wurde. Stattdessen drängte sie sich ihm entgegen, sog die Stimulationen gierig in sich auf, zwar fühlte sie sich beschämt, aber diese Empfindung war genauso berauschend wie das, was Master Alec mit ihr anstellte. Er machte sie wahninnig, und sie wollte, dass er sie schneller nahm. Doch sie ahnte, eine Forderung zu stellen, würde er mit einer innovativen Bestrafung beantworten, und so blieb ihr nur die Wahl, sich ihm hinzugeben.

Wie köstlich sein Glied sich zusammen mit dem Sextoy anfühlte. Mit der anderen Hand knetete er ihren Bauch, ihre Brüste und umfasste ihre Kehle in einer dominanten Geste, ohne Druck auszuführen. Sich ihm auf diese Weise noch zusätzlich auszuliefern, sammelte sich in wellenartiger Ekstase, die sich befreiend den Weg durch ihre Nervenbahnen suchte. Master Alec biss in ihren Hals, legte den Vibrator zur Seite und packte ihre Kniekehlen, spreizte sie weit und fickte sie mit kurzen harten Stößen. Seine Finger verkrampften sich, und er schrie seine Erfüllung in den Raum.

Alec hielt inne, als der Orgasmus abklang, und er konnte sich ein befreites und gesättigtes Grinsen nicht verkneifen. Er hatte es nicht geplant, Sienna heute erneut zu nehmen, sie als sein Eigentum zu markieren, und doch hatte er es getan. Sie hatte noch immer ihre Hände gehorsam über ihrem Kopf abgelegt, und ihr Gesicht war ebenso gerötet wie ihre Pussy. Was sollte er jetzt nur mit der kleinen Sub anfangen? Mit ihr ein Mahl auf der Terrasse einnehmen, nachdem sie geduscht hatten? Sie danach in ihren Bungalow bringen? Seine Instinkte sagten ihm, dass er sie nicht allein lassen konnte. Er hatte zu viel von ihr verlangt, um sie sich selbst zu überlassen, auch wenn Emily im gleichen Bungalow schlief. Er war zu tief gedrungen. Er könnte die Nacht mit ihr in einem der Gästezimmer verbringen, so wie er es hin und wieder mit Spielsubs tat. Jedoch verschwand er immer, ehe sie aufwachten. Aber es erschien falsch.

Zur Hölle damit. Er streifte ihr die Maske vom Gesicht, und sie blinzelte, wollte den Kopf drehen, um zu sehen, ob noch jemand im Showroom war. Doch er hielt ihr Kinn fest, und sie schenkte ihm erneut dieses süße Lächeln, dem er nicht widerstehen konnte. Wenn er schon seine Entscheidung getroffen hatte, konnte er sie auch mit der Entschlusskraft eines Masters verkünden.

„Du verbringst die Nacht bei mir, in meinem Bungalow."

Er wusste, es war falsch, dass er Hoffnungen in der kleinen Sub weckte, die er in den Staub treten würde. Allerdings konnte er nicht anders, und das Strahlen in ihren Augen wärmte sein Herz. Alec legte eine Hand unter ihren Nacken und half ihr in eine sitzende Position. Sie klammerte sich an ihm fest und hielt ihn, als böte er ihr Schutz, egal, welche Dämonen den Raum bevölkerten.

„Es ist ja niemand hier!"

„Enttäuscht?"

Sie lehnte die Stirn gegen seinen Brustkorb. „Wenn ich das nur wüsste", flüsterte sie.

„Du kannst dir aber nicht sicher sein, dass sie nicht gerade erst gegangen sind."

Sie kniff ihm in den Po – todesmutig war sie ja. Er tätschelte ihre Wange und verschloss seine Hose. Alec hob sie herunter und legte ihr den Arm um die Schultern. Er deponierte ein Schild auf der Truhe, sodass die Reinigungscrew sie gründlich säubern würde, und führte Sienna zu seinem Haus. Sobald sie seinen Bungalow betraten, wunderte er sich nicht, dass ein Abendessen auf sie wartete. David war sich seiner Sache sehr sicher.

Sienna war zutiefst erschöpft, und er stellte sie unter die Dusche, wusch sie und sich und nahm sich Zeit, ihren heißen Po ausgiebig einzuseifen. Es gab doch nichts Besseres, als den gezüchtigten Arsch einer Sub zu streicheln, die sich unter jeder Berührung wand und ihn gleichzeitig anfunkelte. Es war eine warme Nacht, und sie setzten sich auf die Rattancouch, die auf seiner Terrasse stand, bekleidet mit Morgenmänteln, und er beobachtete lächelnd, wie Sienna sich über die Pasteten hermachte und aß, als gäbe es keinen Morgen mehr.

Die Kleine schien etwas ausgehungert zu sein, und auch er selbst langte herzhaft zu. Sie unterhielten sich über Bücher und gaben beide zu, dass sie am liebsten Unterhaltungsliteratur verschlangen, bei der man sich herrlich fallen lassen konnte. Angekuschelt an ihn schlief sie später ein, und er genoss das Gefühl, ihren anschmiegsamen Körper zu halten, bis er in den Schlaf driftete.

Kapitel 7

Ein verführerischer Duft stieg Sienna in die Nase, sobald sie aus dem tiefen Schlaf erwachte. Und wie sie erwachte! Ihr Po brannte, ihre Nippel schmerzten, und es war Alecs Geruch, der ihre umnebelten Sinne zum Leben erweckte. Sie hatte die Nacht bei ihm verbracht, und er war viel zärtlicher, als sie es für möglich gehalten hätte. Neben einem Sadisten von der Sorte würde sie gerne jeden Morgen aufwachen. Sie drehte sich um und zog sich das dünne Laken bis zur Nasenspitze, nicht gewillt, aus ihrem Kokon zu schlüpfen.

Jemand riss an der Decke, sodass sie unwillig brummte.

„Was war das?"

Ein flammender Hieb traf die rechte Seite ihres Pos, und ihre Lider flogen auf. Master Alec türmte neben dem Bett auf und funkelte auf sie herab. Nun gut, das konnte sie auch. Sie war kein Morgenmensch und brauchte zuerst einen Kaffee, um einigermaßen wach zu werden. Giftig sah sie zu ihm auf und erkannte ihren Fehler in derselben Sekunde. Master Alec hatte anscheinend keine Schwierigkeiten mit dem Aufstehen. Frisch wie eine Morgenbrise wirkte er in seinem schwarzen T-Shirt und der blauen Jeans, die Haare noch feucht von der Dusche.

„Steh auf, geh an das Fußteil des Bettes und beug dich darüber."

Ach, nö. Vielleicht nach der Dusche.

Oh Gott! Seine Augen verwandelten sich in Bernsteine, und amüsiert verzog er die Mundwinkel, weil sie sich störrisch zeigte.

Ihr Mund wurde staubtrocken, und ihr Magen fühlte sich an, als hätte sie Kieselsteine zu Abend gegessen. Er packte ihre Haare und hielt ihren Kopf, bis seine Nase fast ihre berührte.

„Noch ist es meine Hand, die dir den Arsch versohlen wird, doch ich verspüre große Lust, meinen Gürtel auf deine drallen Backen sausen zu lassen, Mrs. Muffin", wisperte er gegen ihre Lippen, mit der sanftesten Stimme, die sie bis jetzt bei ihm gehört hatte. Wie gern hätte sie widerstanden, Rückgrat bewiesen und ihm gesagt, dass er sie mal kreuzweise konnte. Doch stattdessen kam ein ergebenes „Es tut mir leid, Master Alec" aus ihrem Mund. Sofort ließ er ihr Haar los und richtete sich auf. Er half ihr nicht, als sie mit zitternden Gliedern aus dem Bett kletterte und sich über das Fußteil beugte. Die Haltung war unbequem, und die Kante drückte sich in ihre Oberschenkel.

„Halte dich an den Querstreben fest. Dies wird eine Bestrafung, kein erotisches Spanking."

Sie erinnerte sich deutlich an das Regelwerk und was eine Sub für zickiges Benehmen erwarten konnte. Die Kraft wich zeitgleich aus all ihren Muskeln, und aufsässig beschloss sie, keine Schwäche zu zeigen. Schlimmer als gestern konnte das hier nicht sein, auch wenn ihr Po noch schmerzte. Sie würde es überstehen, und Master Alec würde erkennen müssen, dass er sich an ihr die Zähne ausbiss wie an verbranntem Krokant.

„Du wirst die Position halten. Zwinge mich nicht, dich zu fesseln."

Er lungerte schräg hinter ihr, und sie hörte ihm an, dass er breit grinste. Sollte er doch! Master Alec würde einsehen, dass es nicht ratsam war, sie vor dem ersten Kaffee zu reizen. Und dann knallte seine Handfläche auf ihre linke Poseite, mit einer Härte, dass sie auf den Zehenspitzen stand, sich auf die Lippe biss, um nicht zu schreien, dabei die Querstreben umklammerte, als hinge ihr Leben davon ab.

Ohne Pause tat er das Gleiche auf der anderen Seite, und Tränen brannten heiß hinter ihren Augenlidern. Doch sie schaffte es, keinen Ton von sich zu geben. Er rieb über die getroffenen Stellen, und obwohl sie es nicht wollte, besänftigte die Berührung sie ein wenig.

„Gib dir keine Mühe, Sienna. Du wirst weinen, schreien, jammern und mich um Gnade anflehen. Vielleicht alles auf einmal."

Die nächsten Hiebe kamen in so schneller Reihenfolge und waren so furchtbar schmerzhaft, dass sie vergaß, was sie sich vorgenommen hatte. Sie versuchte ihm erfolglos auszuweichen, schrie, während ihr Tränen aus den Augenwinkeln liefen und sie ihn mit Inbrunst hasste.

„Bitte, hör auf. Bitte."

„Noch bist du nicht so weit."

Und seine verfluchte Hand prallte auf die Unterseite ihrer rechten Pobacke, danach auf die linke. Ihre Finger lösten sich von den Querstreben, und sie hing ergeben über dem Fußteil und schluchzte laut, sie hörte es und konnte nicht aufhören. Sie fühlte sich seltsam, als würde Master Alec sie durch diese Pein stärker an sich binden.

„Braves Mädchen." Mit seinen kräftigen Händen umfasste er ihre Schultern und richtete sie auf. Die Bewegung brannte höllisch, und als er sie drehte, sank sie gegen ihn, holte sich von ihm den Trost, den sie so bitter nötig hatte. Sie weinte in seinen Armen und verstand nicht, wieso sie es tat. War ihr Verhalten normal? Sie war so aufgewühlt, und doch hatte er ihr mit dem Schmerz etwas gegeben, das sie beruhigte.

„Auf die Knie, Sienna, und bedanke dich bei mir für deine Strafe."

Das wollte sie nicht. Oder? Verfolgte er das Ziel, sie zu demütigen? Würde er als Nächstes verlangen, dass sie seine Schuhe ableckte und küsste? Sie schielte nach unten und stellte erleichtert fest, dass er barfuß war.

Master Alec löste sich von ihr, und sie sank auf die Knie, blickte mit gesenktem Kopf auf den Boden, weil sie sich zu sehr schämte, um ihn anzusehen.

„Süße Sienna“, murmelte er zärtlich und legte seine Handfläche unter ihr Kinn. „Sieh mich an, während du dich bedankst.“

Er bestand darauf, und irgendwie wollte sie es auch tun. Gott, sie war so durcheinander. Sie traf seinen Blick, und in seinen Augen stand keine Grausamkeit, keine Missgunst oder Schadenfreude. Überhaupt war er so ruhig, im Gegensatz zu ihr.

„Ich danke dir, Master Alec“, sagte sie tränenüberströmt, und er schenkte ihr das wärmste Lächeln.

„Ich verstehe mich nicht.“ Und sie brach in lautes Schluchzen aus, obwohl sie versuchte, sich in einen Stein zu verwandeln.

Alec konnte nicht mehr widerstehen und setzte sich zu der Kleinen auf den Boden, lehnte sich an das Bett und wiegte sie in seinen Armen. „Ich habe dir etwas gegeben, nach dem du dich lange gesehnt hast. Eine Bestrafung kann für den devoten Part befreiend oder erregend sein. Du hast den Schmerz gebraucht, weil er dich reingewaschen hat, dich von unnötigem Ballast befreit hat. Eine schmerzvolle, aber auch wunderbare Erfahrung.“

„Wieso weißt du das alles?“ Sie presste ihre Nase in seine Halsbeuge und umklammerte seinen Nacken. Vielleicht hätte er sie nicht bestrafen sollen, denn meistens formte es ein noch stärkeres Band zwischen der Sub und dem Master. Bei Sienna war es kein Band, sondern eine unzerstörbare Kette. Er hatte insgeheim gehofft, dass sie sich von ihm abwenden würde, aufhören würde, sich innerlich an ihn zu binden.

Hatte er doch, oder nicht?

Er glaubte seinen eigenen Ausflüchten nicht. Dazu war er zu erfahren, und Unerfahrenheit konnte er nicht mehr als Entschuldigung benutzen.

„Du wolltest, dass ich weine, hast sogar eine Erektion gehabt“, sagte sie vorwurfsvoll. Scheu sah sie ihn an. „Die meisten Männer verabscheuen weinende Frauen.“

Er küsste sie auf die Stirn. „Nur weil sie starke Emotionen nicht zu schätzen wissen, es ihnen Angst einjagt. Ich dagegen fordere deine ungezügelten Reaktionen ein, Sienna. Mit weniger gebe ich mich nicht zufrieden. Ich schäme mich nicht, dass es mich hart macht, wenn du weinst, und du solltest dich nicht schämen, dass du mir dieses Gefühl schenkst.“

„Du bist ein gemeines Monster.“ Doch ein leises Lächeln schlich sich auf ihr Gesicht.

„Glaubst du, es ist ratsam, mich zu necken? Und dass ich das Glühen deines Arsches nicht noch steigern könnte?“

Sie versteifte sich, aber ehe sie aufzuspringen vermochte, lag sie flach auf dem Rücken und gab das süßeste Quietschen von sich.

„Und du bist trotz oder gerade wegen des Schmerzes, den ich dir geschenkt habe, erregt.“ Er umspannte ihre Kehle, und sie lag still. „Ich werde mich jetzt davon überzeugen.“

Ihre Muskeln bebten, als er mit der anderen Hand ihren Bauch entlangstreichelte und ihre ungehörig nasse Pussy erreichte.

„Diesmal wirst du nicht kommen. Ich möchte, dass du den ganzen Tag an mich denkst, wegen des Flammenmeers auf deinem Arsch, das dich bei jeder Bewegung an mich erinnern wird, und weil du dich auf die Orgasmen freust, die ich dir heute Abend schenken werde. Aber es soll nicht einfach für dich sein.“

Er spürte unter den Händen, dass sie erst hart schluckte und dann die Schenkel für ihn spreizte. Später würde sie vor Zuschauern für ihn kommen, und es würde leichter für sie sein, wenn er den Grad ihrer Erregung bereits jetzt steigerte.

Sie war eine Masochistin und devot, und allein der Gedanke, was er noch alles mit ihr tun könnte, ließ ihn lächeln. Und er wusste, wie bedrohlich es auf die kleine Sub wirkte, die so vertrauensvoll vor ihm auf dem Boden lag, mit einem roten Arsch, der ihn mit Stolz erfüllte.

Er tauchte mit zwei Fingern in ihre nasse Spalte und rieb mit dem Daumen ihre Klitoris, brachte sie auf diese Weise drei Mal fast bis zum Höhepunkt und gab beim letzten Mal beinahe nach, ließ sie um ein Haar kommen, nur um diesen Ausdruck auf ihrem Gesicht zu sehen, der engelhafte Zufriedenheit ausdrückte. Doch der Sadist in ihm wollte keinen Engel, stattdessen eine Dämonin, die vor Sehnsucht verging. Und wie eine wollüstige Gespielin des Teufels funkelte sie ihn an, als er von ihr abließ.

Perfekt!

Er packte ihre Handgelenke und zog sie auf die Füße.

„Ich bringe dich jetzt in deinen Bungalow. Emily und Rachel warten dort auf dich. Nutze den Tag gut. Der heutige Abend wird anstrengend.“

Er zog sie zur Tür, und sie schmiegte sich eng an ihn, was auch an ihrer Nacktheit liegen könnte. Sie begegneten Joe, und er rief ihnen hinterher: „Gute Arbeit, Marshal. Genauso muss der Arsch einer Sub aussehen.“

Sienna holte tief Atem, doch ansonsten verblieb sie stumm. Schade, und ihr Gesichtsausdruck, als sie zu ihm aufsah, zeigte ihm deutlich, dass auch sie manchmal wusste, was in seinem Kopf vorging.

Alec küsste sie vor ihrem Bungalow auf die Nasenspitze, und sie spürte seinen Blick auf ihrem brennenden Po, als sie hineinging. Sie hörte Emilys Stimme und die von Rachel. Die beiden saßen auf der Terrasse und frühstückten. Sie huschte ins Bad und duschte kälter, als sie es gewöhnlich tat. Sienna wunderte sich, dass die Tropfen nicht zischten, sobald sie auf ihren

Po prallten. Dieser verfluchte Mistkerl! Sie hielt ihr Gesicht in das erfrischende Nass und hoffte, es würde ihren verweinten Zustand abmildern.

Was für ein verrückter Urlaub! So viel geweint, gelacht und gelitten hatte sie sich noch nie. Es war herrlich. Sie fühlte sich nach dem Schmerz genauso erleichtert, wie Alec es ihr prophezeit hatte. Ob er auch an sich gezweifelt hatte, sobald er seine Neigungen bemerkt hatte? Sie konnte es sich nicht vorstellen, dazu wirkte er viel zu souverän und kontrolliert. Dennoch musste etwas in seiner Vergangenheit vorgefallen sein, dass er keine dauerhafte Partnerschaft mehr wollte. Vielleicht hatte seine Frau, falls er verheiratet gewesen war, ihn betrogen und er hatte den Liebhaber zusammengeschlagen. So wie sie Alec einschätzte, hasste er es, die Kontrolle zu verlieren.

Sie putzte sich noch unter der Dusche die Zähne, zog ein Top und Shorts aus der Schublade und blieb im Türrahmen stehen. Ein breites Grinsen schlich sich auf ihr Gesicht, weil Emily und Rachel lachten und sich dabei anhörten wie zwei süße Hexen, die irgendeinen Unsinn ausheckten.

„Guten Morgen“, sagte Sienna.

Rachel sprang sofort von ihrem Stuhl auf und fiel ihr um den Hals. „Sienna, ist alles in Ordnung? Ich habe so ein schlechtes Gewissen, dass du wegen mir Ärger mit Master Alec bekommen hast. Oh Gott, du hast geweint.“ Die schönen blauen Augen füllten sich mit Tränen, und auch Emily sah sie besorgt an.

„Das hat nichts mit diesen Tränen zu tun. Er hat gestern nur mit meinen Ängsten gespielt. Und mich vorhin bestraft, weil ich heute Morgen nicht aus seinem Bett aufstehen wollte.“

„Seinem Bett? Du meinst ein Gästezimmer?“

„Nein, ich habe in seinem Bungalow geschlafen.“

Rachel sah sie an, als hätte sie ihr mitgeteilt, dass sie den Brunnen der ewigen Jugend gefunden hätte.

„Master Alec nimmt niemals Subs mit in seine privaten Räume.“ Rachel plumpste auf den gelb gepolsterten Stuhl und stieß einen Schmerzenslaut aus, griff nach ihrem Milchkaffee und nahm einen großen Schluck. Sienna beugte sich zu Emily und küsste sie auf die Wange. Ihre Freundin wirkte, als hätte sie gestern Weihnachten und Geburtstag an einem Tag gefeiert.

„Hey, Süße. Setz dich endlich, und trink einen Kaffee. Du weißt, du bist sonst ungenießbar. Und da sind auch Apfelpfannkuchen und frisches Obst.“

Wenn sie ihren armen Po in Betracht zog, würde sie es für die nächsten Tage vorziehen, zu stehen. Rachel kräuselte die Stirn, stand auf, rannte durch das Wohnzimmer zur Küchenzeile und kam mit zwei Kühlpads sowie – nach einem Abstecher in Siennas Badezimmer – mit einem Handtuch zurück. „Das hilft ein wenig."

Sienna hatte das Gefühl, sie würde sich auf Glassplitter setzen, die sich in ihre Haut bohrten und dann in ihrem Fleisch explodierten. Dieses verdammte Ungeheuer! Sie würde jede verfluchte Sekunde dieses Tages an ihn denken, das hatte er sichergestellt. Und erneut wurde ihr bewusst, dass sie nicht einmal an das *Tasty* gedacht hatte, obendrein keinen einzigen Gedanken an Brandon verschwendet hatte. Denn auch er suchte sie oft in ihren Gedanken heim.

Emily schob ihr eine Tasse mit Milchkaffee unter die Nase, und im Gegensatz zu sonst überschüttete sie Sienna nicht mit Fragen, sondern starrte mit einem verträumten Gesichtsausdruck ins Grüne.

„Ich bin ausgehungert", verkündete Rachel und nahm sich ein Büschel Weintrauben, zupfte sie ab, und warf sie in ihren Joghurt. Wie friedlich es hier war. Ein leichter Wind brachte frische Luft aus den Bergen. Sienna schloss ihre Augen und lauschte dem Vogelgezwitscher. Das hatte sie seit Ewigkeiten nicht getan, sich ihren Gedanken hingegeben, im Einklang mit ihrem Herzen und ihrer Seele. Sie griff nach Emilys Hand. „Das war eine fantastische Idee von dir, auf der *Insel* unseren Urlaub zu verbringen. Ich danke dir."

Emily lächelte spitzbübisch. „Alec hat dir deine Bedenken, dass du Mrs. Sienna Eisblock bist, ausgetrieben. Ich hab dir gleich gesagt, dass Brandon ein Arschloch ist und im Bett eine Niete." Sie knabberte an einem Stück Toast herum. „Und dann ziehst du dir ausgerechnet diesen angsteinflößenden Kerl an Land, der dich mit Sicherheit zu köstlichen Orgasmen gezwungen hat und dich weiterhin zwingen wird."

Sienna verschluckte sich beinahe an dem Milchkaffee, und Rachel und Emily lachten lauthals.

„Du müsstest dein Gesicht sehen, rot wie eine Erdbeere, und ich wette, dein Popo sieht ebenso aus."

„Er hat dir aber seine Bedingungen mitgeteilt, als er dich akzeptiert hat?" Fragend sah Rachel sie an.

Sienna nickte.

„Oh, Süße, du darfst dich nicht in ihn verlieben." Dann seufzte sie wie ein Labrador und blickte auch wie einer drein. „Ich gebe dir Ratschläge, an die ich mich selbst nicht halten kann."

„Liam?" Sienna hatte gehofft, die beiden hätten gestern ihre Schwierigkeiten bereinigt.

Rachels Augen füllten sich mit Tränen. „Ich bin so blöd. Auf der Stelle habe ich mich in Liam verliebt, und er hat mir gleich gesagt, dass er noch jemand anderen liebt, sich nicht von ihr lossagen kann." Sie nahm einen zitternden Atemzug. „Ich konnte nichts dagegen tun und dachte, mit der Zeit würde ich ihn für mich gewinnen. Doch nun weiß ich, dass ich nicht siegen kann." Sie lächelte traurig. „Dennoch will ich keine Sekunde vergessen, die ich mit Master Liam … Liam erlebt habe."

Sienna wusste, dass es ihr nach Ablauf ihres Urlaubs nicht anders ergehen würde, vielleicht sogar schlimmer, aber gegen ein unvernünftiges Herz gab es kein Patentrezept. Es tat, was es wollte. Emily schien mit sich im Reinen zu sein. Es war auch kein Wunder, sie wollte sich erst mal nicht festlegen, sondern noch eine Menge Erfahrungen sammeln und Spaß haben. Sienna wünschte sich, sie könnte ebenso unbekümmert sein.

„Ladys, genug Trübsal geblasen. Lasst uns das Frühstück genießen, und danach könnten wir es uns am Pool gemütlich machen. Schließlich habt ihr Urlaub und ich Wochenende." Rachel mühte sich sichtlich ab, ein echtes Lächeln auf ihr hübsches Gesicht zu zaubern, doch sie versagte kläglich.

Alec traf Alexander auf dem Weg ins Haupthaus. Bei ihnen beiden meldeten sich gleichzeitig die Smartphones mit der gleichen Nachricht.

In mein Büro.

Elektronische Geräte waren nur für die Subbies verboten.

„Das muss ein Notfall sein." Alexander sprach aus, was er dachte, und sie beschleunigten ihre Schritte. Sie hatten in der letzten Zeit einige Zwischenfälle gehabt. Ein paar der Subs waren beim Wandern belästigt worden. Es hatte mit harmlosem Hinterherpfeifen angefangen, und sie hatten nur durch Zufall davon erfahren, weil Joe ein Gespräch aufgeschnappt hatte, bei dem sich drei der Frauen über irgendwelche ekligen Kerle aufgeregt hatten. Joe war der Sache auf den Grund gegangen und hatte auch versucht, den Arschlöchern auf die Schliche zu kommen, doch bis jetzt ohne Erfolg. Das Resort war zwar abgeschottet, doch Gerüchte und Halbwahrheiten verbreiteten sich überall.

Ohne anzuklopfen, stürmten sie in Davids Reich. David saß auf der Couch und hielt in den Armen eine kleine aufgelöste Sub – Nancy. Sie gehörte zur Reinigungscrew, war ein richtiger Sonnenschein und verflucht gut bei dem, was sie machte. Unter ihrer Aufsicht hatte sich die Arbeit des Putzteams erheblich verbessert. In ihrem Job war sie dominant, doch ansonsten war sie devot, durch und durch. Alec hatte sie noch niemals so erschüttert gesehen. Sie hatte ein fast elfenhaftes Gesicht, und ihr stand der fransige Kurzhaarschnitt, der ihre Wangenknochen und ihre vollen Lippen betonte.

David reichte ihr ein Glas Wasser, und sie nahm mehrere Schlucke. „Es tut mir leid", stammelte sie. „Normalerweise weine ich nicht so leicht. Aber …"

Liam kam gerade in den Raum gelaufen, und so wie er aussah, hatte er nicht geschlafen, erschien verzweifelt und unausgeglichen.

David streichelt Nancy über den zierlichen Rücken. Sie war so winzig und jeder, der sie sah, verspürte sofort den Wunsch, sie zu beschützen. Und bei Dominanten war dieser Wesenszug stärker ausgeprägt. Alec wusste, sie war nicht so zerbrechlich, wie sie wirkte. Doch im Moment passte ihr fragiles Äußeres zu ihrem Verhalten. David deutete mit dem Kopf an, dass sie sich setzen sollten.

„Fiorella", sagte David sanft. Es war sein Lieblingskosewort. „Erzähl uns, was passiert ist." Er legte genug Dominanz in seine Stimme, um Nancy aus dem aufgewühlten Zustand zu holen.

„Ich war heute Morgen joggen. Allein, so wie ich es oft mache. Und da traf ich auf diese zwei Männer."

Alec lief es eiskalt über den Rücken. Sie hatten die Kleine doch nicht vergewaltigt? David schüttelte kaum merklich den Kopf, aber Erleichterung wollte sich dennoch nicht einstellen.

„Sie standen mitten auf dem Weg, und wie sie mich angesehen haben … als wäre ich wertlos, ein Objekt, das sie nach Belieben benutzen dürfen." Nancy sprach mit tonloser Stimme.

Er stellte das Gesagte nicht infrage. Frauen hatten eine Antenne dafür, ob ein Mann ihnen wirklich Böses wollte, und anscheinend reichten den Ratten verbale Äußerungen nicht mehr.

David murmelte ein paar beruhigende Worte, und Alec beugte sich in dem Sessel vor und nahm ihre Hand. Ihre Finger zitterten. Die Arschlöcher waren so gut wie erledigt, wenn sie nach wie vor in den Wäldern herumlungerten. Joe, der beste Fährtenleser, den er kannte, und ein Ex-Marine, würde sie früher oder später aufspüren.

„Ich habe auf dem Absatz umgedreht und konnte ihnen entkommen."

Nancy war durchtrainiert bis in die Zehenspitzen und konnte rennen wie ein Wirbelwind.

„Ich weiß einfach, wenn sie mich in die Finger bekommen hätten, dann hätten sie mich …"

„Schon gut, Fiorella. Wir werden uns dieser Angelegenheit annehmen. Kannst du sie beschreiben?"

„Es waren Durchschnittstypen, gekleidet in Cargohosen und T-Shirts."

Mit den weiteren Angaben konnten sie nicht viel anfangen, aber das war meistens so, wenn man eine unangenehme Begegnung hatte, die nur kurz andauerte. Das konnten sie Nancy nicht vorwerfen.

David drücke auf die Taste der Gegensprechanlage und verlangte nach Tessa. Das war eine gute Wahl, sie würde sich um Nancy kümmern, bis sie sich beruhigt hatte. Keiner von ihnen nahm den Vorfall auf die leichte

Schulter. Einige Minuten später holte Tessa Nancy ab. Die Dunkelhaarige lächelte ihnen zu und wirkte im Gegensatz zu sonst nicht so nachdenklich, irgendwie freier. Sollte Nico etwas damit zu tun haben? Alexander hatte ihm erzählt, die beiden hätten eine Session abgehalten und hätten sehr gut miteinander harmoniert. Alec gönnte es ihr aus vollem Herzen und David auch, so wie er dreinschaute.

Sie warteten, bis die Kleinen gegangen waren, und besprachen ihre weitere Vorgehensweise. Die Arschlöcher würden die Wut der Master des Resorts kennenlernen. Sie nahmen es ernst mit dem Schutz der Subbies, die sich unter die Obhut der *Insel* stellten. Devote Ladys hatten es nicht leicht und stießen oft auf Unverständnis, falls jemand keinerlei Tendenzen gegenüber BDSM verspürte. Es gab genügend Ignoranten, die glaubten, eine submissive Neigung wäre ein Freibrief und sie könnten schlagen, vergewaltigen und demütigen, so wie ihnen gerade der Sinn stand. Sie setzten eine devote Veranlagung mit moderner Sklavenhaltung gleich, bei der die Frauen schlimmer als Fußabtreter benutzt wurden.

„Sie werden mutiger und leichtsinniger. Wenn wir Glück haben, ist das ein Vorteil für uns, und Joe kann sich ihrer … annehmen. Wir sollten seine Vorgehensweise aufgreifen, die er uns vorgeschlagen hat." David traf seinen Blick, und er sah deutlich, dass er zutiefst zornig war. Doch jetzt mussten sie abwarten und hoffen, dass alles nach Plan verlief.

Sienna blickte verlangend auf den Pool und danach auf die beiden schwarz gekleideten Master, die im Schatten saßen und ein Auge auf sie hatten. Rachel und Emily verspürten keinerlei Bedenken, sprangen nackt, wie sie waren, in das kühle Nass. Carolina legte laut seufzend ihr Buch zur Seite. „Ich habe mich auch noch nicht daran gewöhnt, nur in meiner Haut herumzulaufen. Es ist unfair." Sie warf einen bösen Blick in Richtung der Männer, und sie schauten zu ihnen herüber, als hätte jemand einen Knopf gedrückt, der sie aktivierte.

Sienna hätte sich auf die Liege gepresst und versucht, mit dem Polster zu verschmelzen, doch dazu tat ihr Po einfach zu weh.

„Scheiße", murmelte Carolina und schnappte sich ihr Buch, um damit genauso unauffällig auffällig ihre Brüste zu verdecken, wie Sienna es mit ihren tat.

Wie zwei Raubtiere glitten die Master näher und blieben vor den Sonnenliegen stehen. Mussten die alle diesen „Blick" beherrschen, der einer Frau das Gefühl gab, weiblich, obendrein schwach zu sein, und ihre Haut zum Kribbeln brachte?

Carolina lag steif wie ein Brett, und Sienna tat es ihr gleich. Vielleicht würden sie einfach verschwinden. Gebannt starrte sie auf die Buchstaben des Dark-Fantasy-Romans, die vor ihren Augen verschwammen. Die Schatten der Männer lagen auf ihnen wie Vorboten des Unheils.

Wieso hatte sie sich nicht auf den Bauch gelegt? Anscheinend wusste das ganze Resort, was Alec mit ihr angestellt hatte, da könnte sie ihnen auch frohgemut ihren Leuchtbojenpopo präsentieren.

„Wir sollten uns den Ladys erst vorstellen. Ich bin Marcus, und das ist Jack“, sagte der rechte von beiden. Eineiige Zwillinge mit dunklen kurzen Haaren und samtigen braunen Augen, einer beeindruckenden Größe und einem sehnigen Körperbau.

„Ihr habt genau zwei Sekunden, um die Bücher wegzulegen.“

Wieso?

„Carolina, du rührst dich nicht von der Stelle.“ Marcus packte Siennas Beine und Jack ihren Oberkörper. Das würden sie nicht wagen! Sienna ließ den Roman fallen, kreischte und zappelte, doch die heißen Zwillinge zeigten sich davon unbeeindruckt.

„Auf drei“, sagte Marcus. Sie schwangen Sienna hin und her und warfen sie lachend im hohen Bogen ins kühle Nass, und als ihr Po auf die Wasseroberfläche aufprallte, erwachte jede einzelne Nervenzelle zu neuem Leben. Prustend und schnaubend tauchte sie auf und verbiss sich das Lachen. Carolina war längst nicht so gehorsam, wie sie es angenommen hatte, denn anstatt brav auf der Liege zu verweilen, rannte sie so schnell sie ihre Beine trugen auf die Master zu, die höhnisch grinsend auf Sienna herabschauten. Die Dunkelhaarige bremste nicht ab und schubste beide Männer in den Pool und landete von dem Schwung selbst im Wasser. Den Gesichtsausdruck von Jack und Marcus würde Sienna nie mehr vergessen. Sie lachte so hart, dass sie beinahe ertrank, bis zu dem Moment, als pure Dominanz die samtigen Augen in die einer gefährlichen Spezies verwandelte.

Emily und Rachel umklammerten sich und wieherten wie zwei Pferde, die Tequila anstatt Wasser getrunken hatten. Sienna konnte die Zwillinge nicht mehr unterscheiden, und einer von ihnen packte Carolina und schob sie auf die Poolwand zu. „Du, kleine Sub …“ Er prustete los, doch es hielt ihn nicht davon ab, Carolina an den Rand des Beckens zu drücken, um sie wahrscheinlich mit seinem Blick zu filetieren. Carolina zeigte sich jedoch wenig beeindruckt, bis er in ihr Haar griff und ihren Kopf in den Nacken zog. „Richard wird mir später erlauben, deinen Arsch mit einem Paddel zu züchtigen.“

Der zweite Zwilling strich sich das Wasser von der Stirn, und Sienna starrte auf das T-Shirt, das auf seinem beeindruckenden Brustkorb klebte, hatte plötzlich die unangemessene Vorstellung, von zwei Mastern dominiert zu werden. Und so, wie Emily und Rachel zu ihnen rüberstarrten, dachten sie genau das Gleiche. Sienna versuchte zu den beiden zu schwimmen, doch eine eisenharte Hand packte ihren Knöchel und zog sie zurück.

„Wo willst du hin? Ich will mir deinen Arsch ansehen.“ Er umfasste ihre Hüften und hob sie an. „Unverwechselbar Alecs Handschrift.“

Siennas Emotionen kochten ein wildes Menü in ihrem Inneren. Es war nicht richtig, so zu fühlen!

„Ich bin Marcus, falls du wissen möchtest, wer dich gerade hält. Wenn du nicht zu Alec gehören würdest, würden mein Bruder und ich dich von zwei Seiten bestrafen und ficken. Aber leider …“

Seine Lippen berührten ihren Po, ganz sanft, und er drehte sie zu sich herum. Er hatte ein Tattoo auf seinem Unterarm, ein Eichenblatt mit Wassertropfen. „Das heißt jedoch nicht, dass ich mich nicht an deinem Körper erfreuen darf und du dich nicht an deinen Fantasien.“ Marcus ließ sie los, und gemeinsam zogen die Männer eine Carolina aus dem Wasser, die sich heftig wehrte, aber dennoch über Master Jacks Schulter landete. Seine Hand prallte auf ihren Po. „Oh, Kleines, wir gehen jetzt deinen Ehemann und Master suchen.“ Alles, was von ihnen verblieb, war eine Wasserspur und Carolinas hohe Stimme, die jedes Mal quietschte, wenn die Handfläche auf ihrem Po klatschte.

„Emily, mach den Mund zu.“ Die Augen ihrer Freundin glitzerten gierig und auch ein wenig neidisch.

„Könnt ihr euch vorstellen, wie es wäre, Marcus zu reiten, während Jack sich den Freuden meines …“ Sienna legte ihr die Hand auf den Mund.

Rachel kicherte. „Vielleicht sollte ich mir die beiden anlachen, um Liam zu vergessen.“ Doch ihre Augen füllten sich mit Tränen.

Die süße Blonde war noch lange nicht über Liam hinweg. Sienna verstand es nicht, dass der Master sich nicht eingestand, dass er sie liebte. Sein Liebe sprach aus jeder Geste und jedem Blick, den er ihr schenkte. Sienna zog Rachel kurzerhand in die Arme, und sie beide lachten verschämt, weil sich ihre Brüste dabei berührten.

Emily grinste lüstern. „Mädels, ihr seid echt ein heißer Anblick. Vielleicht sollte ich mich mit euch vergnügen, anstatt mit einem Kerl. Rachel, kannst du gekonnt eine Gerte schwingen?“

Rachel schüttelte sich und machte ein Gesicht, als hätte sie in eine Zitrone gebissen. „Da muss ich passen, ich bin streng devot.“

Auch Sienna konnte sich nicht mit der Idee anfreunden, den dominanten Part zu übernehmen, jedenfalls nicht beim Sex, im Berufsleben tat sie es oft.

„Ich könnte mir das durchaus ausmalen“, sagte Emily und leckte sich über die Lippen. „Allein die Vorstellung, Master Joe zu fesseln, der mich in der Mitte durchbrechen könnte, wenn er es wollte, und er wäre meiner Gnade ausgeliefert, macht mich verdammt heiß."

„Komm bloß nicht auf die Idee, einen Master ohne seine Einwilligung zu fesseln. Carolina ist schmerzhaft dafür bestraft worden, weil sie ihren Ehemann und Master an das Bett gekettet und ihn sich selbst überlassen hat. Es sollte ein Scherz sein, doch das Alleinlassen einer fixierten Person ist streng verboten. Der Dominante hat viel mehr Verantwortung als wir. Wir müssen nur ehrlich sein und können uns fallen lassen, uns immer darauf verlassen, dass sie uns auffangen."

Sienna wurde erst jetzt bewusst, wie erfahren Alec war und dass er sie brechen und zerstören könnte. Und wie sicher sie sich bei ihm fühlte, geborgen, verstanden und befreit. Sie fühlte sich geliebt, obwohl er sie gewarnt hatte, dass sein Herz niemals ihr gehören würde.

„Scheiße, Sienna." Rachel spritzte ihr Wasser ins Gesicht. „Vielleicht sollten wir einen Club der unglücklichen und abgeschobenen Subbies gründen?"

„Hört sofort auf, ihr zwei. Hier herrscht Trübsalverbot." Emily legte sich auf den Rücken, paddelte um sie und Rachel herum und imitierte die Titelmelodie von „Der weiße Hai". Sienna schwamm ein paar Runden und dachte an Carolina, die von ihrem Ehemann Richard auf die *Insel* verschleppt worden war. Ihre Ehe war am Ende gewesen, weil sie sich beide nicht trauten, ihre geheimen BDSM-Wünsche auszuleben und Carolina beim Sex mehr als frustriert gewesen war. Sie hatte Richard fast gehasst und wollte ihn insgeheim verlassen. Er hatte alles riskiert, um Carolina zurückzugewinnen. Und zog sie die hohe Scheidungsrate in Betracht, wie oft Partner stumm und desillusioniert nebeneinander her lebten, war diese eigentlich brachiale Entscheidung die richtige für Carolina gewesen. Richard hatte seine Entscheidung nicht über Nacht getroffen, sondern hatte monatelang mit sich gehadert. Jetzt waren die beiden glücklich wie nie zuvor, gleichberechtigt, auch wenn Carolina jederzeit damit rechnen musste, dass Richard sie dominierte und sie sich dagegen auflehnte, um dann hinterher mit ganzem Herzen nachzugeben.

Sienna legte sich auf den Rücken, starrte in den blauen Himmel und spürte ihren Körper so bewusst wie noch nie. Die Auswirkungen des erlittenen Schmerzes überraschten sie. Es war nicht nur ein lustvolles Gefühl, sondern es verband sie mit Master Alec. Jede Bewegung weckte die Empfindung zu neuem Leben. Es beschränkte sich nicht auf ihre heiße Haut, die im Moment wunderbar von dem kühlen Wasser besänftigt wurde. Das Spiel der Dominanz und Unterwerfung war so viel mehr. Er schaute in den Grund ihrer Seele und verlangte Offenheit von ihr, bis nur Sienna übrig blieb, ohne die Masken der Zurückhaltung, die man tagtäglich tragen musste. Es war erfüllend, befreiend und befriedigend, alles von sich zu zeigen, aber auch ungewohnt, weil Master Alec nicht davor zurückschreckte, ihre rohen Gefühle und Emotionen an die Oberfläche zu zerren. Ein Mann, der davon erregt wurde, dass er sie zum Weinen brachte. Jede Feministin würde jetzt schreiend vor ihr davonrennen, jedoch gab Alec ihr nur, was sie brauchte und bereits seit unzähligen Jahren herbeigesehnt hatte. Master Alec erfüllte die devote Seite in ihr, doch sie begehrte auch Alec, den Mann.

Seufzend drehte sie sich auf den Bauch und schwamm auf Rachel zu, die sich von einer Massagedüse den Po massieren ließ. Sienna verzichtete dankend auf diese Erfahrung, allein bei dem Gedanken stöhnte ihre Haut gequält auf. Rachel hatte sich vom Fleck weg in Liam verliebt und war ihrem Herzen ausgeliefert, egal, wie sehr sie dagegen ankämpfte. Carolina hatte ihr gestanden, dass es bei ihr und Richard auch so gewesen war. Ihre erste und einzige Liebe.

Carolina hatte unter dem Schock ihrer Entführung Master Alec ausgewählt, um sie auszubilden, weil sie Angst vor ihm gehabt hatte und irrsinnigerweise gedacht hatte, das würde sie davor bewahren, dass er ihr unter die Haut ging. Doch er hatte sie einfühlsam untergeordnet, und Carolina liebte Master Alec ein wenig mehr, als man es bei einem guten Freund tat. Siennas anfängliche Eifersucht hatte sich jedoch schnell gelegt, sie mochte Carolina, und diese war ihrem Ehemann treu ergeben.

„Ich glaube, ich habe ein Begehren in dem knallharten Master geweckt, Sienna. Innen drin ist er ganz weich und sehnt sich nach Liebe. Doch ich weiß nicht, was mit ihm in der Vergangenheit geschehen ist. Irgendeine gefühlskalte Kuh muss ihn über alle Maßen verletzt haben." Carolina hatte Siennas Hand gegriffen. „Spielbeziehungen reichen ihm nicht mehr, auch wenn er es nicht zugeben möchte oder kann."

„Hey, Tessa und Sue." Rachels Stimme riss sie aus ihren Gedanken. Die dunkelhaarige Tessa, die sie mit David gesehen hatte, und eine blonde Schönheit schlenderten näher. Tessa grinste bis über beide Ohren, und Sue verzog die Mundwinkel zu einem kaum erkennbaren Lächeln, das sofort verschwand. Oh, da kämpfte jemand mit Dämonen. Sienna kannte den Ausdruck, denn sie hatte ihn lange genug auf dem eigenen Gesicht getragen. Sue zog sich die roten Shorts und das Top aus, warf sie achtlos auf eine Liege, und Sienna starrte sie an. Die Natur hatte wohl eine Party gefeiert, als sie Sue kreiert hatte, sie war makellos bis zu den Zehenspitzen. Selbst Emily blickte sprachlos drein. Sienna verkniff sich ein Grinsen, denn jetzt erlebte ihre Freundin, wie Sienna sich oft neben ihr fühlte.

Mit einem eleganten Kopfsprung sprang Sue ins tiefe Ende des Pools. Tessa dagegen streifte sich ihre Kleidung ab, hechtete mit einem Satz unelegant in das Wasser und schwamm kichernd auf sie zu.

„Mädels." Tessa strahlte, und nur Sue konnte sich ihrer Freude entziehen. Sie zog allein ihre Bahnen, und Sienna fragte sich, was die hinreißende Frau so quälte.

„Normalerweise würde ich mir jetzt den Kopf zerbrechen, was ich heute Abend tragen soll." Emily zog eine Schnute. „Und welches Make-up zu meinem Kleid passen würde. Ich habe einen atemberaubenden Fummel mitgebracht, aber Joe hat darauf bestanden, dass ich mich weder schminke noch etwas anziehe." Sie seufzte herzerweichend.

„Ich würde dir nicht empfehlen, das Kleid verbotenerweise zu tragen, egal, wie heiß du darin aussiehst. Master Alexander hat der letzten Sub, die das getan hat, das Designerstück vom Körper geschnitten, und es war ihm gleichgültig, dass es fast ein Monatsgehalt gekostet hat."

Emily schnappte angesichts der Vorstellung, dass eines ihrer geliebten Kleiderbabys ein dermaßen schreckliches Schicksal erleiden musste, nach Luft.

„Das war aber nicht das Schlimmste", sagte Tessa mit unheilvoller Stimme. „Sie hat Master Alexander beschimpft, und er hat sie in den Showroom verfrachtet, sie mit dem Bauch nach unten, weit gespreizt, auf eines der Schaukelgeflechte gefesselt, hat ihr eine lange Kerze in den Po gesteckt und sie angezündet."

Nur das Wasser des Pools war zu hören, das gegen den Beckenrand schlug, und Emily und Rachel erbleichten sichtlich. Sienna starb vor Beschämung nur bei dem bloßen Gedanken, dass Alec ihr so etwas antun könnte.

„Und dann hat er sie mit einem Vibrator vor den gesamten Gästen zum Orgasmus gebracht, vier Mal, wenn ich mich richtig erinnere, und sie hat so gezappelt, dass das Wachs auf ihre Rückseite gespritzt ist. Danach konnte sie ohne Hilfe vor Erschöpfung nicht mehr stehen, und sie musste auch noch die Nacht bei ihm verbringen sowie den ganzen nächsten Tag."

„Ich könnte jetzt einen *Sex on the Beach* vertragen", sagte Sienna.

„Einer reicht nicht", warf Emily ein.

„Vergesst es. Kein Alkohol vor einer Session. Und so wie ich Master Alec kenne, wirst du deine Kraft für heute Abend brauchen, selbst die, von der du keine Ahnung hattest, dass du sie besitzt, Sienna. Und auch du, Emily, wirst einen klaren Kopf bevorzugen", sagte Rachel. „Ich habe Hunger. Soll ich uns ein paar Sandwiches besorgen?"

Eine halbe Stunde später saßen sie unter hohen Bäumen und ließen sich das leichte Mahl schmecken, und entgegen ihrer Befürchtung, dass sie zu nervös zum Essen wäre, schmeckte Sienna das knusprige Brot, belegt mit Hühnchenbrust und Tomaten, ausgesprochen gut. Und die ganze Zeit über dachte sie an Master Alec, denn ihr Körper weckte bei jeder Bewegung die Erinnerung an ihn.

Alec starrte missmutig auf den Bildschirm und gab es auf, einen vernünftigen Entwurf zu erstellen. Er wusste, dass er Urlaub brauchte, aber dies war nicht der Grund seines unkonzentrierten Zustandes. Der Grund war einhundertundsechzig Zentimeter groß, hatte grünblaue Augen, samtige Haut und einen Arsch, an den er die ganze Zeit dachte. Er roch sie noch immer auf seiner Haut, als hätte er sich mit einem Sienna-Parfüm eingesprüht. Er holte einen Tennisball aus der Schreibtischschublade, warf ihn gegen die Wand und fing ihn auf. Nach unzähligen Wiederholungen hielt er frustriert inne. Das Einzige, was helfen würde, war Mrs. Muffin. Wäre sie jetzt hier, könnte er sie mit einem Sextoy quälen, während sie seinen Schwanz lutschte. Ob sie gut darin war? Es gab Frauen, die es nicht mochten, aber tat es eine kleine Subbie mit Freuden, war es die höchste Erfüllung. Ein heißer Mund war fast genauso gut wie eine nasse Pussy.

Doch Sex und Unterwerfung waren nicht alles, was er von ihr wollte. Er unterhielt sich verflucht gerne mit ihr und liebte es, wenn sie ihn neckte. Entnervt schaltete er das Notebook aus. Er hatte fünf Stunden davor gesessen, ohne auch nur irgendwas Brauchbares erzeugt zu haben. Es hatte keinen Sinn.

Es klopfte an der Tür, und insgeheim hoffte er, es wäre Sienna, aber es waren Jack und Marcus, die Zwillinge, die in Frauen seltsame Begierden erweckten.

„Alec, du siehst aus, als ob du eine Pause brauchst", sagte Marcus. Seine Stimme war etwas tiefer als die von Jack, und er war auch ein paar Millimeter größer. Die beiden kamen ihm gerade recht. Er deutete auf die Sitzgruppe und gesellte sich zu ihnen.

„Jetzt spannt mich nicht auf die Folter. Was habt ihr über Sienna herausgefunden?"

„Dass sie einen knallroten Po hat." Jack schlug Alec auf die Schulter. „Du hast die Kleine nicht geschont, und sie ist so süß, genauso schüchtern, wie du es gesagt hast."

„Und sie hat sich einen Dreier zumindest vorgestellt", warf Marcus ein.

Alec schmunzelte, die Zwillinge übten diesen Effekt aus. Er würde Siennas Fantasien nutzen.

„Kannst du dir vorstellen, dass Carolina uns beide in den Pool geschmissen hat?"

Und ob er sich das vorstellen konnte.

„Richard sagte, du wolltest ihm heute Abend zeigen, wie man Pussyklemmen richtig anwendet, aber die Sub hat sich eine Strafe verdient, und er fragte, ob ihr es auf morgen verschieben könntet?“

Alec nickte, es passte ihm gut, denn so hatte er mehr Zeit für Sienna. Und wenn er noch einen Augenblick ohne sie in diesem Raum verbringen musste, würde er verrückt werden. Er sprang von dem Sofa, und die Männer starrten ihn mit einem blanken Gesichtsausdruck an, der genau drei Sekunden hielt. Ihre Mundwinkel zuckten verdächtig, und ihre Augen funkelten vor Belustigung.

Es war Alec egal. Er wollte nur eines, sowohl seine Augen als auch seine Hände auf die verführerischste kleine Subbie legen, die ihm in den letzten Jahren begegnet war.

„Du weißt schon, dass du bereits verloren hast?“, sagte Marcus. Er hörte noch ihr Lachen, nachdem er sich in der Rezeption von ihnen verabschiedet hatte und in Richtung des Pools hastete, an dem Sienna sich aufhielt. Er verlangsamte seine Schritte, sobald er in Sichtweite war. Rachel und Emily waren in ein Kartenspiel vertieft. Sue lag abseits unter einem Sonnenschirm, konzentriert auf ihre Arbeit. Sie war eine freie Lektorin und durfte vom Resort aus arbeiten. Sue nahm eine Sonderstellung auf der *Insel* ein. Etwas sehr Schlimmes belastete die wunderschöne Frau, und bis jetzt hatten sie das Rätsel nicht entschlüsseln können, nicht einmal David. Sue stammte aus einer vermögenden Familie und hatte eine Menge Geld geerbt, daher konnte sie es sich leisten, für lange Perioden auf der *Insel* zu bleiben. Zudem hatten sie ihr einen Sonderpreis eingeräumt. Tessa saß am Beckenrand und paddelte mit ihren Füßen im Wasser. Sie lächelte, sobald sie ihn bemerkte. Die Session mit Nico war mehr als gut für sie gewesen.

Endlich erblickte er Sienna. Sie hatte ihren Liegestuhl unter ein paar Bäume gezogen und lag schlafend auf dem Bauch. Ihrem süßen Arsch hatte das kühle Wasser des Pools gut getan, lediglich die fünf blassen Striemen des Rohrstocks waren noch zu sehen. Leider würde er ihren Po heute verschonen müssen, doch es gab noch genügend andere entzückende Körperstellen an ihr, die er mit seinem Sadismus zum Leben erwecken würde.

Er setzte sich auf die Liege, die neben ihrer stand, und unterdrückte den Reiz, sie zu wecken. Sie schlief tief und fest, und es war von Vorteil, wenn sie nachher über ihre gesamten Kräfte verfügte. Sie würde sie bitter nötig haben.

Alec schmunzelte, weil Rachel ihm möglichst unauffällig nervöse Blicke zuwarf. Das sollte er weiter verfolgen. Er lief langsam auf die beiden zu, und Emily sah hoch. Sie hatte braune Augen, genau wie David, doch ihre waren dunkler, und ihr fehlte jegliche Unsicherheit.

„Ladys.“

„Master Alec“, hauchte Rachel und wirkte, als würde sie lieber einem Drill-Sergeant gegenüberstehen, als mit ihm an einem Tisch zu sitzen. Er liebte das.

„Emily, hast du ein paar Minuten für mich?“

Der süßen Blonden strahlte Lebenslust aus jeder Körperpore. Joe hatte es bestimmt nicht einfach, sie zu zähmen. Rachel wirkte, als wollte sie flüchten. Er legte die Hand auf Rachels und hielt sie fest. „Ich habe nicht vor, dir hier und jetzt den Arsch zu versohlen, Rachel. Es sei denn, du hast was angestellt.“

Entsetzt schluckte sie, während sie krampfhaft überlegte, ob sie etwas getan hatte, das gegen die Regeln verstieß. Kleine Subbies brachten sich regelmäßig in Schwierigkeiten. Betont langsam fasste er nach ihrem Wasserglas und hob die Augenbrauen.

„Das … das … das war ein Unfall“, stieß sie hervor.

„Ein Unfall?“

Und plötzlich landete ein Schwall kaltes Wasser auf ihm.

Was zum Teufel!

Hinter ihm ertönte lautes Lachen. Rachel und Emily sprangen von ihren Stühlen, denn auch sie hatten eine Menge Spritzer abbekommen.

Sienna! Dieses Biest!

Er schnellte herum, und Siennas Augen weiteten sich. Sie warf den Plastikeimer auf den Boden, drehte sich auf dem Absatz um und rannte so schnell sie ihre kurzen Beine trugen. Dabei lachte und kreischte sie, als wäre der Teufel höchstpersönlich hinter ihr her. Und ihre Pobacken wackelten bei ihrer Flucht höchst einladend. Vielleicht sollte er es sich überlegen, ob ihr Po für heute eine Schonfrist erhielt.

Er wischte sich in aller Seelenruhe das Wasser von der Stirn und verbiss sich das eigene Lachen. Dann rannte er los und verkürzte schnell die Entfernung zwischen ihnen. Sie erreichte die Rasenfläche, schlug einen Haken, doch er war bereits direkt hinter ihr. Alec umfasste ihre Taille und brachte sie zu Fall. Nach Luft schnappend und lachend lag sie unter ihm. Er zwängte ihre Beine auseinander, wünschte sich, er wäre ebenso nackt wie sie.

„Leg deine Arme über deinen Kopf.“

Anstatt zu gehorchen, stach sie ihm in die Seiten und rekelte sich unter ihm, bäumte sich auf, in dem vergeblichen Versuch, ihn abzuwerfen. Und wie ihre Augen funkelten! Die kleine Mrs. Muffin wollte einen Kampf! Er löste sich von ihr und drehte sie blitzschnell auf den Bauch und setzte sich auf ihren verführerischen Arsch. Sie ahnte, was er vorhatte, und verdoppelte ihre Bemühungen, ihn loszuwerden. Doch sie war viel kleiner, leichter und schwächer als er, und im Gegensatz zu ihm hatte sie keine Erfahrung in Selbstverteidigung. Sienna versuchte, sich mit den Armen hochzudrücken. Er schob seine Hände unter sie, direkt auf ihren Rippen, und sie war so kitzlig, dass er kaum etwas tun musste, bis sie schrie, lachte und um Gnade bettelte. Für einen kurzen Moment spielte er mit der Idee, sie auf der Stelle zu ficken. Er war steinhart.

„Bitte, Master Alec, hör auf!", jammerte sie. Er drehte sie wieder auf den Rücken. Sie hob die Arme über den Kopf, und ihre Brüste bewegten sich verführerisch. Alec konnte nicht anders. Er legte eine Hand unter ihren Nacken, die andere schmiegte er an ihre Wange, und er presste seinen Mund auf ihren. Willig öffnete sie die Lippen, und er nahm sich Zeit, ihren Mund zu erforschen. Wie gut sie schmeckte! Er konnte nicht genug von ihr bekommen. Er würde sie jetzt und hier nehmen, denn so geil, wie er war, würde der Fick heute Abend viel zu schnell vorüber sein.

„Öffne meine Hose."

Die nackte Gier schimmerte in ihren Augen, und dann drehte sie den Kopf zur Seite, und eine erneute Ladung kalten Wassers traf ihn.

Das konnte nur Emily sein. Zu seinem Entsetzen war die Übeltäterin Rachel, wie er nach einem Blick feststellte. Er hechtete nach hinten und bekam ihren Knöchel zu fassen, und das kurvige honigblonde Monster landete ziemlich unelegant auf ihrem Bauch, kicherte und trat nach ihm. Das ging jetzt eindeutig zu weit. Er würde ihr an Ort und Stelle den Arsch versohlen. Doch leider sprang Sienna auf seinen Rücken, klammerte sich fest wie ein Äffchen und schrie triumphierend: „Ich hab ihn. Lauf, Rachel, lauf."

Verflucht!

Neben Rachel tauchte Carolina auf, mit einem irren Gesichtsausdruck. Sie zog eine Wasserpistole hervor, mit der das Miststück genau auf seinen Schritt zielte. Plötzlich dämmerte es ihm, dass sie ihm eine Falle gestellt hatten. Das erklärte auch die Plastikeimer.

„Carolina", flüsterte er, und sie zog den Abzug durch. Zum Glück war sie zu nervös und traf seinen Oberschenkel. Und sie sah nicht, wer hinter ihr auftauchte, allerdings entging David und Alexander, dass hinter ihnen eine Subbiearmee Stellung bezog, bewaffnet mit Wasserpistolen. Sylvia traf David mitten auf den Arsch, und der Gesichtsausdruck seines Freundes war unbeschreiblich.

Eine wilde Wasserschlacht begann. Alec gelang es, Sienna abzuschütteln und verfolgte Rachel, betrachtete grinsend den üppigen Po, der bei jedem Schritt aufreizend wackelte. Sie wirbelte herum und rannte Richard direkt in die Arme. Dieser zog ein paar gepolsterte Handschellen aus seiner Hosentasche, und sie überwältigten eine strampelnde Rachel, der sie die Arme auf dem Rücken fixierten.

Er drehte sich nach Sienna um, die gerade von Jack gejagt wurde, und schnitt ihr den Weg ab. Sie wehrte sich nicht sehr, als er sie an sich presste.

„Wir müssen noch etwas zu Ende bringen, kleine Sub."

Sie wandte ihm das Gesicht zu, eine stumme Aufforderung, der er nur zu gerne nachkam. Ihre Lippen schmeckten genauso süß, wie sie war. Sienna wirkte glücklich, aber da war ein Hauch von Verlorenheit in ihren Augen. Alec verstand es, denn auch er fühlte sich so. Von überall tönten Fluchen, Lachen, Gekreische und die ein oder andere Hand, die mit einem Po kollidierte. Alec küsste Sienna, bis sie wie Seide in seinen Armen hing und sich höchst undamenhaft an ihm rieb.

„Du bist ein kleines freches Luder."

„Bin ich das?"

Er zerrte sie hinter sich her, brachte sie in seinen Bungalow und würde sie zärtlich auf dem Bett lieben. Für den Sadisten war später Zeit.

Sienna klammerte sich an Master Alecs Schultern fest, während er sie unglaublich liebevoll nahm. Warum tat er das? Er küsste ihren Hals, ihre Schlüsselbeine, derweil er sich langsam in ihr bewegte, ihre Klitoris streichelte, bis sie viel zu schnell ihren Höhepunkt erreichte. Diese Erfüllung war zarter, ohne den lustvollen Schmerz, und befriedigte sie auf eine andere Weise, als hätte sie mehrere Schichten, und er gab jeder Schicht genau das, was sie brauchte. Er zerriss ihr das Herz, und gleichzeitig fühlte sie sich so vollkommen wie noch nie. Wie konnte etwas, das sich so richtig anfühlte, falsch sein?

Er liebte sie als Alec und nicht als Master. Er sah ihr in die Augen, während er kam. In seine Arme gekuschelt schlief sie ein.

Eine kühle Brise kühlte ihren erhitzten Körper, und rauschender Regen weckte sie.

„Ausgeschlafen?" Master Alec hatte die bodentiefen Fenster geöffnet und stand neben dem Bett.

„Wie spät ist es?"

„Neun Uhr."

„Morgens?" Sie wollte sich aufsetzen, doch er drückte sie zurück.

„Nein, abends." Er trug ein loses dunkelrotes Hemd, kombiniert mit schwarzen Hosen. Seine Haare waren nass.

„Du hast schon geduscht?"

„Nicht nur das, Sugar." Jetzt saß Master Alec neben ihr, und ihr Herzschlag beschleunigte sich. „Ich habe ein paar Vorbereitungen für eine Session getroffen."

Sosehr sie sich darauf freute, sie würde den Abend zu gern allein mit ihm verbringen. Dieses Masterlächeln umspielte seine Mundwinkel. „Du siehst enttäuscht aus. Würdest du lieber den Abend auf der Couch verbringen und einen Film ansehen?“

Nein! Wenn er neben ihr saß, bekäme sie weder von der Handlung etwas mit, noch würde sie ein Wort verstehen. Sie würde sich die ganze Zeit vorstellen, dass er sie mit seinen Händen in den köstlichsten Schmerzzustand brachte, den eine Sub fühlen konnte.

„Ich würde dich gerne hier in die Lust treiben. Traust du mir genug?“

Sie sah ihn verwirrt an, denn sie traute ihm mehr als sich selbst.

„Im Haupthaus sind wir nie allein, auch wenn du es nicht bemerkst, doch die Wachen kontrollieren jede Session. Hier hättest du diese Absicherung nicht.“

Sie legte ihre Hand auf seine. „Es wäre mir eine Freude, Master Alec.“

„Bist du dir da so sicher, kleine Sub?“

War sie es? „Ja, Master“, sagte sie mit fester Stimme. „Ich möchte dir jeden Zentimeter meines Körpers und meiner Seele schenken.“

„Trotz des Sklavinnenaufstandes, an dem du heute beteiligt warst? Jede Sub wird dafür bestraft werden.“

„Was glaubst du, warum wir es getan haben?“

Er sah sie dermaßen verblüfft an, dass sie ihre Hände um seinen Hals legte, sich aufrichtete und ihr Gesicht gegen seine Schulter presste, um ihr Lachen zu verbergen.

„Du bist mutig, Mrs. Baltimore. Eine Eigenschaft, die ich zu nutzen weiß.“

Ein sinnlicher Schauder rann über ihre Haut, und köstliche Angst befiel sie.

„Dein Herzschlag hat sich gerade erhöht, und deine Nippel sind geschwollen. Du bist so sensibel, so empfänglich, so süß - ein Traum für einen dominanten Sadisten.“

Ein wertvolleres Kompliment hatte ihr noch kein Mann gemacht. Er reichte ihr ein großes Glas mit Bitter Lemon, in dem Eiswürfel klirrten. „Trink das aus, sodass du mir nicht kollabierst. Es wird anstrengend.“ Master Alec wartete geduldig, bis sie auch den letzten Tropfen ausgetrunken hatte. „Du gehst jetzt ins Badezimmer und machst dich frisch. Danach kommst du auf die rückwärtige Terrasse und nimmst Position drei ein und wartest dort auf mich.“ Sie liebte es, wenn seine Stimme diesen dominanten sanften Ton hatte. „Süße, Sienna“, murmelte er. „Du wirst mich gleich hassen, weil du nicht weißt, was ich mit dir vorhabe.“ Er lachte gemein, stand auf und lief aus dem Schlafzimmer, sodass sie mit ihrem wild rauschenden Blut allein zurückblieb. Sienna schwang die Beine aus dem Bett, begierig, sich schnellstmöglich auf eine Nacht voller Schmerz und Vertrauen vorzubereiten.

Auf der Ablage in der Dusche fand sie alles, was sie brauchte, selbst eine neue Zahnbürste. Sie drehte das Wasser auf und ließ ihren Blick durch das geräumige Bad schweifen, erfasste schillernden grünblauen Stein kombiniert mit weißen Wänden und einem anthrazitfarbenen Boden. Sehr geschmackvoll. Sienna duschte in Rekordgeschwindigkeit und wickelte sich in eines der Handtücher, die in der Farbe genau zu dem Stein passten. Anschließend föhnte sie sich die Haare und warf einen Blick in den Spiegel. Das gedämpfte Licht schmeichelte ihr, oder vielleicht war es auch Master Alec, der sie diesmal nicht an ihrer Figur zweifeln ließ. Ihre Brüste waren groß genug, ihr Bauch zeigte eine sanfte Rundung, und ihr Po war … einladend. Verglichen mit Rachel war sie dünn, und würde Emily neben ihr stehen, würde sie sich fett fühlen. Wenn Sue neben ihnen allen dreien stehen würde, würden sie sich alle hässlich finden. Doch die Augen eines Masters blickten ihre jeweilige Sub immer mit Respekt und Verlangen an. Sie waren mehr auf die Reaktionen ihrer Spielpartnerin aus, denn das machte sie begehrenswert, hatte ihr Rachel erklärt.

Sienna war sich ihres Körpers bewusst, als sie durch das leere Wohnzimmer schritt. Ihre Brüste bewegten sich leicht, ebenso ihr Po. Sie spürte die Muskeln ihrer Beine und dass ihr Haar ihren Nacken kitzelte.

Der Geruch nach nasser Erde umschwebte sie. Die Terrasse war groß, überdacht und aus weißem Holz. Die abgekühlte Luft ließ sie erschaudern und legte sich beruhigend auf ihre erhitzte Haut. Windlichter erhellten einen Bereich der Veranda. Mitten auf dem Boden lag eine Unterlage, wartete darauf, dass sie sich niederkniete. Außerhalb der Kerzen war es dunkel, und der flackernde Schein tauchte ihren Platz in ein warmes Licht. Suchend schaute sie sich um, doch von Master Alec war nichts zu sehen. Ein Rattansessel stand am Kopfende der Unterlage, ein deutlicher Hinweis, wie herum sie sich knien sollte. Sie sank auf die Knie, dankbar, dass sie es nicht auf dem harten Holz tun musste. Sie stützte sich auf den Händen ab, streckte den Oberkörper nach vorn, und ihre Arme lagen flach vor ihrem Kopf. Die Schenkel hatte sie gespreizt, sodass dem Master nichts verborgen blieb. Es war eine sehr demütige Haltung, ließ sie offen und erwartungsvoll zurück.

Wo war Master Alec nur? Einlullend prasselte der Regen herunter, und Sienna beruhigte ihren Atem, bis sie ihre Anspannung besiegte, während sich Erregung sanft den Weg durch ihren Leib suchte. Wenn sie noch lange warten musste, würde sie vor Sehnsucht vergehen. Ihre Nippel pochten, und Nässe sammelte sich zwischen ihren Schenkeln. Sie schreckte zusammen, da ein Blitz den Nachthimmel erhellte, und kurz darauf donnerte es.

Sie liebte Gewitter, und die Naturgewalt erinnerte sie an ihre eigenen Gefühle. Master Alec hatte sie entfesselt, ihre Emotionen befreit, und sie war bereit, ihm zu geben, was er verlangte, brauchte und wollte.

Eine warme Hand legte sich auf ihren Po, übte ein wenig Druck aus, und sie presste sich dagegen, um die Position zu halten. Es war eine starke Hand, hart und männlich, und sie begehrte die Empfindungen, die sie austeilen konnte, von unbeschreiblicher Lust bis zu herrlichem Schmerz.

„Wie gehorsam du bist, wenn du es nur willst." Sie hörte, dass Master Alec sich hinsetzte, spürte seine Augen auf ihrer Haut. „Sienna, du bist jetzt schon erregt", sagte er mit rauer Stimme. „Fass nach hinten, und zieh deine Pobacken auseinander. Ich möchte dich etwas näher betrachten, mir dein scheues kleines Arschloch ansehen, ob es bereit ist, Stimulation zu erfahren."

Die verruchten Worte, zusammen mit seinem sanften Tonfall, unterdrückten den Wunsch nach Ungehorsam. Sie stützte sich auf einer Schulter ab und umfasste ihren Po, bot sich ihm dar, so wie sie es noch bei keinem Mann getan hatte und auch nicht getan hätte.

„Wusstest du, dass der Anus eine erogene Zone ist, die aber mit Vorsicht zu behandeln ist?" Er beugte sich in dem Sessel vor und folgte mit einem Finger ihrer Wirbelsäule, erreichte den Ansatz ihres Pos. „Sienna!", tadelte er sie.

„Nein, das wusste ich nicht, Master Alec."

„Eine Frau in den Arsch zu ficken, nachdem man sie darauf vorbereitet hat, und sie dabei schreit vor Lust, ist höchst stimulierend. Und du, Honey, schämst dich zutiefst bei dem Gedanken, dass du es willst."

Etwas Kaltes tropfte auf ihre intimste Stelle, und instinktiv versuchte sie auszuweichen und stützte sich mit den Händen auf. Er kniff ihr sehr fest in den Po und packte ihren Nacken.

„Du hast zwei Sekunden, um zu tun, was ich verlangt habe, sonst finde ich einen anderen Weg, um mein Ziel zu erreichen."

Diesmal zitterten ihre Finger, als sie seinen Befehl befolgte.

„Ich werde dir nicht auf diese Weise wehtun. Ich verspreche es dir. Lass es geschehen, Sugar. Lass es zu, dass ich dich auf diese verruchte Art errege."

Sie zog ihre Backen weit auseinander, sodass er das Gleitgel mit leichter Hand auf ihrem Anus verteilen konnte. Und dann schob er langsam einen Finger hinein.

„Atme aus, Sienna. Ich werde dich jetzt stimulieren."

Oh Gott, es war ein unglaubliches Gefühl, und seltsamerweise beschränkte sich die Empfindung nicht auf ihren Anus, vielmehr breitete es sich wellengleich aus, als würde er ihre Lustperle berühren und sich diese an der Stelle befinden, an der der Eindringling sich befand. „Mir scheint, es gefällt dir."

Sie streckte ihm den Po wollüstig entgegen, und das herrlichste maskuline Geräusch kam aus seiner Kehle. Er räusperte sich und fasste mit der anderen Hand zwischen ihre Schenkel.

„Du wirst nicht kommen, Sienna. Solltest du diesmal meine Regel nicht beachten, breche ich die Session sofort ab. Hast du mich verstanden?" Das gemeine Monster umkreiste ihre Lustperle, während sie am liebsten auf der Stelle gekommen wäre.

Wie sollte sie das nur schaffen? Vielleicht sollte sie sich ein misslungenes Buffet vorstellen, bei dem alle Cupcakes verbrannt, die Salate von Schnecken befallen und die Steaks schwarz wie Master Alecs Seele waren. Doch sie konnte an nichts anderes denken als an die kundigen Hände, die sie in den Wahnsinn trieben.

„Entspann dich, Mrs. Muffin."

Sie tat das Gegenteil, verkrampfte jeden Muskel in ihrem Leib, um sich dem drängenden Orgasmus entgegenzustellen. Und dann schnippte er mit dem Finger gegen ihre Klitoris, mehrere Male schnell hintereinander, mit steigender Intensität.

Es war nicht zum Aushalten. Längst war ihre Haut von Schweiß überzogen. Er führte den Finger in ihrem Po nicht nur ein und aus, er drehte ihn auch. Und er tat es unglaublich vorsichtig.

„Master Alec! Bitte!", schluchzte sie.

Ihre inneren Muskeln zogen sich zusammen, und er zog die Hand zwischen ihren Schenkeln zurück, und kühle Luft umschmeichelte ihre pochende Perle. Langsam zog er den Finger aus ihrem Hintertürchen. „Leg dich auf den Rücken, Sienna."

Sie sackte förmlich in sich zusammen, fühlte sich, als wäre sie Hunderte von Metern gesprintet. „Du wirst dich jetzt selbst streicheln, bis ich zurückkomme. Ich verlasse mich darauf, dass du es richtig machst, jedoch nicht kommst! Du wirst es für mich tun." Er stand auf und blieb an ihrem Kopf stehen und sah auf sie herab. Sie fühlte sich schutzlos, entblößt, umsorgt, aber auch geliebt, all das vermischte sich zu einem gefährlichen Cocktail, den sie wissentlich in zwei Schlucken hinunterstürzte. Sie blickte ihm in die Augen und begann, sanft ihre Klitoris zu massieren.

Alec sah auf die süße Sub, die mit sich kämpfte, obendrein versuchte, ihn zufriedenzustellen. Er konnte kaum glauben, dass er mit Sienna eine Session in seinem Privatbungalow abhielt, er seine eigentlichen Pläne für den heutigen Abend mit Freuden über Bord geworfen hatte. Und wenn er ehrlich war, war es keine Session, es war so viel mehr. Bei dem Bau des Hauses hatte er ein Spielzimmer einrichten lassen sowie entsprechende Haken und Ringe auf der Veranda angebracht, obwohl er nicht geglaubt hatte, dass sie jemals zum Einsatz kommen würden.

Er beobachtete, wie sie es sich selbst besorgte, und die Windlichter tauchten ihren fantastischen Körper in ein herrliches Licht- und Schattenspiel. Der Regen rauschte herab. Sie spreizte ihre Schenkel weit, und ihre Glieder glänzten nass vor Schweiß. Auf ihren Schenkeln war ihre Lust zu sehen. Dann dieser Blick!

Er ging ins Bad, wusch sich gründlich die Hände und beobachtete sie anschließend unbemerkt von ihr von der Tür aus.

Sie keuchte inzwischen, stöhnte und bog den Rücken durch, hielt jedes Mal inne, wenn der Orgasmus sie erfassen wollte. Sein Schwanz pochte und verlangte nach Freiheit. Er setzte sich, und ihr verzweifelter Ausdruck gefiel dem Sadisten in ihm.

„Aufhören! Knie dich vor mich hin, du kleines geiles Ding!“

Sie stützte sich an seinen Oberschenkeln ab. Er erkannte ihre Sehnsucht nach seinen Berührungen, sowohl den zärtlichen als auch den schmerzvollen. Er streichelte über ihre Wange, und dieses Lächeln, das direkt in sein Herz rammte, erhellte ihr Gesicht.

Was tust du hier eigentlich, Alec Marshal?

Doch die Stimme in seinem Kopf löste sich auf, und zurück blieb nur Sienna, die sich ebenso beruhigend über ihn legte, wie der Regen es auf Gras nach einer Zeit der Dürre tat.

„Öffne meine Hose.“ Er stellte sich hin.

Sie leckte sich die Lippen, und ihre Finger zitterten, als sie den Knopf öffnete und dann vorsichtig den Schieber des Reißverschlusses nach unten zog. „Zieh sie mir aus. Den Slip auch.“ Er umfasste ihre Wangen, unfähig, die Hände von ihr zu lassen. Sienna zerrte den Stoff nach unten und befreite seinen Schwanz aus dem engen Gefängnis. Sie küsste die Spitze seiner Erektion. Er kickte Hose und Slip zur Seite und setzte sich.

Unsicher sah sie ihn an. „Master Alec?“

Er streichelte über ihren zarten Nacken. „Muss ich dich um Erlaubnis fragen, ob ich … ob ich …“

Süße schüchterne Sub.

Sie holte tief Luft. „Darf ich dich mit dem Mund verwöhnen?“, stieß sie erleichtert aus, offensichtlich zufrieden mit ihrer Wortwahl.

„Warum so schüchtern? Was genau möchtest du denn mit deinem Mund verwöhnen? Meine … Hormonstange, Lady Sienna?“

Empört schnaubend traf sie seinen Blick, um ihn frech und ganz und gar nicht devot anzufunkeln. „Nein, deinen Schwanz.“ Sie leckte über die Eichel, mit rauer Zunge, und beraubte ihn effektiv einer Erwiderung. Alec lehnte sich zurück, erlaubte es, dass sie die Lider schloss, während sie die Spitze seines Phallus mit der Zungenspitze umkreiste. Sie tat es nicht zögerlich, und er gab sich ihr hin. Sienna öffnete den Mund weiter, und unerträglich langsam nahm sie ihn auf, lutschte ihn hart, bis es schmerzte, und dann leckte sie die herrliche Pein fort. Die kleine Sub sah zu ihm hoch, mit dem herausforderndsten Ausdruck, den er jemals gesehen hatte. Mit einem zuckersüßen Lächeln streichelte sie mit der Zunge seine Hoden, während sie mit der Hand seinen Schwanz massierte. Federleicht küsste sie seinen Oberschenkel und saugte erneut an seinem Schaft. Er krallte sich mit seinen Fingern in ihre Haare, führte aber keinen Druck aus, ließ Sienna die Tiefe und den Takt bestimmen. Er fand es nicht besonders erotisch, eine Frau zu Deep Throat zu nötigen, ein Relikt aus schlechten Pornofilmen. Eine Windböe benetzte sie beide mit Regentropfen, brachte Kühle mit sich, die einen aufregenden Kontrast zu der Hitze seines pochenden Geschlechts bildete. Sienna erschauerte und saugte hart an der Eichel, leckte danach über die empfindliche Unterseite. Es war nicht zum Aushalten, obendrein die herrlichste Folter, die es gab und die Sienna mit Freuden ausübte, das sah er ihr deutlich an.

Diesmal nahm sie seinen Schwanz etwas tiefer auf und umfasste zärtlich seine Hoden, streichelte sie vorsichtig. Wenn sie noch einmal an seiner Eichel lutschte, würde er kommen. Doch das Biest ahnte es, lockerte ihre Lippen und ließ von ihm ab.

Wie verrucht sie aussah!

„Wag es ja nicht, Master Alec!“

Er hätte ihr auf der Stelle den Arsch versohlt, wenn sie nicht aufs Neue an seinem bis zum Bersten gefüllten Geschlecht gesaugt hätte, hart und unnachgiebig. Seine Hoden zogen sich zusammen, und er presste den Kopf an die Rückenlehne. Doch sie tat es erneut, hörte auf ihn zu stimulieren, als sein Orgasmus nur einen Zungenschlag entfernt war.

„Verdammt wenig Selbstbeherrschung für einen Master.“

Im nächsten Moment schrie sie erschrocken auf, weil er sie auf die Unterlage beförderte. Die herrlichste Angst glimmerte in den Tiefen ihrer Pupillen – gerechtfertigt. Er umfasste ihren Nacken und schob sein Geschlecht in ihren Mund. Ihr gefiel, dass er sie so hart anpackte. Ein süßes devotes Biest lag unter ihm, das gerne seine Grenzen austestete, die er ihr gleich aufzeigen würde, aber erst, nachdem sie ihm Erleichterung verschafft hatte.

Ihr Mund war so heiß, und er bewegte sich zuerst langsam, um den Höhepunkt noch ein wenig hinauszuziehen. Ihre Lider flatterten zu. „Augen auf mich, Sub.“ Aus den blaugrünen Tiefen flammte pure Lust, die ihn zusätzlich erhitzte.

„Eigentlich wollte ich deinen Arsch heute verschonen, doch das hast du dir verwirkt." Anstatt schockiert dreinzuschauen, lächelte sie, das sah er, selbst da sie seinen Schwanz in ihrem Mund hatte.

Mit reiner dominanter Empörung sah er sie an. Sie hätte laut gelacht, allerdings war sein heißes, geschwollenes Geschlecht in ihrem Mund ein effektiver Knebel. Allein der Gedanke an den berauschenden Schmerz steigerte ihre Lust, die bis jetzt keine Sekunde abgeebbt war. Sie fühlte sich wie ein wildes Pferd, das bei der kleinsten Bewegung im Gebüsch losrennen würde, bis seine Beine nicht mehr schneller laufen konnten. Master Alec rammte seinen Penis nicht in sie hinein, obwohl er es tun könnte. Die kurze Kontrolle, die sie über ihn gehabt hatte, war längst vergangen. Seine Hand in ihrem Haar packte fest zu, und er fasste hinter sich und kniff hart in ihre Lustperle, bis sie aufschrie, sich aufbäumte. Erst dann lockerte er den Griff. Der Schmerz an dieser überempfindlichen Körperstelle war unbeschreiblich. Er pulsierte durch ihre Pussy, gab ihr einen Vorgeschmack darauf, wie es sein würde, wenn er eine Klemme dort anbrachte.

Er ließ ihr Haar los, umfasste mit einer Hand ihren Nacken, die andere legte er auf ihre Kehle. Auf diese Weise von Master Alec gehalten zu werden, der ihr Gewalt antun könnte, gegen die sie sich nicht wehren könnte, war unglaublich intim. Es steigerte ihr Vertrauen in ihn als Master und Mann. Er bewegte sich schneller, und das erste Mal in ihrem Leben spritzte ein Mann seine Lust in ihren Mund. Sie hatte keine Wahl, als es zu akzeptieren.

Er warf den Kopf in den Nacken, stöhnte laut, und ihre Befürchtung, dass er sie würgen würde, erfüllte sich nicht. Sein Orgasmus ebbte ab, und langsam entzog er sich in dem Augenblick, als ein Blitz den Himmel erhellte. Gott, er sah zu heiß aus, um wahr zu sein. Und in diesem Moment gehörte er ihr allein.

Er strich ihr die verschwitzten Haare aus dem Gesicht und sah sie an, bis sie der Intensität nicht mehr standhalten konnte. Hatte sie etwas verkehrt gemacht? War sie zu forsch gewesen?

„Sienna!"

Ihre Augenlider flogen auf.

„Weiche niemals meinem Blick aus", sagte er sanft. „Knie dich hin."

Was hatte er vor? Würde er sie über seinen Schoß legen? Mit Bedacht zog er sich an, unterstrich mit dieser simplen Geste seine überlegene Position. Er ging ins Haus und kehrte mit zwei kleinen Wasserflaschen zurück. Eine reichte er ihr. „Trink sie aus. Du brauchst die Flüssigkeit." Master Alec betrachtete sie die ganze Zeit. Falls er damit ihre Nervosität steigern wollte, hatte er sein Ziel längst erreicht. Wenn er jetzt auch noch anfing zu grinsen … Kaum hatte sie es gedacht, verzog er amüsiert die Mundwinkel.

„Nervös?"

Sie schluckte das Wasser hinunter, das plötzlich die Konsistenz von Sägemehl hatte.

„Ja, Master Alec."

„Das freut mich zu hören, denn du bist unverschämt, keck und viel zu frech für eine brave Sub."

„Als ob du so eine haben wolltest!"

Oh mein Gott! Warum konnte sie nicht den Mund halten, wenn es angebracht war? Aber nein, in dieser Hinsicht war sie schlimmer als Emily. „Master Alec", stolperte es verspätet über ihre Lippen.

Er trat so dicht an sie heran, dass sie den Kopf weit in den Nacken legen musste, um ihm wie ein gebanntes Erdmännchen in die Augen sehen zu können. Master Alecs Ausdruck verhieß Unheil, sodass ihr Po kribbelte, weil er ahnte, was ihm bevorstand.

„Und woher hast du diese Erkenntnis?", wisperte er wie einer der vier apokalyptischen Reiter.

Das würde sie nicht beantworten, denn es würde sie nur noch tiefer in den Mist hineinzerren, in dem sie steckte. Und genau das wollte er. Sie presste die Lippen aufeinander. Master Alec presste auch die Lippen aufeinander, bis sein Mund eine Linie bildete, obendrein seine Haltung der eines unnachgiebigen Stocks entsprach. Oh nein – er trommelte mit den Fingerspitzen gegen seinen Oberschenkel.

Erneut blitzte es, und das Licht ließ ihn teuflisch aussehen, es fehlten nur die Hörner. Unvermittelt packte er ihr Kinn, und sie holte entsetzt Luft.

„Ich spüre deinen rasenden Puls." Seine Fingerkuppen pressten sich auf die pochende Ader an ihrem Hals. „Steh auf, und bleib dort hinten stehen, da wo das letzte Windlicht steht." Er trat zwei Schritte zurück.

Sienna rappelte sich auf die Füße und ging an ihm vorbei. Der Kerzenschein flackerte genau wie ihre Nerven. Sie wusste wieder einmal nicht, wohin mit ihren Händen, nahm daher Position eins ein.

„Mit dem Gesicht zu mir."

Sienna drehte sich um, wobei sie vor Aufregung und Kälte fröstelte. Er holte etwas von dem Beistelltisch, der an der Wand im Schatten stand, und lief auf sie zu. „Streck deine Hände aus."

Es waren lederne Manschetten, und über seinem Unterarm hing ein Seil. Er legte das unterfütterte Leder zuerst um ihr rechtes Handgelenk, dann um das linke. Sie schluckte hart, denn genauso hatte sie sich gefühlt, als er ihr das Halsband umgelegt hatte. Die Fesselung verstärkte das Band, das sie zu ihm fühlte. Er hakte die Manschetten vor ihrem Körper zusammen, warf anschließend geschickt das Seil nach oben, und erst jetzt bemerkte sie den Haken, der unter der Decke angebracht war. Er traf sofort und hakte das Seil an die Verbindung der Manschetten. Master Alec zog an dem anderen Ende, bis ihre Arme nach oben gestreckt waren, ihr aber noch Spielraum ließ, sodass sie sich bewegen konnte. Auf einmal verspürte sie Furcht.

„Sienna! Sieh mich an." Wärme schlug ihr entgegen. Er legte seine große Handfläche gegen ihre Wange, und sie schmiegte sich dagegen. „Wie lauten deine Sicherungsnetze?"

„Rot und gelb, Master Alec."

„Hast du Angst vor mir, Honey?"

„Nur vor dir als Master."

„Sowohl der Master als auch der Mann respektieren die Worte. Ich werde dir nichts antun, was du nicht aushältst." Sanft küsste er sie auf den Mund, und sie sehnte sich danach, in seinen Armen zu liegen. Sie wusste, sie würde es später tun, wenn er sie für ihr Leid und ihre Tränen tröstete.

„Grün, Master Alec."

Er lächelte. Dann ging er zur Seite, bückte sich und nahm eine Stange, die an der Wand gelegen hatte. „Das ist eine Spreizstange, die dich offen hält, sicherstellt, dass du dich nicht zu viel bewegst." Master Alec hockte sich vor sie, und sie war versucht, die Beine zusammenzupressen, doch gehorsam ließ sie ihn gewähren. Weit gespreizt stand sie vor ihm.

„Ich ziehe jetzt das Seil an, sodass du bequem auf den Fußsohlen stehen kannst. Gestreckte Arme über dem Kopf sind anstrengend. Sollte dir schlecht oder schwindlig werden, sagst du mir sofort Bescheid. Auch dafür ist das Safeword da."

Er war so dicht vor ihr, dass sie die Wärme seiner Haut spürte. Mit gerunzelter Stirn trat er zurück. „Ich muss noch was holen, aber keine Angst, ich bin in Rufweite."

Er verschwand im Inneren des Hauses, hielt bei seiner Rückkehr ein paar langstielige Kerzen in den Händen. Sie starrte darauf, als wären es Hornissen, die er ihr auf den Körper setzen wollte. Er wollte doch nicht … hatte er dafür vorhin ihr Hintertürchen stimuliert?

„Sienna! Was ist los?"

„Gelb … rot!", kreischte sie mit einer viel zu hohen Stimme. „Bitte, Master Alec, steck mir keine Kerzen in den Po."

Er fixierte sie, dermaßen verblüfft, dass sie aufhörte zu strampeln. Ein Prusten entwich ihm, und der Sadist lachte, bis ihm die Tränen über das Gesicht liefen. Dann holte er betont langsam einen Kerzenleuchter und stellte, ohne ein Wort zu sagen, die Kerzen in die Glasbehältnisse und zündete sie an. Er platzierte den Leuchter auf einem Regal an der Hauswand.

Sienna wollte vor Scham im Boden versinken. Kopfschüttelnd blieb er vor ihr stehen.

„Jetzt habe ich dich in der Hand, kleine Sub. Falls du dich erneut renitent zeigst, werde ich dich nicht spanken, sondern dir … eine brennende Kerze in den Arsch stecken."

Er küsste sie auf die Nasenspitze, und innerhalb von einer Sekunde änderte sich die Stimmung. Der amüsierte Mann verwandelte sich in den geheimnisvollen Master.

„Wie wunderschön du aussiehst, so hilflos und gespreizt. Sollen wir beginnen, Sienna? Vertraust du dich mir an?"

„Ja, Master Alec."

Er warf dem Kerzenständer noch einen bedeutsamen Blick zu und griff hinter sich, um etwas aus seinem Hosenbund zu ziehen. Master Alec schüttelte die Lederschnüre des Floggers aus. „Die Schnüre sind breiter und weicher. Ich werde deinen gesamten Körper zum Glühen bringen, sogar deine Pussy."

Er streichelte mit den Riemen über ihre Schultern. Das Leder schmiegte sich an ihre Haut, sodass sie sich kaum vorzustellen vermochte, dass er ihr damit auch Schmerz zufügen könnte.

„Ich kann, und ich werde. Doch du brauchst keine Furcht zu haben, dass ich deine Brüste oder deine süßen Schamlippen so hart schlagen werde, wie ich es bei deinem Arsch getan habe. Du wirst jeden Hieb aushalten und schlussendlich genießen, selbst wenn es dir in dem Moment nicht so vorkommt."

Er sah ihr tief in die Augen, umrundete sie anschließend und blieb hinter ihr stehen. Wo würde sie das Feuer zuerst treffen? Doch es waren seine Lippen, die an ihren Schulterblättern entlangstrichen, bis sie ihren Nacken erreichten. Fest biss er zu, und die Pein eroberte berauschend ihre Sinne.

„Süße Sklavin des Schmerzes", flüsterte er an ihrem Ohr und streichelte hart über ihren Po. Im ersten Moment zuckte sie zusammen, weil es nicht seine Hand war, die sie berührte, sondern etwas Raueres.

„Bleib ruhig, das ist nur ein Massagehandschuh. Ich rege die Durchblutung deiner Haut an, sodass ich dich eindringlicher peitschen kann, ohne dich zu verletzen."

Peitschen? Ein Schauer erfasste ihren Leib, lief ihre Wirbelsäule herab und bildete einen aufregenden Kontrast zu der Hitze in ihrem Geschlecht. Master Alec erwärmte ihre Haut an ihrem ganzen Körper, auch an Stellen, an denen sie sich nicht vorstellen konnte, dass er sie dort schlagen würde. Die Innenseite ihrer Oberschenkel, ihre Brüste, ihr Bauch. Überhaupt beschränkten sich ihre Bedenken auf die Vorderseite ihres Leibes, als wäre sie schützenswerter im Vergleich zu ihrer Rückseite. Die Ruhe, mit der Master

Alec vorging, griff auf sie über, beruhigte sie, bis sie gleichmäßig atmete und sich seinen Berührungen ergab. Ihre Haut prickelte, doch sie ahnte, dass dies eine eher milde Empfindung war, wenn auch eine sehr angenehme. Sie liebte es, sobald Master Alec sie berührte, verzehrte sich nach seiner Aufmerksamkeit.

Er stand vor ihr, legte den Handschuh ab, und sein konzentrierter Gesichtsausdruck ließ sie einen zitternden Atemzug nehmen.

„Gib dich mir hin, Sienna, schenke mir deine Tränen, deine Lust und dein Leid." Er nahm den Flogger auf, und sie schluckte hart, weil sie damit gerechnet hatte, dass er auf ihrer Rückseite beginnen würde, doch er zielte auf ihren Bauch. Die Strippen erzeugten ein kaum spürbares Brennen, sodass sie erleichtert seufzte. „Sieh mich an, Sugar. So ist es gut."

Der nächste Schlag traf ihre Brüste, und als ahnte er, dass sie hiervor besonders Angst hatte, war das Glühen noch sanfter als bei ihrem Bauch. Im stetigen Rhythmus traf der Flogger auf ihren Leib, gleich einem Schauer kleiner Hagelkörner. Es war herrlich.

„Das machst du gut, Sienna. Lass dich weiter fallen." Sie liebte es, wenn seine Stimme sie liebkoste. Zärtlich streichelte er ihre Wange und küsste sie leicht auf den Mund. Dann traf er sie direkt auf ihrem rechten Nippel. Schockiert von dem Schmerz, entwich ihr ein Zischlaut. Seine weichen warmen Lippen legten sich um die schreckliche pochende Knospe, um sie zu saugen und hart zu lecken. Der Reiz bahnte sich den Weg in ihren Schoß, und sie versuchte, sich ihm entgegenzudrängen, doch die Spreizstange ließ es nicht zu.

„Bitte, Master."

„Kleine Sub, du bist noch lange nicht an dem Ort angelangt, den ich für dich vorgesehen habe." Und federleicht strich er mit den Knöcheln über ihre Klitoris. Im nächsten Moment trafen die Schnüre ihre linke Brustwarze, etwas härter. Diesmal entwich ihr ein Schrei, und er saugte fest an der geschwollenen Spitze, so lange, bis ihr Kitzler ebenso pochte, als würde er sie an ihrer empfindlichsten Stelle lecken.

Master Alec sah auf sie herab, wirkte dabei ganz wie der Sadist, der er war. Sie liebte ihn! Sie wollte nur ihn! Doch sie durfte es nicht!

„Zeit, den Rausch des Schmerzes zu erhöhen", sagte er weich. Er trat hinter sie, und das Leder knallte auf ihren Po. War das der gleiche Flogger? Schneidend, obendrein entsetzlich durchdringend, packte das fiese Prickeln ihr Fleisch. Und wie köstlich es sich anfühlte. Sienna wünschte sich, sie könnte ihm den Po entgegenstrecken. Er traf die Rückseiten ihrer Oberschenkel im Wechsel, danach die Innenseiten ihrer Schenkel, so dicht an ihrer Pussy. Obwohl er hier zarter zuschlug, war die Pein eindringlich, wurde angefacht von der Angst, dass er ihre Schamlippen mit Feuer überzog, ihren Venushügel oder ihre Lustperle.

Erneut leckten die Flammenzungen über ihren Arsch, grell und schrill, alles andere auslöschend. Längst liefen ihr Tränen aus den Augenwinkeln, und sie fiel in den berauschten Zustand, den sie so sehr herbeigesehnt, aber auch gefürchtet hatte, da er sie entblößte, sie so verletzlich machte für ihren Master. Sie hatte sich nicht mehr unter Kontrolle, weil er sie ihr abnahm, mit jedem Streich, der so viel tiefer drang, als auf der Haut zu verbleiben. Die Pein auf ihrem Leib vermischte sich mit dem Drängen zwischen ihren Schenkeln, dem Pochen auf ihren Nippeln. Die herrliche Qual landete quer auf ihren Backen, und sie schrie vor Leid und Glück, flüsterte seinen Namen.

Master Alec stand vor ihr, und der Flogger erhitzte ihren Venushügel mit einem stechenden Kribbeln. Sienna zog an den Fesseln, so weit sie es schaffte. Gebannt starrte sie auf seine Hand, als er zum erneuten lustvollen Hieb ausholte, den er so gezielt platzierte, dass die Enden der Lederstrippen auf ihrer Klitoris landeten, mit genau dem richtigen Schmerz. Das Inferno auf ihrer Lustperle verwandelte sich in pure Ekstase.

„Du bist großartig, Sienna. So sexy mit deinen Tränen, gepaart mit deinem Lustschmerz. Du darfst kommen."

„Ich kann nicht, Master Alec." Es war alles zu viel.

„Doch du kannst, und du wirst", sagte er amüsiert.

Erneut traf er sie dort, und noch als der Schrei auf ihren Lippen lag, ging er vor ihr auf die Knie und saugte hart, so unglaublich hart, an ihrer Klitoris, während er mit seinen herrlichen Händen ihren schmerzenden Po rieb.

Er spürte das Zucken ihres Kitzlers unter seiner Zunge, ihren heißen Arsch unter seinen Handflächen und hörte die Schreie ihrer Lust. Vollkommene Hingabe, wie er sie noch nie erlebt hatte.

Er leckte sie über den Orgasmus hinaus, wobei nur sein Vorhaben, sie gleich zu ficken, ihn davon abhielt, ihr weitere Orgasmen abzuringen. Sie stammelte immer wieder seinen Namen, und er ließ es ihr durchgehen, dass sie bei der Hälfte das Master vergaß. Er stand auf, küsste sie lange und tief, sodass sie den eigenen herben Duft schmeckte.

„Ich werde dich jetzt ficken, Sienna. Ich lockere zuerst das Seil ein wenig und entferne die Spreizstange. Danach löse ich deine Fesselung. Ich stehe vor dir. Solltest du dich nicht auf den Beinen halten können, lass dich fallen, kleine Sub." Mit den Daumenkuppen strich er über die Tränenspuren auf ihrem Gesicht, und sein Schwanz reagierte auf ihr Leid und ihr Verlangen.

Er lockerte das Seil und befreite sie von der Spreizstange. Er umfasste ihre Taille. „Nimm eine bequemere Position ein." Sie stellte die Füße enger zusammen und fiel gegen ihn, sobald er die Fixierung ganz löste, stöhnte leise, da sie die Arme herunternahm.

„Setz dich, bis ich mich ausgezogen habe." Kein Stoff sollte ihn stören, wenn er sie nahm. Er wollte sie überall spüren. Mit seiner Hilfe ließ sie sich auf den Rattansessel sinken, jammerte herrlich, als ihr Arsch auf der Sitzfläche landete. Sein Geschlecht pochte verlangend. Er reichte ihr eine kleine Flasche Wasser, die sie leerte, während sie mit einem lüsternen Ausdruck beobachtete, wie er sich auszog.

„Gefällt dir, was du siehst?" Die meisten Männer fühlten sich viel sicherer in ihren Körpern, als Frauen es taten, und er bildete keine Ausnahme. Und wenn er erfasste, wie gierig sie ihn anstarrte, sah er tatsächlich nicht wie Quasimodo aus.

„Du bist ein Leckerbissen für meine Sinne." Sie lehnte ihre Stirn gegen seinen Bauch und atmete tief ein. „Du riechst so gut, fühlst dich noch besser an, Master Alec", flüsterte sie. Sienna belohnte ihn mit ihrem niedlichen Lächeln, sobald sie zu ihm aufsah. Subbies konnten meistens bezaubernd lächeln, doch Sienna beherrschte es besonders gut.

„Darf ich … deinen Schwanz lutschen?", fragte sie mit bebender Stimme. Er vermutete, dass sie diese Schüchternheit niemals ganz ablegen würde. Schade, dass er es nicht herausfinden würde. Nach ihrem Urlaub würde er sie nie wieder … lieben. Mit ihr war es mehr als eine Session. Wenn er nur über seinen eigenen Schatten springen könnte …

„Nächstes Mal, Honey. Ich möchte dich lang und hart ficken."

Ein erwartungsvoller Augenaufschlag, ein sexy Flimmern in den Tiefen ihrer Pupillen, und er hatte nur noch im Sinn, sie von hinten zu nehmen. Der Regen rauschte vom Himmel, und er wollte diesen zusätzlichen Reiz nutzen. Alec zog sie mit einem Ruck nach oben, sodass sie gegen ihn fiel. Eng presste er sie an sich und legte die Handfläche auf ihren Arsch, der heiß wie die Hölle war. Sie quietschte so, wie es sich für eine gute Subbie gehörte, versuchte strampelnd seinen Händen zu entkommen. Es machte ihn noch härter. „Du hörst auf der Stelle mit diesem Gestrampel auf, sonst lege ich dich übers Knie und ficke dich anschließend, während deine Tränen dir die Wangen entlangrinnen." Er war ehrlich und sadistisch genug, weitere Gegenwehr von ihr herbeizusehnen. Leider erstarrte sie in seinen Armen, und aus reiner Boshaftigkeit kniff er ihr in den Po. Das Biest biss in seine Schulter.

„Das hättest du nicht tun sollen, Mrs. Muffin."

Sie zwickte ihn erneut mit den Zähnen, zwar nicht fest, doch er war der dominante Sadist und sie die manchmal gar nicht devote Sub. Zum Glück sah sie sein Grinsen nicht. Er hob sie von den Füßen, hatte die Rattancouch in wenigen Schritten erreicht, und ehe sie Luft holen konnte, lag sie mit dem Arsch nach unten über seinen Knien.

„Ich habe mich für eine andere Art der Disziplinierung entschieden. Halte dich an der Lehne fest, und solltest du deine Hände dort nicht lassen, bestrafe ich dich zwei Mal, und es ist mir egal, wenn du die ganze Woche nicht mehr sitzen kannst."

Sie schluckte und packte die Lehne, und er mochte es viel zu sehr, dass sie ihn anfunkelte. Der Sadist in ihm freute sich auf das, was er jetzt tun würde. Das Biest rekelte sich mit seinen heißen Arschbacken auf seinem Schoß und schaffte es gleichzeitig, zuckersüß dreinzublicken, bis er seine Hände auf ihre Brüste legte, fest in ihre geschwollenen Nippel kniff, an ihnen zog und sie zwischen Daumen und Zeigefinger zwirbelte.

„Oh Gott … du Teufel."

Er löste seine linke Hand, um ihrer Lustperle anzutun, was er mit ihren Nippeln anstellte, nur nicht ganz so unerbittlich. „Was war das?" Sie drückte den Rücken durch, holte hektisch Luft, und der Saft ihrer Pussy floss an ihren Arschbacken hinunter. Und wenn sie nicht endlich aufhörte, sich auf seinem Schwanz zu reiben …

„Master Alec", stöhnte sie. „Oh bitte. Das ist so … unglaublich herrlich."

Nippelklemmen. Die musste er nächstes Mal anwenden. Und Pussyklemmen. Mehrere. Er hielt es nicht eine Sekunde länger aus. Er stand auf, nahm sie bei der Bewegung mit, zerrte sie die vier Stufen hinunter, bis sie im strömenden Regen standen und das kalte Nass auf ihre überhitzen Leiber prallte. Sie legte den Kopf in den Nacken, und er kam zu gern ihrer Aufforderung nach. Alec packte ihr Haar, hielt sie, wie er es brauchte, als er seine Lippen auf ihre presste und mit der Zunge eindrang. Willig erwiderte sie den Kuss, obendrein legte sie ihre Hände auf seinen Arsch, und er spürte ihre Fingernägel, die sie ihm in die Haut bohrte, ohne es selbst zu bemerken.

Er löste sich von ihr. „Dreh dich um, stell dich auf die erste Stufe und beug dich vor." Zum Glück war seine Terrasse rutschfest, und die Höhe der Stufen war perfekt. Der Anblick ihres Hinterteils, das sich ihm entgegenreckte, entlockte ihm ein Lächeln. Wer konnte zu so einem Hintern Nein sagen?

Er packte ihre Hüften und drang in ihre nasse Pussy ein. Sie reckte ihm den Po entgegen, wobei sie sich an der obersten Stufe abstützte. Es reichte ihm nicht, sie zu vögeln, er musste sie überall berühren. Alec knetete ihren Bauch, ihre Brüste, zupfte an den steifen Nippeln und stimulierte ihre Klitoris, bis sie kam. Ihre inneren Wände pulsierten um seinen Schwanz, sie schrie, stöhnte und keuchte ungezügelt, bäumte den Oberkörper auf, sodass er beinahe das Gleichgewicht verloren hätte. Gesättigt stützte sie sich erneut ab, und er fickte, liebte, dominierte und unterwarf sie, als wollte er einen Pakt mit ihr besiegeln. Alec ließ der eigenen Lust freien Lauf, und die Regentropfen steigerten den Genuss. Hitze und Kälte. Weichheit und Härte. Dominanz und Unterwerfung. Seine Hoden zogen sich zusammen, und die Schwüle ihres gezüchtigten Leibes strömte in seine Haut. Er krallte seine Finger in ihre Hüften, bis der Orgasmus durch seinen Körper jagte, mit einer Intensität, die ihn erschreckte. Denn er hatte noch nie so gefühlt, selbst bei Valerie nicht. Nicht bei Weitem.

Er legte den Arm um ihre Taille, um sie in eine aufrechte Position zu ziehen, weil sie drohte, einfach auf den nassen Boden zu sinken. Alec hielt sie, während er ihren rasenden Herzschlag spürte, der seinem nicht nachstand. Sie lehnte sich gegen ihn und sog seine Umarmung auf. Sienna war ausgehungert nach körperlicher Nähe, ebenso wie er, das wurde ihm immer deutlicher bewusst. Wie sollte er zu Spielbeziehungen zurückkehren, nachdem er diese ungefilterten Gefühle mit ihr geteilt hatte?

Vielleicht sollte er es doch wagen und den Schutzschild, den er um sein Herz errichtet hatte, in die Wüste schicken. Aber diese Entscheidung würde er nicht hier und jetzt treffen, denn dazu war er viel zu aufgewühlt. Sie standen eine Weile im strömenden Regen, bis sie in seinen Armen zitterte.

Es war Zeit, die kleine Sub unter die warme Dusche zu stellen, ihre Haut zu versorgen, obendrein ihren Hunger und Durst zu stillen. Er hob sie hoch, und sie schmiegte sich gegen ihn.

Sienna lag geduscht, eingecremt und in eine dünne Decke gewickelt auf der Couch, während der sadistische Master ihr zuerst einen Fruchtcocktail in die Hand drückte und wenig später mit einem italienischen Pastasalat zurückkehrte. Sie würde ihn so gern fragen, ob er nicht auch spürte, dass etwas Besonderes zwischen ihnen geschah, in jeder Minute, die sie miteinander verbrachten. Nicht nur, wenn er sie dominierte und er eine Session mit ihr abhielt. Gott, sie hasste dieses Wort.

„Möchtest du dich unterhalten oder lieber einen Film ansehen?"

Sie fühlte sich schlichtweg zu erschöpft, um zu reden, denn es bestand die Gefahr, dass sie das Thema anschnitt, weil er sie einfach zu tief aufgewühlt hatte und sie ihre Gefühle im Moment nicht kontrollieren konnte.

„Was möchtest du sehen? Action?" Er strahlte sie an. „Oder was Romantisches?"

Wer hätte gedacht, dass der Master süß wie eine Praline dreinschauen konnte? Aber ihr war sowieso nicht nach Herzschmerz zumute, und sie durchwühlte den Stapel seiner DVDs. „Wie wäre es mit *Sleepy Hollow*?" Sie liebte diesen Film, weil er eine schaurig-schöne Stimmung verströmte.

„Gute Wahl, kleine Sub."

Nachdem sie gegessen hatten, lag sie mit ihrem Kopf auf seinem Schoß und schlief nach wenigen Minuten ein.

„Valerie!"

Ihr Herz schlug ihr bis zum Hals, und orientierungslos starrte sie in das fremde Schlafzimmer. Sie war in Alecs Bungalow, und er hatte einen Albtraum. Sienna schüttelte ihn vorsichtig an der Schulter. Wer war diese Frau? War sie diejenige, die ihn so verletzt hatte? Er wachte zwar nicht auf, aber beruhigte sich so weit, dass er ruhiger schlief. Sie dagegen konnte nicht mehr einschlafen, legte sich auf den Rücken und lauschte dem Regen. Alec mochte genauso wenig Klimaanlagen wie sie und schaltete sie nur ein, wenn es unerträglich warm war, hatte er ihr mitgeteilt. Die Vorhänge wehten im leichten Wind, und Insektengitter hielten die Moskitos draußen. Sie liebte den Geruch von Regen, und sie liebte Master Alec, obwohl er sie davor gewarnt hatte.

Sollte sie sich in ihren Bungalow schleichen? Sie wollte ihn nicht durch ihr rastloses Umherwälzen wecken. Ob sie David nach dieser Valerie fragen sollte? Oder wäre es respektlos Alec gegenüber? Schließlich hatte er ihr verboten, ihn wegen seiner Vergangenheit zu löchern. Ob Rachel oder Carolina wussten, wer Valerie war? Sie gab ihre Versuche auf einzuschlafen, schwang ihre Beine aus dem Bett, als eine eisenharte Hand ihren Arm packte.

„Sienna, wo willst du hin?", fragte er hellwach.

Sollte sie ihn anlügen und behaupten, dass sie zur Toilette wollte? Sie verwarf den Gedanken, er würde es merken.

„Ich kann nicht schlafen und wollte in meinen Bungalow gehen."

„Sienna, es gibt ein paar Regeln, die nicht verhandelbar sind, und dazu gehört, dass du nicht allein mitten in der Nacht durch die Anlage schleichst. Wenn du in meinem Bett liegst, bleibst du dort bis zum nächsten Morgen."

Die unabhängige Geschäftsfrau in ihr sollte gegen ihn aufbegehren, doch die Sub in ihr übernahm einfach die Kontrolle, und sie fiel auf die Matratze. Er legte sich hinter sie, und sobald er sich an sie schmiegte, kehrte die Ruhe zurück.

„Dein Arsch ist noch heiß. Tut er sehr weh?"

„Ja, Master Alec."

„Gut."

Sadistisches Monster!

Du bist so was von verloren, Sienna, dachte sie, bevor sie einschlief.

Kapitel 8

Alec verkniff sich wieder einmal ein Lächeln, während er Sienna beobachtete. Die kleine Sub stand vor dem Tigerschecken mit dem passenden Namen „Freckle“ und streckte zögerlich die Hand aus, als befürchtete sie, dass die Stute sie abbeißen könnte. Doch das sanfte Tier schnaubte nur und berührte ihre Handfläche mit der Nüster.

„Sie ist so weich“, sagte Sienna verzückt und folgte mit den Fingerspitzen der Kontur von Freckles Nüstern. Dem Pferd gefiel es offensichtlich, denn es ließ den Kopf hängen und genoss die Streicheleinheiten.

„Gib ihr eine Möhre.“ Regina, die Besitzerin des Reitstalls, drückte ihr eine in die Hand, und Sienna hielt sie todesmutig vor das gepunktete Maul. Freckle biss beinahe vorsichtig in die Leckerei, als wüsste sie, dass sie Sienna nicht erschrecken durfte. Laut schmatzend vertilgte sie die Möhre. Sienna kicherte, und ihre Augen funkelten, diesmal vor Begeisterung.

„Du bist so schön.“ Beherzt klopfte sie Freckles schwarz-weiß gesprenkelten Hals.

„Komm, Sienna, es ist Zeit für unseren Ausflug. Hände auf den Sattelknauf, linken Fuß in den Steigbügel.“ Alec konnte nicht widerstehen und küsste sie auf die Stirn.

Regina hielt die Stute an der Trense fest, obwohl es unnötig war. Das geduldige Tier war Anfänger gewöhnt und stand still wie eine Statue. Alec fasste Sienna um die Hüften und half ihr aufzusteigen. Er grinste breit, sobald ihr Po auf den Sattel aufprallte und sie es nur mit Mühe schaffte, den Schmerzenslaut zu unterdrücken. Ihr Blick bohrte sich in ihn, und Alec legte seine Hand auf ihren Oberschenkel. Sie erstarrte.

Schmunzelnd nahm er sie fort, und das Wissen, dass jeder Schritt des Pferdes deutlich auf ihrem Arsch spürbar sein würde, gefiel nicht nur dem Sadisten in ihm. Er klopfte Whistles Hals und stieg auf den großen Rappen. Sie kannten sich seit mehreren Jahren, und er liebte den Wallach und ritt immer auf ihm aus.

„Du brauchst keine Angst zu haben. Freckle folgt Whistle, egal, wohin er geht. Nicht an den Zügeln festhalten, sie sind nur dazu da, um das Pferd zu lenken. Halte dich einfach am Sattel fest“, sagte Regina aufmunternd. Alec schnalzte mit der Zunge, und Whistle setzte sich in einem gemütlichen Tempo in Bewegung. Freckle trottete etwas versetzt neben ihm, und nach ein paar Metern entspannte sich Sienna sichtlich, als sie merkte, dass Freckle nicht plante, sie abzuwerfen oder in einem wilden Galopp davonzujagen. Sienna sah heiß aus in der Reithose, die ihr Regina geliehen hatte, und der Helm stand ihr. Er zügelte Whistle, sodass die beiden nebeneinander liefen.

„Ich habe oft davon geträumt, auf einem Pferd zu sitzen." Sie strahlte ihn an, und Alec spürte, dass die Wärme, die er immer neben ihr fühlte, sich weiter in ihm ausbreitete.

Verflucht!

Er verletzte schon wieder eine seiner Regeln, die ihn bei Sienna einen Scheißdreck interessierten. Er unternahm keine Ausflüge mit Subs.

Aber sie ist ja auch nicht nur eine Sub für dich, sie ist viel mehr.

Sienna starrte krampfhaft zwischen Freckles gepunkteten Ohren hindurch, um das Gleichgewicht zu halten. Ihr Po schmerzte höllisch, und im ersten Moment hatte sie Alec in die tiefste Hölle verwünscht. Doch das Brennen erinnerte sie an die fantastische Nacht, und irgendwie war die Pein angenehm, selbst da sie es niemandem erklären könnte, der nur auf Vanillasex stand. Sie saß auf einem Pferd! Vorsichtig löste sie eine Hand von dem Sattel und traute sich über den samtigen Hals der Stute zu streicheln. Freckle war unglaublich weich und freundlich. Eine echte Lady. Alec hatte eine gute Wahl getroffen. Sie drehte sich zu ihm, um ihn anzusehen, und bemerkte erst jetzt, dass er sie musterte. Sie wüsste zu gern, was in seinem Kopf vorging. Er fasste zu ihr rüber und nahm ihre Hand.

„Musst du heute nicht arbeiten, Alec?"

„Es hat ein paar Vorteile, der Boss zu sein. Und ich habe mir schon lange keinen freien Tag mehr gegönnt." Er drückte ihre Hand und verschlang seine Finger mit ihren.

Verunsichert spürte sie ihr pochendes Herz. Immer wieder versuchte sie, die starken Gefühle ihm gegenüber zu kontrollieren. Doch sie versagte auf ganzer Linie.

„Und du, vermisst du deine Firma?"

„Zurzeit habe ich andere Prioritäten, die meine gesamte Aufmerksamkeit beanspruchen."

„Tatsächlich?" Er lachte und ließ ihre Hand los. „Was könnte das wohl sein?" Dann schnalzte er mit der Zunge, bis die Pferde lostrabten, und ihr Po wollte aufschreien.

Verdammter Sadist! Sie klammerte sich an dem Sattel fest und entschuldigte sich bei Freckle, da sie so unelegant auf ihr herumhüpfte, im Gegensatz zu Alec.

Sienna sog die frische Luft in ihre Lungen und fühlte sich frei. Entschlossen schickte sie die mahnende Stimme ins Nirwana, die ihr zubrüllte, dass sie mit offenen Augen ins Café der gebrochenen Herzen rannte. Es war ihr egal.

Inzwischen ritt Alec vor ihr, da der Waldweg zu schmal für zwei Pferde war, und sie bewunderte seine lässige Haltung und seinen knackigen Arsch, der sich deutlich in der engen Hose abmalte. Der Wald lichtete sich, und sie erreichten einen Bachlauf, an dem einige Findlinge lagen, als hätte sie jemand dort platziert. Alec hielt an, stieg ab und half ihr von Freckle. Er hielt sie in seinen starken Armen, da sie Mühe hatte zu stehen.

„Verführst du all deine Subs auf diese Weise, Master Alec?"

Er sah sie sonderbar an. „Nein, Sienna. Du bist die Erste." Der Boden schien sich unter ihr zu bewegen. Er löste den Kinnriemen ihres Reithelmes und nahm ihr den Helm ab, da sie ihn verdutzt anstarrte. Und dann küsste er sie, bis Whistle ihn mit der Nüster anstupste.

„Hey, du eifersüchtiges Monster", sagte Alec lachend.

Sienna hielt die Zügel von den Pferden, während Alec ihnen die Sättel abnahm. Whistle war größer als Freckle, aber nicht weniger charmant. Er zerwühlte ihre Haare mit seiner Oberlippe. Nachdem die Tiere ihren Durst an dem klaren Wasser gestillt hatten, band Alec sie im Schatten an einem Baum fest. Sie wurde es nicht leid, ihn anzusehen, als wollte ihr Gehirn sich seinen Anblick auf Dauer einprägen. Er breitete die Decke, die am Sattel befestigt gewesen war, auf einem der Steine aus und hob sie hoch. Eng umschlungen blickten sie auf den langsam fließenden Bach. Sienna wünschte sich, sie könnte diesen Moment für die Ewigkeit festhalten. Doch er zerrann ihr unter den Fingern wie Schnee, der sich unter der Frühlingssonne auflöste.

„Hast du Geschwister, Sienna?"

„Nein, ich bin ein Einzelkind. Meine Eltern leben in Florida. Aber wir sehen uns nur zu Weihnachten. Und du?"

Sein Blick wurde hart. „Ich habe einen Bruder. Wir sehen uns nicht einmal zu Weihnachten."

„Das tut mir leid."

„Das braucht es nicht."

Sie dachte schon, er würde sie wegschubsen, so wie Brandon es immer getan hatte, wenn ihm etwas nicht gefiel, allerdings zog Alec sie dichter zu sich heran und presste seine Lippen auf ihren Scheitel, als würde sie ihm Kraft geben.

„Alec, ich …"

„Ich weiß, Sienna. Auch ich spüre die besondere Chemie zwischen uns. Doch jetzt ist nicht der richtige Zeitpunkt, um unsere Gefühle zu diskutieren."

Das Schweigen, das folgte, drohte sie zuerst zu zerdrücken, jedoch drehte Alec sich ihr zu, und sein Blick drang bis in ihr Innerstes vor. Jemand hatte ihn so unglaublich verletzt, und wenigstens besaß sie zwei Hinweise: Valerie und ein Bruder, der jede Verbindung zu ihm abgebrochen hatte. Und beide hatten ihm seelische Qualen zugefügt, die an ihm nagten. Sienna vermutete, dass er geglaubt hatte, seine Erlebnisse zu kontrollieren, bis er erkannte, dass dem nicht so war. Ob sie daran die Schuld trug?

„Zeit, weiterzureiten." Galant hob er sie von dem Stein herunter, und sie gab der Versuchung nach und ließ sich fallen, als er sie hielt, nicht nur körperlich, sondern auch emotional. Er legte seine starken Hände auf ihren Po und presste sie an sich. Und erneut verspürte sie das Verlangen, den Moment festzuhalten.

Alec biss sich nachträglich auf die Zunge, weil ihm die Bemerkung mit seinem Bruder einfach herausgerutscht war. Und wie gern würde er Sienna sein Herz ausschütten, sie mit all seinen negativen Erfahrungen belasten, sodass für ihn die Bürde leichter wurde. Er legte das Kinn auf ihren Scheitel und genoss es, sie zu halten, sie zu riechen, sie zu spüren.

Wie willst du dich aus der Nummer herauswinden?

Seine schönen, einsamen Pläne, Regeln und Verhaltensweisen waren von einer umwerfenden Frau einfach in Grund und Boden gestampft worden. Und er gab zerknirscht zu, dass er nicht wusste, wie er damit umgehen sollte. Er löste die Umarmung, und sie sah zu ihm hoch, mit einem derart offenen Ausdruck, dass es ihn erschütterte. Sie setzte den Reithelm auf, und er half ihr, Freckle zu satteln. Fast ohne Hilfe schaffte sie es diesmal, auf die Stute zu steigen.

Er sattelte Whistle, und der Wallach trottete los, sobald er ihm das Kommando gab. Wenn er Sienna ziehen ließe, würde sie ein Loch in seinem Leben hinterlassen, das nicht so einfach geflickt werden konnte. Und wollte er sie gehen lassen?

Du kennst die Antwort.

Auf dem restlichen Ritt alberten sie herum, und sie machte ihm den Mund wässerig, als sie ihm von ihren Leckereien vorschwärmte, die sie bei *Tasty* herstellte.

„Traust du dich, ein Stück zu galoppieren? Die Gangart ist viel weicher als Trab."

Sienna machte sich gut auf dem Pferderücken und strahlte ihn an. Der Weg war breit genug, sodass sie nebeneinander ritten. Sollte sie das Gleichgewicht verlieren, konnte er sofort einschreiten. Er schnalzte mit der Zunge, verlagerte sein Gewicht nach vorn, und Whistle fiel zuerst in einen Trab und dann in den Galopp. Die kleine Sub quietschte süß und kicherte, als Freckle es Whistle gleichtat. Ihre Wangen waren gerötet, und sie grinste über das ganze Gesicht. Alec richtete seine Aufmerksamkeit nach vorn, da ihn ihre hüpfenden Brüste zu sehr ablenkten. Er wünschte, dieser Tag wäre endlos lang, doch viel zu schnell erreichten sie den Stall, und er lachte herzhaft, als Sienna abstieg und sich keuchend an ihm festhielt.

„Soll ich dir nachher noch den Po versohlen?“, wisperte er in ihr Ohr.

„Untersteh dich, du Untier.“

Untier?

Er schenkte ihr einen Masterblick, und sie wäre zu gern vor ihm davongerannt, man sah es ihr deutlich an, auch dass ihre Beine dazu zu steif waren. Daher begnügte sie sich damit, ihn wie ein wütendes Schaf anzusehen, das von einem Werwolf gebissen worden war.

„Sugar, du hast ja keine Ahnung, was für ein Scheusal ich bin. Soll ich dich mit dieser Seite bekannt machen?“

Ihre Gesichtsfarbe glich mittlerweile Freckle, nur dass die Flecken nicht schwarz waren, sondern rot. Regina blickte neugierig zu ihnen und grinste, genau auf die gleiche Art, wie David es tat.

Scheiße!

Seit wann konnte man ihn so leicht durchschauen, ihn, den Meister des blanken Gesichtsausdruckes?

Sienna ging in eine der Boxen, um sich umzuziehen. Anschließend verabschiedeten sie sich von den Pferden und von Regina. Er öffnete die Tür seines Geländewagens, und Mrs. Muffin ächzte, sobald sie sich hinsetzte.

Mhmm.

Vorsichtig schloss er die Tür, lief um den Wagen herum, und sie ließ ihn nicht aus den Augen. Betont langsam nahm er neben ihr Platz und legte seine Hand auf ihr nacktes Bein. Er liebte Shorts.

„Du willst es doch nicht wirklich tun, Master Alec?“, hauchte sie.

„Was?“, fragte er überflüssigerweise.

„Mir den Po versohlen!“

„Du wirst es herausfinden.“

Sie schnaubte wie Freckle, und ihre Finger zitterten deutlich, als sie das Radio einschaltete. Nachdem sie auf der *Insel* angekommen waren, brachte er sie direkt in seinen Bungalow, orderte etwas zu essen, und sie ließen den Tag mit einer Flasche Wein ausklingen. Sienna lächelte nach einem Glas so zuckersüß und unentwegt, dass er sich weiter in sie verliebte.

Später badeten sie zusammen, und noch in der Wanne liebte er sie zärtlich. Sienna stillte nicht nur seine sadistischen Bedürfnisse. Sie befriedigte alles, was er sich erträumte, auch die Sehnsucht nach einem warmen Körper, an dem er angekuschelt einschlafen konnte, während ihr verführerischer Duft ihn umschwebte wie ein sinnlicher Traum.

Er nahm sich vor, am nächsten Tag aus reiner Boshaftigkeit eine Radtour mit ihr zu unternehmen, und stellte sich vor, dass sie ihn anfunkelte, ihr Po ein Spanking bevorzugt hätte, weil Alec eine besonders unebene Strecke auswählte. Er war ja schließlich ein Sadist.

Kapitel 9

Rachel warf den Tennisball in die Luft, holte aus, und der gelbe Ball schoss auf Sienna in einer Geschwindigkeit zu, dass sie Mühe hatte, den Aufschlag zu parieren. Sienna verspürte die gleiche stille verzweifelte Wut in sich wie Rachel. Seit zwei Tagen hatte sie Alec kaum gesehen, ein Zustand, der sie wahnsinnig machte, zugleich unglaublich traurig. Sie sollte aufhören, jede verdammte Sekunde an ihn zu denken, sich stattdessen lieber ausmalen, dass Molly Katastrophen bei *Tasty* verursacht hatte. Aber nein, ihre Firma war in den Hintergrund getreten, und sie verstand es nicht. Früher hatte sie ständig neue Kreationen entwickelt, war immer mit *Tasty* verbunden, doch diesen Platz hatte Master Alec eingenommen.

„Du brauchst ein wenig Ruhe von mir, und ich habe viel zu tun." Mit diesen Worten hatte er sie nach der unglaublich anstrengenden Radtour in ihren Bungalow gebracht, sodass sie sich wie ein ausrangiertes Möbelstück vorkam. Und sie hatte vor Master Alec gedacht, dass Dominante einem den ganzen Tag ihren Willen aufzwangen. Doch das war ebenso ein Irrtum wie die Annahme, dass ein Sadist sich an jeder Art von Schmerz erfreute. Sie war beim Abstieg von dem Rad gestolpert und hatte sich das Knie leicht geprellt. Und Alec hatte sie umsorgt, wie sie es nicht gewohnt war.

Er war der perfekte Partner für sie, denn er drängte sich nicht auf, und gerade das verursachte eine ständige sexuelle Spannung zwischen ihnen, weil sie wusste, er würde sie über seine Knie legen, wenn er es wollte. Dazu brauchte er keinen Grund. Nur der Gedanke daran ließ ihre Pussy verlangend zucken.

„Liam, du Arsch", kreischte Rachel, als sie den Ball zurückschlug. Anscheinend stellte sie sich vor, es wäre sein Kopf, den sie mit dem Schläger bearbeitete. Das war eine gute Idee. Sienna drosch so hart auf den Ball, dass Rachel ihn verfehlte. Rachel war im Moment in der Wutphase, nachdem sie die letzten beiden Tage ständig geweint hatte. Ihr Herz war gebrochen, und Sienna würde Liam am liebsten den Schlägergriff in den knackigen Hintern rammen.

Es war offensichtlich, dass er Rachel liebte. Wieso tat er sich selbst und der süßen Rachel dermaßen weh? Jemand, der so herzlos war, verdiente es, nackt mit Bananen bestückt in einem Affengehege ausgesetzt zu werden. Ihr fielen ein paar Körperstellen ein, die sich hervorragend als Bananenhalter eigneten. Würde sie auch so wütend sein, wenn sie wieder zu Hause war, nachdem sie sich mehrere Tage lang die Augen ausgeweint hatte? Sie presste die Lippen aufeinander. Das würde sie nicht. Sienna Baltimore würde weiterleben wie vorher und in ihrer Arbeit aufgehen. Sie brauchte keine

Berührungen, Orgasmen, Gespräche und Sessions mit Master Alec, um glücklich zu sein.

Genau, Sienna, es sind nur Sessions für ihn, du dumme Nuss.

Oh Gott, sie würde bestimmt Wochen durchheulen.

Sienna fischte einen neuen Ball aus der Tasche ihrer Shorts, doch ihr Aufschlag ging ins Netz.

Sechzig Minuten später starrte Sienna lustlos auf den Salat mit den knusprigen Hähnchenbruststreifen, die vor ihr auf dem Teller lagen. Eigentlich müsste sie hungrig sein, denn sie hatte mit Rachel ein paar Stunden Tennis gespielt, bis sie fast vor Erschöpfung umgefallen waren.

Rachel fasste ihre Hand, und sie hielten sich aneinander fest, beide auf ihre Weise verloren. „Ich werde mir einen neuen Job suchen", verkündete die Honigblonde.

„Aber du bist doch auf der *Insel* so glücklich."

„Das war ich, jedoch halte ich es nicht länger aus, für Liam nicht mehr als eine Spielgefährtin zu sein. Ihm andauernd über den Weg zu laufen …" Ihre Stimme brach, und sie blinzelte energisch ihre Tränen weg. „Wenn ich nicht in diesem entsetzlichen Zustand verbleiben möchte, muss ich von hier fort."

Sienna verstand sie nur zu gut. Die eine Hälfte von ihr würde am liebsten sofort abreisen, die andere Hälfte verlangte, dass sie bis zum bitteren Ende ausharrte und von Alec mitnahm, was sie noch kriegen konnte.

„Bin ich armselig?"

„Sag das nicht!" Rachel funkelte sie an wie eine Mistress. „Alec hat seine eigenen Dämonen aus der Vergangenheit, doch so wie mit dir habe ich ihn niemals zuvor erlebt. Nicht nur, dass du in seinem Haus geschlafen hast, er hat dich dort unterworfen und dich geliebt. Alle Subbies der *Insel* reden darüber. Vielleicht ist nicht alles verloren. Es sei denn, du willst ihn in die Wüste schicken."

Sie stopfte sich Salat in den Mund und kaute energisch. „Mann, ich bin schon wieder so wütend, ich könnte noch einen Zwanzig-Kilometer-Lauf absolvieren."

„Hey, Mädels." Eng umschlungen liefen Emily und Joe auf sie zu. Wenigstens sie war bis zu den Haarspitzen glücklich.

„Ladys", sagte Joe. Seine Stimme war ebenso dunkel, wie es seine Hautfarbe war. „Wir sehen uns heute Abend, kleine Subbies." Er zog drei Papierrollen aus dem Rucksack, der über seinem Arm hing, und reichte ihnen jeweils eine. „Ich würde euch raten, pünktlich zu sein!"

Verblüfft sahen sie ihm hinterher. Emily fiel ächzend auf den Stuhl. Sienna löste das rote Seidenband und entrollte das edle Papier, starrte auf die Buchstaben, die vor ihren Augen tanzten.

Sienna Baltimore, du wirst des Subbieaufstandes angeklagt, des tätlichen Angriffs auf mehrere Master der Insel mit Wasser und des wiederholten Anfunkelns von übergeordneten Stellen.
Finde dich um neunzehn Uhr im Gerichtssaal ein. Trage, was auf deinem Bett liegt.
Und zwing uns nicht, dich zu holen.
David Salazar Alec Marshal

Rachel griff nach ihrem Glas und trank den Inhalt wie ein Pferd, das gerade das Death Valley durchquert hatte. Emily entwich ein nervöses Kichern, und Siennas Mund wurde staubtrocken, sodass auch der Saft in ihrem Glas der Vergangenheit angehörte.

„Es gibt hier einen Gerichtssaal", flüsterte Emily, während ihre Augen aufgeregt blitzten. Sie biss in einen der Schokoladencookies und kaute verzückt. „Ich hoffe, ich bekomme die Höchststrafe. Ob Master David mich persönlich bestraft? Oder vielleicht Master Alec?"

Sienna ignorierte den Stich Eifersucht, der sie klingengleich durchfuhr, denn schließlich hatte Master Alec ihr mehr als deutlich gemacht, dass sie nur eine weitere Sub für ihn war, die bald von der nächsten abgelöst werden würde. Sollte er sich doch mit Emily vergnügen! Dennoch klopfte ihr Herz wie ein Güterzug, der in Höchstgeschwindigkeit einen Berg hinunterraste, bei dem Gedanken, dass Master Alec sie bestrafte. Auch sie wünschte sich nicht weniger als eine lebenslange Bestrafung, vorzugsweise an seiner Seite, egal, wie dumm dieser Wunsch erschien.

Emily machte ein schnaubendes Geräusch, schaute empört drein und warf das Schriftstück auf den Tisch. „Da steht, ich würde zu viel reden. Als könnte ich das. Master Joe knebelt mich fast jedes Mal."

Rachel, die gerade einen weiteren Schluck Eistee trank, verschluckte sich, und Sienna erstickte beinahe vor Lachen.

David trabte neben Alec auf dem schmalen Waldpfad und riss ihn aus seinen Gedanken, die sich jede Sekunde der endlosen Stunden um Sienna drehten, sich dabei unbeeindruckt davon zeigten, dass er krampfhaft versuchte, an etwas anderes zu denken. Er hatte sie die letzten Tage gemieden, weil er dem Irrtum erlegen war, dass er sich so von ihr lösen konnte. Sinnlos! Es brachte nicht einmal eine Unze Erlösung.

„Wann gibst du endlich zu, dass du Sienna liebst?“ David war noch nie jemand gewesen, der um den heißen Brei herumredete, doch manchmal wünsche Alec sich, er würde seinen Mund halten.

Alec lief schneller und sparte sich eine Antwort.

„Du brichst der Kleinen das Herz.“

Er beschleunigte weiter, und im Gegensatz zu sonst brachte ihm die Anstrengung keine Erlösung.

„Sienna ist nicht Valerie!“, keuchte David.

Konnte Meister Yoda nicht endlich still sein? Alec warf ihm einen düsteren Blick zu und stolperte über eine Wurzel, fing den Sturz im letzten Augenblick ab.

„Gib dir und Sienna eine Chance.“

Und wenn sie ihm das Herz auf die gleiche Weise zerriss, wie Valerie es getan hatte? Ihr hatte er vertraut, bis in den entferntesten Winkel seines Verstandes. Sienna genoss die Spiele mit ihm, aber konnte sie seine Neigungen auf Dauer ertragen? Bei ihrem letzten sexuellen Beisammensein nach dieser herrlichen Nacht waren ein paar der Striemen am Morgen zu sehen gewesen. Würde sie damit ins Fitnessstudio gehen? Oder sich in Grund und Boden schämen und sich von ihm unter Druck gesetzt fühlen? Und wenn sie mit den Malen zu den Cops ging und ihn anzeigte? Übelkeit bahnte sich seinen Weg.

„Verdammt noch mal, Alec! Du bist nicht mehr der kleine Junge, der mit der falschen Schlange zusammen gewesen ist!“ David streckte den Arm aus und bekam ihn an der Schulter zu fassen, zwang ihn mit hartem Griff, stehen zu bleiben. Sie standen sich schweißüberströmt, obendrein nach Luft japsend, gegenüber.

„David, lass gut sein.“

„Du begehst gerade den größten Fehler deines Lebens.“

„Ich glaube nicht mehr an die Liebe auf den ersten Blick. Ich verstehe nicht, was das zwischen mir und Sienna ist, doch sie wird mich ebenso vergessen wie ich sie, sobald sie die *Insel* verlassen hat.“

„Etwas Blöderes habe ich niemals aus deinem Mund gehört. Ist dir noch nie in den Sinn bekommen, dass Valerie dich reingelegt hat?“

„Wie meinst du das?“ So offensiv hatte David noch nie mit ihm darüber geredet. Er hatte zwar auch vorher seine Meinung nicht für sich behalten, aber diese Überlegung war neu.

„Deine Familie ist reich, und hat sie sich nicht auf diese Weise einen der begehrenswertesten Junggesellen geschnappt, die zu der Zeit auf dem Markt waren? Ohne dich hätte sie deinen Bruder Andy nie kennengelernt. Valerie ist eine fiese Frau, und mit der Erfahrung, die du heute hast, hätte es dich nach dem ersten Blick geschüttelt, und du hättest ihr keine zwei

Sekunden deiner Aufmerksamkeit geschenkt. Praktischerweise erbte dein Bruder alles."

Darüber musste er nachdenken. David hatte Valerie einmal aufgesucht, um mit ihr zu reden. Doch sie hatte ihn eiskalt abblitzen lassen.

„Sienna ist dir nicht einfach zufällig über den Weg gelaufen. Das Schicksal ist sich sicher, dass dein Leiden lang genug andauert. Der Meinung schließe ich mich bedenkenlos an."

Sie setzten sich in einem langsamen Trab in Bewegung.

„Wann ist dir denn das mit Valerie und Andy in den Sinn gekommen?"

„Vor ein paar Monaten, doch du warst nicht bereit, die Wahrheit zu hören, zu sehr damit beschäftigt, die Schuld immer bei dir zu suchen. Erst Carolina hat dir vor Augen geführt, was du dir seit Jahren versagst. Sie hat dich offener für meine These gemacht. Dann kam Sienna und hat meine Annahme bestätigt. Du bist fertig mit deinen Spielsubs."

David hatte recht. Vor Sienna wäre er höchstwahrscheinlich bei der kleinsten Andeutung explodiert. Dennoch, er würde sie nach ihrem Urlaub ziehen lassen. Er war einfach noch nicht bereit, sich ihr mit Haut und Haaren hinzugeben, selbst da er es von ihr in den Sessions verlangte. Er war ein Arsch, den sie nicht verdient hatte. David klopfte ihm hart auf die Schulter.

„Mal sehen, wie lange deine Contenance heute Abend anhält, wenn sie bebend im Gerichtssaal kniet. Außerdem, mein Freund …" David sah ihn ernst an „… bist du, so wie die meisten Dominanten, nicht an einer 24/7 Beziehung interessiert, die sich in der realen Welt kaum durchführen lässt. Sienna ist keine Maus, die vor dir kuscht. Sie ist eine süße kämpferische Katze, die dir ihre Krallen in den Rücken schlägt, obendrein ihre Zähne in die Schulter, derweil du sie fickst, dir anschließend den Arsch hinhält, nur damit du sie erneut züchtigst. Sie ist devot, masochistisch, und du wirst nicht so schnell, wahrscheinlich nie wieder, jemanden wie sie finden. Bei euch sprühen die Funken. Ich habe selten so eine Anziehungskraft zwischen zwei Menschen gesehen. Sie ist für dich bestimmt, und nur für dich."

Alec hing während des restlichen Laufes seinen Gedanken nach, die sich ausnahmslos um die kleine Sub drehten. Nur kurz dachte er an ihren Plan, den sie ausgeheckt hatten, um die Schweine, die aus dem stinkendsten Loch geklettert waren, in eine Falle zu locken. Ihm war nicht wohl dabei, aber Joe war überzeugt, dass sie etwas tun mussten und nicht abwarten durften, bis eine der Frauen zu Schaden kam. Denn im Nachhinein hatten sie herausgefunden, dass Nancy nicht die erste Frau gewesen war, die auf die Arschlöcher getroffen war, bei denen es sich nicht auf verbale Anzüglichkeiten beschränkt hatte, und sie alle hatten sich dabei mehr als unangenehm berührt gefühlt. Die Ratten kundschafteten das Terrain aus. Wahrscheinlich hatten sie von der *Insel* gehört, und es regte ihre perversen Fantasien an. In den letzten Tagen hatten sie zugesehen, dass immer zwei der Männer die Subs begleiteten, die das Resort für Wanderungen verlassen hatten. Doch die Ladys wollten auch mal unter sich sein und würden anfangen, Fragen zu stellen.

Sobald er in seinem Bungalow angekommen war, schielte er auf die Couch, anschließend raus auf die Terrasse, schwelgte in den Erinnerungen an Sienna, und im Schlafzimmer nahm er sogar das Kopfkissen, um daran zu riechen und ihren Duft aufzufangen. Scheiße! Angewidert vor sich selbst warf er es zurück aufs Bett, entledigte sich des nass geschwitzten T-Shirts sowie der Shorts und stellte sich unter die Dusche. Es war Zeit, den Dämonen aus der Vergangenheit zu begegnen, an dem Ort, an dem man ihn vor all den Jahren rausgeworfen hatte. Danach würde er sich Sienna stellen.

Sienna starrte auf das Bett, dessen Anblick ihr Schauder der Erregung den Körper entlangjagte, die sich wie feinste Hagelkörner anfühlten. Sie setzte sich auf die Bettkante und strich mit den Fingerspitzen über das Leder des Halsbandes. Weich, zugleich fest fühlte es sich an, unterfüttert mit Satin, der in der Farbe zu ihren Augen passte. Es war breiter als das, das Master Alec ihr umgelegt hatte. Sie wünschte sich, er wäre hier, um sie damit zu versehen, sodass sie diese starke Bindung zum ihm spürte. Was, wenn sie ihn heute Abend nicht sah? Am liebsten würde sie sich irgendwo verstecken, weil sie nicht die geringste Lust verspürte, mit einem anderen Master ihre devote und masochistische Seite zu erforschen.

Und zwing uns nicht, dich zu holen.

Nein, das war kein guter Gedanke. Sie wollte sich nicht den Zorn von David einfangen. Über seinen Knien zu landen wäre schmerzhaft, und sie liebte ihn nicht. Das hatte sie ja fein hinbekommen. Ausgerechnet sie, die immer alles kontrollieren musste und sich nach dem Desaster mit Brandon geschworen hatte, dass ihre nächste Beziehung sich nur auf Sex beschränken sollte, wollte nicht das, was Alec ihr angeboten hatte, obwohl es sich mit ihren angeblichen Wünschen deckte. Wünsche, die nicht falscher sein konnten, den sie deckten sich nicht mit ihren Sehnsüchten. Wassertropfen rannen aus ihrem nassen Haar ihren Nacken hinunter. Mist! Sogar das erinnerte sie an ihn, an diese unglaubliche Nacht, als Master Alec sie im Regen geliebt hatte. Vielleicht bildete sie sich nur ein, dass er sie auf Abstand hielt, schließlich war sie nach dem intensiven Sex gezeichnet gewesen, und er wollte nur, dass sie sich erholte. Voller Freude hatte sie die Male auf ihrem Po betrachtet, die einem wunderschönen Schmuckstück glichen, das ihren Körper zierte. Es hatte sie nicht beschämt, stattdessen sie stolz gemacht, sie daran erinnert, dass sie eine begehrenswerte Frau war, die es anregte, schmerzvolle Lust zu erfahren, obendrein innere Zufriedenheit darin fand,

Master Alec auf diese Weise Vergnügen zu bereiten, selbst da sie ihn manchmal dafür hasste.

Ein Lächeln schlich sich auf ihr Gesicht, weil es kein bösartiger Hass war, sondern eine Emotion, die aus tiefer Hingabe entstand. Der Sadist wusste zu gut, was sie brauchte, und dazu gehörte auch lustvoller Hass, der alles andere als Abscheu darstellte. Wenn sie das jemandem erzählen würde, der nur Vanilla mochte, derjenige würde sie für pervers halten. Ihr wurde in diesem Moment bewusst, dass es eine schwierige Aufgabe war, BDSM nach außen zu tragen, dass es besser wäre, Striemen zu verstecken, um zu verhindern, dass Menschen, die nichts mit Lustschmerz anfangen konnten, emotional verletzt wurden. Sie erkannte den Wert der *Insel*, dass hier niemand sie schief ansah, sie ihre Neigungen sowohl mit ihrem Master als auch mit anderen Subs diskutieren konnte.

„Hey, Sienna." Emily marschierte ohne anzuklopfen in Siennas Schlafzimmer, in den Händen ein Halsband und Manschetten. Sie starrte auf Siennas Ausrüstung. „Wow, das sieht aus, als wäre es für dich angefertigt worden. Ein Geschenk von Master Alec?"

„Möglich." Ihr Herz klopfte freudig.

Emily sah hinreißend aus in dem BH und dem String aus kobaltblauer Spitze. Sienna hatte sich für ein weißes Panty und Balconette-BH entschieden, es aber noch nicht angezogen.

„Es ist seltsam, Unterwäsche zu tragen. Irgendwie verführerisch." Emily grinste sie an und setzte sich zu Sienna auf die Bettkante. „Süße, du grübelst zu viel. Ich spüre, dass alles gut wird. Auch wenn es nicht sofort passiert, schlussendlich bekommst du dein Glück."

Emily war besser dran als sie, denn sie hatte sich nicht in Joe verliebt und genoss jede Sekunde unter seinen harten Händen, ohne den Ballast von überflüssigen Gefühlen. Warum konnte sie nicht wie ihre Freundin sein?

„Hilfst du mir, die Sachen anzulegen?" Sie hielt Sienna ihre Handgelenke entgegen. Es war seltsam, Emily mit Fesselutensilien zu versehen, und es steigerte ihre eigene Aufregung, die bereits auf ungeahnte Höhen geklettert war. Mount Lust, erklommen von der Schmerzensseite aus. Ihr verblieb nur zu hoffen, dass sie nicht abstürzte, dabei ihr Selbst im eisigen Dunkel auf Jahre festfror.

„Nicht zu fest?", fragte sie, nachdem sie die Schnalle des Halsbandes geschlossen hatte.

„Perfekt." Emily strahlte sie an. „Ich liebe es, wenn Master Joe mich mit Leder umwickelt. Fühlst du dich dann auch so … mit ihm verbunden?"

Beschützt und geliebt.

„Soll ich dir helfen?"

Fünfzehn Minuten später betrachtete sich Sienna in dem Badezimmerspiegel. Vorsorglich hatte sie die Jalousien geschlossen und ein schmeichelndes Licht eingeschaltet. Fasziniert berührten ihre Fingerspitzen das Lederhalsband, die vier eingefassten Ringe, zwei an der Seite, eins in ihrem Nacken, und eins lag direkt über ihre Kehle. Der Satin blitzte hervor, und das weiße Leder war so anschmiegsam. Sie streichelte ihren Bauch, verfluchte diesmal nicht die sanfte Rundung, die er aufwies, weil Alec sie mochte, wie sie war – weiblich, weich, verführerisch, obendrein devot. Der BH bedeckte gerade so eben ihre Nippel, die durch die zarte Spitze rosig hindurchschimmerten, und das Höschen schmeichelte ihren Formen, verbarg nicht ganz, was darunter lag. Emily hatte recht, sie fühlte sich in den Dessous nackter, als wenn sie nur ihre Haut trug. Ihre dunklen Haare hatte sie noch mehr zerzaust und mit Haarspray in eine wilde Form gebracht. Sie holte tief Luft, ging zu Emily ins Wohnzimmer, und Arm in Arm mit ihrer Freundin lief sie auf das Haupthaus zu. Mit jedem Schritt erreichte ihre Aufregung ein neues Hoch, aber auch ihre Angst, dass nicht Alec heute Nacht ihr Master sein würde.

Fackeln beleuchteten den Weg. Das dominante Wachpersonal der *Insel* stand an strategisch wohldurchdachten Stellen, um die Nervosität der Angeklagten noch zu steigern. Als ob dies nötig wäre!

Das Haupthaus im spanischen Stil war einladend erleuchtet, und doch gingen beinahe die Nerven mit ihr durch. Irgendwo musste es in dem Resort einen Schlupfwinkel geben, an dem sie sich verstecken konnte, aber Emily schien ihre Gedanken zu spüren, festigte ihren Griff und zog sie mit sich. Vor ihnen liefen Rachel und Carolina, beide in stummer Erwartung gefangen. Rachel trug ein durchsichtiges Babydoll aus rosa Voile, und Carolina hatte sich mit roten Seidendessous geschmückt, was der Dunkelhaarigen mit der zart gebräunten Haut hervorragend stand. Sienna stolperte in ihren hochhackigen Sandalen auf den Stufen, und schon stützte ein harter Arm sie. Richards blaue Augen funkelten sie belustigt, aber auch mit unterschwelliger Dominanz an. Carolinas Ehemann und Master war ein verflucht sexy Kerl, und Sienna konnte kaum glauben, dass er die wilde Seite in sich erst kürzlich entdeckt hatte.

„Ganz ruhig, kleine Sub. Noch wird dir nichts angetan.“ Er hielt sie, bis sie sicher stand, und schlug ihr nicht allzu sanft auf den Po. Sie traute sich nicht einmal, ihn mit ihrem Blick zu sezieren, und er musste es bemerkt haben, weil er amüsiert schnaubte.

Sie liefen durch die Rezeption, ließen den Gang mit den Themenzimmern links liegen und bogen in einen Flügel des Hauses ein, den sie bisher noch nicht kannte. Am Ende des Flurs stand eine Flügeltür einladend offen, dennoch erschien es ihr wie der Schlund in eine Höhle, in der unbekannte

Gefahren lauerten. Ein passender Vergleich, wie sie fand, denn sie hatte nicht die geringste Ahnung, was sie erwartete, aber bestimmt nicht, dass sie sich wirklich wie eine Angeklagte fühlen würde, sobald sie den Fuß in den großen Raum setzte, der mit dunklem Holz, einer Decke verziert mit Stuck und einem Richterpult daherkam und sie dreihundert Jahre in der Zeit zurückversetzte.

Alec und David saßen, gekleidet in schwarze Richterroben, hinter dem Pult. Alec erfasste sie sofort, und sie blieb stehen, als wäre sie gegen eine unsichtbare Barriere gelaufen. Einer der Wächter schlug ihr fest auf den Po. Mit einem Paddel! „Setz deinen Arsch in Bewegung!"

Vor den Zuschauerbänken lagen dünne Matten, acht Stück an der Zahl, auf die sie der Wächter zutrieb. „Zieh deine Schuhe aus, und knie dich hin."

Sue und Tessa hatten bereits ihre Positionen eingenommen, Rachel und Carolina knieten sich daneben, dann kamen sie und Emily. Sylvia und eine langbeinige Schwarzhaarige bildeten das Schlusslicht. Sienna versuchte, den Blick von Alec abzuwenden, doch es war schlichtweg unmöglich, sie starrte ihn an, als wäre er das köstlichste Buffet und sie kurz vor dem Verhungern. Die Master sahen sexy, zudem Furcht einflößend in ihren Roben aus. Stuhlgeruckel und Stimmengemurmel hinter ihr deuteten darauf, dass die Sitzplätze bis auf den letzten Platz besetzt waren. Aus den Augenwinkeln sah sie eine Reihe Master, die auf der rechten Seite Aufstellung nahmen. Rachel, die dorthin sah, gab ein ersticktes Geräusch von sich.

Vollstrecker, stand groß auf einem Schild. Sienna, die bis eben gefröstelt hatte, spürte den Schweiß, der ihre Wirbelsäule bedeckte, Tropfen bildete und langsam herunterlief. Sie hoffte nur, dass sie nicht Position drei einnehmen mussten, um den Zuschauern freie Sicht auf alles zu geben.

Richter David schlug mit einem Holzhammer auf das Pult, und von dem aufgeregten Atmen der Subs abgesehen, wurde es totenstill in dem Raum. „Wärst du so nett und verliest die Anklageschrift?"

Richter Alec stand auf, nahm ein Clipboard zur Hand, und sein Blick schweifte über die Angeklagten, blieb allerdings an ihr hängen. Mit reinem Hunger betrachtete er sie, und dann verzogen sich seine Mundwinkel zu diesem Lächeln, das sie fürchtete und liebte.

„Den Subbies, die vor den Zuschauern knien, werden unangemessenes Benehmen vorgeworfen, aufwieglerisches Verhalten, tätliche Angriffe, welche schlussendlich in einen Sklavenaufstand ausgeartet sind. Es wurden zudem Waffen eingeschmuggelt und haushaltsübliche Gegenstände zweckentfremdet."

Ein Raunen ging durch die Beobachter, als wären die Angeklagten über jungfräuliche Mönche hergefallen. Rachel entwich ein Kichern, und Richter

David richtete seine gesamte Aufmerksamkeit auf die süße Honigblonde, die in dem Babydoll zum Anbeißen aussah.

Oh Gott. Sienna biss sich auf die Zunge, verkrampfte ihre Hände, bohrte sich sogar die Fingernägel in die Handflächen, um jedes Geräusch zurückzuhalten. Aber nein, es bahnte sich aus ihrer Kehle, blubberte über ihre Lippen, und in der Stille hörte man es auch bis in den hintersten Winkel des Raumes, als hätte sie laut gelacht. Dabei war es nur ein leises Grunzen gewesen. Jetzt hatte sie die Aufmerksamkeit von Richter David und Richter Alec. Oder war er der Staatsanwalt?

Sie zuckte zusammen, und Rachel quietschte vor Schreck. Eine eisenharte Hand legte sich um Siennas Nacken, gepaart mit einem unheilvollen Schatten, der auf sie fiel. „Noch einen Ton und ich werde euch mit meinem Lieblingspaddel bekannt machen“, raunte Alexander.

Alec glitt langsam näher, bis er sie erreichte. Sie betrachtete seinen Schritt und erinnerte sich nur zu gut daran, wie es war, über seinen kräftigen Beinen zu liegen und seine herrliche Hand auf ihrem Po zu spüren. Sie sehnte sich danach, würde ihm am liebsten hier und jetzt in den Oberschenkel beißen, nur damit er es tat. Würde er? Unvermittelt packte er ihr Kinn, und sie zerschmolz, sobald er sie berührte, lehnte sich instinktiv nach vorn. Er streichelte mit den Fingerkuppen ihren Hals.

„Dieses kleine Biest hat den ersten Schritt des Aufruhrs begangen, mich mit Wasser übergossen, während …“ Er zeigte anklagend mit dem Finger auf Rachel „… diese unschuldig aussehende Subbie mich abgelenkt hat.“ Seine Mundwinkel zuckten, ehe er ihr Kinn losließ, um anschließend mit den Daumen ihre Unterlippe nachzuzeichnen. Sie gab der Versuchung nach, öffnete den Mund und leckte über die Spitze, wobei sie sich vorstellte, es wäre sein Schwanz. Er drehte sich um, und sein Po spannte sich bei jedem seiner Schritte an. Gott, sie liebte alles an diesem Mann. Sobald er das Pult erreichte, wandte er sich ihnen erneut zu, wie ein zielstrebiges Krokodil, das auf seine Beute zusteuerte. Er griff unter seine Robe und holte eine Gerte hervor. Sienna fasste es nicht – an dem Ende prangte eine kleine Hand aus Gummi. Doch keine von den Subs kicherte, da Alec nicht mehr wie ein Richter oder Staatsanwalt wirkte, sondern wie der sadistische Master, der er war.

Alec kramte die düsterste Erinnerung an die Oberfläche, die er hatte, weil er sonst in lautes Lachen ausgebrochen wäre. Er dachte an Valerie. Acht Augenpaare klebten förmlich auf seiner Hand mit der Gerte, die er gegen sein Bein wippte. Mit ihr konnte man hübsche Muster auf dem Arsch einer Sub hinterlassen. Er blieb vor jeder Einzelnen stehen und hob ihr Kinn mit der Gummihand an, bis sie vor Nervosität beinahe zersprangen, da sie Mühe hatten, seinem Blick standzuhalten. Er gab zu, am meisten Spaß machte es ihm bei Carolina, Rachel und natürlich Sienna. In dem Moment, als er Sienna vorhin angesehen hatte, hätte er sie am liebsten über seine Schulter geworfen, sie in das nächstbeste Zimmer verschleppt, ihr das hübsche Höschen heruntergerissen, um ihr aus reiner sadistischer Freude so lange den Arsch zu versohlen, bis sie heulte, schrie und anschließend seidenweich über seinem Schoß hing.

Und als er sie berührt hatte …

Seine Selbstbeherrschung war fröhlich singend davongerannt, während er das Gefühl ihrer Haut auf seiner aufsog wie ein Schwamm.

Alec, du Trottel, du liebst sie. Einfach alles an ihr.

Er trat von den aufgeregten Subs zurück, und David ergriff das Wort. „Wenn ihr uns sagt, wer dieses Vergehen ausgeheckt hat, wer die treibende Kraft dahinter war und wer die Waffen eingeschmuggelt hat, könnte es strafmildernd ausgelegt werden."

Acht Subbies starrten an ihm vorbei und pressten störrisch ihre Lippen aufeinander, genau, wie die Master es erhofft hatten. Die Nacht der glühenden Ärsche war angebrochen!

„Ihr wollt mit dem Feuer spielen?", fragte er sanft, sah dabei Rachel an, die niedliche rote Flecken auf den Wangen bekam. Er würde dafür sorgen, dass ihr Po dazu passte.

„Vollstrecker! Bring mir die Würfel", sagte David mit einer Stimme, die Eis schmelzen lassen konnte, aber die angeklagten Sklavinnen blieben standhaft. Richard lief zu ihm und legte drei Würfel vor David.

„Falls ihr doch reden wollt, entferne ich jeweils einen für jede Information: einen für die Anführerin und einen für die Waffenschmugglerin. Bei einem Würfel wären es maximal sechs Schläge, die ihr noch hier im Gerichtssaal bekommt, bei drei Würfeln wären es achtzehn." David seufzte tief. „Dann soll es so sein. Wir fangen mit … Rachel an."

Der kleine Zuckerdrops ballte die Hände zu Fäusten und sah flehentlich zu Alec hoch. Sienna dagegen versuchte, sowohl ihn als auch David mit ihren Augen zu häuten.

David warf die Würfel in einen Becher und ließ sich Zeit dabei, ihn ordentlich zu schütteln. Alec legte Rachel eine Hand auf die Schulter, und sie nahm einen tiefen Atemzug. Sie reagierte sofort auf Berührungen, ebenso wie Sienna.

Die Würfel kullerten über den Tisch, während acht schwitzende Subbies den Atem anhielten.

„Zehn Schläge, ausgeführt durch Master Alec. Rachel, geh hinüber zu dem Strafbock, zieh dein Höschen herunter, und beug dich darüber."

Alec nickte Richard und Alexander zu, weil Rachel wirkte, als hätte sie vergessen, dass sie laufen konnte. Die Master packten sie an den Ellenbogen, um sie auf die Füße zu heben.

„Falls eine von euch sich weigern sollte, brauche ich nicht zu würfeln, denn dann sind es dreißig Schläge, die ich ausführen werde“, sagte David mit einem gemeinen Unterton.

Rachel lief auf den Bock zu, der so eingestellt war, dass auch die Kleinsten von ihnen, und das waren Rachel und Sienna, sich ohne Hilfe darüberbeugen konnten. Ihre Hände zitterten, als sie sich den rosafarbenen Slip hinunterzog und sie sich auf das Handtuch legte, das das Leder bedeckte. Ein sehr hübscher Anblick, so ein praller Arsch. David grinste breit, und Alec blieb vor ihr stehen, packte in ihr Haar und zog ihren Kopf in den Nacken. Mit Tränen gefüllte blaue Augen sahen ihn an, die in einem weicheren Dom Gewissensbisse erzeugt hätten.

„Nun, Rachel, möchtest du ein Geständnis ablegen?“

„Nein, Master Alec“, flüsterte sie kaum hörbar.

„Dann wirst du bekommen, was du dir verdient hast. Du wirst laut mitzählen, dich nicht wegdrehen, dich nach der Strafe auf den Knien bei mir bedanken. Aber schreien und weinen darfst du, so viel du es möchtest. Du weißt, ich mag das.“

Ah, auch sie beherrschte den Grillblick.

Er lief um den Bock herum, tätschelte ihren Arsch, und die Gerte sauste auf die rechte Seite ihres Pos, die einen sichtbaren handförmigen Abdruck hinterließ.

Entzückend.

Nach fünf Schlägen weinte Rachel, und er wusste, die Tränen kamen nicht von dem Schmerz, denn er schlug nicht allzu fest zu, sondern weil sie wegen Liam dermaßen aufgewühlt war. Alexander fasste sie an den Schultern und half ihr, sich hinzuknien, als es vorbei war.

„Danke, Master Alec“, schluchzte sie. Er streichelte ihr über die Wange, und sie schmiegte sich an ihn, ganz die süße Sub, die sie war.

Sue war die Nächste, obwohl er sie viel unbarmherziger schlug, ertrug sie die Züchtigung mit stoischer Ruhe. Kurze Zeit später knieten sechs Subs gezüchtigt auf dem Boden. Es fehlten nur noch Carolina und Sienna. Mrs. Muffin hob er sich bis zum Schluss auf. Sie wussten, dass Carolina die Wasserpistolen eingeschmuggelt hatte, und daher freute es ihn, dass ihre Würfelzahl bei sechzehn lag. Er verabreichte ihr acht zischende und acht leichtere Schläge. Bei ihr wurde er hart, weil es die Tränen der richtigen Art waren. Nur Sienna war übrig, und sie hatte Pech. David würfelte die Höchstzahl.

Dass sie zum Schluss dran war, lag nicht an einem Zufall, da war Sienna sich sicher. Master Alec wollte sie quälen, sie erregen und sie verunsichern. All das hatte er erreicht, während sie beobachtete, wie unterschiedlich er bei den Bestrafungen vorging. Rachel hatte er beinahe zärtlich mit der Gerte bedacht, Carolina viel gemeiner und mit sichtbarem Vergnügen, bei Sue war er schnell und effizient gewesen, und bei Tessa hatte er abwechselnd hart und zart zugeschlagen. Sienna schämte sich dafür, dass Carolinas Züchtigung sie besonders erregt hatte. Jetzt war sie offensichtlich nicht mehr frigide, sondern pervers.

Ihr halfen Jack und Marcus auf die Füße, die sie nicht auseinanderhalten konnte. Obwohl der Bock nur wenige Meter von ihr entfernt stand, erschien es ihr, als müsste sie das halbe Universum durchqueren, bis sie ihn erreichte, und dass Master Alec sie mit seinem Blick auffraß, war nicht hilfreich. Er legte ein frisches Handtuch über das Leder, starrte sie an, bis sie sich das Höschen herunterzog. Das war demütigend und unglaublich erregend, es selbst zu tun. Sie drapierte sich über die Querseite, und alles, woran sie dachte, war er. Sienna vergaß die Zuschauer, ihre Unsicherheiten, ihre angeblichen Makel. Ihr stieg das Blut in den Kopf, und sie hoffte, er würde endlich anfangen. Master Alec streichelte am Rand des Halsbandes entlang und legte seine Hand auf ihren Po.

„Ein hübscher, beinahe jungfräulicher Arsch, der ein wenig blass daherkommt. Ein untragbarer Zustand, wie ich finde. Und bei diesem Exemplar einer aufrührerischen Sub muss ich sehr sorgfältig vorgehen."

Er hockte sich vor sie und sah sie ernst an, eine stumme Frage, ob mit ihr alles in Ordnung war.

„Grün", wisperte sie, sodass nur er es hören konnte.

Er richtete sich auf, blieb hinter ihr stehen, und nach einer gefühlten Ewigkeit klatschte die Gerte mitten auf ihre rechte Pobacke. Verflucht, tat das weh!

„Eins, Master Alec." Es war schwer, sich zu konzentrieren, zu reden und in Position zu bleiben. Master Alec traf dieselbe Stelle noch einmal, und das Brennen vervierfachte sich.

Oh, wie gemein!

Nach dem siebten Treffer glaubte sie, ihre Haut müsste sich auflösen, sodass sie ihre gesamte Willensstärke brauchte, um sich nicht wegzudrehen, obendrein war sie unfähig sich zu erinnern, was sie sagen sollte. Jemand presste eine Handfläche auf ihren unteren Rücken und hielt sie fest, damit sie nicht flüchten konnte. Längst weinte sie, und obwohl sie sich vorgenommen hatte, stumm zu verbleiben wie Sue, schaffte sie es nicht einmal annähernd. Sie schrie, schluchzte, bettelte und jammerte, doch es nutzte ihr in keinster Weise. Master Alec zog die Bestrafung bis zum Ende durch und teilte sie so aus, dass sie jeden schmerzvollen Streich aushielt.

„Jetzt sieht ihr Arsch wie der einer Subbie aus." Die Zuschauer lachten. Er legte seine Hand auf die geschundene Haut, und sie konnte sich nicht helfen, sie absorbierte die tröstende Berührung mit Leib und Seele. „Er fühlt sich auch so an, heiß und feurig." Er rutschte tiefer mit der Handfläche, zwischen ihre Schenkel, und obwohl sie die Beine zusammenpresste, war es für ihn ein Leichtes, zwischen ihre Schamlippen zu schlüpfen. „Wie wir alle sehen können, hat sie zwar geschrien und gejammert, aber ihre Pussy ist unglaublich nass. Der Master, der sich Sienna heute Abend annimmt, wird sehr zufrieden sein."

Seine Worte glichen einer kalten Dusche. Wollte er sie nur erschrecken? An den Schultern packte er sie und stellte sie auf die Füße, ging vor ihr in die Hocke und zog ihr das Höschen nach oben.

„Hast du nicht etwas vergessen, Sienna?"

Sie war zu aufgewühlt, um Widerstand zu leisten, und sank hölzern auf die Knie, blickte dabei auf seine Erektion.

„Ich danke dir für die Bestrafung, Master Alec."

Bitte schick mich nicht weg.

Sie wollte sich aufrappeln und sich neben Rachel knien, doch er legte seine Hand auf ihren Kopf.

Richter David schlug mit dem Hammer auf das Pult, bis das Stimmengemurmel verebbte. „Der erste Teil der Disziplinierung ist vollzogen worden, jetzt werden wir tiefer in den Aufstand dringen. Verhakt die Handgelenksmanschetten hinter ihren Rücken, und verbindet ihnen die Augen. Wir würfeln, wer welche Sub bekommt."

Die Master erlaubten sich bestimmt nur einen Scherz, doch ihr aufgeregt klopfendes Herz war anderer Meinung. Sie wehrte sich nicht, als Master Alec die Manschetten verband, und dann raubte eine Maske ihr die Sicht. Er tröstete sie nicht, er ging fort, ließ sie allein.

„Alexander, hilf Sienna hoch. Wir werden für heute Nacht ihre Master sein", sagte David.

Sollte sie nicht das Safeword rufen? Es hier und jetzt beenden, weil es zu weit ging?

Dann wirst du niemals erfahren, ob nur Alec dich so erregt, flüsterte eine leise Stimme in ihrem Verstand. *Und sollte er dich nach deinem Urlaub nicht mehr sehen wollen, musst du nach vorn blicken, und es wird dir leichter fallen, wenn du auch bei einem anderen Mann Lust empfinden kannst.*

„Traust du dich, Fiorella?"

Sie hätte nie gedacht, dass gefesselte Handgelenke hinter dem Körper sie so hilflos machen würden, dazu die geraubte Sicht, die alle anderen Sinne verschärfte. Sie roch Davids Aftershave, der vor ihr stand, und spürte Alexanders Wärme an ihrer Rückseite. Sie vertraute den Männern, doch eigentlich wollte sie nur Master Alec. Warum tat er ihr das an? Sie hörte seine Stimme. „Süße Rachel, für heute Nacht bist du mein."

Eifersucht suchte sich ihren Weg, aber entschlossen drängte sie das hässliche Gefühl zurück. Rachel war nur eine Session unter vielen für ihn. Rachel flüsterte etwas, das Sienna nicht verstand, dann kicherte die Honigblonde.

David schob zwei Finger unter Siennas Halsband und zog sie zu sich. „Konzentrier dich auf mich, Sub. Entweder sagst du jetzt dein Safeword oder du übergibst dich in unsere fähigen Hände."

„Ich … ich vertraue euch, Master David."

Sie spürte seinen Atem auf ihrer Stirn, und seine Lippen berührten sie kurz, ein federleichtes Versprechen, dass sie bei ihm sicher war.

„Gut. Dann komm." Er umfasste ihren rechten Oberarm und Alexander ihren linken, und sie liefen aus dem Raum. Nach einigen Metern erstarb das Stimmengewirr, und sie hörte nicht einmal ihre Schritte, alles, was übrig blieb, war ihr Herzschlag, der die Lautstärke einer übergroßen Trommel aufwies. Nach endlosen Minuten stoppten die Männer, und Alexander zog sie in seine Arme. Doch anders als bei Alec beruhigte sie diese Geste nicht, es steigerte stattdessen ihre Nervosität.

„Angst, dass wir dich fressen, Sienna?", fragte er amüsiert, während seine Hände nach unten wanderten, bis sie ihren flammenden Po erreichten. Das Spitzenhöschen war keine Barriere, und sie fühlte seine Handflächen überdeutlich.

Es hätte dich noch schlimmer treffen können. Hinter dir könnte Joe stehen. Sie verstand nicht, wieso Emily sich dem dunkelhäutigen Hünen mit Haut und Haar auslieferte, ohne vor Furcht zu sterben.

„Ich glaube, ihr werdet mir andere Dinge antun, Master Alexander." Und so sehr sie sich den Kopf zerbrach, sie konnte sich nicht ausmalen, was sie vorhatten. Das hielt ihre Vorstellungskraft jedoch nicht davon ab, jedes Szenario in Rekordgeschwindigkeit zu durchlaufen, von dem sie jemals gelesen hatte.

„Das werden wir. Alec hat uns alles über dich erzählt, selbst Dinge, von denen du nichts ahnst."

Sie hörte das Öffnen einer Tür, und Alexander schob sie rückwärts in den Raum. Ihre Füße berührten Parkett. Es schien, außer den beiden Mastern, niemand sonst in dem Zimmer zu sein. Mit sanftem Druck zwang er sie weiterzulaufen. „Bleib hier stehen, Sienna." Er ließ ihre Schultern los, und sie konnte gerade noch einen kläglichen Laut zurückhalten, sobald er sie allein ließ. Es war furchtbar, nicht zu wissen, wie das Zimmer aussah, was sich in ihm befand. Sie stand verloren in der Dunkelheit, denn die Binde war blickdicht, und sie konnte nicht einmal erahnen, ob das Zimmer groß oder klein war. Der Boden schien unter ihren Füßen zu schwanken, und sie sehnte sich nach einer Wand, an die sie sich anlehnen könnte, die ihr eine trügerische Geborgenheit schenken würde. Sie straffte ihre Schultern, schloss ihre Augenlider und dachte an Master Alec, stellte sich vor, er wäre mit ihr an diesem Ort.

„Welche sollen wir nehmen?“, fragte Alexander, und sie zuckte von dem plötzlichen Klang seiner Stimme zusammen.

„Sie liebt es hart an den Nippeln, daher brauchen wir keine Anfängerklemmen zu wählen. Für ihre Pussy sollten wir etwas erträglichere aussuchen.“

„Diese hier, David?“

„Perfekt … schmerzvoll, aber bei ihr werden sie eine intensive Erregung erzeugen.“

„Ist der Plug zu groß für ihren süßen Arsch?“

„Auf keinen Fall.“

Diese hinterhältigen Bastarde!

Sie spielten mit ihrer Furcht, katapultierten sie weit aus ihrer Wohlfühlzone, obwohl sie ihre Tricks durchschaute, war sie ihren Instinkten schutzlos ausgeliefert. Diese veranstalteten ein Baseballmatch mit ihrem Verstand, der darauf beharrte, dass sie ihr nur Dinge antun würden, die sie aushielt. Sie zitterte nicht nur, sie bebte, konnte sich kaum auf den Beinen halten, und plötzlich hielt David sie in seinen Armen.

„Atme tief durch. So ist es gut.“

Sie hatte all diese Dinge mit Master Alec ausprobieren wollen!

Alexander stand hinter ihr, verblieb jedoch stumm und löste den Haken, der ihre Manschetten miteinander verband. Sie konnte nichts dagegen tun, doch wie von allein klammerte sie sich an David fest, hielt ihn umschlungen, als könnte seine Stärke auf sie übergreifen. Sie spürte seine harten Muskeln, und er ließ sie gewähren, schenkte ihr das Durchatmen.

„Sienna, du musst mich jetzt loslassen. Sofort!“

Widerwillig gehorchte sie. Sie hörte das Klirren einer Kette über sich und zog instinktiv den Kopf ein. „Sienna“, sagte David sanft. „Du erfährst nur Schmerzen durch unsere Berührungen. Dir etwas auf deinen hübschen Kopf fallen zu lassen, gehört sicherlich nicht dazu. Alexander, fessele ihre Handgelenke an die Stange, zieh sie danach so weit hoch, dass sie ihre Hilflosigkeit spürt, aber nicht in Panik gerät.“

Alexander befolgte den Befehl, und anschließend wurden ihre Arme langsam hochgezogen, bis ihre Hände sich knapp über Kopfhöhe befanden.

„Halt sie, Alexander. Sienna, wenn ich du wäre, würde ich mich nicht bewegen."

Alexander stand dicht hinter ihr und umfasste ihre Schultern mit einem festen Griff. Die Wärme seines Körpers sickerte in ihre plötzlich eiskalte Haut. David küsste sie erst leicht auf die Lippen, und dann spürte sie etwas Hartes, Metallisches ihr Schlüsselbein entlanggleiten.

Das konnte nur ein Messer sein!

Instinktiv versuchte sie auszuweichen, doch Alexanders Muskeln waren unnachgiebig, und er hatte eine Erektion, weidete sich an ihrer Angst, die sie so schrecklich belebte und erregte. David folgte mit der stumpfen Seite der Klinge der Kontur ihres Busens, dann ihren zitternden Bauch entlang.

„Halt ganz still." Er fuhr mit dem Messer unter ihr Höschen, und es war so scharf, dass es mühelos die rechte Seite durchtrennte. Er zog es über ihren Venushügel und zerschnitt auch die linke Seite des Stoffes.

„Spreiz deine Schenkel, Sienna", befahl ihr David. Zögerlich setzte sie die Füße auseinander, und das Höschen flatterte zu Boden.

Alexander legte eine Hand auf ihren Bauch, hielt sie genau so, wie Alec es bei ihrem ersten Aufeinandertreffen getan hatte. Die Spitze der Klinge berührte ihren Kitzler, und ein Keuchen stahl sich über ihre Lippen, dann ein erleichtertes Aufatmen, als das Messer sich seinen Weg nach oben suchte. Er zerschnitt die Träger ihres teuren BHs, fuhr mit der Klinge unter den Steg, und der zarte Stoff flatterte zu Boden.

„Die kleine Sub ist erregt. Ihre Nippel sind geschwollen, ebenso ihre Klitoris. Ich kann sie von hier aus sehen. Was für ein ungezügeltes Luder haben wir in unserer Gewalt." David spreizte mit den Fingerkuppen ihre Schamlippen und stimulierte mit kreisenden Bewegungen ihre Lustperle.

Alexander nahm kurz seine Hände von ihr, nur um ihre Brüste zu umfassen, die Fülle in seinen kräftigen Händen zu wiegen. Ganz leicht massierte er ihre pochenden Nippel. Sienna legte den Kopf nach hinten und genoss die Berührungen auf ihrem Körper. Sie wurde von zwei Männern geliebt, und doch würde sie die sinnliche Erfahrung auf der Stelle gegen Alec eintauschen. Alexander küsste sie auf den empfindlichen Punkt an ihrer Halsbeuge, biss anschließend zu, hart genug, dass sie aufschrie, und genau in diesem Moment schob David einen Finger in ihr heißes, nasses Geschlecht.

„Kleine Mrs. Muffin", wisperte die amüsierte Stimme von Alec an ihrem Ohr. Es war nicht Alexander, der hinter ihr stand, sondern Alec. Sie war so erleichtert, aber andererseits entwich ihr ein zorniges Schnauben. „Sienna", sagte er warnend. „Hast du immer noch nicht gelernt, wann es besser ist, still zu sein?"

„Ihr seid so gemein", blubberte es aus ihrem Mund, auch wenn sie wusste, dass sie damit kopfüber ins Verderben sprang.

David presste unvermittelt seine Lippen auf ihre, drang mit der Zunge ein und küsste sie gründlich, während Alec hart an ihren Nippeln zupfte, gleichzeitig in ihre Halsbeuge biss. Schmerz, Lust, Angst, Erregung, Erleichterung, all das überschwemmte ihre Synapsen.

Die Master ließen zeitgleich von ihr ab, und ihre Arme wurden höher gezogen, bis sie gerade noch auf den Fußflächen stehen konnte. Ihre Bauchmuskeln zogen sich nervös zusammen, unterdessen sie versuchte zu hören, was gleich passieren würde.

„Hast du mich vermisst, Honey?“

„Mehr als du verdienst.“

Er lachte weich, klapste sie einmal auf den Po. Beide Männer umrundeten sie. Oh Gott! Als wenn ihre Nervosität nicht bereits das Limit erreicht hätte!

Sie hörte ein Summen, und eine harte Hand umfasste ihren Nacken. „Wage es nicht, ohne Erlaubnis zu kommen“, wisperte David, als er einen Vibrator auf ihre Klitoris presste. „Du wirst es bereuen.“ Gleichzeitig küsste reines Feuer ihren Po. Der gegensätzliche Reiz katapultierte sie in neue Höhen. Sie wusste nicht, mit was Alec ihre Haut erhitzte, es war weder seine Handfläche noch eine Gerte oder ein Stock. Doch was immer es auch war, der Schmerz war genau richtig.

Sie versuchte, den drängenden Orgasmus aufzuhalten, aber sie schaffte es nicht. Bei jedem Hieb, der ihren Po traf, ruckte sie nach vorn, und David erhöhte die Vibration. Sie konnte nichts dagegen tun und spielte ihnen damit in die Hände. *Als ob dies nicht ihr Ziel wäre!* Herrliche Erfüllung packte sie, und die brennende Qual auf ihrer Haut steigerte den Genuss auf unvorstellbar köstliche Weise. Wie Samt und Dornen prasselten die Empfindungen auf ihren Leib, Eis und Feuer, das ihr die letzte Gegenwehr raubte. Konnte man es verbergen, wenn man einen Höhepunkt bekam? Sie verkrampfte den Körper, presste die Lippen zusammen und wusste, dass sie die Schauspielkünste einer Tomate besaß. „Netter Versuch, Fiorella“, sagte David amüsiert, zwirbelte hart an ihren Nippeln, und ein besonders schneidender Hieb traf sie auf der Unterseite ihrer rechten Pobacke.

Sie schrie, zuckte und keuchte, und David stimulierte sie bis über die Erfüllung hinaus.

„War das etwa ein unerlaubter Orgasmus, Sklavin?“ Alec packte ihre Haare, um ihren Kopf in den Nacken zu ziehen, und legte seine Hand auf ihre Kehle, streichelte mit den Fingerspitzen am Rand des Halsbandes entlang. Seine Stimme klang bedrohlich, heiser, obendrein triumphierend.

„Ihr habt mich gezwungen!“, würgte sie hervor.

„Du willst uns die Schuld für deine geringe Disziplin geben?“ Unvermittelt zog er ihr die Maske von den Augen, und sie blinzelte, um klar sehen zu können. Er stellte sich neben David, und sie wünschte sich die Augenbinde wieder zurück. Alec allein verursachte in ihrem Verstand ein Chaos, doch zwei Master, die sie beide mit diesem dominanten Lächeln bedachten, während sie gefesselt vor ihnen stand, oder eigentlich mehr hing, war beinahe zu viel. Und sie ließen sie schmoren, weideten sich an ihrem Zustand.

„David, würdest du bitte ihre Nippel stimulieren. Es ist Zeit für eine gnadenlosere Gangart und für eine neue Art von Schmerz."

Sie schluckte hart bei dem Gedanken, was sie vorhatten, wünschte sich, sie könnte ihre Knospen bei Bedarf einziehen. Aber diese ragten geschwollen, pochend und gehorsam von ihren Brüsten, sehnten sich nach der Qual, obwohl ihr Verstand ihnen einzuflüstern versuchte, dass sie keine Klemmen wollten. Das Pochen nahm zu und verhöhnte sie.

David stellte sich hinter sie und zog sie dicht an seinen Körper. „Was für eine wunderbare Fülle, gekrönt von Brustwarzen, die den Namen verdienen." Er hob ihre Brüste an, und zwischen Daumen und Zeigefinger rollte er die zarten Spitzen, hart und unerbittlich, unglaublich erregend. „Du magst es wirklich schmerzvoll, Sienna. Die Klemmen werden dir gefallen."

Diesmal befanden sie sich in einem Raum mit italienischer Ausstattung. Erotische Gemälde zierten die Wände und warme Terrakottatöne tauchten das Zimmer in ein angenehmes Licht. Master Alec trat an das Sideboard aus dunklem Holz und kehrte mit Klemmen zurück, die auf seiner Handfläche lagen. Es waren drei.

„Sehr schön. Deine Nippel sind erregt, geschwollen und genau richtig, um die herrliche Pein zu ertragen." Sie starrte auf seine Hand, unfähig, den Blick davon zu lösen, denn dünne Ketten hingen an den Folterutensilien, und ihre Bauchmuskeln tanzten Salsa bei dem Gedanken, wo er sie anbringen könnte.

David hielt ihre rechte Brust in Position, während sein stahlharter Körper hinter ihr und seine Arme, die sie umfassten, verhinderten, dass sie Alec ausweichen konnte.

„Sugar, ich liebe diesen Ausdruck in deinen Augen, diese Angst, gemischt mit Lust, macht mich hart."

Es machte nicht nur ihn hart, die Erektion von David presste verführerisch gegen sie, und sie fragte sich, wie weit die Master und sie selbst gehen würden.

„Sieh mich an, Sienna." Alec legte seine Handfläche unter ihr Kinn, zwang sie, seinen Blick zu treffen, der so durchdringend, aber auch beruhigend war, dass sich die Schmetterlinge in ihrem Inneren besänftigt zeigten. „Zuerst wird der Schmerz dich erfassen, sodass du glaubst, dass du ihn nicht aushalten kannst. Doch er wird in eine herrliche Qual übergehen, die deine Lustsinne steigert. Vertrau uns, kleine Sub. Schließ deine Augen, und atme ruhig ein und aus, auf keinen Fall die Luft anhalten." Ihre Lider flatterten zu, und Alec wartete, bis sich ihr Brustkorb gleichmäßig hob und senkte. „Tapferes Mädchen." Er liebkoste mit den Fingerkuppen ihren Nippel, und dann raste reines Feuer in die zarte Spitze, das ihr einen Schrei entriss. Es fühlte sich an, als hätte er tausend Nadeln durch ihre Brustwarze gejagt. Tränen tropften aus ihren Augenwinkeln, und David murmelte beruhigende Worte, während seine starken Arme ihr Halt gaben.

„Sieh mich an, Sugar." Alec musterte sie und löste die Feststellschraube ein wenig, sodass das eklige Brennen Platz machte für ein köstliches Pulsieren. „Besser?"

„Ja, Master Alec."

Er liebkoste den anderen Nippel.

„Bitte, Master Alec. Tu das nicht."

„Nein?" Er fasste zwischen ihre Schenkel und lachte auf diese dominante Weise.

„Ist sie nass, Alec?"

„Nass beschreibt es nicht annähernd. Sie trieft vor Geilheit." Die unverblümten Worte sollten sie beschämen, stattdessen steigerten sie ihre Erregung, auch wenn sie es nicht verstand. „Stimuliere sie bitte, damit sie es leichter hat. Und Sienna, für dein nicht ernst gemeintes Flehen wird David dich gleich bestrafen. Es gibt Stellen auf deinem hübschen Körper, die ein wenig Feuer vertragen könnten."

David rutschte mit einem Arm tiefer, und er fand zielsicher ihren Kitzler. „Du bist ein Traum für einen Sadisten und für einen Dominanten. Schenk uns noch ein paar deiner Schreie, einige, die von Begierde, und andere, die von Leid geprägt sind." Fest massierte er ihre überempfindliche Perle, und Alec brachte die zweite Klemme an. Sie schrie, während reine Ekstase ihre Nerven packte. Schmerz und Lust in vollkommener Harmonie, die eine Einheit bildeten, der Sienna sich offenen Herzens ergab, auch wenn die Master dazu Zwang anwenden mussten, denn das trug zu der Erfüllung bei.

„Was fühlst du, Fiorella?"

„Alles", stieß sie hervor, und die Männer lachten. „Master." Wie sollte sie reden, während ihr Verstand von ihrer Gier überrollt wurde?

„Überwiegt der Schmerz oder die Lust, Sugar?"

Oh, eine Multiple-Choice-Frage. „Lust, Masstt… ahhhhhh."

„Reicht dir das als Antwort, David?"

„Ausnahmsweise."

„Nun ist es Zeit für die letzte Klemme. Sie ist viel sanfter, Sienna. David, würdest du bitte …"

Wenn sie nur gekonnt hätte, wäre sie weggelaufen. Doch sie musste jetzt durch diese Situation, ob sie wollte oder nicht. Und anscheinend verlangte sie danach, denn ihre Sicherungsleine hatte sie nicht einmal entrollt. Die widersprüchlichen Gedanken rasten in ihrem Kopf herum. David spreizte ihre Labien, sodass ihre empfindlichste Körperstelle dem Sadisten angeboten wurde. Lustvoll pochte sie, überschwemmte ihren Leib mit süßer Begierde, bis zu dem Moment, als Alec die Klemme mit ruhigen Händen anbrachte, ein Gegensatz zu ihren bebenden Gliedern.

„Schhh“, murmelten beide und hielten sie in ihren starken Armen, streichelten besänftigend über ihre Haut, bis das unangenehme Stechen abebbte. Ihr Verstand war unfähig, die Stimulationen als einzelne Reize zu erfassen. Alec brachte zwei dünne Ketten an den Nippelklemmen an und hakte sie an dem vorderen Ring ihres Halsbandes fest. Eine weitere Kette folgte, die sich teilte und von ihrer Klitoris zu ihren Brustwarzen führte.

„An deiner Stelle würde ich nicht so viel herumzappeln bei dem, was wir dir antun werden“, sagte der Sadist mit einer Belustigung, die seiner düstersten Seite entsprang. Er ließ die Stange herab, an der ihre Handgelenke gefesselt waren, und Sienna versuchte, ihren Körper einzufrieren, nicht an den herrlich fiesen Foltergeräten zu ziehen, die an strategisch lustvollen Punkten angebracht waren. David hielt sie sicher, und sie nahm den Halt gerne an. Als sie sich gesammelt hatte, löste er seine Hände von ihr.

„David, sieh sie dir an“, sagte Alec mit Stolz in der Stimme.

„Sienna, hoch mit dem Kopf.“ Die kleine Sub stand wie eine Statue, ein Zustand, der nicht lange anhalten würde, dafür würden David und er sorgen. Ihr Arsch leuchtete von dem Paddel, das er eingesetzt hatte, ihr verweintes Gesicht war ein Fest für seine Sinne, und die Klemmen machten das Kunstwerk *Sienna* perfekt. Der Orgasmus und der Schmerz sowie ihre Hilflosigkeit hatten sie in ein Stadium der vollkommenen Hingabe versetzt. Jetzt war Fingerspitzengefühl angebracht, um sie sanft, aber dennoch unerbittlich, auf die nächste Klippe zuzutreiben und aufzupassen, dass sie nach dem Hoch und dem erlittenen Leid in ihren Armen landete, sich nicht nach dem Liebesspiel überfordert fühlte. Es war keine Session für ihn, das realisierte er deutlich, und David wusste genau, was in ihm vorging.

Im Schneckentempo tat sie, was er verlangt hatte, doch sie stand gebeugt, um jeglichen Zug auf die Klemmen zu vermeiden. „Stell dich gerade hin, und nimm Position eins ein!“ Wenn Blicke einen Kerl entmannen könnten, dann hätten es ihre getan. Und wieder einmal spielte sie ihm in die Hände. Sie setzte ihre Füße auseinander und hob vorsichtig die Arme. „Heute noch!“, fuhr er sie an.

Sie zuckte zusammen und zog an den Ketten, keuchte von dem Reiz auf, der sie erfasste. Bei ihm zuckte sein Schwanz, als er die Lustqual beobachtete, die über ihr Gesicht huschte. „Dein Ausdruck gefällt mir nicht, Sienna. David, leg ihr die Maske um."

„Bitte …"

„Sollen wir dich auch noch knebeln?" Er zog leicht an der Klitoriskette, und sie holte zischend Luft, während sie mit sich kämpfte, die Worte, die sie ihm entgegenschreien wollte, zurückzuhalten. Aus reiner Boshaftigkeit beugte er sich vor und saugte hart an ihrem rechten Nippel einschließlich der Klemme.

„Aahhhhhhh …"

David versah sie mit der Maske. Bebend stand sie vor ihnen, und Alec umfasste ihren Nacken, küsste sie leidenschaftlich, sodass sie ihre ganze Aufmerksamkeit auf ihn richtete. Von ihr unbemerkt, ließ David eine breite gepolsterte Stange an einem Seil herab, bis sie in Höhe ihrer Kniekehlen war. Sie hörte zwar das Geräusch der Matratze, die er in ihrem Rücken platzierte, würde aber nicht wissen, was es war. Alec ließ Sienna los und kniete sich hinter sie, während David vor ihr stehen blieb, ihr einen Stoß versetzte, der ihr einen lauten Schrei entriss, als die Stange sie zu Fall brachte und all die Ketten in Bewegung gerieten. Alec fing sie sicher auf.

Es war eine Reizüberflutung, die sie bewusst einsetzten. Es festigte das Vertrauensverhältnis zwischen Sub und Dom - im Nachhinein. Sienna schrie hell und schrill aus Angst sowie Schmerz und holte zitternd Luft, sobald sie merkte, dass sie weich und sicher gelandet war. Ihr Kopf lag auf seinem Schoß, und ehe sie begreifen konnte, wie ihr geschah, hatte David die Fesselvorrichtungen unterhalb ihrer Knie geschlungen, um sie gespreizt an die breite Stange zu fesseln, die sich auch hervorragend als Schaukel eignete.

Alec legte seine Hand auf ihren Mund und erstickte, was sie von sich geben wollte. Er wusste, dass ihre Nippel und ihre Klitoris von dem Fall brannten, auch dass die Pein gerade abebbte und sich in das Pulsieren verwandelte, auf das er abgezielt hatte. Sie versuchte, seinen Halt zu brechen, doch gab auf, da jede Bewegung erneut an den Klemmen zog.

„Ich nehme jetzt meine Hand fort, und du wirst, abgesehen von begeistertem Stöhnen oder Schreien, still sein. Hast du mich verstanden, Sienna?" Sie löste ihre kleine Hand von seiner und lag bebend vor ihnen. Ein herrlicher Anblick. Kaum wahrnehmbar nickte sie, und er ließ sie los, erlöste sie danach von der Augenbinde. „Alles gut, Honey?"

Ihr Ausdruck hatte rein gar nichts mit Honig zu tun, vielmehr erinnerte er an Lava. Er liebte das, und so wie David aussah, er auch. Sienna gewährte ihnen viel Spielraum, um sie zu bestrafen und sie zu stimulieren, sei es mit Pein, Angst oder Vergnügen, all das zusammen war ein unwiderstehlicher Mix, der sie gemeinsam fortriss. David zog die Stange höher, sodass ihr Arsch und ihre Oberschenkel frei zugänglich waren, später auch ihr süßer Anus. Wie sie bebte! Alec konnte sich daran nicht sattsehen. David nahm ein schmales Paddel, und sie presste ihren Kopf auf seinen Schoß, fasste nach seiner Hand, um Trost, Sicherheit und Kraft bei ihm zu finden.

Es war für ihn höchst erregend, nicht nur zu sehen, wie Sienna Leid durchlitt, sondern ihre Reaktionen zu fühlen. Er sah in ihre Augen, spürte ihre Emotionen in seinem Schwanz und – Satan helfe ihm – auch in seinem Herzen.

David schlug genau richtig zu, ausreichend, um den Schmerz, den Alec ausgeteilt hatte, wiederzubeleben, aber nicht hart genug, um sie zu überfordern. Sie verschlang ihre Finger mit seinen, war ganz auf ihn konzentriert, obwohl es David war, der ihren Arsch mit Feuer überzog.

„Bitte, aufhören. Bitte“, jammerte sie, und David bedachte ihr Flehen mit zwei Hieben auf die empfindlichen Stellen zwischen Oberschenkel und Poansatz. Instinktiv spannte sie ihren Körper an, und das herrlichste gepeinigte Stöhnen kam aus ihrem Mund, als sie an den Klemmen zog. Alec streichelte ihr die verschwitzten Haare aus der Stirn, und sie schenkte ihm ein angestrengtes Lächeln. „Heb deinen Kopf an, Sienna.“

Auf einmal krallte sie sich an Master Alec fest, wollte nicht auf seine Wärme verzichten, die sie umhüllte wie ein schützender Kokon.

„Sienna, leg deine Hände flach auf den Boden.“

Sie vergrub ihre Finger in seiner Hose, als hinge ihr Leben davon ab. „Bitte, ich kann nicht.“

„Du kannst, und du wirst.“

„Ich will nicht.“

„Hier geht es nicht darum, was du willst“, sagte er mit einer Stimme, die viel zu ruhig war.

Sienna wusste selbst nicht, wieso sie nicht einfach tat, was er verlangte, doch sie ließ ihre Finger dort, wo sie waren.

„Bitte lass mich nicht allein“, sprudelte es aus ihrem Mund. Oh Gott, was hatte sie gesagt? Sie meinte nicht nur diesen Moment, sondern …

„Sienna, ich lass dich nicht allein.“

Wie meinte er das? Vielleicht hatte er die Bedeutung ihres unbedacht gestammelten Satzes nicht verstanden. Langsam positionierte sie ihre Hände neben ihren Hüften.

„So ist es gut.“ Er stützte ihren Nacken und legte ihren Kopf auf die Matratze und stand auf. David hatte unterdessen die Manschetten gelöst und ließ die Stange anschließend herunter.

„Rutsch nach hinten, Fiorella.“

Die verdammten Klemmen zogen mit der verstörenden Pein an ihren empfindlichen Körperstellen. „Spreiz deine Beine." Sie tat es, und die Master schauten auf sie herab, sahen gierig auf ihr Geschlecht. Beide entkleideten sich langsam, während sie nicht für eine Sekunde den Blick von ihr nahmen. David war ein verflucht attraktiver Kerl, mit gebräunter Haut und harten Muskeln.

„Offensichtlich gefällt der Sub, was sie sieht." Alec kniete sich zwischen ihre Schenkel. „Handgelenke über den Kopf."

David presste ihre Hände auf die Matratze. Alec sah sie fast bedauernd an. „Bist du bereit?"

Wofür?

Und der sadistische Arsch löste die Klemme auf ihrer Lustperle, und sie versuchte, ihre Beine zu schließen, kämpfte gegen den Halt von David an, doch beides war sinnlos. Und dann beugte Alec sich vor und leckte über die pochende Knospe, verwandelte die schreiende Agonie in pure Ekstase, als seine weichen Lippen sie umschlossen, obendrein sanft saugten. David führte ihre Arme nach unten, und noch während Alec sie leckte, verschlang er seine Finger mit ihren. Sie hob ihr Becken an, drängte sich ihm schamlos entgegen, und David löste die rechte Nippelklemme. Eine unglaublich flammende Pein schoss durch ihre Brustwarze, vermischte sich mit dem, was Alec tat. Sie schrie vor Lust und Schmerz, und dann beugte sich David über sie, beruhigte die schrecklich pochende Knospe mit seiner Zunge, bis auch hier die Agonie in pures Vergnügen überging.

Bitte, lass die zweite Klemme dran!

Sie taten ihr diesen Gefallen nicht. David richtete sich auf, und sie versank in den samtigen Augen, die so ganz anders waren als die von Alec, aber nicht weniger dominant. „Bist du so weit, Fiorella?", fragte er mit einem Hauch von Sadismus in der Stimme.

„Nein, Master", wisperte sie, versuchte, sich mental auf den Schmerz vorzubereiten, doch Alec ließ sie nicht, er saugte besonders hart an ihrer Klitoris, und ihr Verstand verabschiedete sich endgültig. Und dann rauscht das Blut zurück in die sensible Brustwarze, und die Reize überfluteten sie, trugen sie direkt in die Erfüllung. Ihr Körper schmerzte und sandte zur gleichen Zeit lustvolle Impulse durch sie, gesteigert von dem Wissen, sich zwei Dominanten hinzugeben. All das ließ sie in Begierde schreien, stöhnen und weinen, bis sie ermattet auf der Unterlage lag, gehalten von den Mastern.

Alec wischte sich über den Mund und küsste sie, teilte mit ihr den herben Geschmack ihrer Lust, unterwarf sie weiter. Atemlos ließ er von ihr ab. „Auf alle viere mit dir." Die Männer knieten sich vor ihr, stolz und geschwollen waren ihre Erektionen.

„Sag mir eine Farbe, Fiorella." Verwirrt sah sie David an, doch dann verstand sie. Er würde ihr nicht einfach den Schwanz in den Mund stopfen, wollte sichergehen, dass sie es auch wirklich herbeisehnte und nicht nur tat, weil sie nicht klar denken konnte.

„Grün, Master." Sie nahm sich ein paar Sekunden Zeit, um sie genau zu betrachten. „Eigentlich müsstet ihr riesige Nasen haben." Sienna legte den Kopf in den Nacken und verbiss sich das Lachen, denn dann hätte sie nicht mehr aufhören können. Der Dominante und der Sadist hatten ein unbeschreibliches Mienenspiel, und bevor sie auf neue dumme Ideen kamen, nahm sie den Schwanz von David in den Mund und umfasste mit der rechten Hand Alecs Erektion.

Dieses kleine, süße, unverschämte Biest!

David ballte die Hände zu Fäusten, kämpfte offensichtlich damit, nicht in Heiterkeit auszubrechen. Das verging ihm jedoch schnell, da die Sub ihre verführerischen Lippen um seinen Schwanz legte und hart an der Spitze saugte. Doch Mrs. Muffin hatte nicht bedacht, dass Master Gedächtnisse hatte, die niemals etwas vergaßen. Sie würde ihre Strafe noch bekommen, für diese unglaublichen Worte. Sienna umfasste seine Erektion und begann, ihn mit gleichmäßigen Bewegungen langsam zu massieren.

Sie sah so sexy aus, gezeichnet von ihren Schlägen, mit Haaren, die wild um ihren Kopf herumstanden, und den ausdrucksstarken Augen, die so unschuldig dreinblickten, während sie die unanständigsten Dinge sagte und tat. Sie machte ihre Sache gut, denn David stöhnte laut. Er legte seine Hände um ihre Wangen und streichelte sie zärtlich. Alec sah auf ihren Arsch, der sich keck in die Höhe reckte und sich bei ihren Bewegungen anspannte.

Sienna löste sich von David, und jetzt nahm sie seinen Phallus in den Mund. Sie hielt sich nicht mit Belanglosigkeiten auf, lutschte fest an der Eichel, ließ anschließend ihre Zunge an der empfindlichen Unterseite tanzen. Alec packte ihr Haar, hielt sie, sodass er das Tempo bestimmten konnte, und sah, dass sie Davids Erektion umfasste und ihn mit langsamen Bewegungen massierte.

„Sienna, wenn einer von uns jetzt kommt oder gar beide, stellen wir dich im Showroom aus." Sie versuchte, sich von ihm zu lösen, doch er ließ sie nicht, daher lockerte sie ihren Mund. Oh nein, so hatten sie nicht gewettet. „Das Gleiche gilt übrigens auch für den Fall, solltest du nicht mit genügend Enthusiasmus an die Angelegenheit herangehen." Sie lutschte fester. Sienna ging mit Inbrunst an die Aufgabe heran, jedes Mal, wenn einer von ihnen fast den Orgasmus erreichte, hörte sie rechtzeitig auf, und dies war eine Qual, die sogar ein Sadist gerne ertrug.

Ihr Mund war so heiß, so feucht, und jetzt leckte sie abwechselnd hart und zart, saugte anschließend vorsichtig an ihren Hoden und brachte David und ihn um den Verstand. Am liebsten hätte er sie gezwungen, es diesmal zu Ende zu bringen, als die Wellen seiner Begierde beinahe über ihn schwappten. Doch er wollte sie ficken und ihrem süßen Arsch noch etwas mitgeben, woran sie sich mit Vergnügen erinnern würde. Er merkte seinem Freund an, dass auch er Mühe hatte, sich im Zaum zu halten, denn sein Stöhnen wurde lauter und unkontrollierter.

„Sienna, richte dich auf", sagte er sanft.

Verwirrt sah sie ihn an. Alec streichelte ihre geröteten Wangen, stand auf und zog sie auf die Füße. David richtete die gepolsterte breite Stange auf ihre Hüfthöhe aus.

„Drüber beugen, Honey." David und er waren fast gleich groß, ein Umstand, der sich auf der Schaukel nutzen ließ. Er stützte sie, als sie ohne zu zögern tat, was er verlangte, mit einem Blitzen in den Augenwinkeln, das nicht nur ihm gefiel. Wissend lächelnd fing David seinen Blick auf.

Kaum hing sie über der Stange, legte Alec seine Hand auf ihren Po und hielt sie fest, sodass sie nicht versuchen würde herunterzuspringen. David zog die Stange hoch, bis ihre Füße den Kontakt mit dem Boden verloren, sie erschreckt quietschte und sie genau die richtige Höhe hatte, damit er sie ficken und sie gleichzeitig David mit ihrem Mund in die Erfüllung treiben konnte. Doch noch hatte sie nicht alles bekommen, was er für sie geplant hatte. Er nickte seinem Freund zu, der sich vor sie hinstellte und seine Hände auf die sahnige Haut ihres Arsches legte. David, der spanische Vorfahren hatte, hatte eine viel dunklere Hautfarbe als sie, ein Kontrast, der heiß aussah.

„Atme gleichmäßig, freche Sub. Ich werde dich jetzt mit einem Plug versehen." Sie versteifte sich, und er schmunzelte, ebenso wie David. „Er ist klein, dennoch deutlich spürbar in deinem beinahe jungfräulichen Po und wird dir Vergnügen bereiten, während ich dich nehme, so wie es mir gefällt." Um sie zu ärgern, tätschelte er ihre Hinterbacken, die noch immer eine hübsche Röte aufwiesen und auch Hitze ausstrahlten. Und der Anblick … erweckte Urinstinkte in ihm. Es war gut, ein sadistischer Master zu sein!

„Versuch, dich zu entspannen, dann ist es leichter für dich. Ich werde mir so viel Zeit lassen wie nötig, um dich mit dem Plug zu versehen. Doch schlussendlich wird er dich zieren und erregen." Er holte den Plug, das Gleitgel und einen Vibrator. Mrs. Muffin würde mindestens noch einmal für sie kommen.

David zog ihre Pobacken auseinander, und Alec tropfte eine großzügige Menge des kühlen Gels auf ihren Anus. Sie keuchte vor Schreck auf, und er führte vorsichtig zuerst seinen Zeigefinger ein. Genoss eine Frau sexuelle

Freuden in ihrem Arsch, verstärkte es die Orgasmen. Doch hier war besonderes Fingerspitzengefühl angebracht. Sie machte wieder dieses süße Geräusch, das auch David schmunzeln ließ.

„Es scheint der Sub zu gefallen."

Kleine Subbies hassten und liebten es gleichzeitig, wenn man von ihnen in der dritten Person redete, und Sienna stellte keine Ausnahme dar. Er sah förmlich vor sich, wie sie entrüstet ihre Stirn runzelte und ihre Augen Funken versprühten. Alec bewegte den Finger langsam ein und aus, bis sie einen entspannten Atemzug nahm, glücklich seufzte. Er führte einen zweiten Finger ein, millimeterweise, überwand ihren engen Muskel, und der Sadist in ihm genoss ihr anfängliches offensichtliches Unbehagen.

„Es gefällt ihr sehr, sie ist erneut nass wie ein Rasen nach einem nächtlichen Regenguss."

Sie schnaubte empört, und Alec schlug ihr hart auf die rechte Backe. „Du bist still, Sub." Sienna gehorchte ziemlich widerwillig, sodass er einen scharfen Hieb genau auf dieselbe Stelle platzierte. Sie presste ihr Gesicht an Davids Hüfte. Er zog seine Finger raus, tropfte weiteres Gel zwischen ihre Hinterbacken und auf das Sextoy und führte es in ihren Anus.

„Bitte, Master. Er ist zu groß", jammerte sie, während er die Begierde klar auf ihrer Pussy sah.

„Wenn ich jetzt meinen Schwanz hineindrängen würde, das wäre zu groß. Dieses Utensil ist genau richtig für dich." Und mit einem *Plopp* landete der Plug dort, wo er hinsollte. „Du kannst einen Augenblick rumhängen, Sub." David warf ihm einen entgeisterten Blick zu und schlug ihm auf den Rücken, als sie ins benachbarte Bad gingen, um sich die Hände zu waschen.

Sienna murmelte etwas, was er leider nicht verstand, doch es war mit Sicherheit keine devote Äußerung. Gott, wenn sie bei ihm bliebe, würde sie sich jeden Tag Strafen einbrocken. Eine Aussicht, die ihm gefiel. Sie hob den Kopf in den Nacken, als sie auf sie zuliefen, und ihre Haltung war demütig, aber ihr Gesichtsausdruck …

David stellte sich vor sie und umfasste ihre Schultern, während Alec in sie eindrang.

„Ahhhhhh. Oh, Master." Der Plug in ihrem Arsch erhöhte die Reizung auf ihrem G-Punkt durch sein Glied. Ihre Erregung durchblutete ihren inneren Kanal und steigerte die Stimulation. David ließ sie los und trat ein wenig zurück, sodass sie seinen Phallus in ihren Mund aufnehmen konnte. Langsam bewegte sich Alec, setzte dabei die Schaukel in Bewegung, und sie lutschte Davids Schwanz im Takt von Alecs Stößen. Er schaltete den Vibrator ein.

„Beiß mich nicht, Fiorella."

Sie stöhnte um den herrlichsten Knebel, den es gab, als Alec ihr das Sextoy aus Silikon an die Klitoris hielt. Diesmal hatte er es auf die höchste Stufe eingestellt. Sienna war dermaßen überreizt, dass sie sofort kam, und der Sadist in ihm nahm das Toy nicht fort, als der heftige Orgasmus abebbte, er ließ es genau dort, wo es war, und wusste, dass die Stimulation fast schmerzhaft war. Die stöhnende und sich windende Sub konnte nirgendwo hin, musste ertragen, was sie ihr antaten. David hatte ihr Haar gepackt und hielt sie so, wie er es wollte, aber er passte auf, dass er sie nicht überforderte. Sie schrie um Davids Schwanz, versuchte, sich von dem Vibrator zu lösen, doch er presste ihn unerbittlich auf ihre Lustperle. Sie kam ein zweites Mal, zeitgleich mit David. Sein Freund löste sich von ihr, und seine Lust landete auf ihrem Rücken. David fasste nach ihren Brüsten, und sie jammerte, sobald er ihre Nippel zu fassen bekam sie fest zwirbelte, ihr durch den Lustschmerz einen erneuten Orgasmus entlockte. Alec ließ das Sextoy fallen, und David trat zurück. Er packte ihre Hüften und vögelte sie schnell, konnte den eigenen Höhepunkt nicht mehr aufhalten und ergoss sich in ihr.

Erst im Nachhinein, als der Rausch abebbte, wurde ihm bewusst, dass er immer wieder ihren Namen gebrüllt hatte, solange seine unglaubliche Erfüllung anhielt.

Sienna lag kraftlos über der Schaukel, und er zog seinen Schwanz raus, danach langsam den Plug. Mit der Hilfe von David legte er sie auf das große Bett und betrachtete ihr tränennasses Gesicht. Es herrschte eine Chemie zwischen ihnen, wie er sie niemals erlebt hatte. Doch bevor er es zugab, musste er noch eine Sache erledigen, etwas in Ordnung bringen, das er schon längst hätte tun sollen. Er musste die Dämonin aus der Vergangenheit von sich abschütteln, und das wäre nur erfolgreich, wenn er sich ihr stellte.

Eine Stunde später lag Sienna geduscht, eingecremt und gefüttert in seinem Bett, schlief wie ein süßer devoter Stein mit dem Herzen eines sexy Biests.

Kapitel 10

Oh! Ah! Autsch! Alles tat weh, und ihre Augenlider waren bleischwer.

„Aufstehen!“, rief eine helle Stimme, die unmöglich zu Alec gehören konnte. Vielleicht würde Rachel fortgehen, wenn sie sich tot stellte. Doch das honigblonde teuflische Ungeheuer zog an der Decke, die Sienna nicht bereit war herzugeben. „Soll ich eine der Wachen rufen?“, fragte sie zuckersüß. „Ich habe Kaffee mitgebracht.“ Rachel hielt ihr das himmlische Gebräu vor die Nase. Das Monster beherrschte Zuckerbrot und Peitsche in der Perfektion. Sienna wollte nach der Tasse greifen, aber Mistress Monsterella zog den flüssigen Wecker zurück. „Nein! Setz dich erst auf. Wir wollen wandern gehen.“

Wollten sie? Das klang genauso verführerisch, wie sich in einem Ameisenhügel herumzurollen. Es gab keine Körperstelle an ihr, die sich nicht bemerkbar machte. Sie hatte Muskelkater, ihr Po strahlte die Hitze eines Grills aus, und ihre Nippel waren unglaublich wund. Und ihre Klitoris! Sie spürte jede Bewegung. Verflucht! Die beiden Master hatten ganze Arbeit geleistet.

„Gut, dann hole ich Verstärkung“, flötete Rachel.

Sienna riss die Augen auf und mühte sich in eine sitzende Position. „Das Einzige, was ich heute tun will, ist mich im Schatten zusammenzurollen, ein Buch zu lesen und mich vor Master Alec zu verstecken.“

„Keine Chance.“ Rachel plumpste neben ihr auf das Bett und gab ihr endlich den Kaffee. „Wir gehen wandern, ein direkter Befehl von Master David.“

„Wer ist denn wir?“

„Du, Sue, Emily und ich.“

„Sue?“ Sie konnte sich eine bessere Gesellschaft vorstellen als die einsilbige Frau, und gleichzeitig schämte sie sich für ihren Gedanken. Sue musste ein schlimmes Geheimnis mit sich herumschleppen. „Aber wieso?“ Sie trank einen Schluck von dem perfekt schmeckenden Morgengold und schloss verzückt die Augen.

„Master David wird schon seine Gründe haben.“ Sie lachte wie ein dämonischer Wecker. „Er lässt dir ausrichten, solltest du nicht in zwanzig Minuten fertig angezogen in der Rezeption stehen, werden die Zwillinge kommen und dich unter die kalte Dusche stellen, bis du wach bist.“

Plötzlich hellwach starrte sie auf die Uhr. „Wann genau sind die zwanzig Minuten um?“

Rachel grinste. „Du hast noch zehn.“

Sienna schaffte es in letzter Sekunde, in der Rezeption aufzutauchen, und spürte, dass sie knallrot wurde, als Davids Blick sich in sie bohrte. Nervös betrachtete sie die weißen Säulen mit den Ringen und hoffte, dass er nicht plante, an ihr eine Demonstration seiner Spankingkunst abzuhalten. Ihre Füße wogen mehrere Zentner, als sie auf die Gruppe zulief. Sie hatte gestern das erste Mal mit einem Mann Sex gehabt, in den sie nicht verliebt war.

„Sienna", sagte David weich, und sein Ausdruck war ebenso zärtlich. Und dann schlug ihr der gemeine Master auf den Po, hart genug, dass sie selbst durch ihre Wandershorts jeden einzelnen Finger spürte. Sie warf dem Boden einen dunklen Blick zu, doch ihr Unbehagen ihm gegenüber war verschwunden.

„Sue, du hast die Karte. Die Subs sind in Gruppen aufgeteilt, die von verschiedenen Punkten aus starten. Es ist eine Art Schnitzeljagd, bei der ihr Gegenstände finden müsst. Solltet ihr versagen, werdet ihr heute Abend bestraft."

Oh nein! Sienna würde die ganzen Berge von Pasadena umgraben, falls nötig. Emily legte ihr den Arm um die Schultern.

„Ihr habt vierzig Minuten Zeit, um zu frühstücken. Esst genug, das gilt besonders für dich, Emily."

Emily erstarrte neben ihr, und Sienna verkniff sich ein Grinsen. Selbst auf die blonde Schnattermaus wirkte sich die Dominanz von Master David aus, die er mit jeder Pore ausstrahlte. Er umfasste Emilys Kinn. „Keine Diät mehr während deines restlichen Aufenthaltes, sonst musst du die *Insel* sofort verlassen."

„Es tut mir leid", flüsterte Emily.

„Das sollte es dir auch."

Emily sank vor David auf die Knie und ließ den Kopf hängen. Sienna verstand nicht, worum es ging, aber sie hatte ihre Freundin noch nie so zerknirscht gesehen, und es schmerzte sie tief. David umfasste ihre Oberarme und zog sie auf die Füße. „Ich beobachte dich genau. Enttäusche mich nicht."

Sie hasteten aus dem Raum, und Sienna sah Emily besorgt an. „Was hast du gemacht?"

„Du weißt doch, dass ich oft vergesse zu essen …"

„Nein, du vergisst es nicht, du isst oft absichtlich wenig oder gar nichts, um so dünn zu bleiben. Diese Figur zu halten ist anstrengend." Sie legte den Arm um die Freundin.

„Du hast recht. Aber ich habe Angst zuzunehmen, und gestern wollte ich einen Nullkalorientag einlegen und bin bei der Session mit Master Joe zusammengebrochen. Er war außer sich und hat mich gezwungen, einen Teller mit Pasta und Gemüse zu essen, anschließend einen Nachtisch. Und wenn es mir nicht so mies gegangen wäre, hätte er mich bestraft. Ich habe so ein schlechtes Gewissen, ständig denke ich nur an mich selbst."

Es stimmte, Emily war manchmal egoistisch, aber andererseits hatte sie ein riesiges Herz, und sie konnte sich immer auf die Freundin verlassen. Sienna drückte sie, und sie erreichten den Frühstücksraum. Die großen Türen standen offen, und sie wählten einen Tisch in der Nähe der Flügeltüren, die in den Garten hinausführten.

Rachel sah nachdenklich auf ihren Teller, stocherte lustlos in dem Rührei herum. „Ich habe ein Jobangebot in Nashville", sagte sie mit dem Enthusiasmus eines Sträflings, der gerade zu einer lebenslänglichen Haftstrafe verurteilt worden war.

Sue nahm Rachels Hand. „Das willst du doch gar nicht."

„Es stimmt, aber ich halte es nicht länger aus, Liam regelmäßig zu sehen. Es bricht mir jedes Mal das Herz."

„Es wird dir auch das Herz brechen, wenn du ihn nicht mehr siehst."

„Ja, aber es würde irgendwann heilen."

Sienna ersparte sich einen Kommentar, weil sie wusste, dass es gebrochene Herzen gab, die nie mehr heilten, es sei denn, man traf beim nächsten Mal den richtigen Mann. Und sie hatte ihn getroffen, doch sie steckte in einer ähnlichen Situation wie Rachel.

„Es gibt bestimmt auch in Nashville einen BDSM-Club", sagte Emily.

„Das ist mir zu riskant. Ich glaube nicht, dass ich mir einen anderen Dom oder Master suchen möchte. Themenwechsel, Ladys. Wir sollten den Mastern keinen Grund geben, uns heute Abend zu bestrafen. Die Zwillinge haben mich vorhin viel zu begehrlich angesehen, und sie machen alles im Doppelpack. Eine Strafe bedeutet in ihrem Fall, dass sie zweimal ausgeführt wird."

Der Gedanke war erschreckend, aber barg einen gewissen Reiz. Eine heitere Stimmung breitete sich aus, und Emily malte sich in leuchtenden Farben aus, in der Nacht bei Marcus und Jack zu landen. Sienna dagegen konnte kaum auf dem Stuhl sitzen, und sie hatte heute mehr als freudig auf einen BH verzichtet. Allein die Vorstellung, ihre armen Nippel dort einzusperren, jagte ihr eine Gänsehaut über den Körper. Nach drei weiteren Tassen Kaffee fühlte sie sich wie ein Rennpferd in der Startbox. Dreißig Minuten später erreichten sie das Tor, das von Joe bewacht wurde.

„Seid vorsichtig, seht immer auf den Weg beim Laufen, und trinkt genug." Er drückte Sue ein Mobiltelefon in die Hand. „Für Notfälle, und lasst mich nicht herausfinden, dass ihr damit unerlaubt telefoniert oder Verbindung mit dem Internet aufgenommen habt."

Wieso starrt er mich an? Sienna nestelte nervös an den Schnallen ihres Rucksackes herum. Sie alle hatten welche mit Wasserflaschen, Sandwiches und

Schokoriegeln dabei. Und dann wurde sein Blick ganz weich, als er Emily ansah. „Hast du genügend gegessen?“ Falls Augen über einen Körper streicheln konnten, taten seine das.

„Ja, Master Joe. Es tut mir so leid.“

„Deine Reue wird sich um einiges steigern, wenn du von mir bestraft wirst.“

Das Tor schwang auf, und Sue übernahm die Führung. Emily schwieg, während sie in einen schmalen gewundenen Weg einbogen. Sienna atmete die frische Luft ein, versuchte, ihre Beschwerden zu vergessen, die sie bei jedem Schritt daran erinnerten, was die Master gestern mit ihr getan hatten. Es ging steil bergauf, und die Anstrengung befreite ihren Kopf von dem unnötigen Ballast. Sie sollte öfters wandern gehen, Sport treiben, so, wie es einer modernen Frau entsprach. Vielleicht bei *Tasty* kürzertreten, Molly mehr Entscheidungsgewalt einräumen und nicht jede Entscheidung überprüfen. Ihre Assistentin war bestimmt oft frustriert, dass sie sich wie ein Kontrollfreak aufführte. Sienna gelobte Besserung. Rachel schnaufte vor ihr, Emily hinter ihr, nur von Sue war kein Laut zu hören, die erstaunlich einfühlsam mit Rachel umging. Sienna bewunderte sie, dass sie keine Schwierigkeiten hatte, die Karte zu lesen. Wenn Sienna die Führung übernommen hätte, wären sie hoffnungslos verloren. Sie alle griffen zu den Wasserflaschen, als sie die erste Anhöhe geschafft und einen geraden Abschnitt vor sich hatten.

„Es ist so schön hier.“ Rachel ließ ihren Blick schweifen, und man sah ihr an, dass sie nicht von diesem Ort fortwollte. Falls sie diesen neuen Job annahm, würde es ihr mehr antun, als nur das Herz zu brechen.

„Laut den Anweisungen müssen wir die nächste Abzweigung nach rechts nehmen und nach einem Stein Ausschau halten, der wie eine Kröte aussieht.“ Sue war heute redselig im Gegensatz zu sonst.

„Findest du es nicht auch merkwürdig, dass die Master eine Art Ausgangssperre für die Subs in den letzten Tagen verhängt haben?“, fragte Rachel.

„Vielleicht haben sie das Spiel vorbereitet. Irgendeinen Grund werden sie schon gehabt haben.“ Sue zuckte mit den Achseln und verstaute die Flasche.

Es war eine Erholung, nicht mehr bergauf zu gehen. Nach einigen Hundert Metern bogen sie rechts ab und hielten nach dem Stein Ausschau.

Drei Wanderer kamen ihnen auf dem Weg entgegen, der breit genug war, dass vier Personen nebeneinander gehen konnten. „Gott sei Dank“, stieß der Bärtige atemlos hervor. „Wir haben uns verlaufen und suchen das Resort *Insel*. Sie wissen nicht zufällig, wo es sich befindet?“

„Der kürzeste Weg ist, wenn sie ungefähr dreißig Minuten in die Richtung laufen, aus der Sie gekommen sind, sich dann an der nächsten Kreuzung links halten“, sagte Sue.

Die drei Männer standen wie eine Wand auf dem Weg, und Sienna beschlich ein ungutes Gefühl. Rachel musste ebenso fühlen, denn sie setzte einen Schritt zurück.

„Kommt ihr etwa von dort?“ Gierig starrte der Bärtige auf Sue, was nicht verwunderlich wäre, doch es gab einen Unterschied zwischen einem bewundernden Blick und einem schmierigen. Und sein Ausdruck war schlichtweg ekelig. Mit Entsetzen bemerkte Sienna, dass die drei Messer an den Gürteln ihrer Hosen trugen. „Wir müssen los“, sagte sie und stupste Sue an.

„Ihr geht nirgendwohin, ihr kleinen Schlampen“, ertönte eine Stimme direkt hinter ihnen.

Sienna fuhr herum, und Emily griff instinktiv nach ihrer Hand. Zwei weitere Kerle lungerten auf dem Weg.

„Ihr gehört bestimmt zu diesen perversen Huren, von denen man so liest, die es gern haben, wenn man sie schlägt, die sich in den Arsch ficken lassen und ihren Männern die dreckigen Schuhe ablecken.“

Sienna war zu perplex, um zu reagieren, doch Rachel erwachte aus ihrer Starre. Sie schubste den rechten Widerling und versuchte an ihm vorbeizurennen. Aber er bekam sie an ihrem T-Shirt zu fassen, riss sie zurück und schlug ihr so hart ins Gesicht, dass sie zu Boden ging, er über ihr war und sich auf sie warf. Der Bärtige hielt plötzlich Sienna das Messer an die Kehle. „Ihr rührt euch nicht von der Stelle oder sie stirbt“, zischte er. Und er meinte es todernst. Er zog sie dicht an seinen Körper, und sie spürte seine Erregung, roch seinen Schweiß.

Der widerliche Abschaum auf Rachel versuchte, ihr die Shorts von den Beinen zu zerren, und sie trat nach ihm, erwischte ihn hart im Schritt, sodass er jaulend von ihr fiel. Einer seiner Kumpane kam ihm zu Hilfe, packte den Zopf von Rachel und riss ihren Kopf zurück, als sie auf die Füße springen wollte. Blut lief aus ihrem Mundwinkel. Sue und Emily standen gegenüber von den Männern, und Sue sah Sienna in die Augen, als ob sie sie beruhigen wollte.

„Lass sie sofort los!“, sagte Sue mit einer verführerischen Stimme, leckte sich dabei lasziv die Lippen. „Ihr könnte mich haben. Ich tue alles, was ihr verlangt.“ Sie zog sich das T-Shirt über den Kopf, und jede der Ratten starrte auf ihren perfekten Busen. Sie fasste sich in die Shorts. „Komm, Süßer, lass uns Spaß haben.“

War sie verrückt geworden? Und Emily tat es ihr nach! Sie entkleidete sich zwar nicht, sondern schob ihre Brüste zusammen und reizte mit den

Daumen ihre Brustwarzen. „Wir stehen auf richtige Kerle, die sich nehmen, was sie wollen. Sienna, reib dich an ihm, damit er weiß, dass er dich nicht zu bedrohen braucht."

Auch Emily zog sich das T-Shirt aus, und instinktiv tat Sienna, was sie gesagt hatte. Sie rieb ihren Po an dem widerlichen Drecksack, und er lockerte zuerst seinen Griff und steckte dann das Messer weg. Plötzlich erstarrte er, und sie hörte das eindeutige Klicken von Waffen, die gespannt wurden. Mit einem Ruck wurde er nach hinten gezerrt und sie nach vorn geschubst. Sue fing ihren Fall ab.

„Auf den Boden legen", erklang die Stimme von Joe, die so tödlich war, dass ihr der Atem stockte.

„Rachel, oh mein Gott." Liam setzte sich neben die kleine Honigblonde und zog das schluchzende Bündel in die Arme. Der Schock und der Schmerz hatten bei ihr aufgeholt. „Ganz ruhig, Kleines. Bitte sag doch was." Liam war kreidebleich, noch weißer im Gesicht als Rachel. „David, hilf mir, sie ist verletzt."

Er drückte sie an sich, stammelte etwas, das niemand verstand. Liam wirkte, als würde er Rachel niemals wieder loslassen. Sie umklammerte seinen Hals, und der Anblick war so anrührend, dass Sienna mit den eigenen Tränen kämpfte.

„Rachel, ich bin der größte Idiot auf dieser Erde. Kannst du mir jemals verzeihen? Ich liebe dich."

„Sag das noch mal", wisperte sie schluchzend.

„Ich werde dir alles erklären. Bitte vergib mir. Ich habe dich nach unserer ersten Session in mein Herz geschlossen und mich in dich verliebt."

Rachel weinte noch härter, und die beiden klammerten sich aneinander fest.

Alec war auf einmal da und zog Sienna in seine starken Arme, und sofort beruhigte sich ihr Herzschlag. Sie ließ sich emotional fallen, sog alles an Kraft auf, die auf sie überfloss, bis sie sie samtgleich bedeckte. Sie sah an ihm vorbei, und die fünf potenziellen Vergewaltiger lagen mit den Bäuchen nach unten auf dem Waldboden, die Handgelenke auf ihren Rücken mit Plastikbindern gesichert, die Köpfe steckten in Stoffsäcken, und über ihnen standen Joe und eine Reihe in Schwarz gekleidete Männer. Sie wusste nur, dass es Joe war, weil sie ihn an der Stimme erkannt hatte, denn ihre Gesichter waren durch Sturmmasken verborgen.

„Rachel", flüsterte sie.

Liam kniete inzwischen hinter Rachel, und ihr Kopf lag gebettet auf seinem Schoß, während David sie verarztete. „Es tut mir so leid, Kleines. Ihr solltet nicht verletzt werden. Ich liebe dich, bitte bleib bei mir", murmelte Liam.

Rachel starrte nach oben, und ein leises Lächeln schlich sich auf das hübsche Gesicht. David hatte das Blut weggewischt und betupfte sanft ihren Mundwinkel. Überhaupt war er so vorsichtig und zärtlich, und von dem Master war im Moment nichts zu sehen. Doch Dominanz strahlte er dennoch aus. „Ist dir schwindelig?“, fragte er Rachel.

Sie schüttelte den Kopf. „Nein, es ist alles in Ordnung.“

„Tapfere kleine Sub. Du hast ihn gut getroffen, Rachelino.“

Rachel grinste ihn an, drehte sich zur Seite und verschmolz mit Liam, der sie in seinen Armen wiegte.

„Liam, wir müssen los. Ich helfe dir mit Rachel“, sagte David und nickte den Zwillingen zu, die Emily in ihre Mitte nahmen, obwohl sie begehrlich zu Master Joe hinüberstarrte.

Alexander reichte Sue ihr T-Shirt, und sie zog es sich über den Kopf. „Exzellente Arbeit, Sue.“ Dann legte er ihr den Arm um die Schultern, und sie schmiegte sich an ihn.

„Komm, Sugar.“ Alec nahm Sienna den Rucksack ab, schnallte ihn um und zog sie mit sich.

„Es gab gar keine Schnitzeljagd!“

„Gut kombiniert, Mrs. Watson. Wir haben ihnen eine Falle gestellt. Es gab ein paar Übergriffe auf Subs in letzter Zeit, die immer schlimmer wurden.“

„Was geschieht mit den Ratten?“

„Sie lernen den Unterschied zwischen BDSM und Gewalt kennen … auf die harte Tour. Mehr brauchst du nicht zu wissen.“

„Viele denken, BDSM wäre Gewalt.“

„Ja, Sienna, das ist leider so, und diese Ansichten werden sich wohl auch nicht so schnell ändern, wahrscheinlich niemals.“

„Obwohl mein Körper schmerzt, mein Po deutliche Striemen aufweist …“ Sie kniff ihm in den Hintern, und er umschlang ihre Finger mit seinen, führte sie an seinen Mund und küsste sie auf den Handrücken.

„Fordere mich nicht heraus, Mrs. Muffin.“

Und von jetzt auf gleich jagte seine Dominanz über ihr Bewusstsein, und all die prickelnden, schmerzenden Körperstellen erwachten zum Leben, als hätte er sie mit seinen Händen berührt.

Sie setzte den Satz fort, als wäre ihre Vorstellungskraft nicht gerade angesprungen, weil Master Alec auf irgendwelche verborgenen Knöpfe gedrückt hatte. „… behandelst du mich immer respektvoll und niemals mit Gewalt.“ Sie sah zu ihm hoch. „Ich liebe das.“

„Mhmmmmm.“

Mhmmmmm?

„Und ich liebe dich, Master Alec. Ich kann nichts dagegen tun, dazu reicht meine Kraft nicht.“ Sie war zu aufgewühlt, um die tief gehenden Worte zurückzuhalten.

Er sah sie dermaßen liebevoll an, dass es beinahe wirkte, als hätte er ihre Worte erwidert. Zärtlich zog er sie ganz dicht zu sich heran, und sie wünschte sich, sie könnte für immer in seinen Armen verbleiben. Alec verblieb für einen Moment still, ließ sie aber nicht los. Sein Herz schlug ruhig und besänftigend. „Könntest du damit leben, dass deine Freunde und deine Familie es vielleicht nicht verstehen, sie dich für eine kranke Person halten und mich für einen gewalttätigen Mistkerl, der dich ständig demütigt, missbraucht und schlägt?“

Die Gefahr bestand, doch sie schreckte Sienna nicht ab. „Falls jemand, der mir nahesteht, so denkt, dann ist er weder mein Freund noch meine Familie.“

„Das sagt sich leicht, Sienna. Ich bin keine einfache Person, und wenn du dich auf mich einlässt, dein Leben mit mir verbringen willst, könnte es zu viel für dich werden.“

„Ich hatte vor dir Kuschelteddys. Sie verblassen neben dir. Ich will dich … ganz und ungeschönt. Bitte, Alec. Wir können es doch zumindest versuchen. Was haben wir zu verlieren?“

Ernst sah er ihr lange in die Augen. „Eine Menge. Du könntest mich hassen, dich selbst hassen.“

„Nein, Alec. Ich werde nie wieder jemanden wie dich kennenlernen, und ich weiß, dass ich etwas Besonderes für dich bin. Du liebst mich, auch wenn du es mir jetzt nicht sagen willst oder kannst.“

„Gott, Sienna.“ Er drückte sie so fest an sich, dass sie kaum atmen konnte.

Und ob der Kerl sie liebte!

„Ich muss erst etwas in Ordnung bringen, Sienna, ehe ich mich dir ganz öffnen kann. Ich verspreche dir, dass ich es tun werde. Gib mir noch ein wenig Zeit.“

Er hatte zwar nicht gesagt, dass er sie liebte, aber er hatte sie wenigstens nicht angewidert zum Teufel gejagt.

Emily kicherte hinter ihr, und einer der Zwillinge neckte sie, selbst Rachel lachte auf dem Weg zurück in das Resort. So schlimm das Erlebnis auch gewesen war, anscheinend hatte Liam endlich begriffen, dass er Rachel über alles liebte und er es ihr hatte sagen müssen, ehe es zu spät war. Nachdem sie auf der *Insel* angekommen waren, wollte David sie noch in seinem Büro sehen.

Sienna saß eingerahmt von Rachel, Emily und Sue auf der Couch, und David und Alec saßen ihnen gegenüber auf zwei Sesseln.

„Falls ihr mich verfluchen möchtet, dass wir euch als Köder missbraucht haben, dann könnt ihr es jetzt tun." Davids braune Augen sahen sie sanft, aber auch ernst an.

Sie schwiegen.

„Das gilt besonders für dich, Rachel. Niemand sollte verletzt werden. Du darfst dir etwas von mir wünschen. Wenn es in meiner Macht steht, erfülle ich dir den Wunsch."

„Ihr habt sehr umsichtig gehandelt, und wir sind stolz auf euch." Alec beugte sich vor, griff nach Sues und Emilys Händen und hielt sie einen Moment fest. Emily entwich ein Seufzen, blieb aber ansonsten still. Überhaupt hatte sich die Quasselstrippe unter dem Einfluss der Master in eine Quelle der Ruhe verwandelt. Endlich traf sein durchdringender Blick auf Sienna, und er legte seine warme Hand auf ihr Knie. „Wir sehen uns heute Abend zum Barbecue. Geht in eure Bungalows, ruht euch aus, und wir denken uns ein paar Belohnungen aus." Er hatte wieder diesen belustigten Zug um seine Mundwinkel, und ihr Po protestierte bereits jetzt.

Liam wartete vor der Tür und zog Rachel in die Arme, die in Tränen ausbrach. Aber es waren Tränen der guten Sorte. Sue nickte ihnen zu, und die schöne Frau wirkte freier als sonst. Sie hatte so umsichtig gehandelt, hatte die ganze Zeit die Nerven behalten, und ohne sie …

Sienna führte den Gedanken nicht zu Ende. Emily und sie legten sich die Arme um die Hüften und schlenderten zu ihrem Bungalow.

„Was glaubst du, was sie mit den Dreckskerlen machen?" Emily lief ein Schaudern über den Körper. „Die Stimme von Master Joe hat mir Angst eingejagt. Mit mir hat er noch niemals so geredet, auch wenn ich sehr ungezogen war."

„Es ist besser, dass wir es nicht wissen. Und Master Joe würde nie mit einer Sub so reden, denn sie würde in Ohnmacht fallen, noch bevor er sie berührt hat."

„Mir ist fast das Herz stehen geblieben, als das Schwein dir das Messer an die Kehle gehalten hat. Doch dann habe ich die Master gesehen und wusste, dass alles gut wird. Und Sue … was für eine tolle Frau, selbst da sie immer so unnahbar scheint. Man sollte sich nicht von einer wunderschönen, wenn auch stachligen Schale blenden lassen."

Im Bungalow angekommen ließ Sienna sich ein Rosenschaumbad ein und entspannte sich in dem heißen Wasser. Sie schaffte es ganze zehn Sekunden, nicht an Alec zu denken, während er auf jedem Millimeter ihres Körpers spürbar war.

Alec war beinahe vor Angst gestorben, als das Arschloch Sienna mit dem Messer bedroht hatte. Und Rachel … Er verspürte große Lust, dem Drecksack die Fingernägel auszureißen, und nur die Gewissheit, dass Joe und seine Militärfreunde die ganze Angelegenheit effizienter regeln konnten, hatte ihn davon abgehalten, selbst Hand anzulegen.

„Falls ich Rachel noch einmal bestrafen muss, werde ich mir vorher einen Schutz umlegen", sagte David. Seine Worte durchbrachen die angespannte Stimmung, denn sie beide hatten nicht leicht daran zu tragen, in welche Gefahr sie ihre vier Schützlinge gebracht hatten, obwohl sie wussten, dass es keine andere Wahl gegeben hatte. Joe hatte tagelang die Umgebung sondiert, und daher hatten sie genau gewusst, wo sie zuschlagen mussten, um sie auf frischer Tat zu ertappen. Dennoch verblieb ein bitteres Gefühl.

David reichte ihm einen Brandy, und dankbar akzeptierte er. „Du hast dich für Sienna entschieden?"

„Ja, aber vorher muss ich das mit Valerie in Ordnung bringen, herausfinden, ob deine Vermutungen der Wahrheit entsprechen." Er sah seinen Freund an. „Ich habe mich niemals zuvor so schnell verliebt. Die kleine Sub ist über mich hereingebrochen wie ein Sturm und hat meine Verteidigungsmechanismen in Grund und Boden gelächelt. Wenn sie jemals herausfindet, wie viel Macht sie über mich hat, dass ich bei ihrem Lächeln mich jedes Mal daran erinnern muss, dass ich dominant bin und sie tun soll, was ich ihr sage beim Sex, dass ich weiß, was sie will und nicht sie …" Er trank einen Schluck und genoss das leichte Brennen, als es seine Kehle hinabrann. „Wie konnte mir das passieren, David?"

David lachte. „Das ist Liebe, und die kann niemand erklären. Manchmal geschieht sie innerhalb eines Sekundenbruchteils, und in anderen Fällen wächst sie langsam. Bei dir und Sienna hat es gereicht, dass ihr euch angesehen habt. Und sie ist so perfekt für dich."

Eine Weile saßen sie im stillen Einvernehmen nebeneinander und starrten in den Garten hinaus.

Es klopfte an der Tür, und es war Liam. „Ich muss mit euch reden."

David ging zum Tisch, holte noch ein Glas, füllte Brandy hinein und reichte es dem besonnenen Mann, der eine ruhigere Dominanz ausstrahlte, im Vergleich zu David und ihm. Er zog sich einen Sessel heran und ließ sich mit einem Seufzer auf das Polster fallen. „Rachel schläft. Sie hat den Angriff besser verarbeitet als ich." Er drehte das Glas zwischen seinen Händen, offensichtlich auf der Suche nach den richtigen Worten. „Ihr wisst, dass ich all die Monate ein Geheimnis vor euch verborgen habe." Er holte tief Luft. „Ich bin verheiratet."

Was? Alec hatte mit allem gerechnet, aber das schockierte ihn jetzt. Liam war ein grundehrlicher Mensch, und Ehebruch passte nicht zu ihm. Verdammt! Mit der Neuigkeit würde er der süßen Rachel erneut das Herz brechen. Doch als er Liam ansah wusste er, dass es nicht so einfach war. Hinter seinem Verhalten steckte etwas Schreckliches.

Liam lachte bitter. „Meine geliebte Jill liegt im Koma. Ein missglückter Selbstmordversuch, nachdem sie unser Kind verloren hat."

Alec wusste nicht, was er sagen sollte. Kein Trost war ausreichend, um den Schmerz zu lindern.

„Liam, mein Freund", sagte David sanft. „Wenn wir was für dich tun können, egal was …"

Liam holte tief Luft. „Das könnt ihr, weil es Zeit ist, sie gehen zu lassen. Wir haben uns geschworen, füreinander da zu sein - immer. Aber sie ist seit drei Jahren fort, und selbst wenn sie aufwachen würde, wissen die Ärzte nicht, wie sehr ihr Gehirn gelitten hat." Er schluckte den Rest des Brandys hinunter. „Ein Teil von mir hat das ganze letzte Jahr gehofft, dass sie nicht mehr aufwacht, einfach stirbt, denn Jill wäre nur ein Schatten von dem Menschen, den ich liebe. Die Ärzte haben mir geraten, sie gehen zu lassen, damit sie endlich ihren Frieden finden kann, und ich auch." Seine Hände zitterten so sehr, dass Alec ihm das Glas aus den Fingern nahm und ihm eine Hand auf die Schulter legte.

„Ich fühle mich furchtbar, aber gleichzeitig erleichtert, dass ich mich entschlossen habe, Jill sterben zu lassen."

„Verdammt, Liam." Alec räusperte sich. Liam hatte ganz allein diese Bürde getragen, und er fühlte sich, als hätte er ihn im Stich gelassen. David empfand das Gleiche. Er sah es ihm deutlich an.

„Würdet ihr mich begleiten, wenn es so weit ist?" Nicht nur Liam kämpfte mit den Tränen.

„Natürlich, mein Freund", sagte David.

Alec füllte ihre Gläser, und sie tranken einen Schluck, sodass sich Liam sammeln konnte. „Ich liebe Rachel, seitdem ich sie das erste Mal angesehen habe. Wie konnte mir das passieren? Ich sollte nur Jill lieben."

„Jill wird immer einen Platz in deinem Herzen haben, den Rachel ihr nicht streitig machen wird. Es ist groß genug für beide", sagte Alec.

„Ich hätte längst mit euch darüber reden sollen. Doch ich konnte es nicht. Ich wusste, dass ich dann meine Entscheidung treffen würde."

„Möchtest du, dass wir mit den Ärzten reden? Um ganz sicher zu sein." David schluckte hart, denn er hatte seine geliebte Frau vor Jahren verloren. Sie war an Krebs gestorben, und auch er hatte sich lange gegen eine neue Liebe gesperrt.

Liam nickte erleichtert und zwang ein halbherziges Lächeln auf sein Gesicht. „Ob Rachel mir jemals verzeihen kann? Ich habe ihr so wehgetan. Es würde mich nicht wundern, falls sie mich doch noch zum Teufel jagt."

„Die kleine Rachel ist tough. Und wenn sie dich jetzt hören könnte, würde sie dich anfunkeln und kein Blatt vor den Mund nehmen." Alec mochte Rachel sehr, aber wer konnte ihr auch widerstehen?

„Sie hat dem Arschloch einen gehörigen Tritt verpasst." Diesmal erreichte Liams Lächeln seine Augen. „Ich könnte dem Schwein eigenhändig die Seele aus dem Leib prügeln."

„Keine Sorge, das übernimmt Joe. Du weißt, dass er äußerst empfindlich reagiert, wenn jemand gewalttätig gegenüber Frauen auftritt. Er nimmt den Angriff sehr persönlich. Während er und seine Männer mit den Ratten beschäftigt sind, werden sie sich wünschen, dass der Schmerz endlich aufhört. Doch das wird er nicht … für eine sehr lange Zeit", sagte David.

Joe war erfahren in solchen Dingen und hatte David und Alec davon überzeugt, dass es besser wäre, wenn er sich um den Abschaum kümmerte, ohne dass sie wussten, was er genau mit ihnen anstellte. Sie saßen noch eine Weile zusammen und hingen ihren Gedanken nach.

Drei Stunden später betrachtete Alec zufrieden den Inhalt seiner Kühltruhe, kontrollierte, ob seine Utensilien, die er an Sienna anwenden wollte, alle an den strategisch richtigen Stellen lagen, und freute sich bereits jetzt darauf, sie in Angst und Schrecken zu versetzen. Auf dem Weg zum Pool musste er sich beherrschen, um nicht zu rennen. Was war nur aus ihm geworden? Leise Musik erreichte seine Ohren. Fackeln beleuchteten den Poolbereich. Tische und Stühle standen in losen Gruppen herum, und im angrenzenden Poolhaus mit der großen Veranda war das Buffet aufgebaut.

Wo war Sienna? Er erspähte sie mit Rachel und Carolina. Sie hatten die Köpfe zusammengesteckt, saßen etwas abseits und lachten über irgendwas. So, wie er die drei einschätzte, bestimmt über eine Dummheit, um ihre Master auf die Palme zu bringen. Er pirschte sich heran und umfasste Rachels Schultern. Die kleine Sub legte den Kopf in den Nacken, und der Bluterguss auf ihrer Wange ließ ihn schlucken. „Kleines." Sie strahlte ihn an. „Ist alles in Ordnung? Hast du das gekühlt? Hast du Schmerzen?"

„Master Alec, geh und kümmere dich um deine Sub."

An jedem anderen Tag hätte er ihr den hübschen Rock über die Hüften gezogen und ihr den üppigen Arsch versohlt. Aber sie wusste, dass keiner der Master ihr heute etwas antun würde – den ganzen Monat nicht. Dennoch erbleichte sie, als er sie in Grund und Boden starrte. Erst dann ließ er sie los und betrachtete Sienna. Auch sie trug einen knielangen Rock und ein Top, das dazu einlud, ihr den Stoff vom Körper zu reißen. Das würde er noch, jedoch nicht sofort.

Er zog sie von dem Stuhl, konnte es nicht lassen und schenkte Carolina einen Masterblick, die an ihrem Strohhalm zog, als wollte sie einen See leer trinken. „Dein Master hat mir vorhin die Pussyklemmen gezeigt, die er für dich gekauft hat. Im Laufe der Woche werde ich ihm zeigen, wie er sie am besten bei dir anwenden kann.“

Er wurde es nie leid, diesen Ausdruck auf Carolinas Gesicht zu sehen – eine Mischung aus Schock, Erregung und Neugierde. Rachel und Carolina sahen ihm nach, als er Sienna zur Tanzfläche führte. Er spürte es auf seinem Hintern. Alec presste sie an sich, bis er ihre Brüste an seinem Körper fühlte, und legte seine Handflächen auf ihren Arsch. Sie zuckte zusammen, die Haut noch immer empfindlich von dem gestrigen Liebesspiel. Ja, das war es gewesen – ein Liebesspiel, keine Session. Sie hatten den Subs Röcke, Tops oder ein Kleid für den heutigen Abend erlaubt, ihnen aber Unterwäsche untersagt. Da sie versuchte, seine Hände zu verschieben, schob er kurzerhand den Stoff hoch und umfasste ihre samtigen Arschbacken, erkundete die Striemen, und er wurde hart, weil sie zischend Luft holte.

„Sub, fordere mich nicht heraus, oder ich ziehe dich ganz aus und bitte den DJ, etwas Schnelleres aufzulegen.“ Augenblicklich hörte sie auf mit dem Gestrampel, und er rieb fest über die geschundene Haut, erfreute sich an ihrem Leid, aber auch an ihrer Lust. „Soll ich mich vergewissern, dass du bereits nass bist, obwohl der Abend noch gar nicht richtig angefangen hat?“

Sie legte ihre Hände auf seinen Hintern, und das Biest zwickte ihn. Am liebsten würde er sie sofort in seinen Bungalow verschleppen, doch er wollte die Vorfreude auskosten, und dazu gehörte ihre Beschämung. Er umfasste ihre rechte Brust und spielte leicht mit ihrem Nippel, der heiß und geschwollen zwischen seinen Fingern lag. Mit einem entrückten Gesichtsausdruck sah sie zu ihm hoch. Ein dominanter Sadist konnte sich nicht mehr erhoffen. „Schmerzt deine Brustwarze von gestern?“

„Ja, Master Alec“, flüsterte sie, während ihr ein gieriges Stöhnen entwich.

„Gut.“

Solange die ruhigen Klänge sie umschwebten, genoss Alec es einfach, Sienna in seinen Armen zu halten, ihren Herzschlag zu fühlen und ihre warme, samtige Haut zu spüren. Und wie gut sie roch – nach Rosen und Sienna.

„Sienna.“

Sie sah zu ihm hoch, verträumt und lächelnd.

„Wenn du mit mir über diese Arschlöcher reden möchtest oder du Angst hast wegen des Zwischenfalls, dann sagst du es mir. Versprich es mir.“

„Mir geht es gut, Alec. Ich bin nicht zerbrechlich.“

„Das bist du sehr wohl, Sienna.“

„Doch bei dir bin ich immer in Sicherheit.“

War sie das? Alec verspürte plötzlich Unsicherheit, ob er ihr nicht zu viel zumutete.

„Grün, Master Alec. Bitte, ich möchte aufhören nachzudenken." Ihre Augen blitzten. „Ich hätte nichts dagegen, falls ich später ein Gelb rufen müsste. Ein sehr dunkles Gelb." Und die kleine Sub strahlte ihn an. Nachher würde sie ihn anfunkeln. Er liebte das.

„Hungrig?"

„Ich könnte einen Master verspeisen."

Er packte ihren Nacken. „Wenn hier jemand mit Haut und Haaren gefressen wird, dann bist du es, Sub." Er legte Dominanz in seine Stimme, und nervös leckte sie sich die Lippen, während ihre Wangen entzückend erröteten. Er mochte Rot, nicht nur auf Wangen.

„Sienna, eins muss ich noch wissen: Hast du jemals das Gefühl gehabt, dass ich dir Gewalt antue?"

Sie sah ihn an, als würde über seinem Haupt ein Heiligenschein erstrahlen. „Nein, Master Alec. Nicht eine Sekunde lang. Ich mag alles, was du mit mir machst. Vielleicht nicht in dem Moment, aber schlussendlich liebe ich die Emotionen, die du in mir erweckst. Der Schmerz, den ich genießen darf, ist wie ein heißer Schauer, der auf kühle Haut niederprasselt, dabei jeglichen Widerstand auf seinem Weg niederreißt, bis ich befreit aufatmen kann. Das ist, was du bei mir erreicht hast. Ich lebe, Master Alec, und wegen dir so frei wie noch nie." Sie sank vor ihm auf die Knie, griff nach seiner Hand und küsste seinen Handrücken. Und die Geste hätte absolut devot gewirkt, wäre da nicht dieser Glanz in ihren Augen, der ihm klar aufzeigte, dass sie ihn in jeder Sekunde, die sie bei ihm war, herausfordern würde.

Sienna klopfte mal wieder das Herz bis zu ihren Schläfen, als sie freiwillig vor Master Alec auf die Knie ging. Es war berauschend und erregend, es zu tun, und hatte nichts von einer Demütigung an sich. Wieso hatte Alec diese Frage gestellt? Sie würde ihn zu gern fragen, allerdings ahnte sie, es wäre zu früh. Er musste sich erst den Dämonen aus seiner Vergangenheit stellen, und dann würde er ihr alles erzählen. Sie wusste es.

„Komm, Sub, du brauchst Kraft bei dem, was ich für dich geplant habe." Er nahm ihre Hände und zog sie hoch, sodass sie gegen ihn fiel.

Wenn doch bloß ihr Po nicht mehr so brennen würde, ihre Nippel nicht noch pochen würden, und auch ihre Lustperle reagierte bei jedem Schritt, den sie machte. Dennoch begehrte sie seine Zuwendungen, egal, wie sie ausfielen. Er zog sie mit sich, bis sie den Tisch, an dem Rachel, eingerahmt von David und Liam, Carolina und Richard und Emily mit Joe saßen, erreichten. Rachel warf ihr einen Hilfe suchenden Blick zu, begegnete der Fürsorge von David und Liam mit tiefem Misstrauen. Sue und Alexander setzten sich zu ihnen, und sie ließen sich das Barbecue schmecken.

Zwei Stunden später schmerzten ihre Bauchmuskeln vom vielen Lachen, während Alec sie mit seiner Geduld in den Wahnsinn trieb. Wollte er sie nicht in seinen Bungalow verschleppen, all die Dinge mit ihr tun, die sie sich die ganze Zeit ausmalte? Carolina warf ihm ab und zu Blicke zu, die ihr einen heißen Arsch von Richard einbringen würden, und Rachel starrte Liam abwechselnd mit purem Verlangen und Verzweiflung an, weil sie ihr sogar das Fleisch klein schnitten.

Nach einer gefühlten Ewigkeit trank Alec sein Glas leer, tupfte sich anschließend den Mund ab und stand auf. Er blieb hinter ihrem Stuhl stehen, und seine warmen Lippen streichelten über ihren Nacken. „Steh auf, Sienna. Bist du bereit für Schmerz und Lust?"

„Endlich!", platzte es aus ihr, sodass alle in Lachen ausbrachen, selbst Sue. Sie spürte Hitze in ihrem Gesicht aufsteigen, die sich davonmachte, sobald David aufstand. Oh Gott, sie wollten doch nicht wieder zu zweit … Er umfasste ihr Kinn und blickte ihr tief in die Seele, bis sie verunsichert die Augenlider niederschlug. „Du warst heute sehr tapfer, Fiorella." Dann küsste er sie auf den Mund, ganz sanft, aber dennoch nachdrücklich. „Und jetzt sieh zu, dass du Alec einen weiteren Grund gibst, dich zu bestrafen, obwohl deine Liste bereits dermaßen lang ist, dass es eigentlich nicht nötig ist." Er zwinkerte ihr zu, und sie beeilte sich, Alec zu folgen.

Eng umschlungen legten sie schweigend den Weg zu seinem Bungalow zurück. Was erwartete sie heute Nacht? An welche Grenzen würde er sie heranführen? Wie sehr würde ihr Körper leiden müssen?

Sobald er die Tür hinter ihnen verschloss, veränderte sich seine Körperhaltung, und sein Blick wurde undurchdringlich.

„Geh ins Badezimmer, und zieh dich aus. Stell dich in die Mitte des Raums auf den Teppich, mit dem Gesicht zum Spiegel. Nimm Position eins ein, und warte auf mich."

Allein der Klang seiner Stimme versetzte ihre Nerven in Aufruhr. Sienna schaltete das Licht ein, dimmte es, sodass sie der eigene Anblick im Spiegel nicht verunsicherte. Sie schlüpfte aus den Sandalen, streifte sich den Rock und das Top ab, faltete die Kleidung zusammen und legte sie auf den geschlossenen Wäschekorb. Sie nahm die Position ein, und es vor einem Spiegel zu tun, erhöhte den Reiz. Sienna setzte die Füße schulterbreit auseinander, streckte den Rücken durch, hob ihr Kinn an und verschränkte die Finger hinter ihrem Nacken. Eine rasierte Pussy verbarg nichts, bemerkte sie, sobald sie sich im Spiegel betrachtete. Selbst in dem gedämpften Licht leuchteten ihre Wangen rot. Kein Wunder, ihr war unglaublich heiß. Ihre Nippel standen in der Farbe ihrem Gesicht nicht nach, und sie pochten verlangend, fühlten sich herrlich gereizt an. Sie drehte sich und musterte ihren Po, auf dem vier Striemen zu sehen waren, auch auf ihrem rechten

Oberschenkel war noch ein blasser Streifen. Sie hatte blaue Flecken, wo Alec sie fester angepackt hatte, und Bissmale auf ihrem Nacken. Die Vorstellung, dass Alec sie erneut beißen würde, jagte Begehren in ihre Pussy. Er ließ sie warten, sodass Sienna versuchte sich zu entspannen, das wild schlagende Herz zu beruhigen und das Rauschen ihres Blutes zu verlangsamen. Es gelang ihr bis zu dem Moment, als Master Alec durch die Tür trat, gekleidet in Schwarz, und in den Händen hielt er eine lange Gerte, deren Anblick ihr den Atem raubte, weil sie ahnte, dass der Schmerz von ihr durchdringend war. Doch würde sie ihren Kuss aushalten, wo sie sich noch aufgewühlt von gestern fühlte?

Er betätigte den Dimmer, bis sie im gleißenden Licht stand. Was für ein Scheusal! Jetzt sah sie Dinge an sich, die sie lieber im Schatten gelassen hätte.

„Hast du mich gerade angefunkelt, Sub?“

Mist, er hatte es im Spiegel gesehen.

„Ja, Master Alec.“

Er kam langsam näher, und die Gerte wippte unheilvoll gegen die Seite seines Unterschenkels.

„Du möchtest dich beschweren?“

Ja!

„Nein, Master Alec.“

Seine Augen wandelten sich in pures Gold, sie sah es deutlich in seinem Spiegelbild.

„Nenn mir eine Zahl, Sienna. Und wähle gut!“

Ihr sich überschlagender Verstand begriff den Satz nicht sofort, doch dann dämmerte es ihr. Sie sollte ihm sagen, wie oft er sie mit der Gerte bestrafen sollte für ihre Lüge sowie ihr respektloses Benehmen. Er stelle sich hinter sie, und sie wirkte so klein und schwach im Gegensatz zu ihm.

„Vier, Master Alec.“

Sie spürte seinen Atem auf ihrem Haar. „Und du glaubst, das wäre angemessen?“, fragte er mit einer Stimme, die so schneidend war, dass sie einem japanischen Schwert Konkurrenz machte. Im Spiegel sah sie, dass ihr ein Zittern über den Körper lief und wie sehr es dem Sadisten gefiel.

„Ja, in Anbetracht, dass mein Po von gestern noch schmerzt, Master Alec.“

„Tut er das?“

„Ja, das tut er, Master.“

„Und warum benimmst du dich dann nicht, wie es sich für eine Sub gehört?“

Mist, jetzt zitterte sogar ihre Unterlippe. „Ich weiß es nicht, Master.“ Und ihre Lider flatterten zu, als würde er sich hinter ihr in Luft auflösen, sobald sie ihn nicht mehr ansah. Er löste sich von ihr, und sie wusste, er würde sie bestrafen, sadistisch und unerbittlich, ganz so, wie es ihm gefiel.

„Nun, dann sollten dich acht Schläge daran erinnern, wo dein Platz ist. Beug dich vor!"

Entsetzt riss sie die Augen auf und schluckte hart. Sie hatte gehofft, dass er sie fesseln würde, sodass sie ihm nicht entgehen konnte. Doch die Position aus eigener Willenskraft zu halten, erschien ihr undurchführbar.

„Sofort!", knurrte er mit dieser fürchterlich sanften Stimme. Sein Ausdruck war Sadismus pur.

Oh Gott.

Sienna beugte sich vor, umfasste ihre Fußknöchel mit schweißnassen Händen. Sie hob den Kopf in den Nacken, sah die Gerte im Spiegel neben seinem Bein, wie sie sich hob, hörte, wie sie durch die Luft zischte, und instinktiv warf sie sich zur Seite, landete auf dem weichen Teppich, sodass er sie verfehlte und sich selbst gegen den Oberschenkel schlug. Master Alec starrte sie an, als hätte sie sich gerade in einen gepunkteten Bären verwandelt.

Wehe, wenn du lachst. Du steckst bereits jetzt bis zu den Haarspitzen in Schwierigkeiten.

Sienna presste die Lippen aufeinander und rollte sich auf den Rücken, doch das Lachen sprudelte aus ihr wie aus einem überquellenden Brunnen, bis ihr Körper bebte, sie zudem fürchtete zu ersticken. Alec stand über ihr ohne mit der Wimper zu zucken, sah sie empört und fassungslos an.

„Noch niemals …" Er rieb sich die getroffene Stelle.

„Hat das etwa wehgetan?", kreischte Sienna, und sein Blick bekam einen irren Glanz.

„Lauf, Sienna!" Er zog sie mit einem Ruck auf die Füße, schubste sie in Richtung Tür. „Diesmal steckst du in richtigen Schwierigkeiten."

Sie musste völlig verrückt sein, doch sie konnte es sich nicht verkneifen, als sie durch das Wohnzimmer raste. „Schon wieder, Meister Windu."

Sienna stürmte auf die Terrasse, sprang fast die Stufen hinunter und rannte, so schnell ihre Beine sie trugen, über die Rasenfläche. Sie hörte ihn hinter sich, quietschte vor Vergnügen und Angst und schlug einen Haken. Er verfolgte sie langsam. Als sie hinter einem Busch stand, um nach Atem zu schnappen, sah sie deutlich, dass er noch immer diesen Ausdruck auf dem Gesicht hatte, der ihr wohlige und panische Schauder über den Rücken jagte. Doch dann schnellte er vor, packte sie, warf sie zu Boden und drückte sie auf das Gras. Kichernd verharrte sie, als er sich zu ihr herabsenkte. „Du, kleine Sub, wirst gleich meine Handfläche spüren, auf eine Weise, die du bisher noch nicht kennengelernt hasst."

Oh.

Er küsste sie mit wilder Leidenschaft und kniff ihr fest in die überempfindlichen Nippel, lachte gemein, weil sie sich vor Lustschmerz wand, solange er es tat. Sie liebte seine Kraft, dass er sie überwältigt hatte und sie sich dennoch immer sicher sein konnte, dass er aufhören würde, sollte sie die Sicherungsleine ziehen. Doch dass sie es sich selbst nicht einfach damit machte, verwandelte das Spiel in einen erotischen, schmerzvollen Tanz, und sie wusste, er würde sie gleich an eine neue Grenze heranführen.

Er fasste zwischen ihre gespreizten Schenkel und lachte triumphierend. „Du bist unglaublich erregt, sodass deine Schmerzbereitschaft hoch liegt. Ein Umstand, den ich zu nutzen weiß." Seine Finger auf ihrer Lustperle jagten Impulse durch ihre Nervenbahnen, die auch den entferntesten Winkel in ihrem Körper erreichten. Schamlos rieb sie sich an ihm, und er umfasste ihre Kehle mit ein wenig Druck. „Halt sofort still!" Sienna erstarrte, versuchte, ihre Muskeln zu entspannen, doch es war unmöglich. Seine Handfläche klatschte auf ihren Venushügel, und die Pein vermengte sich mit der Stimulation. Er sah ihr tief in die Augen und stand auf, zog sie mit einem Ruck hoch und packte ihr Haar. Wie eine Beute schleppte er sie in sein Domizil, ließ sie los, ehe er sich auf die Couch setzte.

„Drüberlegen!"

Sie fiel fast über seine Knie, da sämtliche Stabilität aus ihren Muskeln verschwand.

„Ich will, dass du schreist, weinst, mich verfluchst, denn dann weiß ich, dass du ganz bei mir bist, Sub, selbst wenn du gleich lieber an jedem anderen Ort auf dieser Welt wärst. Du bleibst genau hier. Und wag es ja nicht, auch nur den leisesten Versuch zu unternehmen, meiner Züchtigung zu entgehen, Honey."

Sie lag mit dem Oberkörper halb auf der Couch, und er packte ihren Nacken. Seine Handfläche knallte auf ihren Po in einer gleichmäßigen Geschwindigkeit und Heftigkeit. Nach jedem durchdringenden Treffer wartete er ein paar Sekunden, bis er erneut seinem Sadismus freien Lauf ließ, und das war es, was er tat. Er sättigte seine sadistische Ader durch die tief gehende Qual, die er auf ihren Arsch herabregnen ließ.

„Tut das etwa weh?", fragte er vergnügt.

Längst war sie in Tränen ausgebrochen, während seine Erektion heiß unter ihr lag. Sie hasste ihn in diesem Moment mit Inbrunst, und sie schrie es in den Raum. Nicht, dass es ihn interessiert hätte. Jetzt knallte seine grauenvolle Handfläche auf die Rückseite ihrer Oberschenkel, danach mehrere Male auf die Unterseiten ihres Pos. Ihre Haut glühte wie niemals zuvor, und sie konnte es nicht länger aushalten, versuchte, sich von seinem Schoß zu winden. Doch er packte ihren Arm, drehte ihn auf ihren Rücken, und sie hatte gedacht, er könnte nicht noch fester zuschlagen. Aber Master Alec belehrte sie eines Besseren.

„Hör auf, dich zu wehren, Sienna. Lass dich fallen. Gib dich mir und dem Schmerz hin.“

Der spinnt wohl! Als wäre das möglich.

Master Alec bewies ihr erneut, dass er genau wusste, was er tat, und sie hörte auf zu strampeln, presste ihr Gesicht seitlich auf die Couch, bis alles in ihr losließ.

„So ist es gut, Sugar.“ Er streichelte die geschundenen Backen. „Du bist so sexy, wenn du weinst und leidest, Sienna. Knie dich vor mich hin, und bedanke dich bei mir.“

Ungelenk rappelte sie sich auf und sank vor ihm auf das Parkett. Sie senkte den Kopf, versuchte, das Schluchzen zu unterdrücken, jedoch gelang es ihr nicht.

„Sieh mich an“, sagte er so unendlich sanft. Es fiel ihr unglaublich schwer, den Kopf anzuheben. Doch schlussendlich gehorchte Sienna und versank in seinen Augen, die sie mit unverfälschter Gier anblickten.

„Danke für die Strafe, Master“, schluchzte sie. Er umfasste mit beiden Händen ihr Gesicht, um ihre Tränen mit den Daumen wegzuwischen.

„Öffne meine Hose, Sienna.“

Sie tat es, und seine Erektion sprang ihr entgegen. Er war dermaßen erregt, dass ein Samentropfen seine Eichel benetzte, die Adern geschwollen waren.

„Jetzt reite mich, Honey.“

Alec schluckte schwer, als er in ihr tränenüberströmtes Gesicht sah. Er hatte seinem Sadismus freien Lauf lassen können, weil Sienna sich ihm trotz des intensiven Schmerzes unbewusst und so unglaublich verführerisch entgegengedrängt hatte. Seine Hand brannte wie die Hölle, doch er wusste, das war nichts im Vergleich zu dem, was die kleine Sub gerade erlitt. Sein Schwanz drohte zu zerplatzen, und er musste sich erst Erlösung verschaffen, ehe er mit ihr das tun konnte, was er eigentlich geplant hatte. Wenn die anderen Master davon erfahren würden, dass er sich selbst mit der Gerte getroffen hatte, weil die Sub ausgewichen war … Dieses entzückende, schluchzende Biest.

Sie rappelte sich hoch, und er kickte sich die Hose von den Beinen. Sienna hielt sich an seinen Schultern fest und setzte sich mit gespreizten Schenkeln auf seinen Schoß. Ihre Haut glühte dermaßen, dass er es spürte. Sie war dem ganzen Geheule, Geschreie und Gejammer zum Trotz triefend nass. Er hielt seinen Schwanz in Position, und sie ließ sich auf ihn herab.

Wie heiß sie war! Die aufgelöste Kleine presste ihr Gesicht in seine Halsbeuge, und auch das genoss der Sadist in ihm. Er hielt sie ruhig, bis sie sich ein wenig gesammelt hatte und ihr rasender Herzschlag ein langsameres Tempo annahm. Er schob seine Hände unter ihren Arsch, und sie stöhnte.

Gott, was liebte er dieses Geräusch, aber eigentlich wäre es angebrachter, Satan dafür zu danken, denn er musste sich Sienna aneignen, um sie in eine zügellose Braut zu verwandeln, die ihn ständig herausforderte.

„Auf einer Skala von eins bis zehn, wie sehr brennt dein Po?" Er hob sie ein wenig an, sodass er sich bewegen konnte, mit schnellen kurzen Stößen.

„Einhundert, Master", sagte sie vorwurfsvoll.

„Ich spüre es auf deiner Haut, auf deinem Fleisch und sehe die Pein auf deinem Gesicht."

Ihre Augen verschmolzen mit seinen, und sie schmiegte ihre Stirn an seine. „Es macht mich stolz, dir solche Lust zu verschaffen. Ich fühle mich so leicht, als hätte der Schmerz Belastendes von mir fortgenommen. Master Alec, was machst du mit mir?"

Sie begann, sich in einem gleichmäßigen Rhythmus auf und ab zu bewegen. Wie schön sie aussah! Sie lehnte sich ein wenig nach hinten, und ihr Mienenspiel bekam etwas Entrücktes, unvergleichbar Sinnliches. Ihre Brüste schaukelten im Takt ihres erotischen Rittes. Ihre Augenlider flatterten zu, und Alec überließ sich ihr.

„Du wirst nicht kommen, Sienna. Ich will, dass du dich beherrschst, dir die Erfüllung für später aufsparst."

„Ich verspreche es, Master Alec", flüsterte sie.

Sie krallte ihre Finger in seine Schultern, bewegte sich immer schneller, und Hitze schoss durch seinen Körper, flutete seine Sinne, und mit einem Schrei ergoss er sich in ihrer nassen Pussy. Sienna lächelte, als er kam, beugte sich vor und küsste ihn, drang mit ihrer Zunge ein, traf seine zu einem wilden Duell. Viel zu rasch war der Rausch vorbei. Doch die Nacht war noch lang. Atemlos verharrte sie.

„Ich liebe dich, Master Alec", flüsterte sie, während eine von ihren Tränen auf seine Wange tropfte. Zu gern würde er ihr das Gleiche sagen, aber er musste erst seine Welt in Ordnung bringen. Wenn er es sagte, sollte und musste der Schwur ohne bitteren Nachgeschmack sein, auch wenn er sie jetzt enttäuschte. Das war er Sienna sowie sich selbst schuldig.

„Ich weiß, süße Sienna."

Sie sah ihn durchdringend an, als könnte sie ihn zwingen, dass er nachzog. „Wenn du so weit bist", wisperte sie sanft.

„Geh ins Bad. Ich bin noch lange nicht fertig mit dir."

„Wirst du mich mit der Gerte schlagen, Master?"

Ah, jetzt versuchte sie es mit dem Mrs.-Muffin-Blick.

„Solltest du nicht endlich aufstehen, Sub, findest du es schneller heraus, als dir lieb ist."

Sie sprang so hastig von seinen Beinen, dass sie in ihrer Hast auf ihrem Arsch landete, vor Schmerz aufschrie, als all die Nervenenden zu neuem Leben erwachten.

Alec, nicht lachen. Bedenke, du bist ein sadistischer Master. Die amüsieren sich nicht über tollpatschige Subbies.

Aber wie empört sie dreinschaute! Zuerst war es nur ein Prusten … und dann lachte er lauthals. Sienna rappelte sich auf die Füße, reckte ihr Kinn in die Luft und lief mit ihrem äußerst roten Hintern Richtung Badezimmer. Er hörte das Wasser rauschen und ein Quietschen, sobald der Strahl auf ihren Po traf.

Mhmm.

Er schlenderte ins Bad, lehnte sich an die Wand, und die schüchterne Sub wollte sich umdrehen, um ihre Pussy zu waschen. „Sienna", sagte er leise, und sie erstarrte in der Bewegung. Verunsichert leckte sie sich über die Lippen, doch dann nahm sie ihren Mut zusammen, verteilte den Schaum auf ihrer Scham und wusch sich mit roten Wangen. Ihre kleinen Hände wanderten nach oben, massierten die Seife sanft in ihre Brüste, und sacht zupfte sie an ihren Nippeln. Sie lugten prall und tiefrot zwischen ihren Fingern hervor. Nachdem sie den nach Rosen duftenden Schaum abgewaschen hatte, hielt er ein Handtuch für sie bereit. Er rubbelte sie trocken, und ihren heißen Po tupfte er vorsichtig ab. Süß lächelte sie ihn an.

„Leg dich auf die Mitte des Bettes."

Seufzend tat sie, was er verlangt hatte, versuchte dabei, ihren Po so wenig wie möglich mit dem Laken in Kontakt zu bringen, und er merkte selbst, dass er gemein grinste, als er seine Handfläche auf ihren Bauch presste.

„Master", flehte sie ihn an. „Bitte tue mir nicht mehr weh."

„Vertrau mir, Sienna. Streck deine Arme nach oben." Er fesselte ihre Hand- und Fußgelenke mit weichen Manschetten an das Bett, sodass sie die Oberfläche wie ein verführerischer Seestern zierte. Alec legte ihr ein Kissen unter den Kopf und streifte ihr eine Maske über die Augen. „Ich bin kurz im Bad, habe dich dennoch im Blickfeld. Wenn du dich unwohl fühlst, sagst du sofort Bescheid. Hast du mich verstanden, Sugar?"

„Ja, Master."

Er küsste sie leicht auf die Lippen, ließ seinen Blick über ihren verführerischen Körper schweifen. Die ganze Weichheit und Verletzlichkeit gehörte ihm, lag hilflos bereit, sodass er sich ihrer annehmen konnte. Ihr Brustkorb hob und senkte sich unter ihren schnellen Atemzügen. Siennas Brüste bewegten sich bei ihren Bewegungen. So sexy! Man sagt, die Fantasie wäre farbenfroher als die Wirklichkeit, dass die Realität nicht mit Wünschen mithalten konnte, doch wer immer das behauptete, hatte seinen Blick niemals auf eine Sub gerichtet, die in vollkommener Hingabe auf die Aufmerksamkeit ihres Masters wartete. Das war lebendiger und echter, als es jeder Traum sein konnte.

Er ging hinüber ins Bad und duschte ausgiebig, ließ die süße Sub auf ihn warten, während ihre Fantasie auf Hochtouren lief, sie nicht wusste, was er mit ihr vorhatte, welche Art von Lust sie durch seine Hände erwartete.

Die ganze Zeit drehte Sienna den Kopf in seine Richtung, lauschte, um herauszufinden, was er tat, wohin er lief, und mit einem Grinsen holte er die vorbereiteten Utensilien.

Wie lange konnte ein Mann duschen? Obwohl sie ahnte, dass er sie mit Absicht warten ließ, vermochte sie nichts gegen die stetig ansteigende Aufregung und Erregung zu tun. Längst summte herrliche Angst durch ihre Venen, die sie aufwühlte bis ins Mark, weil sie ihr hilflos ausgeliefert war, sich diese Emotion ihrer Kontrolle entzog. Master Alec war wie ein Sog, der sich ihrer bemächtigte, ihr die gewohnte Umgebung unter den Füßen wegzog, um sie in eine neue, unbekannte Welt zu katapultieren. Und ihr Po brannte so stark, dass es einfach nicht abebbte. Es war ein berauschendes Gefühl, dem sie sich nicht entziehen konnte. Eigentlich sollte es sie beunruhigen, dass sie dermaßen eindringlichen Schmerz liebte, herbeisehnte, sodass sie sich fragen müsste, ob sie normal war. Doch Master Alec respektierte sie und teilte seine Strafen liebevoll aus, und seien sie noch so hart. Würde er wirklich mit ihr eine Beziehung eingehen, die über eine Session hinausging? Und wenn nicht, wie sollte sie ohne ihn weiterleben? Wie sollte sie überleben, ohne sich fallen lassen zu können? Durch seine unerbittliche Hand hatte sie ihren Frieden gefunden, hatte all die kleinen Teile, die sie vorher gewesen war, zu einem Gesamtbild zusammengefügt. Und sie hatte sich auf den ersten Blick in ihn verliebt. All das wollte sie nicht mehr missen.

Endlich hörte die Dusche auf, und Master Alec lief aus dem Badezimmer und an ihr vorbei. Sie spürte den Luftzug und bildete sich ein, auch seinen Blick zu fühlen, der sie streifte.

Ein klirrendes Geräusch drang an ihre Ohren, als würde er Murmeln in einen Glasbehälter schütten. Seine Schritte waren beinahe lautlos, dennoch wusste sie, dass er jetzt am Bett stand. Er legte etwas neben sie, und er lachte, weil ein Beben durch ihre Glieder lief.

„Hast du Angst vor mir, kleine Sub?“

„Ja, Master“, wisperte sie.

„Du hast auch jeden Grund dazu.“ Die Matratze senkte sich, und er positionierte sich zwischen ihren gespreizten Beinen. Sein Atem fächerte über ihr Gesicht, streichelte ihre Lippen. „Wenn ich wollte, könnte ich dir schlimme Dinge antun, denn du bist mir ausgeliefert, kannst dich nicht wehren, während ich dich entblättere, Schicht für Schicht, bis du aufhörst zu denken, nur noch fühlst, was ich dir antue."

Plante er sie umzubringen, indem er ihre Fantasie noch weiter anregte?

„Bitte, Master!"

„So ungeduldig."

Ungeduldig? Sie wartete bereits seit Ewigkeiten, konnte kaum stillhalten und riss an den Fesseln, die nicht nachgaben, sie genau dort hielten, wo ihr Master sie für seine Blicke und seine Hände ausgebreitet hatte.

„Mal sehen, welche Stellen an deinem entzückenden Körper für Schmerz aufgeschlossen sind." Seine warmen Lippen umschlossen ihre rechte Brustwarze, zunächst nur leicht, doch dann saugte er so hart an der empfindlichen Knospe, dass der Lustschmerz durch sie jagte, sich seinen Weg zu ihrer Klitoris suchte.

„Master Alec", schrie sie, strampelte gegen ihn an und konnte nichts tun.

„Schhh", sagte er, nachdem er sich von ihr gelöst hatte. Ihre Brustwarze pulsierte, schien auf die doppelte Größe angewachsen zu sein. Sie höre ein klirrendes Geräusch, und Kälte beruhigte die Hitze auf ihrem Nippel. Es war ein Eiswürfel! Kühlende Tropfen liefen ihren Busen entlang. Er umkreiste den geschwollenen Nippel, und dann senkte sein Mund sich erneut herab, doch diesmal zusammen mit dem Eis. Der gegensätzliche Reiz, der durch die verbundenen Augen gesteigert wurde, ließ sie stöhnen. Hitze und Kälte, Lust und Schmerz, Vertrauen und Dominanz. All das jagte Schauer über ihren Körper. Noch während er sich ihrer rechten Brustwarze widmete, kniff er in die linke, zwirbelte an ihr mit wechselndem Druck, und plötzlich umschloss sein heiß-eisiger Mund die pochende Knospe.

Es war nicht zum Aushalten! Ein Eiswürfel benetzte ihre Lippen, zog eine Spur ihren Hals entlang über ihren schrecklich bebenden Bauch bis hinunter zu ihrem Venushügel.

Er würde doch nicht … Und schon erreichte die Kälte ihre Lustperle, umkreiste sie, während Tropfen ihr Geschlecht hinunterliefen, weitere Sehnsüchte in ihr weckten.

„Master Alec, bitte."

„Was möchtest du, Sugar?" Er küsste ihren Bauch, glitt mit dem Eiswürfel über ihre Labien.

„Bitte leck mich, Master Alec. Bitte saug an meiner Klit." Falls überhaupt möglich, steigerten die verruchten Worte ihr Verlangen. Eine Träne lief aus ihrem Augenwinkel, so sehr war sie ergriffen von seiner Macht, die er über sie hatte. Er riss ihr die Maske vom Kopf, senkte sich herab, und seine unglaublich heiße Zunge leckte die Stelle, an der sie es am meisten herbeisehnte. Ihr Becken ruckte nach oben, und er schob seine Handflächen unter ihren Po, der so wund war und dennoch zu ihrer Lust beitrug. Weitere Kühle tropfte auf ihre Haut, als er zwei Eiswürfel an den Innenseiten ihrer Oberschenkel entlangführte, anschließend ein gekühlter Finger in ihr Geschlecht eindrang, während seine warme Zunge ihre Klitoris umkreiste.

„Darf ich kommen? Oh bitte, Master!" Wenn er es ihr jetzt nicht erlaubte, würde sie zerplatzen.

Er sah zu ihr hoch, und es sah so verboten aus. „So oft du möchtest." Und dann biss er leicht in die überreizte Knospe, saugte hart, und sie wünschte sich, sie könnte sich an ihm festkrallen. Ein unglaublicher Orgasmus bahnte sich seinen Weg an die Oberfläche, und die Fesselung, die sie so sehr in ihren Bewegungen einschränkte, steigerte ihre Empfindungen auf ein beinahe unerträgliches Maß. Pure Ekstase riss sie fort. Sienna lachte befreit, sobald die Wellen abklangen. Der ehemalige Eisblock hatte mit der Hilfe von Eiswürfeln einen umwerfenden Höhepunkt bekommen.

„Ich bin noch nicht fertig mit dir." Master Alec kniete sich mit gespreizten Beinen über sie, presste ihre Brüste zusammen und rieb seinen Schaft dazwischen. „Und jetzt öffne deinen Mund." Er umfasste ihren Hinterkopf, stützte sie, und sie nahm die Fülle seines harten Schwanzes zwischen ihre Lippen. Er benutzte sie, bis er beinahe kam, doch ganz der Master, der er war, entzog er sich ihr. Er löste die Fußgelenksmanschetten, schürte in ihr die Hoffnung, dass er sie ganz losband. Aber er lockerte nur die Seile an ihren Armen. „Umdrehen!" Master Alec positionierte ein festes Kissen unter ihrem Becken. Sie hörte ein summendes Geräusch. Von hinten schob er es genau unter ihren Kitzler. „Das ist ein Aufliegevibrator, und du wirst für mich kommen, mehr als einmal." Von hinten drang er in sie ein, und seine Bewegungen vermischten sich mit der Stimulation des Sextoys. Er nahm sie tief und langsam, und jedes Mal, wenn er ihren brennenden Po berührte, erwachte der Schmerz, flackerte über ihre Haut, bis er sie ganz erfüllte. Sie schrie, als sie kam, immer und immer wieder. Er packte ihre Hüften, unterwarf sie weiter, und schlussendlich vermengte sich sein Schrei mit ihrem. Verführung und Bestrafung, Zähmung und Hingabe, Vertrauen und Unterwerfung – in vollkommener Harmonie.

Kapitel 11

Alec fasste es nicht, dass er dermaßen nervös war, und es entlockte ihm ein zynisches Lächeln, weil es fast an Angst grenzte. Siennas Aufenthalt war in zwei Tagen vorbei, und er konnte sich nicht vorstellen, ohne sie zu sein. Sie könnten gemeinsam in sein Haus ziehen, das in einem ruhigen Vorort lag, und das er seit Ewigkeiten nicht mehr gesehen hatte. Ihr Lachen würde es mit Leben fühlen, ebenso ihre Schreie der Lust. Ihre Persönlichkeit würde sämtliche Schatten, die in den Ecken lauerten, vertreiben. Er hatte es sich nach dem Desaster mit Valerie gekauft, es war aber nie zu seinem Zuhause geworden.

Wenn er nachher auf die *Insel* zurückkehrte, würde er ihr sagen, dass er sie liebte. Denn dann wäre er endgültig frei von Valerie. So viele Jahre hatten ihn die Erinnerungen gequält. Er fuhr die Einfahrt seines Elternhauses entlang, sah vor seinem inneren Auge, wie sein Vater ihm verboten hatte, jemals wieder einen Fuß auf sein Grundstück zu setzen.

„Ich kann nicht glauben, dass mein Sohn so ein gewalttätiges Arschloch ist, das Frauen verprügelt, um sich daran aufzugeilen. Ich will dich nie mehr wiedersehen! Wenn deine Mutter noch leben würde, hättest du ihr das Herz gebrochen."

Sein Vater hatte ihn enterbt, und vier Wochen danach war er an einem Herzinfarkt gestorben, eine Schuld, die Alec noch heute auf seinen Schultern trug. Sein Bruder Andy hatte es ihm unter die Nase gerieben und dabei eine tränenüberströmte Valerie in den Armen gehalten. Die beiden heirateten ein paar Monate später, und es war das Letzte gewesen, was er von seiner Familie gehört hatte. Sie hatten ihn verstoßen – ihn, das gewalttätige Ungeheuer, hatten sich geweigert, auch nur ein Wort mit ihm zu reden, hatten ihn abgestempelt als perversen Frauenschläger. Er hatte es nie infrage gestellt, denn zu schuldig hatte er sich damals gefühlt, obendrein war er zu jung gewesen, um gegen ihre Vorurteile anzukämpfen.

Er stoppte den Wagen und ließ seinen Blick über die Fassade schweifen. Das Landhaus hatte an Glanz verloren und brauchte einen neuen Anstrich, die Beete waren überwuchert, und der ehemals gepflegte Rasen hatte kahle Stellen.

Alec stieg aus, wobei sein Herz ihm bis zum Hals klopfte. War es wirklich so gewesen, wie David es vermutete? Hatte Andy ihn benutzt, um an das Erbe ranzukommen? Sein Bruder wusste, dass Alec ihn nicht vor Gericht zerren würde, auch dass Valeries Anschuldigungen ihn zerstören würden. Alec verdiente schon damals nicht schlecht und hatte Geld von seiner Mutter geerbt. Er war zufrieden mit seinem Leben gewesen und hatte sowieso keine Lust gehabt, in das Imperium seines Dads einzusteigen. Sein Ehrgefühl hatte es nicht zugelassen, sich gegen den Willen seines Vaters aufzulehnen. Und er hatte Valerie mit einer Gerte geschlagen, das ließ sich nicht verleugnen.

Der Zwischenfall mit Valerie hatte ihn aus der Bahn geworfen, so sehr, dass er nichts davon hinterfragt hatte, die Schuld nur bei sich suchte. Ob Valerie und Andy Kinder hatten? Vielleicht war er schon längst Onkel. Hätte er nicht doch Kontakt zu seiner Familie suchen sollen? Hatte er zu leicht aufgegeben? Getroffene Entscheidungen im Nachhinein zu bedauern, war verschwendete Zeit. Er klingelte mehrmals vergeblich. Ob niemand zu Hause war? Aber was war mit der Haushälterin, die sich um alles gekümmert hatte.

Plötzlich wurde die Tür aufgerissen, und sein Bruder stand ihm mit blutunterlaufenen Augen gegenüber. Seine Fahne schwappte ihm entgegen, vermischt mit dem Gestank von saurem Schweiß. Andy war ein Schatten des Bruders, den er gekannt hatte.

„Bruder!", lallte er und trat zur Seite. „Ein bisschen spät für die Trauerfeier."

Eine eisige Vorahnung packte Alec, dennoch ging er hinein, in das Haus seiner Jugend, das ihm noch so vertraut war, und gleichzeitig strömte es Fremdheit aus, sodass er sich wie ein Störkörper fühlte. Andy lief in den Salon und ließ sich auf eine Couch fallen, führte die Bourbonflasche an seine Lippen, die Alec ihm entriss.

„Sie hat sich umgebracht wegen dir. Ist mit ihrem Wagen frontal gegen einen Baum gefahren."

Der Fußboden schien sich unter seinen Füßen zu bewegen, und Alec war versucht, den Inhalt der Flasche zu leeren.

„Wer?", fragte er unnötigerweise.

„Valerie." Andy sprang von der Couch, baute sich vor Alec auf und ballte die Hände zu Fäusten. „Sie hat nie überwunden, was du ihr angetan hast, konnte Intimität nicht ertragen, und unsere Ehe war die Hölle. Sie wollte immer nur dich, obwohl ich sie über alles geliebt habe."

Alec taumelte zurück, unfähig, den Anblick des Bruders länger auszuhalten, und rannte aus dem Haus. So ein Leben konnte er Sienna nicht zumuten, das hatte sie nicht verdient. Sie war zu unerfahren, um wirklich zu begreifen, was es bedeutete, mit einem Sadisten zusammen zu sein. Sessions waren alles, was er wollte und wonach er verlangen durfte, auch wenn sein Herz dabei brach. Da hatte er nur Verpflichtungen als Master, ohne den Ballast von unnötigen Gefühlen sowie den Schwierigkeiten, die ein Zusammenleben mit sich brachte. Sienna betrachtete ihn mit einer rosaroten Brille, aber irgendwann würde der Alltag einkehren, und dann würde sie anfangen, ihn zu hassen. Seine Seele schrie gequält bei der Vorstellung.

Im Moment konnte er weder ihr gegenübertreten noch David. Er suchte sich ein Hotel, bestellte sich eine Flasche Bourbon und tat es seinem Bruder gleich. Doch der Alkohol konnte seine Schuld nicht mildern, das Blut nicht abwaschen, das an seinen Händen klebte.

Ein paar Tage später riss ihn eine Hand, die ihn an der Schulter packte, unsanft aus dem Schlaf, starke Arme zogen ihn aus dem Bett, warfen ihn in die Badewanne, und eiskaltes Wasser prasselte auf ihn herab. Als er endlich klar sehen konnte, erkannte er David, Joe, Alexander und Liam, die auf ihn herabsahen wie vier Racheengel der Finsternis.

„Dusch, rasier dich, und bitte putz dir die Zähne", sagte David mit einer Stimme, die einer Sub einen Schweißausbruch entlockt hätte. Auch bei ihm verfehlte sie nicht seine Wirkung.

„Wie habt ihr mich gefunden?"

Joe schnaubte angesichts der überflüssigen Frage. Joe fand jeden, wenn er es wollte, und Alec hatte seine Kreditkarte benutzt.

„Wir haben jemanden für dich mitgebracht", sagte David.

Sienna! Sein Herz schlug plötzlich zu schnell. Sie sollte ihn nicht in diesem Zustand sehen. David verzog die Mundwinkel zu einem ganz und gar nicht amüsierten Lächeln, und Joe wirkte bereit, Alec eigenhändig mit einer Wurzelbürste abzuschrubben, falls er nicht tat, was David verlangt hatte. Und Liam … Die Stillen waren immer die Gefährlichsten.

„Wir sind nebenan", sagte David. „Wir haben für dich ausgecheckt, und draußen warten zwei von Joes Kumpels, für den Fall, dass du dich unkooperativ zeigst. Ich will dich zurück, mein Freund und Bruder."

Während er duschte, legte Alexander frische Kleidung auf die Ablage. Wartete wirklich Sienna auf ihn? Wollte sie ihn überhaupt wiedersehen? Gott, er musste ihr das Herz gebrochen haben. Keiner konnte ein Monster wie ihn lieben. Valerie …

Das Duschen und Rasieren half, dass er sich wieder halbwegs wie ein Mensch fühlte. Er putzte sich die Zähne, verbrauchte eine halbe Flasche Mundwasser und konnte es selbst kaum glauben, dass er Angst verspürte, der kleinen Sub gegenüberzutreten.

Zu seiner großen Enttäuschung war es nicht Sienna, die verloren auf dem Bett saß, umringt von Kerlen, die sie mit äußerstem Misstrauen begutachtete, obwohl David ihr aufmunternd zulächelte. Er kannte das Mädchen.

„Miriam?"

„Mr. Marshal."

„Alec." Es gab keinen Zweifel. Die Kleine war die Tochter ihrer damaligen Haushälterin Jean. Sie stand auf und lächelte ihn schüchtern an. Er zog sie väterlich in die Arme. Sie musste zweiundzwanzig sein.

„Was machst du hier?"

„Ich habe was für dich." Erst jetzt sah er den Umschlag, der auf dem Bett lag. „Ich hätte ihn dir eher gegeben, doch du warst spurlos verschwunden. Er ist von Valerie. Sie hat ihn geschrieben, bevor sie …"

„Schon gut, Kleines."

„Sie hat es sehr bereut, was sie dir angetan hat. Vielleicht kannst du ihr eines Tages verzeihen."

Was sie ihm angetan hatte?

Alec juckte es in den Fingern, den Umschlag aufzureißen, aber es wäre besser, es zu tun, wenn er allein war. Und so wie es aussah, würde er es erst auf der *Insel* wieder sein.

„Neil fährt dich in Alecs Wagen nach Hause, Miriam. Er wartet unten auf dich."

Die Kleine errötete. Neil war der zweitjüngste Sohn von Nico und hatte den Charme seines Vaters geerbt. Seine Freunde starrten ihn an, und er nickte ihnen zu. Es war Zeit heimzufahren.

Fünf Stunden später fuhr Joe die vertraute und einsame Straße zu dem Resort hoch. Alec drehte sich David zu. „Ich danke euch." Er saß eingequetscht zwischen ihm und Alexander, als wäre er ein Sträfling, der schwer bewacht werden musste, weil er jederzeit die Flucht antreten könnte. Doch er war so verflucht froh, dass sie ihn geholt hatten, und er wusste, David wäre noch weiter gegangen.

Der Umschlag brannte wie Kohlen in seiner rückwärtigen Hosentasche, da er ahnte, dass der Brief ihm viele Fragen beantworten würde, es aber keine einfache Lektüre war. Was auch immer darin stand, es würde sein Leben verändern.

Hatte er wirklich Valeries Tod auf dem Gewissen, so wie den seines Vaters? Wegen seiner sadistischen Bedürfnisse, die von einem großen Teil der Gesellschaft als krank angesehen wurden, gleich einem Makel, der unbedingt beseitigt werden musste? Hörten diese Selbstzweifel niemals auf? Die trügerische Ruhe, die er erlangt hatte, war fortgewischt, in einer Gründlichkeit, als hätte er diesen Frieden zu keiner Zeit empfunden.

Joe stoppte vor dem Haupthaus, und Alec sog den Anblick des Hauses im spanischen Stil förmlich auf, bis es sich auf seine zerfledderten Nerven legte. David begleitete ihn zu seinem Bungalow.

„Schlaf dich aus, und ich schicke dir nachher etwas zu essen vorbei. Reden tun wir später." Sein Freund umarmte ihn, in der Weise, wie es Männer taten. „Ich lass es nicht zu, dass du dir das erneut antust. Du bist der Bruder, den ich nie hatte." Er drehte sich um und ließ Alec allein.

Alec riss die Fenster auf, setzte sich auf seinen Lieblingssessel, der vor dem Fenster stand, und öffnete den Umschlag.

Geliebter Alec,

dies sind meine letzten Worte, und sie sollen an dich gerichtet sein. Zu lange trage ich diese Schuld in mir, die so schwer wiegt, dass sie mich zerdrückt. Und ich habe es verdient. Vor all den Jahren lernte ich Andy zuerst kennen, nicht dich. Im Nachhinein habe ich begriffen, dass er ganz gezielt gesucht hat, nicht nach mir, sondern nach einem bestimmten Frauentyp – eine naive Gans aus der Unterschicht, mit devoten Zügen, die sie niemals ausgelebt hat und dazu leicht beeinflussbar. Anfänglich ging es mir nur um das Geld und die Möglichkeit, aus der Gosse zu kriechen, aus der ich komme.

Doch ich wollte es nicht nur für mich, sondern auch für Shelly, meine jüngere Schwester, die durch die Drogensucht meiner Mutter behindert zur Welt gekommen ist. Andy hat mir eine Heirat, Ansehen und Wohlstand in Aussicht gestellt, wenn ich bei seinem Plan mitspiele, und einen Heimplatz für Shelly, bei der sie endlich die Pflege erhalten sollte, die sie verdiente.

Ich hatte mich ungewollt in dich verliebt. In deine selbstsichere Art, die mich angezogen hat wie ein verirrtes Kind ein Licht in der Dunkelheit. Du bist so ehrenhaft, und das wurde dir zum Verhängnis.

Andy wusste, dass du die Reaktion deines Dads nicht infrage stellen würdest, der körperliche Gewalt verabscheute, weil der eigene Vater ihn als Kind so gequält hat. Er wusste genau, dass du dich an deine sadistische und dominante Veranlagung herantastest. Deine Male sind nach wenigen Stunden verblasst, daher hat Andy mich verprügelt, bevor er mich vor deinen Dad stellte. Die Narben seiner Gerte sind noch heute zu sehen. Alles wäre nicht auf diese Weise verlaufen, wenn dein Bruder mich nicht geliebt hätte. Doch auf eine kranke Weise war ich sein Eigentum, seine große Liebe, die er lieber zerstört sehen würde, als sie nicht selbst zu besitzen. Andy hat mich erpresst, mir gedroht, dir den ganzen Schmutz zu erzählen, sollte ich den Mund aufmachen.

Und Shelly … sie wäre elendig zugrunde gegangen in einem staatlichen Heim. Du hättest mich verstoßen, meinen Verrat niemals akzeptiert, und ich wäre wieder in der Gosse gelandet, aus der ich herausgekrochen war. Ich war zu erbärmlich, und ich wünsche mir so, ich würde nur ein wenig deiner Stärke besitzen.

Andy hat den Herzinfarkt deines Vaters verursacht. Nur er wusste, dass er ein schwaches Herz hatte, da er seine Unterlagen ständig durchwühlt und den Arztbericht gefunden hat. Er hat ihn so gereizt, dass er den schweren Infarkt auslöste, und damit hat er dir endgültig die Tür zu deinem Erbe verschlossen. Für mich begann mit diesem Tag die Hölle in einem goldenen Käfig, die ich nur mit Tabletten und Alkohol ertragen konnte, zerfressen von Selbsthass und Schwäche. Geliebt habe ich immer nur dich. Ich habe mich gehasst, und jede Stunde war eine Tortur.

Vor zwei Monaten ist Shelly in meinen Armen gestorben. Aber selbst danach fehlte mir die Kraft, mich von Andy zu lösen. Ich habe meinen Verstand und Körper über die

Jahre ruiniert, habe mich in das verwandelt, was ich als Kind über alles hasste. Ein süchtiger Schatten – genau wie meine Mom.

Sollte dir die Liebe begegnen, dann greif nach ihr, halte sie fest, und lasse sie niemals mehr los.

Es tut mir leid, Alec. Bitte verzeih mir. Ich muss meinen Frieden finden, und das schaffe ich nur, wenn ich aus dem Leben flüchte.

Valerie

Der Brief fiel aus seinen tauben Fingern, und Schwindel packte ihn, während seine Selbstzweifel, die sich in den letzten Tagen in Selbsthass verwandelt hatten, über ihm zusammenbrachen. Er musste Sienna anrufen. Sofort! Gott, was hatte er ihr angetan! Anstatt sich ihr zu stellen, hatte er genau wie damals versucht, alles mit sich allein auszumachen. Und wenn er nur den Mut besessen hätte, sich mit seiner Vergangenheit auseinanderzusetzen, vielleicht würde Valerie noch leben. Nein, dieser Gedanke war falsch. Erneut verspürte er den Drang, sich mit Schuld zu beladen. Damit musste er aufhören. Er hatte nicht einmal Telefonnummern mit Sienna ausgetauscht. Alec schaltete sein Notebook an und suchte im Internet nach dem *Tasty*. Mit zitternden Fingern wählte er die Nummer, und nach endlosen Sekunden, die sich wie Stunden hinzogen, meldete sich eine atemlose freundliche weibliche Stimme.

„Hier ist das *Tasty*, Sie sprechen mit Molly Archer."

„Ich möchte Sienna Baltimore sprechen."

„Verraten Sie mir auch Ihren Namen?"

„Alec Marshal."

Stille schlug ihm entgegen, mit einer feindseligen Note, die ihm nicht verborgen blieb.

„Sienna will dich nicht sprechen."

Auf dieses Geplänkel hatte er jetzt keinerlei Lust.

„Molly, gib sie mir, bitte!" Er legte die geballte Kraft seiner Dominanz in den Tonfall.

Sie schnaubte in den Telefonhörer wie eine Dämonin, der man gerade das Lieblingsspielzeug entwenden wollte. „Nein!"

„Ich will mit ihr reden."

„Sie aber nicht mit dir, du niederträchtiges Arschloch." Und das Biest unterbrach die Verbindung. Molly Archer! Sie wusste anscheinend nicht, mit wem sie es zu tun hatte. Zweifelsohne verdiente er ihren Zorn. Er warf dem Telefon einen dunklen Blick zu, doch das Utensil zeigte sich wenig beeindruckt.

David kam ohne anzuklopfen durch die Tür, in den Händen ein Tablett mit Essen für zwei. Alec war froh, dass sein Freund ihn nicht allein ließ, und drückte ihm den Brief in die Hand. David las ihn kommentarlos, aber Alec sah ihm an, dass der Inhalt ihn ebenso aufwühlte, wie er es bei ihm getan hatte. Während des Mahls brach der Damm, und Alec redete sich alles von der Seele, das erste Mal, dass er nichts zurückhielt, auch nicht das kleinste Körnchen. Und David hörte ihm zu, ohne ihn zu verurteilen. Alec fühlte sich wie ein verschlammtes Blatt, das von einem heftigen Regenguss sauber gespült wurde, und endlich konnte er befreit durchatmen. Jetzt musste er nur noch das Schlamassel mit Sienna aus dem Weg räumen.

„Morgen begleiten wir Liam ins Krankenhaus."

Verdammter Mist! Er war so mit seinem Elend beschäftigt gewesen, dass er es vergessen hatte. „Hat er Rachel eingeweiht?"

David nickte. „Sie haben stundenlang zusammen geweint. Die kleine Sub wird auch dabei sein. Anschließend suchen wir Valeries Grab auf, damit du dich endgültig von ihr verabschieden kannst." Eigentlich hatte er morgen zu Sienna fahren wollen. Er würde es danach tun, und es freudig in Kauf nehmen, dass sie ihn mit ihren Bratpfannen verprügelte.

Sienna starrte auf den Teig, den sie gerade mit Inbrunst knetete und sich vorstellte, es wäre Alecs Visage, die sie mit ihren Händen folterte. Sie durchlief keine Phasen der Trauer und des Kummers. Nein! Sienna Baltimore durchlitt alles gleichzeitig. Er war einfach verschwunden, hatte sie nicht nach Hause gebracht, so wie sie es besprochen hatten. Der Arsch hatte sich nicht mehr gemeldet. Und dann fingen aus heiterem Himmel seine Anrufe an. Sienna war so verletzt, so zerstört, dass sie nicht mit ihm reden konnte. Auch seine Gründe, warum er sie wie einen Sack Müll entsorgt hatte, ohne zurückzublicken, wollte sie nicht hören.

Außerdem befürchtete sie, dass sie, sobald sie seine Stimme hörte, erneut anfinge zu heulen wie ein Wasserfall, auf den ein Tropensturm herabprasselte. Das Telefon läutete, und sie hörte Molly an, dass er es war. Schon wieder! Es reichte ihr. Sie stürzte nach nebenan und entriss der schlanken Rothaarigen das Telefon, und es war ihr egal, dass sie es mit Teigresten beschmutzte. Sie stampfte damit zurück in die Küche.

„Versuchst du meine Assistentin einzuschüchtern, du hinterwäldlerischer Riesenarsch? Was fällt dir ein! Leck mich! Hast du mich gehört? LECK MICH!" Ihr war bewusst, dass sie brüllte, und dann spürte sie erneut diese Scheißtränen, die ihr aus den Augenwinkeln tropften. Es steigerte ihre Wut. Sie warf das Telefon gegen die Wand, und es zerbrach in seine Einzelteile, genau wie ihre Seele. Doch es reichte ihr nicht!

Ihr Blick fiel auf die Kirschtorte, die sie heute Morgen zubereitet hatte, und sie holte aus, hieb auf sie ein, bis nur noch Matsch übrig war. Die ganze Zeit über schrie und weinte sie wie eine Irrsinnige.

„Fühlst du dich jetzt besser?“, tönte eine tiefe männliche Stimme vom Türrahmen, und ihr blieb beinahe das Herz stehen. Oh Gott, David hatte ihren Ausbruch beobachtet. Und nicht nur er – neben ihm stand Alexander. Was wollten sie hier?

Sienna umrundete den großen Tisch und verweilte hinter der vermeintlichen Sicherheit der Platte. Amüsiert hob David seine Augenbrauen, und sie bemerkte mit steigender Nervosität, dass er und Alexander sich aufteilten. Wo war Molly? Warum eilte sie ihr nicht zur Hilfe? Sie wollte nicht allein mit ihnen sein, umflossen von ihrer Dominanz und der Macht, die sie über sie ausübten. Das steigerte ihren Zorn, der gerade abgeflaut war.

„Du begleitest uns, Sienna. Und leg den Teigspachtel auf den Tisch.“

Ihre Hand zitterte deutlich, doch sie dachte gar nicht daran, Davids Befehlen Folge zu leisten. Das war ihre Küche, und hier gehorchte alles und jeder ihr. Ihn begleiten! Oh, da kannte er sie aber schlecht! Nicht einen Fuß, nicht einmal einen Zeh würde sie jemals wieder auf diese verfluchte *Insel* setzen. Beide Master schlichen näher. Denn das waren sie, sogar in Siennas Reich.

„Molly“, rief sie mit einer Stimme, die selbst eine panische Maus nicht in die Flucht geschlagen hätte. Sie fuchtelte mit dem Teigschaber herum.

„Du hat die Wahl, Sienna. Du kannst uns erhobenen Hauptes auf deinen Beinen zu unserem Wagen begleiten“, sagte Master Alexander mit einem bedrohlich sanften Tonfall, „oder aber …“ Er hielt ein paar Handschellen in die Luft.

„Ich denke nicht dran. Molly!“, brüllte sie, und tatsächlich kam die Rothaarige zur Tür herein. Gott sei Dank! Doch dann plumpste ihr Herz in den Kuchenmatsch, weil Molly eine Tasche auf den Tisch legte.

„Ich habe eingepackt, was ihr verlangt habt.“ Ihre grünen Katzenaugen funkelten. „Es tut mir nicht leid, Sienna. Denn so geht das nicht mehr weiter. Du bist furchtbar, nicht zum Aushalten, und jeder flüchtet vor dir. Ich habe David angerufen und ihn um Hilfe gebeten. Falls du sauer bist, mich entlassen willst, kannst du mir das alles nächste Woche an den Kopf werfen. Ich halte hier so lange die Stellung“, säuselte die Verräterin, warf den Mastern noch begehrliche Blicke zu und lief hüftwackelnd aus der Küche.

Die Männer standen inzwischen neben ihr wie zwei Buchstützen, doch sie dachte nicht daran, klein beizugeben. „Wagt es ja nicht“, flüsterte sie. Master Alexander packte ihren Nacken und presste sie auf den Tisch, während David ihr den Teigschaber beiläufig aus den Fingern wand. Die beiden Arschgeigen lachten über ihre sinnlose Gegenwehr. David knebelte sie mit einem Lederstreifen, fesselte ihre Handgelenke mit den gepolsterten Handschellen hinter ihrem Körper, reinigte sie noch mit einem nassen Geschirrhandtuch, und die Männer verschleppten sie zu ihrem Wagen, der direkt bei der Hintertür parkte. Wie einen Sack Kartoffeln warfen sie Sienna auf die Rücksitzbank. David bettete ihren Kopf auf seinem Schoß und sah sie belustigt an. „Fiorella, funkele mich ruhig an. Ich verstehe, dass du sauer bist. Doch es beeindruckt mich herzlich wenig."

Sienna unterdrückte den Reiz, ihren Hinterkopf auf sein Gemächt zu donnern.

„Wenn du brav bist, löse ich die Handschellen. Falls nicht, drehe ich dich auf den Bauch, und so verbringst du die restliche Fahrt zur *Insel*. Und ich könnte deinen Arsch vorheizen."

Sie wusste genau, dass er es tun würde. Er streichelte ihr die Haare aus der Stirn. „Alec ist nicht mehr Alec, seitdem er dich liebt, und er hat einen guten Grund, warum er dich im Stich gelassen hat. Vertraust du mir?"

Trotz allem tat sie es und nickte. „Umdrehen." Er löste zuerst die Schellen, danach vorsichtig den Knebel, reichte ihr eine Wasserflasche, und sie trank ein paar Schlucke. „Falls du Alec nachher immer noch verabscheust, bringe ich dich morgen zurück nach Hause. Ich verspreche es dir."

Sienna setzte sich auf, und Master David legte den Arm um sie. „Du bist ganz schön temperamentvoll, Fiorella."

Mit jedem gefahrenen Meter stieg ihre Aufregung, ihre Angst, ihre Freude, Alec wiederzusehen. Oh nein, sie verabscheute ihn nicht, sie blöde Kuh liebte ihn, mehr als jemals zuvor.

Die beiden Master brachten sie in eines der Gästezimmer, ließen es sich nicht nehmen, sie zu entkleiden, ihren strampelnden Körper in die Dusche zu befördern und sie zu waschen … überall. Doch damit nicht genug! Nachdem sie Sienna gründlich abgetrocknet hatten, starrte sie auf das Klebeband in ihren Händen. Alexander warf sie mit dem Bauch nach unten auf das Bett, und die Ungeheuer schritten zur Tat.

Alec betrachtete den wackelnden Arsch von Rachel, die davonhastete, als wäre der Leibhaftige persönlich hinter ihr her.

Warte, du kleines Biest, sobald ich dich in die Finger bekomme …

Er würde sie übers Knie legen, einfach nur, weil es ihm Spaß machte. Die Frustration erlangte ein neues Level. Die Subs gingen ihm aus dem Weg, flüchteten geradezu, wenn er auf sie zusteuerte. Und er war auf der *Insel* gefangen. David hatte ihn nach dem Krankenhausbesuch nicht zu Sienna gefahren, so wie sie es vorher vereinbart hatten. Alec konnte weder das kaum glauben, noch dass, als er zu Sienna fahren wollte, Joe ihn nicht vom Grundstück gelassen und ihm mitgeteilt hatte, er müsse Geduld haben.

Seine Geduld hatte das Ende erreicht. Er erspähte Carolina, die oft die Wochenenden mit Richard hier verbrachte oder gleich mehrere Tage am

Stück in dem Resort blieben. Richard konnte auch von der *Insel* aus arbeiten. Vielleicht sollte er sie in Angst und Schrecken versetzen. Leider bemerkte sie ihn, drehte sich auf dem Absatz um und desertierte in die entgegengesetzte Richtung.

Zur Hölle! Irgendwo musste doch eine kleine Subbie sein, die er übers Knie legen konnte, um ein bisschen Dampf abzulassen. Alec würde sie nicht spanken, ihr nur ein wenig Furcht einjagen. Er durchschritt die Rezeption, und Liam winkte ihm zu. „Alec, du kommst wie gerufen. Ich glaube, ich habe mir den Magen verdorben." Er sah wirklich ein wenig blass um die Nase aus. Er drückte ihm ein Klemmbrett in die Hände. „Übernimmst du die neue Gruppe für mich?" Er würgte und rannte in Richtung der Waschräume.

Alec seufzte, er hatte eigentlich keine Lust auf Neulinge. Aber vielleicht konnte er sie alle vor Angst erstarren lassen. Das würde seinem Ego guttun. Beschwingt betrat er den Raum, und im Gegensatz zu sonst knieten die Subs mit den Rücken zur Tür, hatten gefesselte Handgelenke und waren geknebelt.

Was zur Hölle!

Dann entdeckte er sie. Sienna! Sie saß ganz links. Sein Herz fuhr ohne Sicherheitsgurt Achterbahn, raste durch einen Looping, plumpste nach unten und wurde hochgeschleudert. Sie trug eine durchsichtige weiße Bluse mit einem roten BH und einen langen Rock, wie er bemerkte, als er vor der Gruppe stehen blieb. Für einen Moment fesselte sein Blick sich mit dem von Sienna, und er riss sich gewaltsam los. Sie schien ihm etwas sagen zu wollen. Oh, er hatte ihr auch eine Menge zu sagen! Und wenn er an ihre leidenschaftlich ausgestoßenen Flüche dachte, schwoll beinahe sein Schwanz bei dem Gedanken an, was er deswegen mit ihr tun würde. Er hielt die übliche Einweisungsrede, zwang sich, sie nicht abzukürzen, und wollte gerade den Wachen zunicken, damit sie die süßen unerfahrenen Subbies in ihre Bungalows bringen konnten, als irgendwo ein Mobiltelefon eine hereinkommende Textnachricht ankündigte.

Danach herrschte Totenstille, und er laserte seinen Blick in Sienna. Das Biest hatte doch nicht etwa! Er blieb vor ihr stehen, und flehentlich sah sie zu ihm hoch. Alec legte seine Hand auf ihren Kopf, als die restliche Gruppe aus dem Raum flüchtete, in einer Geschwindigkeit, wie er es niemals zuvor erlebt hatte. Und dann plärrten unzählige Telefone gleichzeitig los, und Sienna machte ein Gesicht, als hätte er sie mit dem größten Analplug versehen, den er auftreiben konnte.

Er packte ihre Oberarme, hob sie auf die Füße und riss ihr den Rock hinunter. Überall klebten Mobiltelefone. Sie versuchte, etwas zu sagen, doch das Genuschel war wegen des Knebels und des unglaublichen Radaus unverständlich, daher löste er den Lederstreifen.

„Das waren David und Alexander“, stieß sie mit der Entrüstung einer Braut hervor, die gerade entdeckte, dass ihr Bräutigam nicht wusste, wo sich ihre Klitoris befand.

Das Geplärre endete abrupt. Sie hatten sogar ein iPhone direkt über ihrer Pussy mit Klebeband festgeklebt. Alec enthakte die Handgelenksmanschetten, und sie ballte die Hände zu Fäusten, sodass er beinahe einen Schritt zurückgewichen wäre.

„Du … du … niederträchtiges Warzenschwein!“, flüsterte sie mit einer Stimme, die mit Sicherheit ihr gesamtes Personal in die Flucht gejagt hätte. „Wag es ja nicht, mich anzufassen! Und hör auf, mich mit diesem Blick anzustarren. Du kannst dir deinen Master in den Arsch schieben!“ Sie stampfte mit dem Fuß auf und stach ihm einen ihrer zierlichen Finger in den Brustkorb.

Das ging eindeutig zu weit, auch wenn er ihren Zorn verdiente. Er drängte sie zurück, bis sie die Wand erreichten. Ihre Unterlippe zitterte. „Ich hasse dich! Du … du … schleimige Kröte.“

„Bitte verzeih mir, Mrs. Muffin.“

Sie legte den Kopf in den Nacken und sah so verletzlich aus in ihrem aufgewühlten Zustand. Aber auch verflucht verführerisch.

„Ich …“, stammelte sie, und in diesem Moment meldete sich das Phone über ihrer Pussy mit: *I can't get no satifaction* von den *Rolling Stones*.

Sienna wurde tiefrot, und Alec wieherte los mit der Lautstärke eines Hengstes, der sich ein paar Viagra eingeworfen hatte. Mit Mühe gewann er seine Contenance zurück, und dass Sienna ihn anfunkelte mit der Bissigkeit einer Dämonin, machte die Sache auch nicht besser. Er räusperte sich, wollte sie gerade küssen, als die Titelmelodie von *Das Boot* ertönte.

Das durfte doch alles nicht wahr sein! Sie würde David und Alexander filetieren, sobald sie das nächste Mal auf sie traf. Alecs Lachen vibrierte über ihre Haut, und dann küsste er sie, bis sie nicht mehr denken konnte. Mistkerl! Das tat er mit Absicht. Er wollte ihren Widerstand brechen und war verflucht erfolgreich damit. Mit einem letzten Rest Stärke versuchte sie, ihn wegzuschubsen, aber da hätte sie auch versuchen können, einen Geröllbrocken aus dem Weg zu schieben. Er rührte sich nicht einen Millimeter, packte stattdessen ihr rechtes Handgelenk, obwohl sie sich wehrte, und ehe sie sich versah, klickte der Karabinerhaken einer der Ketten, die an der Wand hingen, um den Ring in der Manschette. Sienna war unfähig, ihre Gefühle zu sortieren. Sie spürte noch immer den Moment, als er sie entdeckt hatte, sein Blick mit ihrem verschmolzen war und sich ihre ganze Wut auf ihn in nichts aufgelöst hatte. Und gerade als sie ein wenig davon zurückerlangt hatte, lachte er erneut los, als wäre er völlig irre. Sie konnte es ihm nicht verdenken, sie fühlte ähnlich. Er fesselte ihr linkes Gelenk mit einer weiteren Kette an die Wand.

Dann wurde sein Blick ernst, und er sah ihr geradewegs in die Augen. „Sienna, ich … ich liebe dich, kann nicht mehr ohne dich sein, und ich habe mich außerordentlich dumm benommen."

Hatte er gerade wirklich gesagt, dass er sie liebte? Ihr sackten beinahe die Beine weg. Und was war das überhaupt für eine Liebeserklärung, während sie gefesselt an einer Wand stand?

„Ich liebe dich auch, selbst da du es nicht verdienst. Außerdem verlange ich eine Erklärung, warum du mir das Herz gebrochen hast."

Er lächelte sie auf diese besondere Weise an, und ihr entwich ein Seufzen. Sie konnte ihm ebenso wenig widerstehen wie ein Verdurstender einem Glas Wasser. Alec fing an, die Telefone von ihrem Körper zu lösen.

Obwohl er es vorsichtig machte, tat es weh, und sie überlegte, sich heute Nacht in Davids Bungalow zu schleichen, um ihm Teppichklebeband auf den haarigen Arsch zu kleben. Acht Stück waren es. Alec verfrachtete die Telefone in einen Korb und stellte sie vor die Tür. Er lief auf sie zu wie ein Raubtier auf Beutezug, und sie war mehr Beute, als ihr lieb sein konnte.

„Du steckst in Schwierigkeiten, Sugar."

„Hmpf."

„Hmpf?" Er stand dicht vor ihr. „Ich werde dich bestrafen, nicht weil du es verdient hast, sondern weil ich es möchte. Außerdem will ich, dass du für mich kommst." Er küsste sie erst zart auf den Mund, knöpfte anschließend ihre Bluse auf. Jedes Mal, wenn seine warmen Knöchel ihre Haut berührten, spürte sie es viel tief gehender, als es die Berührung war. „So wunderschön." Master Alec legte ihr den Mittelfinger auf die Lippen. „Reden tun wir später, über alles. Ich verspreche es dir, aber jetzt verlange ich, dass du dich mir hingibst, weil ich es brauche, mit jeder Faser meines Seins, sodass ich wieder ich selbst sein kann." Alec küsste sie auf die Nasenspitze. „Und du brauchst es ebenso wie ich. Ist es nicht so, Sienna? Sag mir eine Farbe."

Er hatte recht, doch es zuzugeben, wo sie lieber widerstehen wollte, fiel ihr viel zu leicht. Zur Hölle! „Ja … Master Alec. Ich will den Schmerz, der mich erlösen wird, und wenn ich mich noch grüner fühlen würde, würde mich Freckle fressen." Es sollte verboten werden, so unverschämt sexy auszusehen. Die Erleichterung stand ihm klar im Gesicht, als sie ihn mit seinem Titel anredete. Er umfasste sie und löste den Verschluss des BHs. „Dreh dich um, Sub", sagte er mit dieser Stimme, die prickelnd über ihren Leib floss, ihren Herzschlag beschleunigte, zudem ihre Muskeln in einen geleeartigen Zustand verwandelte. Sollte sie nicht aufbegehren? Sich ihm widersetzen? Rot rufen und die Session beenden, ehe sie richtig angefangen hatte? Doch sie wollte es nicht. Sienna sehnte sich so sehr danach, sich ihm hinzugeben und wieder zu sich selbst zu finden. Sie drehte sich um, und die Ketten überkreuzten sich.

„Spreiz deine Beine." Ihre Fußgelenke erlitten das gleiche Schicksal wie ihre Handgelenke, und ihre Hilflosigkeit berauschte sie wie eisgekühlter Champagner. „Reck mir deinen Arsch entgegen."

Sienna stützte sich mit den Handflächen ab und wusste jetzt, wieso er ihr Spielraum bei der Fesselung gelassen hatte.

„Ich werde dir den Hintern versohlen, bis du mich anflehst aufzuhören."

„Dann tue es endlich … Master! Ich hasse mich dafür, doch ich habe die letzte grauenvollste Woche meines Lebens an nichts anderes denken können, als bei dir zu sein, in deinen Armen zu weinen, nachdem du mir das gegeben hast, was ich brauche. Bitte, Master! Schmerz und Lust, Geborgenheit und Strenge und … und Liebe. Bitte."

Und seine Handfläche knallte auf ihren Po mit einer Stärke, die sie auf die Zehenspitzen brachte. Köstliche Pein beruhigte ihr seelisches Leid, ihre Unsicherheit, ihre Ängste, und nur Master Alec verblieb. Schlussendlich hing sie weinend in der Fesselung, sodass er sie kaum zu berühren brauchte, bis sie schluchzend ihren Orgasmus erreichte. Dann löste er ihre Fußgelenke von den Manschetten, um sie von hinten zu ficken, anschließend von vorn, und er schrie zuerst ihren Namen, danach, dass er sie über alles liebte, in den Raum, immer und immer wieder.

Eine halbe Stunde später lagen sie aneinandergekuschelt in seinem Bett, und er erzählte ihr von Valerie. „Es war das erste Mal gewesen, dass ich mich traute, meinen Sadismus auch auszuleben. Ich habe Valerie, mit ihrer Einwilligung, mit einer Gerte geschlagen. Striemen waren deutlich auf ihrem Körper zu sehen, die mich faszinierten, aber gleichzeitig verstörten, weil mich ihre Tränen unfassbar erregten. Ich fühlte mich wie ein Perverser."

Sie dumme Nuss hatte geglaubt, er hätte sich die Masterrolle zugelegt, wie andere sich einen neuen Mantel überzogen.

„Ihr Weinen wurde ernster und furchtbarer. Sobald ich sie losband, zuckte sie vor mir zurück, rollte sich zu einer kleinen Kugel zusammen, und ich war schlichtweg überfordert. Sie zitterte, und ich dachte, sie stünde unter Schock, konnte zu der Zeit nicht einschätzen, dass ich sie körperlich nicht wirklich verletzt hatte, doch ich glaubte, sie brauchte einen Arzt." Er schluckte schwer.

„Wenn du mit ihr in einem Krankenhaus aufgetaucht wärst, hätte jeder geglaubt, du hättest sie misshandelt und dass du ein abartiges Schwein bist."

„Dann stürzte Andy ins Zimmer. Wir haben damals zusammen in der obersten Etage unseres Landhauses gewohnt. Er versicherte mir, er würde alles in Ordnung bringen, wickelte Valerie in eine Decke und verschwand mit ihr. Ich vertraute ihm, bin aber dennoch in die nächste Bar gefahren, um mich zu betrinken. Als ich später nach Hause zurückkehrte, erwartete mein Dad mich und er …“ Seine Stimme brach ab. „Er war außer sich, denn mein Großvater hatte ihn und meine Großmutter misshandelt. Er verabscheute körperliche Gewalt. Ich selbst war zu erschüttert, um mich zu verteidigen und zu erkennen, dass mein eigener Bruder mich reingelegt hatte.“

„Und dann?“

„Ich flüchtete mich in den Alkohol, in Selbstmitleid, in Selbsthass und war am Boden zerstört. Ich hielt mich für krank, verglich mich mit einem Serienmörder, der zuerst Tiere zu seinem Vergnügen quält. Ich traf zufällig David in einer Hotelbar wieder, den ich ein paar Monate zuvor bei einem Brauprojekt kennengelernt hatte. Sieben Jahre ist das jetzt her, und ich war neunundzwanzig zu dem Zeitpunkt. Er hat bereits damals seine Dominanz ausgelebt, und er brachte mich dazu, ihm alles zu erzählen. In meinem angetrunkenen Zustand plapperte ich jede Einzelheit aus. Und doch hielt ich viel vor ihm zurück.“

Sienna konnte nachvollziehen, wie einsam und unsicher Alec gewesen war, und sie erkannte, dass hinter dem Master auch nur ein Mensch steckte, der Fehler machte.

„Zu meinem großen Erstaunen hat er mich nicht verurteilt, sondern hat mir beigebracht, dass es nichts gibt, für das ich mich schämen brauchte. Ich habe sogar versucht Kontakt zu Valerie aufzunehmen, doch meine Familie hat mich verbannt, und ich erfuhr, dass sie Andy geheiratet hat. Ich durfte nicht einmal zu der Beerdigung meines Vaters. Zum Glück hatte David mich da bereits eingestellt und sich mehr um mich gekümmert, als meine eigene Familie es jemals getan hat. Im Nachhinein erkenne ich, dass wir nie eine richtige Familie waren, nicht im Herzen, sondern nur auf dem Papier.“

Er gab ihr den Brief zu lesen, und sie verstand sein Handeln, seine Ängste und seine Verzweiflung.

„Zusammen mit David gründete ich die *Insel*, denn wir erkannten beide, wie wichtig es ist, in einer sicheren Umgebung zu seinen Neigungen zu stehen und sich nicht in ihnen zu verlieren. Inzwischen verdienen wir mehr mit dem Resort als mit Architektur.“

„Du bist ein großartiger Mann und Master, Alec, und jetzt sag mir erneut, dass du mich liebst.“ Sie legte ihre Hand auf sein Herz. „Nur bei dir kann ich sein, was ich bin, ohne mich zu verstellen, brauche mich nicht zu fürchten, dass du vor mir zurückschreckst, wenn ich mich dir hingebe, in einer Weise, die mich bis in mein Innerstes erschüttert, aber auch besänftigt."

„Ich liebe dich, Sienna Baltimore."

Zum Schluss erzählte er ihr von Jill und Liam, wie berührend, schrecklich, aber auch befreiend es für Liam gewesen war, sie gehen zu lassen. Sienna trauerte wegen seines Verlustes, gehalten von den Armen des Sadisten, der so zärtlich zu ihr war wie noch kein Mann zuvor.

Ende

Linda Mignani, Jahrgang 1965, geboren in Kirkcaldy (Schottland), lebt glücklich verheiratet mit ihrem Mann italienischer Herkunft im Ruhrgebiet. Den britischen Pass ziert ein grauenvolles biometrisches Passfoto. Inspiration holt sie sich beim Malen ihrer Acrylbilder. Sie liebt Regen und stürmisches Wetter, besitzt nur eine Handtasche aber unzählige Turnschuhe. Neben Büchern zählen Wandern, Joggen und Rad fahren zu ihren Leidenschaften. Damenschneiderin und Industriekauffrau sind die Berufe, die sie erlernte. Ihr Motto: Das Leben ist zu kurz, um sich zu ernst zu nehmen.

Website: lmignani.blogspot.com
Facebook: Linda Mignani
Facebook-Fanseite: Fans des Federzirkels

Weitere Romane und Serien von Linda Mignani

Der Federzirkel:
Verführung und Bestrafung – *Federzirkel 01*
Zähmung und Hingabe – *Federzirkel 02*
Vertrauen und Unterwerfung – *Federzirkel 03*
Feuerperlen – *Federzirkel 04*
Feuertango – *Federzirkel 05 (erscheint 2014)*

Mitternachts-Reihe:
Mitternachtsspuren – *Mitternachts-Reihe 01*
Mitternachtserwachen – *Mitternachts-Reihe 02*

Die Insel:
Touch of Pain – *Die Insel 01*
Touch of Trust – *Die Insel 02 (erscheint 2014)*

Blood Dragon:
Drachenschwingen – *Blood Dragon 02 (erscheint 2014 und ist die Fortsetzung von „Blood Dragon 01 - Drachennacht" der Autorin Kira Maeda)*

Einzelroman:
Kriegsbeute

Cornelia Eden
Rausch der Unterwerfung
ISBN Taschenbuch: 978-3-86495-037-7
ISBN eBook: 978-3-86495-038-4

Anne folgt der Einladung eines Fremden, ihm drei Tage lang als Sklavin zu dienen. Miguel scheint der Richtige zu sein, sie in die Welt der tabulosen Lust einzuführen. Doch schon kurz nach ihrer Ankunft wird Anne klar, dass der unnahbare Bondage-Künstler mehr von ihr erwartet, als sklavischen Gehorsam. Was als erotisches Abenteuer beginnt, entwickelt sich schnell zu einem Tanz auf dem Seil, der zunehmend gefährlicher wird, nicht nur für Annes Herz.